Ullstein

ÜBER DAS BUCH:

Karl Kaiser, von seiner Mutter »Menschlein« genannt, wächst in der Berliner Laubenkolonie Tausendschön auf. Statt in Pfützen oder bei den Kaninchenställen zu spielen, sollen er und seine Freunde als Pimpfe für eine kriegerische Zeit Wichtiges lernen. Aber ein nicht ganz linientreuer Volksgenosse als Vater, Muckefuck zum Frühstück und Nächte in Flakbunkern verhindern eine zeitgemäße Laufbahn. Als dann alles in Scherben fällt, beginnt für Karl Kaiser die neue Zeit mit Kaugummi, Coca-Cola und Donald Duck. Tauschen, Hamstern, Schweinezüchten sind blühende Geschäfte, die er mit der Großmutter zusammen betreibt. Und während die Rosinenbomber Berlins Blokkade brechen, küßt er Gigi, das Mädchen mit den roten Haaren ...
Muckefuck ist der erste Band der großen Berlin-Trilogie von Georg Lentz. In *Molle mit Korn* und *Weiße mit Schuß* wird das Schicksal von Karl Kaiser bis zum Wirtschaftswunder-Aufstieg der fünfziger Jahre und dem Bau der Berliner Mauer fortgeführt. Unter dem Titel *Molle mit Korn* wurden die ersten beiden Bände für eine zehnteilige Fernsehserie der ARD verfilmt.

DER AUTOR:

Georg Lentz, geboren am 21. Juni 1928 in Blankenhagen bei Rostock, wuchs in einem Berliner Vorort auf. Er war Flakhelfer, Verlagslehrling und gründete 1954 einen Kinderbuch-Verlag. 1960 ging er in die Schweiz und wurde 1968 Verlagsleiter in Wien. Seit 1974 ist Georg Lentz freier Schriftsteller und lebt heute vorwiegend in Frankreich.

Georg Lentz

Muckefuck

Roman

Ullstein

ein Ullstein Buch
Nr. 23874
im Verlag Ullstein GmbH,
Frankfurt/M – Berlin

Ungekürzte Ausgabe

Umschlagentwurf:
Hansbernd Lindemann
Foto: story-press, Berlin

Taschenbuchausgabe mit freundlicher
Genehmigung der F. A. Herbig
Verlagsbuchhandlung GmbH,
München

Printed in Germany 1996
Druck und Verarbeitung:
Ebner Ulm
ISBN 3 548 23874 2

Juli 1996
Gedruckt auf alterungs-
beständigem Papier mit
chlorfrei gebleichtem Zellstoff

Vom selben Autor
in der Reihe
der Ullstein Bücher:

Molle mit Korn (22116)
Weiße mit Schuß (22156)
Grüß, grüne Gurke, den
Spreewald (22731)
Die Farm in den Wäldern (22908)
Das Schleusenhaus (23005)
Das Schloß an der Loire (23053)
Das Schützenhaus (23442)
Märkische Protokolle (23509)

Die Deutsche Bibliothek –
CIP-Einheitsaufnahme

Lentz, Georg:
Muckefuck : Roman / Georg Lentz. –
Ungekürzte Ausg. – Frankfurt/M ;
Berlin : Ullstein, 1996
(Ullstein-Buch ; Nr. 23874)
ISBN 3-548-23874-2
NE: GT

I

Wird schon werden!

Ich wohne in einer Laube der Kolonie Tausendschön. Am Gartentor ist das Schild mit dem Namen meines Vaters fast unleserlich geworden: *E. Kaiser.* Mit Lochverfahren gestanzte Schnörkelschrift, von Grünspan verwischt. Das E. steht für Eduard. Genannt wurde mein Vater Ede. Mir haben meine Eltern den schlichten Vornamen Karl gegeben. Karl Kaiser. Meine Mutter, Minnamartha, rief mich »Menschlein«, was ich haßte. Trotz aller Ereignisse, die mein Leben immer wieder in neue Richtungen drängten, hause ich immer noch in dieser Laube. Sie ist winterfest, besitzt massive Wände. Ich bin glücklich hier. Aber wenn ich den sozialen Aufstieg um mich herum sehe – am Rand der Kolonie entstand inzwischen ein Bungalowdorf –, so keimt manchmal die Hoffnung in mir, daß ich aus meiner Laube eines Tages in eine Sozialwohnung ziehen kann. Manchmal scheint es, als würde sich ein Weg zeigen für meine Flucht aus der Armseligkeit. Denn die Stadtverwaltung plant, auf dem Koloniegelände Hochhäuser zu errichten. Alle paar Monate kommen Leute mit rotweißen Meßlatten, rammen sie ein. Aber ein paar Tage später nehmen andere die Meßlatten wieder fort.
Vielleicht wird es also nichts, vorläufig, mit den Hochhäusern. Und eigentlich ist auch eine Laubenkolonie viel schöner als das großartigste Hochhaus mit Marmorvestibül und Müllschlucker. Mein Nachbar rechts hat über dem Gartentor Bogen aus grüngestrichenen Gasrohren angebracht. Im Sommer ranken dort Kletterrosen. Wie ich inzwischen weiß, sind es *Crimson Rambler.* (Die

Sorte hat sich leider als anfällig gegen Mehltau erwiesen.) Wir alle haben in den Wintergärten ausrangierte Badewannen oder Tonnen aufgestellt, in die wir das Regenwasser vom Dach leiten, zur Bewässerung der Pflanzen. Im Mai ernten wir die ersten Radieschen, rot und frisch. Sie knacken, wenn man hineinbeißt, und brennen die Zunge. Und im Sommer sitzen alle draußen, die Frauen kühlen Bierflaschen in Emailleeimern und bringen selbstgebackenen Bienenstich.
Heute benutzen die meisten Kühlschränke. Ich nicht. Denn als Ede, mein Vater, von Beruf erst Taxifahrer, dann Taxenbesitzer, die Laube baute, sorgte er für einen großen, kühlen Keller. Im Fußboden der Veranda ist eine Falltür eingelassen, und eine hölzerne, etwas wackelige Stiege führt hinunter.
Mit diesem Keller hängt eine meiner frühesten Erinnerungen zusammen. Fünf Jahre alt mag ich gewesen sein, als ich meine erste Expedition in den kramgefüllten Keller unternahm, auf der Suche nach zwei schwarzen, gelbgebordelten Kavalleriestiefeln, deren genaues Aussehen mir längst bekannt war. Durch ein Bild. In meinem Zimmer nämlich hing ein ziemlich großer Vierfarbdruck, Reminiszenz an die aktive Dienstzeit meines Vaters als Kavallerist. Es zeigte Ede in dunkelblauer Paradeuniform, zu der eben die gelbgebordelten Stiefel, hier augenscheinlich auf Hochglanz poliert, gehörten. Im Hintergrund unterstrich ein tänzelnder Apfelschimmel die hippologische Beziehung. Nur Edes Gesicht war schwarzweiß. Ein aufgeklebtes Foto. An den Rändern löste es sich.
Die Stiefel also, vom Vater auf dem Erinnerungsbild getragen, wollte ich im Gerümpelverlies unter der Veranda finden. Auf den unteren Stufen, die auch bei eingeschaltetem Licht im Schatten bleiben, versperrten leere Pappschachteln, eine ausrangierte Teppichkehrmaschine und ungefüge Fahrradteile den Weg. Hier arbeite ich, fünfjäh-

rig, muskelarm, und behindert durch eine Haarsträhne, die mir immer wieder über die Augen fiel. Schwitzend räumte ich, um durch Halden unnützer Gegenstände zu den Langschäftern vorzudringen, ein Kind auf der Suche nach zwei Kavalleriestiefeln, schwarz mit gelber Bordelung.

»Menschlein«, rief Minnamartha spitz von der Küche her, weil eine Pyramide aufgetürmter leerer Marmeladeneimer scheppernd zusammenbrach, »Menschlein, bist du da unten?«

Ich antwortete nicht. Eine Minute lang, bis es der Fragerin da oben zu langweilig wurde und ihre Schritte sich zum Wohnzimmer hin entfernten.

Weiter schürfte ich im Müll, unter möglichster Vermeidung von Geräuschen nun, und fand das Stiefelpaar, in einer Kellergasse, die eigentlich städtischen Ablesebeamten Passage zur Gasuhr gewähren sollte. Ich zerrte und zog. Der eine Stiefel trug noch einen Ziersporn mit zackenlosem Rädchen, das sich in den Fugen der Gasuhr-Abdeckung verfing. Aber ich rettete ihn. Rasch trug ich meine Beute ans Tageslicht. Die Schäfte waren knochenhart und brüchig und ohne allen Glanz. Die Zierborte hing zerrissen, beide Stiefelspitzen ragten schräg in die Höhe. Ich streifte meine Hausschuhe ab, fuhr in die schmutzigen Rohre, stapfte zum Konsolspiegel im Korridor. Hart schnitten die Schäfte zwischen den Beinen ins Fleisch. Das Menschlein, verdreckt, mit schiefem Mund, lächelte ins Spiegelglas. Seine Waden ertranken im doppelten Lederschlund.

»Was willst du«, fragte Minnamartha, »mit den alten Stiefeln?« Ich wußte es nicht. Ede war gerührt. Seine aktive Dienstzeit, 1905–08, manifestierte sich in den wiedergefundenen Ausrüstungsstücken.

Schuhputz, makelloser Glanz. Terpentingeruch. Ich wienerte, nahm den Kampf auf gegen Brüchiges und Stumpfes. Die gelbe Lackborte klebte ich an, und meine Ein-

reibbürste zerstörte schwarzglänzende Oberflächen in Blechdosen. U-Bahn-Lyrik hatte zum Kauf der Wichse angereizt. Denn in den Zügen zwischen Hausvogteiplatz und Krumme Lanke schrieben auf Plakaten hoch über den Fahrgastköpfen die Schuhputz-Hersteller kategorisch vor: »Es urbiniert der feine Mann – erst seinen Schuh. Dann zieht er'n an.«
Urbin benutzten wir, trotz fleißiger Konkurrenz von Erdal, die damals Jungkunden mit blechernen Knackfröschen zu ködern suchten. Bald glänzten beide Stiefelschäfte wie auf Edes Paradebild.
Aber die Schnäbel? Die hochgerichteten Stiefelspitzen? »Du mußt sie walken«, schlug Ede vor. »Mit Lederfett.« Es wurde angeschafft, und auch hier weiß ich noch die Marke, Schmierwachs *Fake,* hergestellt, wie auf der Pappschachtel zu lesen war, aus Paraffin, Unschlitt, Nigrosin und Terpentinöl. Ich strich es auf Schnäbel und walkte mit schmerzenden Handballen. Ärger gab es wegen der schwarzen Fingernägel, und bald entdeckte Minnamartha, meine Mutter, überall Schmutz. Arbeit am Leder hinterläßt Spuren. Seife hilft da nicht und nicht Bimsstein, auch nicht die harte Wurzelbürste in der Waschküche.
Ich betrat das Waschhaus der penetranten Waschmittelgerüche wegen überhaupt nur ungern: Es war in einem Schuppen hinter der Wohnlaube untergebracht. Zwar drängte auch dort ein Geheimnis auf Lösung. Denn in den Zementfußboden eingelassen war eine gußeiserne Platte mit der Aufschrift: *Verschluß gegen Überschwemmung*. Doch verdarb der Zusatz *bei Hochwasser öffnen* jede Chance, das Geheimnis eines Tages zu lüften. Denn zu einer lohnenden Überschwemmung kam es hier nie.
Dabei wäre Hochwasser jetzt willkommen gewesen. Denn ich besaß geschmierte Riesenstiefel, eine Waffe gegen Flutkatastrophen, die ich ausprobieren wollte.

Damals zogen die Gewitter von Südosten auf. Tintenblau verdunkelte sich der Himmel hinter den schlanken Gitterfunkmasten der nahen Funkstation, die rot und weiß leuchteten. Ein Sturm wirbelte Blätter und Papier auf, knallte offenstehende Fenster zu, warf Wassertonnen und Gartenstühle um. Dann erst donnerte und blitzte es. Erste Tropfen klatschten in den Staub, Vorboten einer Flut, die dann fünf Viertelstunden lang herabstürzte.
Schließlich konstatierte Ede (oder meine Mutter): »Hinten wird es schon hell.« Ich gewöhnte mir an, ihnen mit diesem Satz zuvorzukommen, und spähte deshalb in Richtung der Funktürme, um vor Ede und Minnamartha den ersten hellen Fleck in den Wolken zu entdecken. Jedenfalls kündigte sich mit der Aufhellung im Südosten das Ende des Gewitters an, falls es uns nicht einen Streich spielte und sich von Nordwesten, wohin es gezogen war, noch einmal zurückwälzte.
Hörte es zu regnen auf, so wußte ich, daß sich draußen auf der Sandstraße eine riesige Lache gebildet hatte.

Die Stiefel! Noch während die letzten Bäche vom Pappdach vor den Fenstern niederrannen, legte ich die blanken Rohre an. Wie mit Siebenmeilenstiefeln schritt ich durch den neuerstandenen Binnensee.
Ich schritt. Denn andere Fortbewegungsarten erlaubten Edes Botten nicht. Sie schnitten oben ein. Manchmal dachte ich, sie würden mich mitten auseinanderreißen, wie Rumpelstilzchen. Größere Wogen stampfend zu verursachen, schien mir jedoch ein erstrebenswertes Ziel. Deshalb rief ich Gustav, meinen Freund. Er war ein Jahr älter. Besaß längere Beine. »Gustaav?«
Gustav kam, wie im Hochsommer bei ihm üblich, splitternackt, mit kahlgeschorenem Schädel. Er legte Edes Kavalleriestiefel an, weiße Schenkel endeten in blankschwarzem Leder. Und auf mein Kommando marschierte

Gustav mit geschlossenen Augen im Stechschritt durch das Wasser.
Es gab Wellen! Fontänen. Spritzer. Eine Wasserhose schien sich über die Lache zu bewegen, in der Gustav unsichtbar stampfte, williges Opfer fast selbstloser Stiefelfreuden in Wirbeln und Kaskaden. Gustav erreichte das andere Ufer, nun wieder heller Körper mit schwarzen Enden. Das Wasser rann an ihm herunter. »Her damit!« befahl ich, hier wagte ich, herrisch zu sein. Ich zog Gustav die Stiefel aus, legte sie selbst wieder an. Setzte dann mein gravitätisches Schreiten durch die Lache fort. Dem Nackten am Strand schenkte ich keine Beachtung mehr. Im Wasser schritt ich, vorschulaltrig, fast analphabetisch (bis auf die Fähigkeit, Gully-Inschriften zu entziffern). Ich, Karl, Laubenkarl. Sieger. Besitzer der Stiefel. Selten dauerte der nasse Spaß länger als eine Stunde.
Ich hatte das Zeitmaß im Kopf. Minnamartha nämlich besaß einen Küchenwecker, eine etwas dicker geratene Taschenuhr, auf der man bis zu einer Stunde beliebige Zeitabschnitte einstellen konnte. Nach Ablauf dieses Zeitabschnittes klingelte es. Solche Uhren gab es damals noch gar nicht im alten Europa, Tante Mieze, nach den Vereinigten Staaten verheiratet, hatte sie einst mitgebracht, während ihres Besuches. Aus Philadelphia, hergestellt von *M. Wilson, watchmaker.*
Mit Hilfe solcher Uhren kann man Eier genau dreieinhalb Minuten kochen. Oder, wenn man die Uhr nach Ablauf einer Stunde – länger ging sie ja nicht – wieder aufzog und neu auf dreißig Minuten einstellte, einen Schweinsbraten neunzig Minuten lang im Rohr schmoren lassen. Minnamartha, damals einzige Besitzerin so eines Apparates, hatte sich angewöhnt, den größten Teil ihres Tageslaufs in Eieruhr-Abschnitte zu zerlegen, in kleinere oder größere, willkürlich für ihre Familienmitglieder, für sie selbst aber nach einem anscheinend festen System.

»Ich will mal eben«, sagte sie, »noch ein Stündchen ruhen. Ach, was bin ich heute wieder müde.« Knarz, zog sie die Uhr auf, stellte sechzig Minuten ein, legte sich auf die Chaiselongue. Präzise nach einer Stunde klingelte es, und je nach gesättigtem oder ungesättigtem Schlafbedürfnis wälzte meine Mutter sich von ihrem Lager oder – ratsch – verlängerte ihre Siesta um einen weiteren, der Eieruhrskala angemessenen Zeitabschnitt.

Wenn Minnamartha herumging, tickte sie. Denn die Philadelphia-Uhr begleitete sie in der Schürzentasche. Sie tickte, und gelegentlich klingelte es, wo sie ging, saß oder lag. Es klingelte bei uns auf dem Klo, Nachbarn beugten sich erstaunt nach links und rechts über die Zäune, weil sie wissen wollten, weshalb in Edes Garten zwischen den Rabatten Läutwerke rasselten, des Milchmanns Pferd ging durch, Hunde zwängten sich bellend durchs Gitter des Gartentores. (Bis Ede Kaninchendraht zog.)

Minnamartha klingelte. Oder tickte wenigstens.

Erst gegen neun Uhr abends ließ sie das Werk endgültig für den jeweiligen Tag ablaufen, im Sommer manchmal noch später.

Ein Jahr später erlöste mich die gesetzliche Schulpflicht aus meinem Leben zwischen kavalleristischen Andenken und Eieruhr. Ein Foto zeigt mich gerüstet für den ersten Schulweg an einem kalten Apriltag: Schwarz verhüllt eine übergroße Baskenmütze meine Ohren, die wir uns sonst an so einem Rauhreifmorgen gerötet vorzustellen hätten. Mein Mantel mit Fischgrätmuster stammte aus der bewährten Kollektion von Brenninkmeyer *formtreu*. Auch dieses Kleidungsstück war selbstverständlich etwas zu groß gekauft, auf Zuwachs.

Mein Lächeln – das Bild beweist es – blieb verkniffen. Auch in der neuen Umgebung übrigens, die Kontakte vermittelte mit interessanten Schulkameraden, abenteuerlich gekleideten Knaben vornehmlich aus unserer Kolonie, vom Lehrer witzig *Tausendschönchen* genannt. Ich war ein Tausendschönchen, trotz Brenninkmeyer *formtreu.*

Die anderen Tausendschönchen, jene Buben, die am Sparhaarschnitt *Glatze mit Vorgarten* zu erkennen waren – Hinterkopf kahl, vorne spärliche Ponies –, vermittelten mir Lebensweisheiten. Harald Buseberg war einer von ihnen.

Haralds hellblaue, fast weiß bewimperte Augen zwinkerten unterm Blondpony. Es handelte sich um einen nervösen Tick. Seine Hände schwitzten. Legte er sie flach auf das schwarzlackierte Schulpult, so hinterließen sie feuchte, sich langsam verflüchtigende Spuren, sobald er sie von der Tischplatte löste. Ich vermied es, ihm die Hand zu geben. Dennoch ergaben sich zwischen Harald Buseberg und mir bald nähere Beziehungen, die hinausgingen über die üblichen Kontakte zwischen Mitschülern in der dreißig Köpfe zählenden Volksschulklasse. Denn bereits am neunten Schultag köderte Harald mich mit der Behauptung, sein Vater, ein Marineveteran, besitze eine hölzerne Hand. Eine Prothese, sagte Harald, die mittels langer, schnürbarer Ledermanschette am Armstumpf zu befestigen sei.

Den Versucher lehnte ich zuerst ab, wollte Haralds Vorschlag, ihm in seine Wohnlaube zu folgen, ausweichen, war aber nicht stark genug. Meldete nur Zweifel an.

»Du spinnst ja, hast ja 'ne Meise«, lauteten meine Kommentare. Harald ließ nicht locker. Er wischte seine Finger an der maschinengewirkten Bleylehose ab; schlug ein Geschäft vor:

»Gib mir fünf Pfennig. Dann darfst du die Manschette zuschnüren. Sonntag vormittag. Da zieht mein Vater seine Sonntagshand an.«

Seine Sonntagshand! Wenig glaubwürdig klang das alles. Andererseits schien die geschäftliche Basis real, auf die

Harald nun, durch Forderung von fünf Pfennigen, die Angelegenheit gestellt hatte. Wie groß, rechnete ich fieberhaft und mit herabgezerrtem linken Mundwinkel, wie groß war das Risiko? Fünf Pfennige bedeuteten zwanzig Vanillekugeln oder einen Nappo mit Kokosfüllung, zehn mehlbepuderte Gummibärchen, zwei Lakritze-Rollen. (Diese liebte ich weniger.)
Und dagegen stand?
Harald streckte bereits seine schwitzende Hand aus.
Ich faßte in die Tasche, förderte aus einem Gewirr von Strippenknäueln, Radiergummi, Tintenwischer und abgebrochenen Posthorn-Buntstiften fünf einzelne, fast blanke Deutsche Reichspfennige zutage und ließ sie, jede Berührung vermeidend, aus angemessener Höhe in Haralds gierig gekrümmte Handflächen fallen. Sofort schlossen seine Finger sich um den Schatz. Er drehte sich auf dem Absatz um und rannte fort. »Sonntag um zehn. Laube vierzehn«, rief er, mit einer Halsdrehung, die noch einmal sein Albinogesicht im Profil zeigte.
Diese Lust nun, nachdem bezahlt war, und es war erst Donnerstag! Stimmte es denn, daß Kunsthände mit Ledermanschetten ...? Heikel schien die neue Wissenschaft. Jemand fragen? Ede, den Vater? Ich zupfte an meiner Warze, die seit einigen Wochen zwischen Daumen und Zeigefingerwurzel sproß. Orakel blieben jedoch aus. Es hieß, zu warten.
»Ich übe Geduld«, dachte ich. Aber auf dieses Abenteuer lauern, wie zermürbte das! Wie zerrte es! Noch drei Schultage.
Wir wichen einander aus. Ich, der Unbestimmtes mit fünf Kupfermünzen eingekauft, und Harald, der vielleicht Glück und Erfahrung verkauft hatte. Warm und klebrig ruhten die Geldstücke wahrscheinlich zwischen Wollfusseln in Haralds Tasche. Seine Augen waren unsteter denn je, und er rückte ab von mir, wenn wir in der Klasse an unseren winzigen Pulten saßen, obgleich ein Gang,

vom Lehrer autoritär durchschritten, uns Geschäftspartner ohnehin trennte.
Nachmittags dann, hinter der mächtigsten *Philodendron pertusum*, die ihren lichtraubenden Platz am Rande der Tischplatte behauptete und Händeschatten übers linierte Papier warf, spitzte ich Posthornstifte. Malte E-s und A-s in Achtkläßler-Blockschrift aufs Papier – damals zählte man die Klassen 8 bis 1 und nicht umgekehrt wie heute. Meine Gedanken eilten bereits dem Freitag, dem Sonnabend voran, hin zu jenem Sonntag im April, der Erlebnisse verhieß. Die Zunge zwängte ich in eine Milchzahnlücke, malte Buchstabenreihen flink und folglich wackelig. Warf dann Heft und Stifte in den neuen Tornister und stürzte davon, um jenen entfernten Teil der Kolonie Tausendschön näher zu erforschen, in dem das Abenteuer stattfinden sollte.
In Schauplatzmitte verlief die zweigleisige Bahnlinie nach Lehrte, auf deren Gleisen in bestimmten Abständen D-Züge vorbeidonnerten. Speziell interessierte mich der Streckenabschnitt zwischen Bude siebzehn und Bude achtzehn, vielleicht noch Bude neunzehn. Dies die Bezeichnungen von drei beschrankten – mit Wärterbuden versehenen – Bahnübergängen gerade außerhalb des Weichbildes der großen Stadt. Hier öffneten alle Dampflokheizer die Kesselklappen, um ihre Feuerrösser mit frischer Kohle zu füttern. In der Dämmerung und nachts oder bei niedriger Wolkendecke glühte der Himmel. Parallel zur Bahn, dem Rückgrat des Schauplatzes, zog sich ein Sandweg durch Kiefernschonungen, unordentliche Wagenspuren hatten den Sand zerfurcht. Er hieß Königsweg und stellte vorzeiten die kürzeste Verbindung zwischen Sommerresidenz und Stadtschloß der preußischen Herrscher dar. Königliche Kutschen fuhren hier, der Pasewalksche Ausspann am Beginn des Königswegs stellte frische Pferde. Majestäten, Prinzen, Kuriere, Minister und Mätressen rollten über Sand und Wurzeln, aber auch

ein berühmter Philosoph, der seine Werke (etwa ab 1715) unter dem Pseudonym *Voltaire* veröffentlichte: Beim Pasewalkschen Gasthof bezeichneten märkische Landmänner den ausländischen Perückenträger als Affen. Auf plattdeutsch übrigens, sie sagten »Aap«.

Jetzt links von der Bahn – immer stadtauswärts gesehen – die auch schnurgerade verlaufende, kopfsteingepflasterte Bärlappstraße, mit schönem alten Lindenbestand, gesäumt von mietgünstigen Beamtenwohnblocks und Siedlungshäusern. Die Bärlappstraße endete bei der Kolonie Tausendschön in einem Schotterweg, und hier hinten entstanden immer wieder die mir so willkommenen Gewitterlachen.

Hinten lief die Straße ins Nichts, soweit man ein dörrgrasbestandenes Feld als Nichts bezeichnen kann. Für die Tausendschönchen, für mich also auch, war es Niemandsland, einen halben Kilometer breit von der Bahnlinie gemessen. Am anderen Ende des Felds galt der Platz einer Zimmerei als ergiebiger Fundort für Zigarettenbildchen in Buntdruck, *Unsere Kolonien* oder *Das Deutsche Heer im Manöver.*

Hinter den geduckten schwarzen Teerpappdächern der Lauben lag dieses Nichts, dieses Paradies, dieses Schlachtfeld. Das Feld. Aber wir kehren zurück, mitten in den Klumpen notdürftiger Behausungen. Laube Nummer vierzehn! Sie war die Wohnung Johann Busebergs, des kaiserlichen Ex-Matrosen, Vater von Harald. Einhändig half er sich durchs Leben seit Skagerrak.

Ein Stern mit Klammer wäre eigentlich nötig, auf eine kleingedruckte Fußnote unten verweisend, denn schon verblaßt die Erinnerung an bedeutende Seeschlachten des ersten Weltkrieges, vierzehn-achtzehn. Damals war Kommandant Graf Dohna-Schlodien mit dem Hilfskreuzer *Möwe* ausgelaufen. Stolz wehte die Flagge Schwarzweißrot vom Mast, und der bisher kasinoisolierte Commander wundert sich in seinen Memoiren, daß seine

Blaujacken sich beim Einnehmen gemeinsamer Mahlzeiten von Menschenaffen unterscheiden.
Damals befahl Admiral Tirpitz den uneingeschränkten U-Boot-Krieg. Und damals kämpften unsere Marine-Artilleristen im Skagerrak gegen Albions Hochseeflotte, und kernig klang das Lied von der stolzen Kaiserjacht *Meteor*.
Am 31. Mai 1916, kurz vor dreizehn Uhr, wurde hier im Skagerrak dem Marineartilleristen Johann Buseberg die rechte Hand durch einen englischen Granatsplitter abgerissen. Deutschland siegte mit einem Versenkungs-Plus von 56 000 Tonnen Wasserverdrängung, wie sich nach dem Vergleichen der Totalverluste ergab. Niemand konnte Artillerist Johann Buseberg die verlorene Hand ersetzen. Aber alles ist eine Frage der Perspektive. Und hier, auf das Kind Karl Kaiser angewendet, ergibt sie: Skagerrak war nötig, wegen Vater Busebergs Schnürmanschette, aus Pfundleder, das man mit Weißbeize schwellt und mit Knoppern gerbt. Ein festes Leder, mittelbraun, steif, geeignet, eine Holzhand am natürlichen Armstumpf zu halten.
Und immer noch war es nicht Sonntag. Zwei Tage noch. Und zwei Nächte, in denen dick geschwollene Hände, im grünen Meer schwimmend und Gallerte absondernd, oder wogende Schatten von Pflanzenblättern durch Karls Träume gaukelten. Der späte Nachmittag, wenn die roten und blauen A-s und E-s schon im Ranzen ruhten, brachte mich Laube vierzehn näher. Ich umrundete, eng an die Zäune aus verzinktem Maschendraht oder Holzlatten gedrückt, das engere Areal in der Kolonie, zu dem Laube vierzehn gehörte. Ich spähte hinüber, ob nicht der Mann mit der hölzernen Hand, der große Buseberg, vor eine der Türen trete. Vielleicht würde er mir winken, obwohl es noch nicht Sonntag war.
Aber ich begegnete Buseberg nicht. Auch nicht am Freitag, und nicht am Samstag.

Doch endlich: Ein Sonntagmorgen im April, zwischen Frost und krokusträchtigen Ostern. Der Tag ist besonders, auch ohne geheime Vorhaben. Die länger im Bett verbrachte Stunde schärft alle Sinne. Das Laubenkind hört durchs offene Fenster die Hühner, wie sie gackern, zu verkünden, daß sie ein Ei gelegt haben. Die erste Fliege des Jahres summt so laut, daß man sich die Ohren zuhalten möchte. Und aus den Augenwinkeln sehe ich die schwarze Katze mit nur drei Beinen, wie sie übers Garagendach auf ein paar Spatzen anschleicht, und ich höre ihre drei Pfoten über die froststeife Pappe trappen. Die Spatzen hören es auch und fliegen davon. Hinten in der Küche aber klappt die Speisekammertür. Die Mutter macht Frühstück. Gleich wird es klingeln. Gas- und Elektroherde gibt es noch wenige in der Kolonie. Und so hängen um diese Stunde duftende Rauchfahnen von vielen Holzfeuern über den Dächern. Kühl streicht Morgenluft über meine Schultern. Es gilt, Entscheidungen zu treffen. Soll ich noch einmal, für ein paar Minuten, das dicke Federbett um mich stopfen? Oder wage ich lieber den Sprung auf rutschende Bettvorleger und kühle Dielen?
An diesem Sonntag war keine Entscheidung nötig. Neun Uhr. Eine Stunde vor dem Abenteuer. Oder vor der Enttäuschung? Wer sechs Jahre alt ist, stellt diese Frage nicht. Das Geheimnis der hölzernen Hand in der Brust, putzte ich die Zähne, zog mich an, frühstückte ein Dreieinhalbminutenei, sehr unbeteiligt, sehr konzentriert. »Was ist heute mit dir?« fragten selbstverständlich Minnamartha und Ede. Genauso selbstverständlich murmelte ich: »Ooch, nichts.« Und den letzten Bissen sonntäglichen Eigelbs im Mund, schlich ich aus der Laube, Skagerraks schnürbaren Folgen entgegen. Auf den Zäunen lag noch dünner Rauhreif. Aber die Sonne schmolz das pelzige Weiß. Es tropfte. Rosenkohlstrünke rochen aus brachen Gärten.
Der Weg war schmal zwischen den Zäunen, gerade eine

Fahrspur breit. Fahrradbesitzende Anlieger hatten die Löcher immer wieder aufgefüllt, mit Schutt, Müll und Kohlenschlacke. Zaun an Zaun lebten sie hier, der Gladiolen züchtende Alfons Reh, Altkommunist und durch einen unheilbaren Kehlkopfschaden (wahrscheinlich Krebs) konstant heiser – eine Tonart, die seine zahme Dohle Jakob notentreu wiederholte –, und der neunationale Sturmabteilungsführer Gallert. Er, Gallert, elegant, braungestiefelt und immer in Breeches und Bluse, hißte bei größeren, aber auch minimaleren neudeutschen Gelegenheiten ein nagelneues Symbolfahnentuch an seinem selbstgezimmerten Fahnenmast. Vier Meter über Kolonie Tausendschöns Normalnull, vorstädtischer Nivellementshöhe, knatterte die Flagge im Wind. Heute flog Gallerts glühendrote Fahne mit runigem Zeichen, vom Vorfrühlingssturm gebläht. Er fürchtete noch nicht die Konkurrenz rotblühender starkduftender Nelken, wie Alfons Reh sie zwei Monate später gegen die flatternde Textilie anblühen ließ, Hunderte und aber Hunderte von Nelken auf üppigen Beeten im Laubenvorgarten der Kolonie Tausendschön.
Die früheste rote Nelke seines Gartens trug Alfons Reh am ersten Mai, dem Tag der Arbeit, im Knopfloch, so lange er es noch durfte. Karl schritt wieder. Gefroren lagen die Wagenspuren, empfindliche dünne Schlammkanten, aufgesteilt von rollenden und mahlenden Auto-, Motorrad- oder Fahrradreifen. Pneumuster. Hart geprägt. Davon brachen zentimeterlange Stücke ab unter dem Tritt meiner Sonntagsschuhe.
Hier links! Hinter Kohlstrunkbeeten lag Laube vierzehn. Eine durch vielfache Anbauten erweiterte Wohnbastion für drei Busebergs. Ich drückte die verblichen blaue Staketenpforte, durchmaß den perspektivisch sich zur Laube verengenden Mittelweg, dessen Kanten durch Hunderte von leeren, mit dem Hals im Boden vergrabene grüne Weinflaschen eingefaßt waren.

Am Ende war Skagerrak. War Buseberg, der Vater-Mann, durch Feindgranate amputiert. War Mutter Buseberg, die zwar erwähnt wird, aber kaum eine Rolle spielt. Auffällig sind nur ihre blumendrahtsteifen Locken sowie, das stellt sich heraus, ihre Geduld.
In der Tür stand Harald mit gesträubten Albinoponies, kniff die Augen, zwinkerte. Alles schien aufs beste arrangiert, falls es nicht wieder dieser nervöse Tick war. Nein: »Komm!« sagte Harald, befahl er, und seine sehr kleine Hand lag, augenblicklich an den Umrissen sichtbaren Schweißtau erzeugend, auf dem kupfernen Türknopf.
Linkes Bein, rechtes Bein hob ich über die hochragende Schwelle, schrägte an Mutter Buseberg vorbei mitten in die Küche. Dort stand Vater Buseberg breitbeinig über einen eisernen Waschschemel mit Schüssel gebeugt, ohne Hemd. Mittelfett und unbehaart strotzte sein Oberkörper, der in Wülsten aus dem Hosenbund stieg. Kaskaden von weißblauem Seifenwasser rannen in die Schüssel zurück, während er neues Wasser mit seiner heilen Hand über die Schulter schleuderte, füllte, schaufelte und baggerte.
Der Armstumpf schlenkerte unbeteiligt an seiner rechten Seite. Nur manchmal beschrieb er im Raum eine rasche Kreisbahn, wenn Gleichgewichtsprobleme es erforderten.
Ich trat näher. Buseberg Vater grinste durch Seifenschaum. Sohn Harald, ungewaschen, zwinkerte doppelt schnell, als wollte er sagen: Dies, Kunde Karl, ist nur der Anfang.
Die Mutter klapperte am Herd mit Töpfen.
Ich starrte ihn an. Der Waschende beendete sein Flutspiel. Die Seife biß, auch Vater Buseberg, sah ich, kniff seine Augen zu, wodurch er einen Augenblick lang seinem Sohn Harald ähnlich wurde. Geschickt ergriff Johann Busebergs einzige Hand ein Frottiertuch, das über

der Lehne eines Küchenstuhls in der Nähe hing. Er rieb Gesicht, Oberkörper und Armstumpf. Ich stellte fest, daß die Wunde säuberlich vernäht war. Nur im Zentrum des Armquerschnitts, dort, wo der Knochen sein mußte, zeigte sich eine deutliche Rötung.

Der Vater, sich frottierend, grinste.

Harald zwinkerte.

Frau Buseberg rasselte mit dem Schüreisen.

»Du willst«, sagte Buseberg, mich durchdringend musternd, »die Hand schnüren?«

Ich wechselte Stand- und Spielbein, sagte fest: »Ich will die Hand schnüren. Schnüren, ja.«

»Frau, das Hemd«, forderte Buseberg.

Die Frau ließ den Herd, brachte das Sonntags-Oberhemd, hellblau mit schmalen dunklen Streifen. Buseberg fuhr hinein. Sein wolliger Schädel stieß durch den Hemdschlauch, tauchte in der Kragenöffnung auf, die heile Hand suchte und fand sofort den einen Ärmel, und dann, rechts, glitt auch der Armstumpf ins obere Ärmelteil, stieß ein paarmal nach oben und rechts seitwärts, wie um zu erreichen, daß ein paar Zentimeter Stoff mehr in Anspruch genommen werden möchten: Vergebens, denn ein Drittel Textilrohr baumelte ungenutzt hin und her, die gestärkte Manschette unten dran. Nun aber befahl Buseberg, aufzukrempeln. Ich kam Harald und Mutter Buseberg zuvor und rollte den leeren Ärmel zurück, bis vom Stumpf ein gutes Stück sichtbar wurde, übrigens mit einem tintenblau eintätowierten Anker ganz in Nähe des Abrisses, um den ringsherum die Inschrift sich ringelte: »Navigare necesse est!« Latein, davon hatte ich erst recht keine Ahnung, aber, meinem neugierigen Blick nachgebend, der ohnehin nur Wortteile entzifferte, entschloß Buseberg – jetzt immer Vater – sich, zu erklären: »Das heißt Seefahrt tut not.«

Vom Herd her, wohin sie zurückgekehrt war, macht Mutter Buseberg: »Phh . . .!«

Genügend hochgerollt? Nun her mit Busebergs Kunsthand! Der Mann, Hemdschöße noch über der Hose, wendete sich zum Fensterbrett. Dort lagen zwei Holzhände mit Lederbefestigung, lagen *zwei* Prothesen!
Es stellte sich heraus, daß die Prothese mit dunklem Glacéhandschuh über der wie natürlich geformten Holzhand alltäglichem Gebrauch diente. Sonntags aber benutzte Buseberg eine Extrahand, mit hellfarbenem Glacéhandschuh!
Damit war nicht zu rechnen gewesen, für fünf Kupferpfennige! Ich folgte Gesten des Amputierten, nahm die helle Hand vom Fensterbrett. Und ließ mir erklären: Hier handelte es sich um einen ausgeklügelten Mechanismus. Indem nun Buseberg den Glacéhandschuh abstreifte, mit einer äußerst gekonnten Bewegung seiner linken Hand übrigens, während ich – weniger geschickt – die Prothese hielt, enthüllte sich ein kompliziertes Werk aus Holz- und Metallteilen. Spiralen, blau schimmernde Blattfedern und überlappende eloxierte Aluminiumplatten hielten die einzelnen Fingerglieder zusammen und sorgten für deren Beweglichkeit. Auch führten Darmsaiten von den Fingerspitzen zur Handwurzel, von wo sie gebündelt in die Manschette weiterliefen. Buseberg demonstrierte: »Ich beuge das Ellbogengelenk.« Er beugte, was in diesem Fall, da die Hand ja nicht angelegt war, frei gedacht werden mußte. »Paß auf«, befahl Buseberg, »was geschieht.« Frau Buseberg murmelte: »Oh, Mann . . .« Aber niemand achtete auf sie, denn auch Harald beäugte die Hand, an der sich nun, bei Beugung, die Finger schlossen. Jetzt Streckung: Die Finger öffneten sich wieder. Ein paarmal hin und her. Zum Schluß, Buseberg bewältigte auch dies, ließ er durch Druck auf ein verborgenes Knöpfchen an der Handwurzel den Daumen – der Kunsthand! – hin und her schnellen, wobei jedesmal ein feines, scharfes Knacken hörbar wurde.
»Ganz anders jedoch ist es« – Buseberg legte, nachdem er

mit meiner Hilfe sorgfältig den Handschuh wieder über das Wunderwerk gestreift hatte, die Sonntagshand beiseite und ergriff die dunkle Alltagshand –, »ganz anders ist es mit diesem Modell bestellt.« Und indem Buseberg mir nun die andere Prothese zum Halten gab, meinte er, ich sähe ja, daß hier die Hand aus einem Stück gefertigt sei, nicht wörtlich zu nehmen zwar, denn die Finger seien mit Zargen oder Dornen eingepaßt wie Stuhl- oder Tischbeine, und Hand sowie Finger bestünden aus mehreren Lagen Holz, dessen Fasern in verschiedene Richtungen verliefen, aber sie präsentiere sich doch wie aus einem Stück. Eben. Man könne, Drehung nach links, die Hand abschrauben, sie ersetzen durch einen praktischen eisernen Arbeitshaken, ähnlich geformt wie ein Bootshaken: »Das weiß ich als Mariner«, bekräftigte Johann Buseberg. Und: »Frau, hol doch mal den Haken.«
Sie fand ihn, poliert und mit kräftigem Schraubgewinde versehen, das, soweit ließ sich technisch vorausdenken, dem Gewinde an der Hand entsprechen mußte. So war es, ich durfte die Arbeitsklaue nicht nur besichtigen, sondern auch an- und wieder abschrauben, wobei ich noch erfuhr, daß es sich hier um das weltweit bewährte System *Masters* handelte.
Lehrreich war das und hochinteressant. Und mit fünf Pfennigen vorteilhaft abgegolten. Doch jetzt kam ja noch das Hauptstück, die Befestigung seiner mechanischen Sonntagshand, *System Mathieu,* wenn ich die entsprechenden Aufklärungen Busebergs richtig behalten habe, das Anbringen am lebenden Armstumpf. Ich hob den Apparat, und Busebergs Stumpf glitt routiniert in die feste Manschette. Dann wies er mich an, das baumwollene Schnürband in hohlgenietete Löcher zu fädeln, die sich in zwei Reihen die gesamte Manschette hinaufzogen. Kraft war nun nötig für den Zug zu guter Letzt, damit die Manschette auch fest saß. Aber es gelang. Bei der Schleife mußte ich kapitulieren. Frau Buseberg übernahm es, in

gewohnter Weise, wie sich aus ihren schnellen Bewegungen schließen ließ. Eigenhändig rollte Buseberg den knisternden Hemdsärmel über die lederne Prothesenhalterung.

Für fünf Pfennige! Harald Buseberg zwinkerte und produzierte handflächenreibend Schweiß. Seine Ehrlichkeit stand außer Zweifel. Ich, Karl, begriff wenig über das mechanische Prinzip hinaus, brütete aber über einer bisher unbekannten Glückseligkeit, die ich wie einen warmen Kloß in meinem Bauch spürte.

Frau Buseberg trug Vanillepudding mit Schokoladensauce auf. Erstaunlicherweise aß auch Vater Buseberg, führte mit heiler linker Hand den Alpakkalöffel. Als Dreingabe oder Geschenk: Er zeigte den Tischgenossen, den Knaben, wie ein Großvater Pudding ißt. Dazu wurde von ihm ein riesiger Vanillewackel auf schmalem Löffel mit absichtlich zitteriger Hand zum Mund geführt. Doch bevor der gelbe Steifbrei in Vater Busebergs lachend aufgerissenem rotem Schlund verschwand, durfte die Masse verunglücken, zurückplumpsen in die Schokoladensauce, die aufspritzte.

Die Knaben lachten.

Frau Buseberg rügte: »Aber, Mann . . .«

Es war zwölf, als ich heimging, satt von Pudding und Erlebnissen. »In Zukunft kostet es zehn Pfennige«, rief Harald mir nach, als ich durchs Gartentor schlüpfte. Ich rannte heim, schlich mich durch die Veranda, hintenherum. Doch in der Laube klappte eine Tür. »Wo warst du?« fragte Mutter Minnamartha. »Och . . .«, murmelte ich, »nur bei Harald.«

Minnamartha hatte *BZ am Mittag*, *Lokalanzeiger* und *Morgenpost* mit bunter Donnerstag-Beilage *Brummbär* abonniert. Als aufmerksame Leserin entdeckte sie bald eine Notiz, die, je nach Blatt in verschiedener Länge und unterschiedlichem Stil abgedruckt, Johann Buseberg betraf. »Einen gewissen Johann Buseberg«, sagte Minnamartha, aber sie schloß ganz richtig, daß es sich um Haralds Vater handeln müsse. Der Pressebericht lautete in seiner ausführlichsten Form, wie ihn der Lokalanzeiger abdruckte:

INVALIDER SKAGERRAK-VETERAN STRECKT RÄUBER NIEDER

Berlin. Eigener Bericht.

Dem ehemaligen Marine-Artilleristen Johann Buseberg, 40, gelang es auf verblüffende Weise, einen gefährlichen Räuber unschädlich zu machen. Infolge einer schweren Verwundung während der Schlacht von Skagerrak trägt B. eine hölzerne Unterarm-Prothese.

Am Donnerstag in den Abendstunden, als B. sich, wie üblich radelnd, von seinem Arbeitsplatz auf den Heimweg begab, stellte sich ihm im sogenannten Zehlendorfer Haselhölzchen ein Individuum in den Weg. Die Person, inzwischen als der 20jährige Schleifer Günther H. identifiziert, zwang den Heimkehrenden zum Absteigen und forderte ihn auf, seinen Geldbeutel zu übergeben.

Buseberg, vom Krieg her an Gefahren gewöhnt, zögerte nicht. Er hielt zwar an und stieg ab. Blitzschnell erhob er jedoch dann seine Holzhand und ließ sie auf den Kopf des Räubers niedersausen. Dieser brach besinnungslos zusammen.

Seelenruhig wartete Buseberg, neben dem Niedergestreckten Wache haltend, das Hinzukommen anderer Passanten ab. Er bat, einen Polizisten herbeizuholen.

Dies geschah. Günther H. sah sich bereits mit Handschellen gefesselt, als er aus seiner Bewußtlosigkeit erwachte. Er wurde in polizeilichen Gewahrsam überführt und wird sich wegen Überfalls und versuchten Straßenraubes zu verantworten haben.

Ich malte hinter der Hybride von Coleus schwierig zu meisternde B-s ins Schreibheft, da sah ich mich aus kni-

sternden Zeitungsvorhängen von spitzer Mutterstimme zur Rede gestellt. Minnamarthas Augen, brillenbewehrt, blitzeschleudernd durch Linsenschliff für drei Dioptrien links und zwei rechts, richteten sich auf mich, wozu die Zeitungsblätter mittels halbem Armstreck gesenkt wurden. Dann appellierte Minnamartha scharf:
»Menschlein!«
Das Kind wand sich auf der glattledernen Sitzfläche eines zu großen Armstuhls. Zog seine während der Schreibarbeit vorgestreckte Zungenspitze ein. Zögerte, ob er seine Selbständigkeit noch drei Sekunden lang ertrotzen sollte, indem er das soeben durch Senkrechtstrich begonnene B vollendete, und zwar durch Anfügen des oberen und unteren Rechtshalbbogens. Entschloß sich dann aber doch, zu antworten:
»Ja, Mami?«
»Menschlein, ist nicht Harald Buseberg dein Freund?«
»Och, nein. Er geht nur in meine Klasse.«
»Aber gehst du nicht manchmal zu ihm? Hinten in die Kolonie?«
Ich erwog blitzschnell alle in Frage kommenden Möglichkeiten, auf die mütterliches Verhör vielleicht zielte. Hatte Minnamartha von der Holzhand erfahren? Vom Pudding, der in Schokoladentunke platschte? Oder wußte sie etwa, daß ich Harald Geld gab? Wollte sie meine Besuche in der Laube vierzehn unterbinden?
Ich entschloß mich, ungefähr zu bleiben:
»Nur manchmal«, sagte ich, »gehe ich hin. Wenn mir langweilig ist.«
»Hier steht etwas in der Zeitung über seinen Vater.« Mutter legte eine Pause ein und funkelte wieder mit Augen und optischen Gläsern. Aber ich schwieg.
»Er hat einen Räuber niedergeschlagen. Im Haselhölzchen. Wußtest du das denn nicht?«
»Doch«, sagte ich. »Harald hat es erzählt.«
Minnamartha schüttelte den Kopf. »Menschlein, ich ver-

stehe dich nicht. So etwas berichtet man doch!« Staunen und Entrüstung lösten bei ihr einen Armreflex aus, die raschelnde Zeitungsbarrikade fuhr wieder bis auf Leseabstand vor ihr Gesicht, verdeckte es mit Ausnahme der Stirn und der oberen Lesebrillenränder. Ich, übers »Menschlein« erbost, nervös wegen gewaltiger, soeben überstandener Gefahren, hatte mich gerade wieder der Vollendung meines B-s zugewendet, als ich Minnamarthas Schlußkommentar hörte, mit dem ich sonst gewohnheitsmäßig rechnete:
»Ich möchte wissen, ob du mir überhaupt etwas erzählst!«
Ich tat es nie.
Patzig stach ich die zweite, untere B-Schleife ins Heft. Dann tat ich nur noch so, als ob ich schriebe.
Denn übrigens wurmte es mich, daß Harald den Handschnürpreis auf zehn Pfennige erhöht, also verdoppelt hatte! Und es war schwierig, diese Summe aufzubringen. Der Buseberg-Etat war bisher von mir aus Quellen geschöpft worden, für die einigermaßen nervöse Mütter unbewußt sorgen. Kleine Münze zeigt sich bekanntlich an manchen Orten eher lästig, genauso, wie sie woanders durch ihr Fehlen Peinliches verursachen kann, etwa in öffentlichen Bedürfnisanstalten. Lästig ist sie jedoch in den Jackentaschen der Männer, in Handtaschen, Brillenetuis oder Kammhülsen. Manche Frauen horten hier gehobene Geldfunde in Sparschweinen oder Sammeltassen. Nervöse Frauen jedoch, und dazu gehören fast immer Mütter, neigen dazu, so gefundene Kupfermünzen an mehreren, manchmal überraschenden Stellen zu sammeln, in Nähmaschinenschubladen etwa oder in Knopfschachteln. So fällt es gewöhnlich nicht auf, wenn Kinder kleinere Nebenausgaben aus solchen Nestern bestreiten.
Nun aber vierzig Pfennige im Monat!
Wütend warf ich die dicken Posthornstifte in ihren Holz-

kasten. »Ich bin fertig«, meldete ich, indem ich vom Stuhl rutschte. Die Mutter reagierte nicht. Brillenbewehrt nährte sie ihren Geist mit Tausenden von klitzekleinen Frakturbuchstaben.
Jetzt konnte ich mich wieder mit Johann Buseberg, mit der Ledermanschette an hölzerner Hand und den damit zusammenhängenden Finanzierungsfragen beschäftigen. Haralds weiße Hände lauerten klebrig, den Obolus jeweils einzukassieren, ein kleines Säulchen Münzen meistens, bestehend aus Ein- und Zweipfennigstücken, zusammengeklaubt aus Minnamarthas Nestern. Doch, wie ich vorausgesehen hatte, wurde es immer schwieriger, die Woche für Woche geforderten zehn Pfennige zu finden. So besuchte ich schließlich die Laube des Prothesenträgers seltener, bis ich nur noch gelegentlich bei Busebergs zu Gast war, Schnürbänder einfädelnd, angesichts gelber Puddinghügel, die, unter Johann Busebergs meckerndem Lachen, nach wie vor in braune Schokoladensauce plumpsten. Dem Vermittler Harald sagte ich: »Ich hab' einfach kein Geld.«
Übers Jahr, als der Sommer wiederkehrte mit seinen fröhlichen tiefblauen Gewittern, stellte ich fest, daß ich Busebergs Manschette und auch Vater Edes Kavalleriestiefel vernachlässigte. Nicht mehr zahlte ich gestohlenes Geld in Haralds gekrümmten Handteller, nicht mehr rief ich Gustav, damit der geschorene Tölpel Wasserlachen im Stechschritt durchmesse. Ich legte nicht einmal mehr die herrlichen schwarzen Stiefel selbst an. Das Lederfett Marke Fake roch ranzig, und Urbin, den guten Schuhputz, schmierten andere sich aufs Schuhwerk, soweit es schwarz war: ich selbst trug Braun.
Braungebrannte Beine, grätige Arme von sieben, acht, neun kleinen Mädchen interessierten mich nun. In Laube elf wohnten sie und an der Stammbahn beim Bierladen und im spitzen Siedlungshaus, und in Laube vierundvierzig und einundneunzig. Wanda hieß eine, dann gab

es Ingrid, Gigi, Häschen, Marie, Anneliese und noch ein paar. Wanda fiel auf, weil sie dick und riesig war, sich gerne abseits hielt. Sonst konnte ich sie kaum voneinander unterscheiden mit ihren blitzenden frechen Mündern. Halt, noch eine Ausnahme: Irmchen, bisher gar nicht erwähnt, fürchtete sich, wenn es donnerte.
Wanda aber, Wanda Puvogel, Tochter des Kolonialwarenhändlers Ernie Puvogel aus der Kolonie Tausendschön, glich, massig und mit lieblich-blödem Lächeln, einem bekloppten Erzengel, der den Eingang zum Paradies bewachte.
Beispiel: Ede sagt zum ahnungslos sandspielenden Karl: Geh mal Persil holen. Als ich Kind war, leuchteten strahlend weiß gekleidete Riesendamen auf Dunkelgrün (»Persilgrün«) von vielen Häuserwänden, an Stadtbahnstationen besonders, um durch ihr makelloses Beispiel darauf hinzuweisen: Persil bleibt Persil. Ohne Persil geht es nicht. Auch bei vielen Kaufleuten, Krämern, Kolonialwarenhändlern hingen entsprechend verkleinerte Plakate an der Ladentür, oft neben einer Plakette mit der Aufforderung:
»Trittst du hier als Deutscher ein – soll dein Gruß Heil Hitler! sein.«
Da es schwierig war, auf den Schwellen dieser Ladeninhaber, die mit der Zeit gingen, seine Staatsangehörigkeit zu ändern, verloren solche Läden manchen guten Kunden. Unsere Gegend war nicht ausgenommen. Manche wechselten, verschreckt oder peinlich berührt, zu Ernie Puvogel über. Denn an seiner Ladentür fehlten Hinweise auf neue Grußpflichten. Aus gutem Grund. Puvogel war Kommunist von reinstem Schrot und Korn. Grün-weiße Persilplakate hingegen hatte Ernie in Hülle und Fülle verwendet, um Ritzen abzudichten, die fingerbreit allenthalben in seiner baufälligen Verkaufsbaracke am Rand des Koloniefestplatzes klafften. Puvogels Kunden lasen hundertmal: Persil. Wer in der Kolonie also an Per-

sil dachte, mußte zugleich auch an Puvogel denken. Mindestens an seinen Laden, in dem es neben Kaiserauszugsmehl, Dauerwürsten und sauren Gurken tatsächlich auch Persil gab. In großen und kleinen (grünweißen) Paketen.

Ede sagte also, ich sollte Persil holen. Da ein Mann Persil selten als notwendig erachtet, ja, einen Persilmangel im Haus überhaupt nicht bemerkt, schloß ich, daß der Auftrag ursprünglich von Minnamartha, meiner Mutter, ausging, an ihren Mann nur weitergegeben, damit dieser den Waschpulvereinkauf finanzierte. Er klaubte, in Unkenntnis der augenblicklichen Persilpreise, ein Zweimarkstück mit Hindenburg vorne drauf aus der Geldkatze, und befahl oder schlug vor, suggerierte oder schaffte an, daß ich Persil holen sollte.

Ich stellte den Bau eines Verbindungstunnels durch den mittleren von drei künstlich errichteten Sandbergen ein, reinigte die erdbekrümelte Hand am Hosenboden und nahm den runden Hindenburg, Wert zwei Mark, in Empfang. Großes Persil, dachte ich, oder kleines Persil? Aber ich beschloß, meinen Vater nicht mit dieser kniffligen Frage zu konfrontieren, denn sicher ahnte Ede nichts von der Existenz zweier verschiedener Paketgrößen. Ich beschloß, entsprechend der reichlichen Summe, die zur Verfügung stand, ein großes Paket von Puvogel zu fordern oder, falls dies gerade nicht am Lager sein sollte, zwei kleine oder sogenannte Normalpakete zu kaufen. Auf jeden Fall mußte, um eine Wiederholung von Puvogel-Aufträgen in absehbarer Zeit zu vermeiden, möglichst viel Persil ins Haus geschafft werden. Und warum? Weil Puvogels Tochter Wanda den Erzengel oder Zerberus mimte, am Zugang zum Festplatz der Laubenkolonie.

Es gab hier eine Art Tor, mehr ein Triumphbogen, im Halbrund über Kopfhöhe gekrönt von den blechgestanzten Worten: *Festplatz Kolonie Tausendschön.* Unmittelbar vor diesem Tor verengte sich der ursprünglich gut wagenbreit angelegte Weg, der als einziger zum Festplatz und zu Puvogels Laden führte, durch eine im Sommer fast nie eintrocknende Wasserlache auf knapp Meterbreite. Auf diesem schmalen Damm stand Wanda Puvogel.

Stand Ernie Puvogels dumme Tochter, säulenbeinig, mit Armmuskeln, die unter der Haut spielten wie bei einem Athleten, und riesigem, gierig mahlendem Unterkiefer.

Sabberte sie sogar? Ich glaube ja.

Nun näherte ich mich der Ungetümen, meine Hand umklammerte den runden Hindenburg, Wanda drohte riesig, und ich dachte: Wird sie mich oder wird sie mich nicht? In die Pfütze stoßen, nämlich. Denn das war ihre Spezialität. Diesmal tat sie es nicht.

Wanda Puvogel trat einen Schritt zur Seite, was etwa den Eindruck machte, als ob ein Elefant sein Gewicht verlagert. So wurde zwar nicht der Weg, aber zumindest ein Streifen Schlamm notdürftig begehbar. Ich schmatzte am Rand der Pfütze unter Wandas Idiotinnenblick vorbei, gewann zwei Meter hinter ihr wieder feste, hellgelbe märkische Erde und eilte, ohne mich umzusehen, in Puvogels Baracke.

Jener Mann, der Jahrzehnte später den Reklameigel Mecki erfand, muß Ernie Puvogel gekannt haben. Überflüssig zu erwähnen, daß Puvogels Haarschnitt exakt an Igelstacheln erinnerte. In Vollendung eines Vorbildes, das der Krämer ja gar nicht kennen konnte, rollten Ernie Puvogels stechende, kleine Augen in Fettpolstern. Spitzten sich Mund und Nase zur Schnüffeltülle, als wolle er unter Hecken Feldmäuse, Bucheckern oder Haselnüsse aufspüren. Wölbte sich sein Bauch, trotz einschneidendem Hosenriemen, in makelloser Rundung.

Puvogels Beine waren kurz, selbstverständlich. Und es war ein Scherz der Natur, ein Webfehler in den Chromo-

somen, der seine Tochter mit plumpen Säulenbeinen ausgestattet hatte.
Puvogel Vater stellte den emsigen Igel dar. Als solchen benutzte seine Partei ihn gern bei illegalen Plakataktionen, wo Puvogel, bei Nacht und Dunkelheit blitzschnell die Kleisterquaste auf und ab schwingend, Beachtliches – wenn auch wenig Wirkungsvolles – geleistet hatte.
Flink bediente der Igel auch. Zwischen Ladentisch und Regalen, zwischen Gurkenfaß und minimal zu seinen Gunsten falsch gestellter Präzisionswaage eilte er hin und her.
Puvogels Igel-Eigenschaften halfen ihm, zu überleben.
Puvogel reicht jetzt dem Kunden Karl Kaiser ein großes Paket Persil (es ist am Lager), nimmt den Hindenburg entgegen, den er, als einfachste Falschgeldprobe, auf einer Marmorplatte klingen läßt, die er sonst benutzt, um Wurst zu schneiden. Oder Schinken. Er gibt Wechselgeld heraus. Karl sagt »Auf Wiedersehen«, der neue deutsche Gruß mußte ja hier nicht angewendet werden, und verläßt mit Persil Puvogels Laden.

Auf der Landenge waberte, wabbelte und wurzelte Wanda Puvogel. Doch sie drehte mir den Rücken zu, und so gab es eine gewisse Chance, wiederum den Schlammpfad benutzend unbehelligt an ihr vorbeizukommen. Ich preßte das Persilpaket an meinen Leib. Schon klatschte mein rechter Fuß in den Schlamm, da drehte der Mädchenkoloß sich um. Nur halb. Aber eine einzige Bewegung ihres massigen, muskulösen Armes genügte, um mich und Persil in die Lache zu stoßen.
Matsch auf Anzug und Leib. Gefühl des brackigen Wassers, das sich in Hose und Hemd sog. Nicht so schlimm! Die Katastrophe war, daß jenes große Persil-Normalpaket ins Wasser fiel. Schnell weichten grün-weißes Reklamepapier und brauner Karton. Der weiße, kleinkörnige

Inhalt verwandelte sich im Nu zu Brei und Schaum. Während ich auf allen vieren, das labberige Paket unnötig hochhaltend, an Land kroch, wußte ich, daß ich Unbrauchbares heimbringen würde.
Persil bleibt Persil. Aber nicht, wenn es in eine Pfütze fällt.
Auf der Landzunge trotzte Wanda Puvogel breitbeinig. Lächelte unirdisch. Ich hinterließ eine dunkle Tropfspur im hellen Sand.

Ingrid liebte ich. Ingrid wußte, weshalb Persil sich auflöste, weshalb Ede einen triefnassen Jungenhintern verbläute, denn Wanda Puvogel hatte die Schmach allen Mädchen gepetzt. Und Ingrid, breitwangig mit Spitzmund, viel Weiß in den Augen, weil sie nie geradeaus schaute, die hinterlistige, grätschbeinige, geschlechtduftende Ingrid machte von ihrem Wissen Gebrauch. Harry Piel, sang sie, sobald ich mich zeigte, und bohrte den Finger untern Rock, Harry Piel steht am Nil, wäscht den Piepel mit Persil. Zwei Idole jener Zeit waren in einem Vers vereint: das Idealwaschmittel und ein trefflicher Filmdarsteller, der mittels bravem deutschem Schäferhund Räuber fing (Sein Freund Berry), sich jedoch auch selbst vom Tiger von Eschnapur den Rücken zerfleischen ließ. Mit viel Watte in der blutigen Wunde spielte Harry Piel weiter, um das exotische Zelluloidepos zu vollenden. Eine Freude der Produzenten. Aber das mit dem Nil und Persil war Erfindung des Reimes wegen, ein Vers, der nun auf den gesprungenen, schorfbedeckten Lippen Ingrids blühte.
Der frühgeilen Ingrid. Ihren Finger stets spielerisch im nacktstrotzenden Schlitz, gelbbepinkeltes Höschen beiseite schiebend, floß Obszönes aus ihrem Spucke spritzenden Mundwinkel.
Was sagte, geiferte, bellte sie?

Zitrone, Banane, an der Ecke steht ein Mann
Zitrone, Banane, er lockt die Weiber an
Zitrone, Banane, er nimmt sie mit nach Haus
er zieht sie nackend aus
er holt sein Dingsbums raus
er nimmt sie mit ins Bett
Zitrone, Banane, er fickt sie dick und fett.

Da lachte Ingrid und puhlte wild in ihrer Zitrone, daß Rock und Schürze sich bauschten.
Ich schämte mich. Mein neuestes Hosenmodell, von Minnamartha selbst geschneidert, war zu kurz ausgefallen. Fingerbreit zeigte es – im Stehen – weiße Unterhosenränder, und im Sitzen sogar etwas, was Ingrid frech und lüstern sofort mit »Banane, Banane« ansang. »Komm mit«, lockte sie, »komm mit«, zog hüpfend, Weiß im Auge, Zunge im Mundwinkel, Gigi die Freundin fort. Und bevor ich folgen konnte, kuschelten beide im Heuboden überm Kaninchenstall.
Mutig erklomm ich die Leiter, durch die angelehnte Klappe oben linsten Mädchenaugen, und Ingrid wisperte: »Nicht ... du nicht. Wir ... poussieren nämlich!« – Klapp, die Tür zu, und Kichern.
Rückwärts stieg ich die Leiter wieder hinab und trollte mich, Menschleins kleine Banane baumelte, wie sollte sie auch anders, mit sieben. Aber der Wunsch keimte, bei Minnamartha andere Hosen zu fordern.
Gigi aber nannten alle Stacks. Denn Gigi hatte dürre lange Beine, dürre lange Arme und ein dürres langes Kinn. Gigi schüttelte eine rote, wilde, volle Mähne. Sie linste durch Fransen. Einmal schlug sie vor: »Wir spielen Puppentaufe!« Mutter mochte sie selbst nicht sein bei diesem Spiel, eher Pfarrer oder Patentante, aber Ingrid wollte auch nicht Mutter sein, und so holten sie Häschen, den Pummel mit den fetten Handgelenken. Häschen malte sich mit Bonbonrot die Lippen, trug Ohrringe von

Dauerlutschern in durchstochenen käsebleichen Läppchen, besaß viele Puppen, eine sogar mit Schlafaugen. Ich wußte wie jeder Junge, daß Puppenköpfe mit gelindem Ruck aus ihrem Halsgelenk zu ziehen sind. Du hältst dann den Zelluloid-Torso vor die Augen, und du schaust in eine Höhle, einen Dom, der von rosa Licht erfüllt ist. Hier wölbt sich oben der Bauch, mit winziger Rosette, eingestanztem Bauchnabel – das Ende rundet sich. Daß rosig in der Mitte ein Dorn von Fleisch klafft, die Lippen auseinanderdrängend und noch nicht vom Gebüsch sprießender Haare getarnt, verschweigen sie. Links und rechts, wie runde Türen zu Tresoren, blinken metallene Scheiben, runde Drehgelenke, mit denen die Puppenbeine in der Höhle befestigt werden, gehalten durch einen Dorn, dessen Enden gebogen sind. Und wir wissen wieder, welch ungleich größere Schwierigkeiten es wegen dieser Technik macht, einer Puppe die Beine auszureißen. Weil ich aber so viel wußte über die Puppe, nicht mehr neugierig war, wurde sie ungefährdet getauft.

Wir tauften Häschens Schlafaugen-Puppe, die längst Agathe hieß. Ich war der Vater und Gigi, im eilends aus einer schwarzen Kalikoschürze improvisierten Talar, tatsächlich der Pfarrer. Wasser plemperte sie auf die Puppe. Und Häschen, Arm in Arm mit mir, der ich an rosa Höhlungen dachte, Häschen schrie: »Nicht so viel!« Denn durch die Augenhöhlen floß einiges in den Puppenkopf. Ingrid wiegte als Patin »Agathe vorher und Agathe nachher« im Arm und warf Blicke auf mich, und die rothaarige Gigi und übersah einfach Häschen. Aber Häschen machte das nichts. Häschen glühte selbstzufrieden. Achtete auf Agathe. Gigi rief: »Ich taufe dich auf den Namen Agathe!« Ingrid tippte mit der Fingerspitze auf Agathes mechanische Augenlider. Gurgelnd schoß das Wasser in die Kopfhöhle, etwa eine halbe Tasse.

Dann, während alle Sandkuchen buken zum Festmahl und Häschen die Puppe, in deren Kopf das Wasser laut schülperte, zwischen duftige Paradekissen in einem hochbeinigen Puppenwagen versorgte, meinte Ingrid, Taufe ist ein blödes Spiel. Sie meinte damit nicht etwa, daß man zeitnah nun auch im Spiel die Taufe durch Deutsche Weihe ersetzen müsse. Nein. Soweit ging nicht einmal Ingrid. Hier im Vorort, links und rechts der schnurgeraden Lehrter Bahn, entlang am preußischen Königsweg, wurde weitergetauft.

Aber Ingrid fand es blöd. Mindestens diesen Teil jetzt mit gemütlichem Familien-Beisammensein und Sandkuchenbacken. Das Luder, voll schlüpfriger Gedanken, fiel kichernd mit neuem Vorschlag mitten in die aufgereihten Sandkuchen, hintenüber, die Beine hoch, und enthüllte wieder ihr Höschen. »Wir spielen«, befahl sie, »Anatomie«. Dann stand sie auf. Ihr kleiner Hintern hatte die Sandkuchen zertrümmert und zwei halbkugelige Abdrücke hinterlassen, auf die ich starrte.

Anatomie? Auch wieder ein Wort, das ich nicht verstand. Wie poussieren. Heute würde ich in meinem Lexikon nachschlagen, würde lesen, daß Anatomie aus dem Griechischen kommt und Aufschneidung bedeutet oder Zergliederung. Würde mit Erstaunen feststellen, daß Anatomie in sechs Teile zerfällt, nämlich in . . . aber ich gehe zu weit, viel weiter als Ingrid, die nicht an Aufschneiden dachte und nicht an Zergliederung, und die keine Ahnung davon hatte (und, wenn sie noch lebt, auch heute noch nicht hat), daß Wissenschaften existieren, die in sechs Teile zerfallen. Ich werde demnächst das Lexikon daraufhin prüfen, ob nicht andere Wissenschaften in noch mehr Teile zerfallen. Ich bin überzeugt, man findet eine Menge.

Woher nahm Ingrid diese Bezeichnungen, die fremd und geheimnisvoll klingenden Wörter? Was wußte sie? Ich, den Blick noch immer auf die beiden halbrunden Vertiefungen im Sand gerichtet, ich wußte, daß ich nichts wußte.

»Anatomie«, riefen alle, riefen Gigi und Häschen, riefen Anneliese und Marie, die hinzugekommen waren. Hinter Ingrid stürzten alle in den unteren Schuppenraum, der scharf riechende Stallhasen beherbergte. Auf und zu klappte die mit Teerpappe benagelte Tür. Verschwunden waren sie. Nur Häschen blieb mit mir draußen, zurückgewiesen wie ich, aber pummelig zufrieden. Bis dreiundvierzig sollten wir zählen: Wer mag das? So lange dauerte es. Dann riefen sie Häschen hinein, und ich stand allein vorm Karnickelstall, langsam ahnend, was Anatomie da drin bedeutete. Aber es war noch nicht so weit. Kein Laut drang aus dem Hasenverlies, auch keiner vom Anatomieopfer Häschen, dem dicklichen Nicht-Langohr, das nur zufällig auf ihre Namensgeber stieß, dort drin. Im Halbdunkel. Ich dachte an kleine Finger, die Bohnen klaubten, Erbsen aus saftigen grünen Hülsen streiften. Kribbelige kleine Hände mit kurzen Fingern, benagten Nägeln. Wächserne Hülsen und weiße trockene Hülsen, die knallten, wenn der Finger sie drückte.

Wumm! Das war die Tür. Eine Hand winkte. Ich betrat den Karnickelstall. Einen Augenblick stand ich, bis meine Augen sich an die Dämmerung gewöhnten. Kein Laut. Nur das Rammeln der Karnickel in ihren Drahtkäfigen. Dann sah ich, unbeweglich in einer Reihe, die Mädchen. Links stand Häschen, und besonders deutlich sah ich Häschens untere Hälfte, denn Rock und Schürze hatte sie hochgeklappt bis übers Kinn. Beide Hände hielten mit gespreizten Fingern die leichten Kleidungsstücke. Das Untere verhüllte nichts, und ich sah, was ich an Zelluloidpuppen vermißte, und mittendrin ein Böhnchen oder eine kleine Erbse, zum puhlen. Es ist ja zum Puhlen, zum Puhlen, dachte ich, sonst nichts. Nicht einmal ungebührliche Neugier.

Starr standen alle. Der Vorhang blieb geöffnet. Wachsbleich leuchtete Häschens Haut im Halbdunkel. Ingrid flüsterte: »Sie zeigt uns alles.« Und dann ihr Befehl:

»Zeig uns auch was!« Ich reagierte nicht. Denn es kam mir nicht in den Sinn, daß sie meinten, was Ingrid schnauzig mit »Banane, Banane« anzusingen beliebte. Doch dann traten Ingrid und Gigi auf mich zu. Auf einmal roch es nach Haar und Haut, nicht mehr nach Kaninchen. Krabbelhände suchten nach Knöpfen, öffneten sie, und dann spürte ich, was puhlen hieß, Wohltat fremder Hände am anatomisch aus Schwellkörpern Bestehenden. Sie zerrten zart und holten das Wenige heraus, hielten es schonend fest, indem sie beiseite traten, um den Freundinnen diesen Anblick zu gewähren. Alle Augen funkelten. Und schwer stießen die Mädchen süßen Atem in die dämmerige, heustauberfüllte Luft.

Doch, da: Begann der Stall zu schwanken? Es bebte und toste, und nun jagte auf nahen Schienen der D-Zug nach Lehrte vorüber, zwischen Bude siebzehn und achtzehn, donnernd, metallen, und schüttelte das Wenige aus feuchtwarmen Fingern. Es zog sich zurück wie die Schnecke ins Haus. Ich knöpfte zu. Häschen ließ die Röcke fallen. Der Zug donnerte westwärts. Als wieder Stille eintrat, hörten wir draußen von weit her einen Pfiff: »Mariechenkommrunter-dieHaustüristzu.« Es war Ede, mein Vater, der mich so zum Abendessen rief.

Karl geht den weißsandigen Gartenweg entlang, den rote und braune Klinker einfassen. Hinter ihm liegt teerpappeschwarz das Kaninchenhaus mit scharf riechenden westfälischen Rammlern und albinohaften Weißen Wienern – er weiß das von früheren Besuchen, heute hat er nichts wahrgenommen –, liegt die Anatomieburg, voll von süß duftenden, klebrigen Mädchen, deren Hände tasteten.

Karl spürt noch zartknochige Finger am Fleisch, am Bauch. Das wundert ihn. Er geht den Weg entlang, über den heute nachmittag er, Gigi, Ingrid, Häschen in kindlicher, feierlicher Taufprozession zogen, eine mit Wasser

bekleckerte Zelluloidpuppe zwischen sich. Um Häschens dicke Handgelenke zogen sich schmale Falten, bläulich eingebettet in orangenes Fett.
Karl sieht den bedeckten, milchigen Himmel und weiß, es ist achtzehn Uhr sechsundvierzig, und hinter ihm, hinter dem Hasenstall, auf den blanken Gleisen ist der Gegenzug fällig. Von Lehrte her, also in östlicher Richtung, zum Kopfbahnhof in der Stadt hin, wo ein fester Prellbock und vorher schon Vor- und Hauptsignale dem Ungetüm einer 2-C-2-Lokomotive von Kraus-Maffey ein vorläufiges, nach Osten hin sogar endgültiges Ende setzen. Jene Reisenden, die weiter wollen, nehmen Droschke, Stadtbahn oder Bus zu einem der anderen Kopfbahnhöfe, von denen aus Züge in die übrigen Himmelsrichtungen abgehen.

Karl bleibt stehen auf dem Gartenweg und dreht sich um, und da ist der Zug auch schon heran, tost vorbei hinterm Kaninchenhaus auf den blanken Gleisen. Karl freut sich. Bei Bude siebzehn oder achtzehn, wenn er die Strecke überschreitet, freut er sich jedesmal, wie blank die Oberfläche der Gleise leuchtet, ein silbernes Doppelband, von rollenden und drückenden Rädern ins Rostrot hineingeschliffen. Der Zug ist vorüber. Noch immer kein Anzeichen, daß die Mädchen ihr durchgeschütteltes Karnickel- und Anatomieheim verlassen möchten.

Karl sieht noch, daß der Heizer auf der 2-C-2 das Kessel-Luk aufreißt. Rote Lohe wabert zum niedrigen, zugestrichenen Himmel. Wird unter den Wolken fortgezerrt von der dahinfliegenden Lokomotive. Gegenzug. Das Wolkendach, so scheint es Karl, ist aufgerissen. Menschlein sieht ein brandrotes, in den Himmel gesengtes Loch, einen glühenden Schlitz. Und möchte der Heizer sein auf der 2-C-2, der schwarzglänzende Kohlenbrocken ins Kesselfeuer füttert.

Der Gegenzug war vorbei, der Flammenschein seines Kesselfeuers erloschen. Wiederum klang Edes Pfiff: »Mariechenkommrunter-dieHaustüristzu.«
Ich ging.
Minnamartha stand am Küchenherd. In schwerer Bratpfanne schleuderte sie die letzten Kartoffelpuffer, um damit einen Turm röscher Pfannenprodukte zu vollenden, der neben dem Herd auf einem Steingutteller gewachsen war. Ede las die Abendzeitung, eßbereit am Tisch lümmelnd, und sagte: »Wo bleibst du denn nur?« Auch er, das war mir bekannt, erwartete keine Antwort auf solche Fragen. Ich nahm Platz. Ede legte die Zeitung fort, und Minnamartha trug den Pufferturm auf. Groben Zucker darüber! Und aus der braunen Tasse Muckefuck Marke Kathreiner mit viel, viel Milch.
Ede zeigte sich im Puffervertilgen selbst mir überlegen, er brachte es in kürzester Zeit auf vier große, ich nur auf drei. Minnamartha lag, mit nur einem, um Runden zurück. Der halbe Turm blieb übrig. Zum kalt essen.
In den Zwanzig-Uhr-Nachrichten sagte der Sprecher, daß die Saar wieder einmal heimkehrte ins Reich. Abgesehen von einer kurzen Feier, war am nächsten Tag schul frei.
Es war nötig, auf dem Weg zur Schule an Sturmführer Gallerts Fahnenmast vorbeizugehen, der am Tag der Saarbefreiung mit dem neudeutschen roten Tuch beflaggt war. Auf rundem weißem Feld trug es in der Mitte sein schwarzes Runenzeichen. Gallert hielt Wache in bedenklicher Umgebung, am Rand der soziverseuchten Kolonie Tausendschön. Sturmriemen unterm Kinn, achtete er darauf, daß Passanten dem Flaggentuch durch Armvorstrecken gebührend Ehre erwiesen, gleich, ob es sich im Wind entfaltete, in einer frischen Brise knatterte oder nur lasch an der weißen Stange klebte.
Diesmal versäumte ich es beinahe, die Flagge zu grüßen. Erstaunlich. Denn sonst an Feiertagen mit Beflaggung

bereitete es mir Vergnügen, sogar Umwege zu machen, um an Gallerts Gartenzaun vorbeizumarschieren und den Gruß anzubringen. Zu Gallerts Befriedigung. Zackig erwiderte er meine Ehrenbezeigung. Aber heute, an dem so hohen Tag, der auch Gallerts Erwartungen, Grußausübung der Passanten betreffend, ins Unermeßliche steigerte, versäumte ich fast das Anheben des rechten Armes. Mäßig grüßend im letzten Augenblick in miserabler Haltung, stolperte ich an Gallert und Fahne vorbei. Den braununiformierten Symbolwächter ließ ich mit erstaunten Augen zurück.

Ich dachte nach. Weibliches? Gestern im Karnickelstall hatte ich es neu erfahren. Flinkgliederige Ingrid, knöpfende Gigi, auch Stacks genannt. Schwerer aber wog das andere Symbol für Weiblichkeit in meinem Leben, schwerer körperlich und schwerer seelisch:
Minnamartha, Menschleins Mutter. Meine Mutter.
Mutter. Oder Mami, letzteres verschämt, meist in Frageform benutzt: Mahmieee? Oder, fordernd, Mami! Vierjährig, stand ich heulend, brüllend am Gartentor, fragte Passanten: Haben Sie nicht meine Mutter gesehen? Versuchte, Minnamartha zu beschreiben, wenn Hilfreiche fragten: Wie sieht sie denn aus, deine Mutter? Aber ich konnte es nicht. Noch nicht. Doch wenig später erwachte das Bild in mir. Die Riesin Mutter wuchs vor meinen Augen.
Das erste Bild: Minnamartha im linken der auseinandergerückten Ehebetten aus braunfurniertem Holz. Die Maserung, auf vier quadratischen Feldern diagonal und regelmäßig zu einem mathematisch genau plazierten Mittelpunkt hinstrebend, wirkte perspektivisch, wie ein um 45 Grad gekanteter Bergwerksstollen, der vom Beschauer aus, scheinbar enger werdend, in ein imaginäres Flöz hineinlief. Mutter lag unterm dicken Plümo mit Rosenmuster, schon morgens die Brille wieder auf der Nase,

Buchstaben fressend aus raschelnden Zeitungen oder Modeheften der *Berliner Hausfrau,* denen während der Lektüre Schnittmusterbeilagen entglitten, über die schneeig rosane Schräge des Plümohanges hinabrutschten, um sich auf dem Fußboden neben dem Bett anderen gestürzten oder weggeworfenen Druckerzeugnissen beizugesellen.

Sogar das Nachtgeschirr war zugedeckt mit mehreren gefalzten Lagen der Berliner Morgenpost, allgemein *Mottenpost* genannt.

Hatte Minnamartha genug Buchstaben gefressen, so legte sie mit wiederholtem Seufzen die letzten Blätter fast kraftlos aus der Hand. Vorsichtig hob sie die Brille von der Nase, die einen Platz auf dem überfüllten Nachttisch fand. Neue Seufzer sodann, und jetzt wurde das schwere Plümo gelüftet, zurückgestoßen zum Fußende, wo es mit einem Zipfel in den perspektivischen Bergwerkstunnel ragte. Da schwang sie die Beine über den Bettrand, stieß blasse Füße in die umherliegenden Druckschriften, und saß nun vorgebeugt, als ob sie sich zuviel zugemutet hatte. Doch dann lüftete sie, mit einer fast leichten Bewegung, das Gesäß. Sie zerrte, krempelte das Nachthemd am Körper nach oben und enthüllte rosiggelbe Massen, von untadeliger, weicher Haut überzogen. Der Kopf verschwand im zarten Gefältel, tauchte, mit wirren Locken, die brennscherenscharfe Kanten hatten, wieder auf: Es war vollbracht! Das Hemd fiel neben Minnamartha zusammen. Und ihre Hände mit harten Fingernägeln hoben schwere Brüste in den Morgen.

In der Nähe auf dem Stuhl, leicht zu ergreifen, lag ein Stoffstück, das ich lange für eine doppelte Einkaufstasche hielt, bis ich mich überzeugte, daß es dazu diente, Minnamarthas Brüste zu verstauen und mittels breiter Schulterträger in eine Lage zu bringen, die modischen Vorschriften oder einfach Minnamarthas Wünschen entsprach. Das Kleidungsstück war vorne zu schließen, was

viel bequemer sein muß, als es die Machart mit hinterem Verschluß zuläßt.
Die Brüste wurden also verstaut, zwei rosige Kleckse schimmerten vorne durch den prall gefüllten Stoff. Danach folgte die Anlegung eines damastenen, in sich gemusterten Hüftpanzers, Strümpfe wurden ächzend über die merkwürdig schönen, von keiner Krampfader verunstalteten Beine gerollt und mit elastischen Bändern am unteren Panzerrand befestigt, und so fort, bis Minnamartha tagbereit das Schlafzimmer verließ.
Hinter ihr, an der Wand über den beiden Betten, schaute ein ebenfalls stattlicher Engel auf einer Reproduktion nach Rubens aus schwerem Goldrahmen: Ein fixiertes Abbild dessen, was soeben das Morgenlicht in diesem Schlafzimmer erspäht hatte, in herrlicher Bewegung, atmend.
Eine gute Stunde später, das Läutwerk ihrer Schürzentaschenuhr hatte schon mehrere Male angeschlagen, beschloß der Rubensakt vom Bettrand, der atmende, beschloß Minnamartha vielleicht, ihr Menschlein an die Hand zu nehmen, um es in die große Stadt zu führen. Auf schnurgerader, kilometerlanger Straße riß sie mich, handhaltend, zum Vorortbahnhof. Schräg aufwärts blickte ich, sah in Verlängerung meines Körpers einen Säulenarm, nackt im Sommer, weil dieses Jahr die *Berliner Hausfrau* im Modeteil ärmellose Kleider vorschlug. So als hätte nie einer ihrer Redakteure einen strotzenden Rubens-Akt gesehen.
Sie riß mich die Treppe zum Bahnsteig hinauf, viele Stufen, durch die Sperre hindurch. Stopfte mich ins Abteil des Dampfzuges. Harte Holzbänke. Ich roch den Duft von Toilette und Lokomotive. Eine 1-B-1 nur, also mit lediglich zwei großen Triebrädern, während die D-Zug-Loks deren vier haben, aber immerhin: Es war eine Lokomotive. Sie zog sechs oder sieben oder (mit Gepäckwagen) acht grüne, rußgeschwärzte Waggons stadteinwärts, an

Kohlenlagerplätzen, Baumschulen und hohen Mietshäusern vorbei, von deren Wänden oft die strahlendweiße Persildame lächelte: Sie rief mir Wanda Puvogel ins Gedächtnis, die zweite lebende Riesendame meines Daseins. Manchmal blätterten Putz und grüner Hintergrund ab, und die Persildame lächelte zwischen grauen Flecken, die wie Ausschlag oder Räude aussahen.

Wir fuhren acht oder neun Stationen, zwischen geschäftigen Mitreisenden, falls wir früh aufgebrochen waren, oder allein im Abteil zu späterer Stunde, wenn, wie Ede vorwurfsvoll meinte, die Faulen sich auf den Weg machten.

Waren wir faul! Minnamartha? Ich weiß es nicht. Ihrer Körperfülle entsprechend, die sie übrigens auch in Notzeiten fast immer bewahrte, habe ich sie in Lehnstühlen und auf Chaiselongues lagernd in Erinnerung, umgeben von Zeitungen und angebrochenen Konfektschachteln. Aber ihre eigenen Berichte ließen mich glauben, daß nur durch immense Tüchtigkeit ihrer selbst der Wohlstand in unserer Laube blühte. Einer Laube, die eben, davon war ich ja auch überzeugt, besser war als alle anderen in der Kolonie Tausendschön.

Acht oder neun Stationen. Dann packte Minnamarthas Hand wieder zu. In einem trappelnden Menschenstrom riß sie mich zwanzig Granitstufen hinunter, aus der gläsernen, rußigen, halbdunklen Bahnhofshalle hinaus in gleißendes Licht und tobenden Verkehrslärm. Hupende Autos umkreisten den weißgekleideten Verkehrsschutzmann auf rotweiß gestreiftem Turm, wurden durch energische Bewegungen seiner Hand in diese oder jene Nebenstraße gescheucht oder plötzlich angehalten, damit wir, durch eine schmale Gasse, die zwischen den Autos frei wurde, den Platz überqueren konnten. Hinter uns schloß sich der Autostrom sofort wieder.

Hinter mich blickend, sah ich hoch oben an einem Dachfirst drei Mohren drei verschiedene Schokoladensorten

ins Nichts tragen, und gegenüber an einem anderen Dach liefen Leuchtbuchstaben in fliegender Eile von einer Seite zur anderen. Ich freute mich auf den Abend, wenn Mohren und Schrift deutlicher zu sehen sein würden als jetzt am hellen Vormittag oder Mittag. Glatt und heimtückisch waren die Gehsteigplatten unter den Ledersohlen meiner Ada-Ada-Schuhe, meiner Stiller- oder Leiser-Sandalen. An gluckenhaften Blumenfrauen vorbei, die unter verwaschenen Sonnenschirmen hockten, erreichte ich, gezerrt und gezogen, das messingprunkende Portal zum Paradies, den Eingang zum Warenhaus.
Zum zweiten Bild hier, auf meinem Weg zur Saarfeier, so deutlich, als sei es auf eine riesige Leinwand projiziert (ich sah alles schwarzweiß), gehörte der gemeinsame Besuch des innersten, prächtigsten Tempelraumes im Kaufpalast, der Damentoilette. Hier herrschten Mahagoni, Spiegelwände und Marmor vor, und eine weißgekleidete ältere Dame wischte die Klosettbrille.
Ein Augenblick ohne Minnamarthas Hand. Denn sie brauchte diese und die andere, die sich vom Handtaschenbügel löste, um faltige, weiße Hosen die Schenkel hinabzuschieben, halb hintenüber gebückt, den Rocksaum unters Doppelkinn geklemmt. Marmorfliesen in Schachbrettmuster bedeckten den Fußboden des Kabinetts. Auf je einer weißen und einer schwarzen Platte wurzelten Minnamarthas Füße. Ihre staubigen Schuhe schienen nicht in den Glanz des Refugiums zu passen. Zeichen ordinärer Fußmärsche, die sich nun, während der Körper auf das geputzte Brillenoval niedersank, unter fallendem Textil verbargen.
Groschenkramen in Handtasche und Portemonnaie, Entrichtung eines noblen Trinkgeldes, das die weiße Dame sofort veranlaßte, sich mit kariertem Wischtuch wiederum über die Brille zu werfen. Wir aber marschierten über rote Läufer dem Erfrischungsraum entgegen, der sich durch eine Geruchsmischung von Würstchen, lau-

warmem Kartoffelsalat und Kaffee ankündigte. In einem der durch Glaswände abgetrennten Abteile nahmen wir Platz. Bestellten reichlich, verzehrten geschwind. Minnamartha war nach mehr zumute. Da sie in den Augen der Bedienung nicht als verfressen gelten mochte, zogen wir drei Abteile weiter, nahmen wiederum Platz. Bestellten nun Erdbeerkuchen mit Sahne, Kaffee, Kakao. O Zeit der Sättigung! Hinten durchs Fenster blickten wir auf ein langgestrecktes gelbes Gebäude, in dem, wie ich bald erfuhr, Sturmführer Gallerts oberster Chef residierte, von meiner Mutter als *Führer* bezeichnet, von Ede, wenn keiner hinhörte, als das *Mistvieh mit dem Bärtchen.* Konditornd durchs Kaufhausfenster blickend, sah ich ihn nie. Wir begannen den langen Einkaufsweg, um jene herrlichen Dinge zu erstehen, die meine Mutter fürs Laubenleben benötigte. Nach einigen Stunden waren wir beladen mit: Einer zusammenfaltbaren Patent-Reise-Wärmflasche. Dem halbflüssigen Topfflicker *Felix.* Selbst zu befestigenden Schuhabsätzen. Einem von innen erleuchteten Stopfpilz. Einem Hohlsaum-Zusatzgerät für alle Nähmaschinen. Einem Dutzend Spezial-Lockenwicklern. Ferner besaßen wir nun achtzehn Meter Gurtband, fünf Tafeln Druckknöpfe *Pryms Zukunft,* vier Büchsen mit Marinade und zwei mit Spiralfedern versehene Mechanismen zum Festhalten von Rührschüsseln auf dem Küchentisch, genannt *Klammeraffe, das neue Spezialpatent.*

Mit dieser Last verließen wir Punkt sieben, beim letzten Klingelzeichen, das Kaufhaus, um uns in eine schräg gegenüberliegende Stadtgaststätte zu begeben, wo es für vierzig Pfennig eine große Terrine Erbsensuppe mit Einlage gab. Brötchen gratis. Zu zweit löffelten wir die Terrine aus. Schweigend.

Inzwischen waren draußen am Platz die Lichter angegangen, die Schokoladenmohren leuchteten jetzt in allen Farben, und grell huschten die Leuchtschrift-Buchstaben am dunklen Himmel von links nach rechts. Die Erbsensuppe schülperte angenehm in meinem Magen, wenn ich neben meiner Mutter zum Bahnhof trippelte. Die Vortbahn brachte uns heim.

Erbsensuppe. Wo noch? Husarentag! Jene Stiefel, die ich aus dem Müllchimborasso des Kellers grub, der Buntdruck mit Ede in gelb geschnürter Litewka nämlich stellten durchaus Reales dar. Einmal im Jahr traf sich *Reserve 1908* im knöcheltiefen Sand des Exerzierplatzes von Döberitz, um Tradition zu pflegen.

> Wer schützt das Vaterland mit Macht
> wenn's blitzt und kracht?
> Das macht Reserve neunzehnhundertacht!

So war auf einem Bierkrug zu lesen, der neben einer gelben Rauchverzehrer-Katze auf der Sofaumrandung stand. Seine Gegenwart drängte sich immer auf, wenn ein Zug von oder nach Lehrte vorbeirollte, weil dann der adlergekrönte Zinndeckel dieses vaterländischen Bierkruges klapperte. Es war mir verboten, das kostbare Erinnerungsstück herabzunehmen, gar, damit zu spielen oder, wie es hieß, »anderen Unfug zu treiben«.
Nun aber: Döberitz und Garde-Kavallerie: Wohlauf, Kameraden, aufs Pferd, aufs Pferd. Ins Feld, in die Freiheit gezogen . . . Ede summte das schöne Lied, während wir uns der Höhe einhundertzwölf näherten, dem Versammlungsort vieler Veteranen, alle, wie Ede, im blauen Anzug mit der Kyffhäusernadel am Aufschlag. Man gab sich zackig trotz des Zivils, alte Kameraden wurden begrüßt, grüßten froh wieder: »Mönsch, Ede, weißt du noch, in Nisch?« Das war Balkanfront, vierzehn-achtzehn. Das Traditionsregiment war eine Panzereinheit, und Oberst Saske ließ vor den Augen der bejahrten Krieger die flinken Raupenbienen sich zum Frontalangriff entwickeln,

daß Döberitzens Sand zum Himmel stob. Trompeter in alten Husarenuniformen bliesen zum Sammeln, und dann fuhr im Galopp die Feldküche auf, und die Veteranen faßten Erbsensuppe mit Speck.
Dicke, dicke Erbsensuppe, dampfend, brühheiß, in Blechnäpfen und Armeekochgeschirren, von denen die Farbe blätterte. Jeder einen Schlag. Und, wer wollte, einen Nachschlag! Ich wollte.
Dann die Sensation: Zu den Männern, die Suppe schlürften, trat eine große Gestalt in feldgrauer Husarenuniform, dem ruhmbedeckten Anzug von *vierzehn:* Prinz Eitel Friedrich, Kaiserliche Hoheit, einst Kommandeur des Regiments! Die Veteranen nahmen Haltung an, Löffel senkrecht zur Erde, Geschirr in der linken Hand. »Name?« fragte der Prinz, und Ede meldete: »Kaiser, Eduard, zweite Leib, Kaiserliche Hoheit!« Der graue Mann beugte sich zu mir herunter, sagte: »Will wohl auch mal Husar werden, wie? Muß aber noch ein paar Schläge Erbsen auslöffeln!« Die Veteranen lachten pflichtschuldig munter. Auch ich verzog den linken Mundwinkel. Der graue Prinz schritt zur Gulaschkanone, ließ sich einen Schlag Erbsen reichen, und verzehrte ihn, den Löffel in der behandschuhten Hand, im Kreise seiner alten Husaren. Oberst Saske stand mit Dienstgesicht daneben. Seine Miene drückte aus, daß er für die Suppe die volle Verantwortung übernahm. Der Koch schwitzte.
»Vater«, fragte ich, »was ist zweite Leib?«
»Die Schwadron, Junge«, flüsterte Ede über den Suppendampf hinweg. Hoheit löffelten aus, kamen noch einmal zurück, legten Ede jovial die Hand auf die Schulter:
»Kaiser, sagten Sie? Welche Reserve?«
»Zu Befehl, Hoheit, Reserve neunzehnhundertacht.«
Hoheit lächelte: »Ist mal gut, daß wir immer noch einen Kaiser haben!«
Auch dieser Witz, aus dem Munde eines Sohnes von Wil-

helm zwei höchstpersönlich, wurde gebührend belacht. Sozusagen dröhnend. Auch Ede dröhnte, bekam Zigarre mit Bauchbinde überreicht. Ede steckte den Balken nicht an, sondern versorgte Hoheits Luxus-Boenicke in seine Zigarrentasche, wo sie bis zum Ende dieses herrlichen Tages ruhte, um dann ins Vertiko oben links zu wandern. Da wartete bereits eine Zigarette mit Strohmundstück aus dem Besitz des Kronprinzen auf entsprechende Gesellschaft.

Noch aber war Döberitz. Militärmusik schmetterte, spielte den Hohenfriedberger, den Preußischen Defiliermarsch Nummer eins, und die Schützenpanzer rasselten über märkisch dürres Gras, Platzpatronen verschießend, die kleine blaue Wölkchen zurückließen. Ede hatte mich vergessen, tauschte Erinnerungen aus über die Einnahme von Üsküb, auch Skopje genannt.

So war Ede. Ede, dessen Hasenbrot ich aß, wenn er abends aus seinem Taxenkontor heimkam, Ede, der mich zweimal mit seinem breiten ledernen Leibriemen versohlte, mir einmal aus dreißig Meter Entfernung wohlgezielt eine halbe Preßkohle an den Kopf warf und mich so wegen Ungehorsams fernbestrafte – Ede, der den mit dem Schnurrbart Mistvieh nannte. Aber hier stand er stramm. Richtete den Blechlöffel zur Hosennaht hin aus, schonte hoheitliche Zigarren und trug, potsdamisch ergeben, das Kyffhäuserabzeichen am blauen Veteranenrock. Sang mit prachtvoller Stimme das Lied von den Kameraden, die sich aufs Pferd schwangen.

Eines Tages gerieten wir in eine Zwangslage, weil neue Gesetze den Nachweis einer lückenlosen Ahnenkette verlangten. Und irgendwo, leider, befand sich da eine Lücke. So zog Minnamartha mir eine Rüschenbluse an und grüne Hosen, ließ mir die Ponies stutzen und führte mich ins fotografische Atelier. Viele Treppen waren zu erklimmen. Im Vorzimmer mit hellen Landhausmöbeln

lagen Alben auf, Posen anbietend für Einzel- und Familienfotos. Herren stützten behandschuhte Hände auf kleine Tische. Damen saßen, Dutt oben auf dem Scheitel, kerzengerade in Lehnstühlen. Studenten gruppierten sich in vollem Wichs mit langen Pfeifen, vorne lagerten zwei auf ihren Ellbogen, und in der Mitte zeigte ein Wappenschild, daß es sich um Akademiker der Vereinigung *Frankonia* handelte. Wir aber, wir wollten Bestimmtes. Kopf im Halbprofil nämlich, zum Nachweis, daß kein Ohrläppchen angewachsen war, was immerhin auf unerwünschte Abstammung hingewiesen hätte.
Der Meister, im dunklen Anzug, führte uns unters Glasdach seines Ateliers, probierte Hintergründe, setzte mich auf einen Drehschemel. Legte Platten in den altmodischen Apparat ein. Unters schwarze Tuch verschwand der Operateur, verweilte dort merkwürdig lange. Dann aber kroch er wieder hervor, und mit der Hand auf jene Stelle deutend, wo ein ledernes Käppchen das Objektiv verschloß, behauptete er, dort komme ein Vögelchen heraus. Minnamartha lächelte mir ermutigend zu. Es kam kein Vögelchen, als der Meister die Kappe fortnahm und bis vier zählte. Aber ich hatte auch nicht ernsthaft damit gerechnet. Das Halbprofil, darauf kam es doch an! Zwei Tage später bekamen wir die Abzüge, oval geschnitten, auf Passepartout geklebt und geschützt von einem Blatt feinsten Seidenpapiers. Das Ohrläppchen zeigte sich deutlich frei.
Ein zweiter Besuch folgte, bei einem Herrn, der mir riesige Zirkel an Stirn, Hinterkopf und Schläfen setzte, dann rechnete und den Beweis mitgab, daß Karl Kaisers Schädelindex sich im Rahmen arischer Möglichkeiten bewegte.
In diesen Wochen trübte eine dumpfe Atmosphäre die sonst so fröhliche Stimmung in unserer Laube. Auch Minnamartha, erfuhr ich, hatte sich ähnlichen Prozeduren unterziehen müssen, denn bei ihr fehlte der Ahne.

Sie nahm fünf Pfund ab, vergaß ihre Eieruhr aufzuziehen und litt unter tausend Augen, die in der Kolonie Tausendschön beobachteten, ob die Angelegenheit gut oder schlecht für uns ausgehen würde. Denn schnell hatte sich herumgesprochen, daß die Möglichkeit bestünde, Minnamartha und mich als nicht rasserein einzuordnen. Doch fotografische Platten und Zirkel rehabilitierten uns, wir bekamen unsere *arische Anerkennung.*

Ich kam in das Alter, in dem Kinder nützlich zu sein haben. Auch Jungen. Mädchen sind nützlicher. Sie spülen ab und polieren staubige Fußböden mit dem Mop. Mich hielt Ede an, im Garten Unkraut zu jäten, und weil ich das ungerne tat, gab es darüber einige Auseinandersetzungen. Auf die Dauer blieb ich Sieger.
Doch kam die Zeit der Ernte heran, plumpste erst das Obst, so halfen keine Ausreden wie beim Unkraut. Hier hagelte es Landsberger Renetten. Dort wollten dicke, saftige Williams Christbirnen dem Zugriff genäschiger Wespen entzogen sein. Die schlimmste Geißel jedoch, und damit begann die Erntezeit, waren drei Schattenmorellenbäume.
Sauerkirschen! Man kann ein Pfund davon essen oder zwei, oder auch zehn. Die Bäume aber lieferten Zentner. Minnamartha stellte ihre Uhr auf sechzig Minuten, Menschlein baggerte im Keller diesmal nicht Husarenstiefel aus, sondern ein gutes Dutzend Spankörbe, die im letzten Herbst dort unten verstaut worden waren, liftete die leicht verschimmelten, von Jahr zu Jahr mehr zertrümmerten, mit Strippe geflickten Behältnisse ans Tageslicht, und auf ging es zu den Bäumen, an denen die Sauerkirschen durchs Laub leuchteten. Bevor wir aber in die Bäume klommen, marschierte Alfons Reh ein, die zahme Dohle Jakob auf der Schulter.
»Mann«, sagte Ede, »später, später. Die Schattenmorellen sind reif. Wir müssen . . .«

»Weiß ich, weiß ich«, krächzte Herr Reh, und auch die Dohle sagte »weiß ich«, und dann meinte Herr Reh, Schattenmorellen gäbe es gar nicht.
Minnamarthas Uhr tickte, ich stand da mit den Körben und offenem Mund, die Dohle schaute unschuldig ins Gelände, und Herr Reh schnarrte los: »Was ihr meint, is 'ne späte Amarelle, habe ick ooch, zwei Bäume. Ist noch massig Zeit zum Pflücken, da gehen doch die Stare nicht ran. An die sauren. Ich habe ja auch noch Büttners späte rote Knorpelkirsche, könn' Se sich nich vorstellen, der Baum schwebt ja in de Luft, so viel Stare. Ick hebe immer den Tesching, denn haunse meistens ab. Aber kann ick den janzen Tach untern Kirschbaum sitzen? Ick dreh mir um, füttere Jakoben, der mach keine Kirschen, schon sind die Biester wieder da. Denn beißense in die Kirschen und schmeißen die mir ooch noch uffn Kopp. Son Ärger hat man mit späte Knorpelkirschen, sage ick Ihnen. Ooch große Prinzessinkirsche habe ick, is derselbe Ärger. Nur früher. Allet schon jefressen. Wat machen Se denn mit de späte Amarelle?«
»Schattenmorelle«, korrigierte mein Vater sanft. Aber Herr Reh wollte davon nichts wissen, »Amarelle«, krächzte er, und »Amarelle« krächzte auch die Dohle Jakob.
Ede gab sich geschlagen. »Einwecken«, sagte er. »Aber nun müssen wir wirklich.«
»Einwecken, jut, jut«, meinte Herr Reh, oder jedenfalls verstanden wir seine Grobhobelgeräusche so. Dann ging er. Wir in die Bäume, eine Stunde sollten wir ja schon oben sein, Minnamarthas Uhr mußte gleich klingeln.
Wenn wir mal beim Kirschenpflücken waren, gab's keine Ruhe, bis die Körbe voll oder die Bäume leer waren. Wir pflückten, zwanzig Minuten hingen wir im Grün, da bildete sich jenseits vom Zaun eine Volksversammlung. Wanda Puvogel stand da wie der Bismarckturm an der Havelchaussee, einen Finger in der Nase, und grinste.

Drum herum Gigi, Häschen, sogar Irmchen, die nur selten ihren Garten verließ, aus Angst, es könnte donnern. Schließlich kam auch Ingrid, wie immer eine Hand unter dem Rock, und auch ein paar Erwachsene standen im Hintergrund.
Und alle grinsten. Oder lachten laut. Ingrid sang ihr Zitronenlied in passender Abwandlung, indem sie Zitrone durch Kirsche ersetzte. Sie sang: »Kürsche, Banane . . .«
Sie grinsten, sie lachten, tanzten auf dem Sandweg umher und amüsierten sich wie Bolle auf'm Milchwagen. Warum?
Schamrot, wie ich damals zwischen den Zweigen hing, erntend, erlebte ich Minnamarthas zweiten Tick. Wahrscheinlich hatte sie ihn durch jahrzehntelange Lektüre jener Kleingärtnerbibel entwickelt, die *Das grüne Jahr* hieß: Sie meinte, die Fruchtansatzknoten der Kirschbäume würden beschädigt, wenn man die Kirschen mit Stumpf und Stiel herunterriß. Ließ man andererseits die Stiele am Baum, hatte man Matsch im Körbchen. Also verfiel meine Mutter auf die sinnreiche Idee, uns jedem eine – Schere in die Hand zu drücken, mit dem Befehl, die Kirschenstiele mittendurchzuschneiden!
Solcherlei sprach sich herum, kaum zu glauben, das mußte man gesehen haben! Und so ernteten wir Jahr für Jahr vor großem Publikum, schnapp, die Kirschen ins Körbchen, Gelächter draußen, Minnamartha ungerührt, manchmal klingelnd, Äste gefährdend, wenn sie sich trotz Übergewicht Kirschen schneidend in die Äste schwang, die blitzende Schere im Anschlag, Ede grinste, auf Hilfskräfte lauernd, die er zu locken suchte mit dem Satz: »Wir haben noch 'ne Schere.« Mit Erfolg fast immer, nach einiger Zeit, meistens schon kurz nach dem ersten Klingeln von Minnamarthas Zeitzerhacker, saßen ein paar Nachbarskinder mit in den Zweigen, Reservescheren schwingend, die nur einmal im Jahr benutzt

wurden, bei der Kirschenernte eben, der Schattenmorellenabschneidung oder Einbringung der Späten Amarelle, falls Herr Reh recht hatte.
Diesmal bekamen wir Ingrid dazu, die ausnahmsweise beide Hände für eine ihr wenig normal erscheinende Tätigkeit benutzte. Ingrid schmückte ihre Ohren mit roten Kirschenohrringen, verschmierte sich den Mund mit rotem Saft und rotem Mus. Und auch das in etwa weiße Makkohöschen Ingrids bekam rote Flecken, denn sie zerdrückte mit ihrem Mädchenpopo manche überreife Kirsche. Ingrid klomm von Ast zu Ast, blieb am Kirschbaumharz hängen, aus dem sich wundervolle weiche Bernsteinkugeln formen lassen, ihre langen braungebrannten Beine und Arme stachen durchs grüne Laub, ihre Lippen schmausten Rotes, und sie fragte: »Warum klingelt es denn hier?«
Minnamartha vermied es, diese Frage zu beantworten, von mir bekam sowieso niemand Auskünfte, schon gar nicht, wenn ich damit beschäftigt war, Schamröte zu bekämpfen oder wenigstens zu verbergen, Ede trug gerade volle Körbe zur Veranda. Ingrids Frage blieb im Kirschbaum hängen.
Wanda Puvogel stand vorm Gartenzaun, jetzt auf einem Bein, den gehobenen Fuß rieb sie an der Wade, und grinste dumm. Eine Doppelpackung Persil! Das stand noch auf dem Konto Wanda. Ich schmiß ihr eine faule Kirsche an den Kopf. Wanda tat, als habe sie es nicht bemerkt.
Weckgläser klaubte Minnamartha aus dem unergründlichen Keller unter der Veranda, der Weckapparat mit dem Thermometer, das oben im Deckel steckte, schnaubte und pufft e, und gefüllt wanderten die Gläser wieder in den Keller. Auf Papierbögen häuften sich die Kirschkerne, denn selbstverständlich wurden die Schattenmorellen – lassen wir es nun einmal dabei, trotz Herrn Reh – entstielt und entsteint, bevor sie in die Gläser kamen. Wenn man die Kirschkerne knackte, fand man innen

ganz kleine weiße Kerne, die angenehm bitter schmeckten. »Nach Blausäure«, sagte Ede. In Mengen genossen, soll das giftig sein.

Kirschen runter, Ferien bald zu Ende – das traf nun auch für mich zu, schon warteten die Freunde mit Vorgartenglatze und Bleyle-Strickanzug und die bunten Posthornstifte. Nun war ich groß, verhältnismäßig groß jedenfalls, und das war vielleicht der Anlaß, daß in meinen Eltern ein kühner Entschluß reifte. Das Programm »raus aus der Laube« startete diesen Sommer.
Dieses Programm brachte beträchtliche Unruhe in unser Leben, denn es hieß nichts anderes als: Ein Häuschen muß her. Ein Häuschen mit Garten . . . Ich merkte, daß untergründig was los war. Ede und Minnamartha spazierten jetzt zuweilen an den milden Sommerabenden aus der Kolonie heraus, in Richtung Siedlungshäuser.
Ein höchst erstaunlicher Vorgang! Denn wer was auf sich hielt, vermied, sich dort sehen zu lassen, bei den Mittelständlern mit Wohnzimmerschrank und Couchgarnitur, so nämlich, wußten einige zu berichten, die nicht umhingekonnt hatten, die Siedlungshäuser zu betreten, sah es dort aus.
Jawohl! Couchgarnituren hatten sie, und Stehlampen. Was also war in meine Eltern gefahren, daß sie dort herumspazierten?
Besonders gerne blieben sie vor einem unbebauten Grundstück stehen, das mitten zwischen den Siedlungshäusern lag, irgend jemand war ausgestiegen, bevor die Bauerei begann, eine Lücke klaffte.
Eine störende Lücke, wie die Siedlungsbewohner immer wieder versicherten. Aber sie hatten ja alle schon ein Haus. Also blieb die Lücke, fast tausend Quadratmeter, ein Spielplatz der blassen Siedlungshauskinder inzwischen, die sich nicht zu uns aufs Feld trauten, weil sie dort Hiebe bekamen. »Wenn wir euch da erwischen, kriegt ihr

den Arsch voll«, versicherten wir ihnen. Weil sie abends früh in die Häuser mußten, benutzten wir diese Zeit, um ihre Höhlen auf dem Grundstück zu zerstören.
Und jetzt standen Minnamartha und Ede davor! Auch in der Laube gab es nun lange Gespräche, von denen ich nicht viel verstand, wir fingen ja gerade mal mit dem kleinen Einmaleins an, und zwischen meinen Eltern war die Rede von »zwanzigtausend« und happig großen Teilen dieser Summe. Ich ahnte: bald würde diese wunderbare Laubenzeit zu Ende gehen. Und das gefiel mir nicht.
Zusammen mit meinem Onkel Adolar, dessen tragisches Ende damals noch nicht vorauszusehen war, hatte Ede die erste Laube gebaut. Eine Stube, eine kleine Küche mit Spundbrettern verschalt, ein Schuppen mit Waschküche und ein Verschlag für die spätere Stallhasenzucht: Das war der Anfang. Draußen die Abessinerpumpe, die frisches, klares Wasser gibt, innen an den Wänden Petroleumlampen, mit goldenen Messingschildern hinter den Glaszylindern. Ernie Puvogel führte auch Leuchtpetroleum, das in Blechkannen aufbewahrt wurde, man setzte einmal Pfand ein, und die Blechkannen kreisten dann. Die Glaszylinder zersprangen oft, wenn man sie beim Anzünden der Lampen versehentlich schräg hielt. Auch neue Zylinder waren bei Puvogel vorrätig.
Später, immer mit Onkel Adolars Hilfe, kam dann der Anbau dazu. Ein Wohnzimmer, massiv, mit Rosentapete, und die Veranda, alles ohne Baugenehmigung. An der Decke hing eine Prachtlampe mit Plüschlampenschirm aus unserer Mietshauswohnung. Ohne Funktion, denn es gab ja keinen Strom, vorerst. Phonographen waren damals zum Aufziehen, mit Uhrwerk, die Kurbel für Kinder ziemlich schwer zu betätigen, wir hatten ein neueres Modell, dessen tonverstärkender Blechtrichter in einem Nußbaumgehäuse verborgen war. Eine quadratische Tür mußte geöffnet werden, damit der Ton unge-

hindert entquoll. Das Radio, getrennter Lautsprecher- und Empfängerteil (mit freistehenden Spulen und Röhren), betrieben wir mit einem Akku, der alle paar Monate zum Aufladen mußte.
Aber die Lampe im neuen Wohnzimmer muß auf die Elektrizitätswerke als Herausforderung gewirkt haben. Eines Tages errichtete eine Baukolonne scharf nach Karbolineum duftende Holzmasten, und die Lauben wurden, mit Zähler für jede, ans Stromnetz angeschlossen. Die Petroleumlampen hatten ausgedient, ich brachte die Leihkanne zu Puvogel zurück, der mürrisch die zwei Mark Pfand herausrückte: Das tat er jetzt etwa zwanzigmal am Tag. Und es war noch ungewiß, ob der Petroleumgroßhändler die vielen leeren Kannen zurücknehmen würde.
Selbst Wanda war so verstört, daß sie manchmal vergaß, zuzuschlagen, wenn ich, vorsichtig in der Eierpampe tappend, an ihr vorbeischlich. Ich brachte einige Ladungen Persil heil nach Hause und sogar eine Papiertüte mit zwei Kilo weißen Bohnen.
Weil die Stadt einmal dabei war, ihre Randgebiete mit Installationen zu versehen, gruben sie auch einen breiten Graben für einen Hauptgasstrang quer durch die Kolonie, dabei Rosen, Stiefmütterchen und grüne Bohnen in Menge vernichtend, und einige Lauben ließen sich auch ans Gas anschließen. Darunter auch wir: Gekocht wurde nun auf einem Gasherd.
Nur der Plan, auch eine Wasserleitung hierher zu legen, wurde so lange verzögert, daß der Krieg ihn ganz vereitelte. So fließt immer noch das Wasser aus dem Abessinerbrunnen, die Pumpe friert, obwohl strohumhüllt, im Winter manchmal ein, im Sommer muß man oben erst eine halbe Gießkanne Wasser hineingießen, bis der zusammengeschnurrte Kolben faßt und das Grundwasser heraufzieht. Aber jeder ist daran gewöhnt, keiner beklagt sich.

Niemand wäre auch damals auf die Idee gekommen, daß die hinten an die Lauben geklebten Torfmullklos schädlich für das Grundwasser sein könnten: Solch feinere Gedankensprünge waren einer späteren, umweltschmutzbewußten Generation vorbehalten. Mensch, Tier und Pflanze gediehen prächtig in der ökologisch trotzdem ziemlich einwandfreien Ordnung der Kolonie Tausendschön.

In dem neu angebauten Wohnzimmer, das nun auch schon etliche Jahre alt war, stand das Sofa mit Umrandung, einem gebeizten und polierten Holzrahmen hinter der Lehne, mit einem kleinen Spiegel in der Mitte und zwei Konsolen links und rechts, die allerlei Nippes aufnahmen, unter anderem Edes Husaren-Trinkkrug Reserve neunzehnhundertacht, die Rauchverzehrerkatze und neuerdings eine Pekingente aus Porzellan, deren Schnabel abgebrochen und notdürfig wieder angeklebt war. Herkunft: Unbekannt. Hier saßen die Eltern nun immer öfter, selbst wenn draußen die spätsommerliche Sonne schien, und zählten Geld. Der Winter kam, eingehüllt in Stroh stand die Abessinerpumpe vor der Tür, und langsam stellte sich wirklich heraus: Meine Eltern hatten beschlossen, ihr Dasein als Laubenmenschen zu beenden und Hausbesitzer zu werden. Zu diesem Zweck hatten sie nun das brachliegende Grundstück zwischen den Siedlungshäusern erstanden, und die Bebauung desselben schien nicht mehr fern zu sein.

Die Sache sprach sich herum, ich merkte es daran, daß Harald Buseberg seine penetranten Angebote ließ, mir die Schnürung der Holzhand seines Vaters gegen die einmal festgesetzten zehn Pfennige Gebühr ernsthaft zu vermitteln.

Ein erstes Zeichen. Das zweite war, daß mich die Bleylejungen jetzt gelegentlich auf dem Schulweg an eine Akazie fesselten, so daß ich, nach mühsamer Befreiung, zu spät nach Hause kam, oder daß sie mich ohne Vorwar-

nung in gefüllte Wassergräben oder Dornenhecken stießen.
Fatal. Denn was war mir wichtiger als Laubenkind zu sein?
Inzwischen konnte die zahme Dohle Jakob einwandfrei »Rotfront – Rotfront« rufen, was zu Ohren Herrn Gallerts kam, und es gab eine ziemliche Auseinandersetzung, aus der Herr Reh, Besitzer des kecken Vogels, als Sieger hervorging: Eines Nachts malte er den strahlendweißen Fahnenmast Herrn Gallerts mit frischer Farbe bis in Greifhöhe an, und am nächsten Morgen blieb der aufrechte und mutige, hier in dieser Umgebung aber sehr einsame Sturmführer mit seiner schnieken Uniform daran kleben. Natürlich bestritt Herr Reh die Tat, erfolgreich, und Sturmführer Gallert rächte sich, indem er jetzt an nationalen Feiertagen kontrollieren ging, ob wir alle dem Reichsflaggengesetz Folge leisteten. Wider seine Überzeugung mußte Ernie Puvogel jetzt neue deutsche Flaggen, kleinste Größe, in sein Sortiment aufnehmen. Sie wurden allerdings nur gekauft, nachdem ein Schutzmann die Laubenbewohner einzeln auf dieses Gesetz hingewiesen hatte.
Minnamartha, von ihren Kaufhausfreßorgien längst das geworden, was höfliche Leute »stattlich« nannten, hatte eine Art, sich mit Seitenschwung aufs Sofa zu plazieren, daß jedesmal der Husarenkrug ins Wackeln kam, und im Laufe mehrerer Geldsitzungen geriet er hüpfend an die Vorderkante der Konsole, von wo ihn dann Ede mit bald unbewußtem Griff wieder zurückschob, bis zum nächstenmal. Geldzählen machte damals noch mehr Spaß als heute, weil es weniger Papiergeld, dafür aber schwere Münzen gab, die Ein- und Zweimarkstücke, und stabile, silberklingende Fünfmarkstücke, die sogenannten *Heiermänner*. Dunkel war und ist mir die Herkunft dieser Bezeichnung, aber ein Heiermann war damals ein Vermögen wert, dafür konnte man ein ganzes Schützenfest

kaufen, oder Ernie Puvogels halben Laden, oder mit der Eisenbahn bis Neuruppin reisen. Ein Heiermann stellt was dar.

Nun sah ich gelegentlich auf dem Tisch unter der Plüschlampe ganze Säulen von Heiermännern sich türmen, die dann in unbekannte Verliese verschwanden, ich dachte, in geheime Verstecke hier in der Laube oder im nahen Birkenwäldchen vielleicht, wo wir löcherige Emailleeimer und Sprungfedern fanden oder gebrauchte Präservative, denn von Banken – jenen, auf die man Geld tut – hatte ich noch nichts gehört.

Ede vertrauten die Banken, er besaß ja das Laubengrundstück und seine Taxen, reale Werte also, und er schob ihnen nun viele schöne Heiermänner hinüber. Für Ede rollten sieben Taxen, ein gutgehendes Geschäft, die Leute in dieser unbequem weitläufigen Stadt fuhren mit Leidenschaft Taxe, Privatautos hatten damals die wenigsten. Und Ede, fest entschlossen, den Sprung zum Hausbesitzer zu machen, fuhr jetzt selbst mit. Nachtschicht, weil das mehr brachte. Erstens war der Tarif höher, und zweitens gaben die Betrunkenen mehr Trinkgeld.

Alles wurde in Ziegelsteine, in umbaute Meter umgerechnet. Die Siedlungshäuser, vor wenigen Jahren errichtet, sahen alle mehr oder weniger gleich aus, von einer Wohngesellschaft auf billigste Weise errichtet.

Unsere neue Heimat lag noch winterlich brach, Grünkohlzeit war es, die Laube dampfte vor Hitze, weil mein Vater, vom Nachtdienst durchfroren, »tüchtig Einkacheln« befohlen hatte. Die Preßkohlen waren im Schuppen neben den Stallhasen gestapelt. Der Architekt, der von der Siedlungsgesellschaft kam, mußte erst die Jacke ausziehen, dann den Schlips lockern, dann die Ärmel hochrollen, fast bis dahin, wo er Gummibänder um die Oberarme trug, weil die Ärmel ihm sonst – im unaufgerollten Zustand – zu weit aus der Jacke geschaut hätten.

Der Architekt brachte viele Rollen mit, Blaupausen, auf denen das für uns vorgesehene Heim sehr nett aussah. »Ist doch ganz adrett, nicht?« fragte jedenfalls Minnamartha, der Architekt bestätigte das geflissentlich, Ede brummte. Es gab Typ eins A, zwei A, zwei B und drei A. Sie unterschieden sich geringfügig in der Größe. Minnamartha war für einen mittleren Typ, das sah nicht so aufschneiderisch aus und war im Platz ausreichend. Damals wußte sie nicht, daß in bezug auf Widerstand gegen die Druckwellen von Luftminen die geringste Mauerfläche am günstigsten ist.
Der Architekt rollte seine Papiere zusammen, seine Ärmel herunter, zog den Schlips zu, fuhr in Jacke und Ulster und ging wieder. Vier Monate später, es war März und der Jahrestag der Saarheimkehr, rollten Lastwagen an das Grundstück, das ich *Dornimauge* nannte. Der Architekt, leichtsinnig ohne Mantel, aber den Hut auf, sprang umher, verscheuchte die Siedlungskinder, die ihre eingestürzten Höhlen wieder aufbauen wollten, und wies Arbeiter an, wo sie die Markierungen zum Ausschachten setzen sollten.
Damals erledigte das keine Planierraupe an einem einzigen Tag, es gab auch keine Fremdarbeiter, sondern *Schwarzweiß* rauchende, Zigarettenbilder *(Das Deutsche Heer im Manöver)* umherstreuende Arbeiter hoben das Loch für den Keller aus. Zwei Wochen lang. Inzwischen wurden Mauersteine angefahren und Zement und viel Kalk und Sand, in dem die Siedlungskinder wüteten, und bald wuchs unser Haus. Die Mörtelträger tranken viel Bier und trugen Holzklotzen und weiße Fußlappen. Mit gemessenem Schritt stiegen sie die Leitern hinauf. Oben klatschten die Maurer, die auch viel Bier tranken, den Mörtel geschickt auf die Steine, arbeiteten mit Wasserwaage und Senkblei und zogen die Mauern hoch. Jene Mauern, die mich bald ganz trennen würden von den Freunden der Kolonie Tausendschön,

von der zahmen Dohle Jakob, der Fummelpoplerin Ingrid, von Häschen mit den Polstern an den Handgelenken, von Busebergs Holzhand, dem Malzbier im Emailleeimer und den summenden Schmeißfliegen in der spundbrettverschalten Küche.

Eines Tages kam Herr Reh, Jakob auf der Jacke. »Sie bauen?« fragte er. Ede zuckte verlegen die Schulter, sich seines Verstoßes gegen die Sitten der Kolonie Tausendschön bewußt. Minnamartha gackerte: »Unverhofft kommt oft, nicht?« Die Dohle hielt den Kopf schräg und sah sie vorwurfsvoll an. Es wäre nicht nötig gewesen, denn ausgerechnet Herr Reh, Altkommunist und Züchter von Vögeln, die staatszersetzende Parolen krächzten, dieser Herr Reh überraschte durch die Mitteilung: »Ich baue nämlich auch.«

Herr Reh erklärte schnarrend und mit vielfachem Räuspern aus seiner strapazierten Raucherlunge, daß die Siedlungsgesellschaft ihr Areal erweitere, drei Häuser, nach der anderen Seite hin. Und so habe er sich entschlossen. Typ eins A nur, das kleinste. Ganz bescheiden.

»Meine Frau will das so«, sagte Herr Reh und ging wieder, meine Eltern in Staunen zurücklassend.

Bei gelegentlichen Expeditionen, die ich nun in unsere zukünftige Heimat unternahm, sah ich zuweilen auch Herrn Reh, den gewandelten zukünftigen Hausbesitzer, wie er seine Baustelle beaufsichtigte. Er hüpfte durch Geröll und Zementstaub, Jakob auf der Schulter, der sein Repertoire durch das Wort »Scheibenkleister« erweitert hatte. »Scheibenkleister«, sagte auch Herr Reh, wenn er ausrutschte, und dann beschimpfte er die Arbeiter, sicher doch seine einstigen Kampfgenossen gegen die Braune Gefahr: »Gesindel«, rief er, »Ihr Betrüger da oben! Tagediebe! Wieviel Steine habt ihr heute wieder geklaut?«

Die Maurer lachten. Manchmal, wie aus Versehen, traf Herrn Reh ein wenig Mörtel, der von der Kelle spritzte. Die Dohle schlug erschreckt mit ihren gestutzten Flügeln und flatterte zu Boden. Herr Reh hob sie aus dem Staub auf. Er drohte mit der Faust nach oben, wo die Maurer standen und grinsten. »Tierquäler«, rief Herr Reh. – »Scheibenkleister«, sagte die Dohle.

Siegfried führte die Laubenkinder an, die Jungen, denn die Mädchen scharten sich ja um die kesse Ingrid. Siegfried ging im Augenblick in meine Klasse, obwohl er drei Jahre älter war. Er blieb so oft sitzen, daß sie ihm zu Ostern immer eine neue Bank ins Klassenzimmer stellen mußten, in den Normalbänken blieb er inzwischen stekken. Siegfrieds Mutter versuchte, die Misere durch betont knabenhafte Matrosenanzüge zu verschleiern, in denen Siegfried aussah wie Tarzan als Bootsmannsmaat. Wo Siegfried hinschlug, blieb kein Auge trocken. So war es mir eher unheimlich, als er an der Spitze einer Delegation von Laubenkindern vor unserem Gartenzaun erschien, schrill pfiff und mich so zur Pforte rief. Da hatte man zu folgen!

»Was ist?«

»Ihr zieht um? In die Siedlung?« fragte Siegfried, an einem Grashalm kauend. Die anderen standen stumm um ihn herum, die Ponies vom Glatzemitvorgarten-Haarschnitt auf die Augenbrauen hängend.

»Noch nicht«, murmelte ich heiter lächelnd.

»Aber ihr baut?«

»Meine Eltern, ja, die bauen.«

»Da gibt es Zigarettenbilder?«

»Ja.«

»Abliefern. Bei mir. Wöchentlich!«

Siegfried drehte sich um, die Bande trabte ab.

Das war eine schöne Bescherung, hätte Minnamartha gesagt. Mir fehlten noch ein Haufen Bilder zur Komplettierung der Serie *Das Deutsche Heer im Manöver*. Wenn ich die Bilder von der Baustelle jetzt bei Siegfried abliefern mußte, rückte mein Ziel, alle Bilder dieser Serie zu haben, wieder in weite Ferne. Außerdem fand man längst nicht in allen weggeworfenen Schachteln Bilder, weil viele Arbeiter sie mit nach Hause nahmen für ihre eigenen Kinder.

Vielleicht würde es mir gelingen, die alten Kavalleriestiefel, an die nun niemand mehr dachte, aus dem Keller zu mausen und sie Siegfried zu geben? Konnte ich mich damit freikaufen? Aber wenn er nun gar keine Kavalleriestiefel haben wollte? Auf so was konnte ich es vielleicht gar nicht ankommen lassen. Die Knaben, die ihn als Führer erwählt hatten, waren auch nicht von Pappe. Und außerdem drangsalierten sie mich sowieso auf dem Schulweg. Wenn ich ihnen die Bilder nicht brachte, wußte ich genau, was mir bevorstand. Der Zimmereiplatz beim Feld war ganz in ihre Hände gefallen.

Eine schöne Bescherung. Also trabte ich jetzt zweimal täglich auf die Baustelle und äugte nach leeren *Schwarzweiß*-Packungen, zog gleich auch noch eine Schleife zu der Großbaustelle – drei Häuser –, auf der Herrn Rehs Eigenheim wuchs, und graste auch da das Terrain ab. Allerdings mußte ich das gleich nach der Schule tun, weil ich sonst in die Fänge der blassen Siedlungskinder geriet, die genauso hinter Zigarettenbildern her waren wie ich. Einzeln schaffte ich sie zwar, aber sie traten immer zu mehreren auf. Außerdem schmissen sie von weitem Lehmbrocken nach mir, und zwei oder drei verkrustete Kopfwunden waren schon unter meinen Haaren versteckt, Krusten, die ich vor Minnamarthas Kamm hüten mußte.

Wenn ich genau den Zeitplan einhielt – noch ein bißchen später am Nachmittag war natürlich alles abgeerntet –, bekam ich genügend Bilder zusammen, um einige für mich abzuzweigen. Den Rest stellte ich für die wöchentliche Lieferung an Siegfried zusammen. Die Übergabe war einfach: Draußen pfiff es, und ich brachte die Bilder ans Gartentor. Erst mal nur solche, die ich schon besaß:

Gulaschkanone auf dem Weg zur Front, oder: *Leichte Panzer im Vormarsch.* – Von Rückzügen war auf den bunten Bildchen keine Rede.
Bei der dritten Ablieferung allerdings fragte Siegfried: »Wer bekommt eigentlich die Bilder von den drei Häusern?«
So scheinbar ahnungslos wie möglich fragte ich: »Welche drei Häuser?«
Siegfried ging blitzschnell in Vorlage und schob mir über das Gartentor hinweg eine, daß mir der Schädel dröhnte.
»Du kriegst gleich eine an'n Bahnhof, daß dir alle Gesichtszüge entgleisen«, zischte er. »Her mit dem ganzen Zeug! Du bist beobachtet worden!«
Ich trottete in die Laube zurück und holte noch einen Stapel Bilder. Siegfried steckte sie ein.
»Was habt ihr eigentlich gegen mich?« fragte ich.
Siegfried tippte sich an die Stirn.
»Bei dir zischt's wohl, Brüderchen«, sagte er. Dann trottete er davon, lässig mit den Armen schlenkernd, ohne sich umzusehen.
Bei den Laubenkindern hatte ich verschissen. Bei den Jungs jedenfalls. Nur Harald Buseberg streckte ab und zu seine klebrigen Pfoten nach mir aus, kniff die Augen zusammen und fragte scheinheilig: »Einmal Holzhand schnüren gefällig? Nur zehn Pfennige!« Ich spuckte ihm eine dunkelbraune Lakritzenaule auf sein Blondauge. Er wischte es weg und schwieg fortan.

Während die Maurer die letzten hellgelben Ziegel aufeinandertürmten, wurde bei uns weiter Geld gezählt. Heiermanntürme, und nun auch schon allerhand Scheine, denn die Summen, die zu bezahlen waren, nahmen mehr Umfang an. Die Bank gab »Hüpekeken«, wie ich unter dem Tisch umherkriechend verstand. Hypotheken also. Von meinem der erwachsenen Sichtwelt entrückten Aussichtspunkt sah ich den Architekten fast täglich anmarschieren, bei Regen mit Galoschen, sonst in braunen Halbschuhen, die von Mörtelstaub bedeckt waren. Dies und jenes mußte geändert werden. Ob Windfang oder nicht wurde schließlich nach einer langen Woche geklärt. Gemauerter Herd in der Waschküche mit Kupferkessel war im Preis inbegriffen, aber so was wollte Minnamartha nicht. Auch die Frage, ob »Oma sich oben selbst was kochen konnte«, ließ mich kalt. Oma wohnte bei meiner Tante in Küstrin. Warum sollte sie sich also »oben was kochen?«

Jedesmal aber sagte der Architekt über dem Tisch: »Das ist im Plan nicht vorgesehen. Das kostet extra.«

Es hätte auch was extra gekostet, den Waschküchenkessel wegzulassen. Also wurde er doch geliefert.

Unter dem Tisch wringelten sich die Beine meines Vaters. Minnamarthas blieben wie Säulen fest stehen, und sie war es denn auch immer, die schließlich entschied: »Das wird gemacht.« Oder »das wird nicht gemacht«. Wurde es nicht gemacht, fügte sie noch hinzu: »Kommt Zeit, kommt Rat.«

»Später wird es noch teurer«, sagte dann der Architekt fast drohend und stand auf. Bevor er ging, kraulte er mir unterm Kinn, falls er mich erwischte, und sagte: »Na, Sohnemann? Ein schönes Kinderzimmer bekommst du!«

Ich hatte es schon besichtigt, im ersten Stock des Rohbaus, zur Straße hinaus, mit einem großen Fenster, was mir gar nicht so recht war. Bei auch mäßig geschätzter Anzahl meiner zukünftigen Feinde, die sich aus Laubenkindern und Siedlungskindern zusammensetzen würden, erschien es mir angebracht, mich hinter einer Brustwehr aus Sandsäcken zu verschanzen. (Wie das Deutsche Heer im Manöver.)

Hatten meine Eltern sich für eine Änderung entschlossen, verlief der Abgang des Architekten freundlicher, auch schneller, meistens ohne Kinnkraulen. Meine El-

tern blieben dann betreten zurück, es roch plötzlich nach Teer, weil die Nachmittagssonne auf das Dach der Laube prallte, man hörte wieder die Fliegen summen. Dann sagte Minnamartha: »Das heißt ja mit der Wurst nach der Speckseite werfen, Ede. Ob das richtig war?«
Bildlich sah ich Minnamartha, als gewaltige Vorstadtamazone mit nacktem Arm, Wurst nach einer Speckseite schleudern, in Ernie Puvogels baufälligem Laden, vor dem Hintergrund von Waschmittel- und Reisstärkeplakaten. Peng: Wieder ein Treffer! Ob die Würste am Speck hängenblieben, wie jene im Märchen von den drei Wünschen, die statt Nasen im Gesicht saßen? Ungeklärt blieb das. Aus Gründen der Sparsamkeit verschwanden Kasseler Rippchen und Eisbein mit Sauerkraut von unserem Küchenzettel, es gab mehr Gemüse aus dem Garten. Das Gemüse war zwar frisch, aber alle haßten es. Ede machte sich ein paar Stullen mehr, wenn er zur Schicht oder in sein Taxenkontor ging. Wir klagten, wenn die Hühner, die wir hielten wie alle Laubenmenschen, nicht genug Eier legten. Meine Mutter, in Furcht, ihr Gewicht nicht halten zu können, legte zweimal in der Woche die Schürze samt Eieruhr ab, packte die Handtasche und marschierte den Kilometer Fußweg ins Café Dorfaue, wo sie sich an Schwarzwälder Kirschtorte und Mohikanern labte. Mohikaner, die so hießen, weil sie durch ihren teilweisen Schokoladenüberzug indianerbraun (oder wenigsten eingeborenenbraun) waren, gehörten auch zu *meinen* Leibspeisen.
Dies war Minnamarthas Geheimnis, auch während der Bauerei blieb sie gigantisch, fest auf Säulen ruhend. Zusammen konnten wir kaum noch ausgehen, denn ich war ein spindeldürres Kind, so dünn, daß einmal ein Ullsteinfotograf Bilder von mir machte, die veröffentlicht wurden, um Spenden für hungernde Kinder in Asien zu erheischen. Meine Streichholzbeine besaßen nur in der Kniegegend knotenartige Verdickungen, wie bei Fohlen

oder Pelikanen. In Badekostümen für mein Alter schlotterte ich, am Brustkorb konnte man, wie mein Vater behauptete, selbst durch den Wintermantel hindurch die Rippen zählen. Wo Minnamartha und ich miteinander auftraten, bildeten sich Zuschauergruppen.

Da die Eltern beschäftigt, die Freunde rar waren, erinnerte ich mich Onkel Huberts, der eine Laube in einer anderen Kolonie bewohnte, vielleicht zwanzig Minuten zu Fuß entfernt. Onkel Hubert war von Beruf Bierfahrer, er roch auch nach Bier, nach Tabak, und trug Ribbelsamthosen. Onkel Hubert hatte sich in letzter Zeit rar gemacht, er fand es überflüssig, daß »wir bauten«.

Seine Begrüßung mied ich. Durch ständigen Umgang mit schweren Bierfässern gekräftigt, drückte er einem die Hand, daß man sie minutenlang zwischen die Beine stekken mußte, bis der Schmerz nachließ.

Onkel Hubert widmete sich, auf etwa vierhundert Quadratmeter, vorwiegend dem Maisanbau. Die Körner verfütterte er an seine Hühner. Seine Laube lag, kaum zu entdecken, in einem Dschungel von Maispflanzen. Nur auf einem zwei mal zwei Meter großen Rasenplatz vor der Tür war es möglich, jenen Liegestuhl aufzustellen, auf dem sommers nach der Arbeit seine damals siebzehnjährige Tochter Mathilde ruhte und sich bräunte. Eine tolle Motte, wie wir alle fanden. Schlank war sie, eigentlich aus der Familie geschlagen, wie ich auch, denn alle anderen waren kräftig und untersetzt. Mathilde trug die neuesten Sonnenbrillen mit dickem weißem Rand, schmierte sich Creme ins Gesicht und befleißigte sich einer neckischen Sprache, etwa: »Ach, Karlchen, Lütter, sind wir wieder mal da?« Onkel Hubert sagte schlicht, wenn's ihm zuviel wurde: »Halt die Klappe, Mathilde.« Im übrigen verstanden sich die beiden ausgezeichnet. Trotz der zickigen Tochter und eingedenk der Tatsache, daß Onkel Hubert außer seinem Händedruck wenig bot, ging ich doch gerne zu ihnen, trank, auf einem Küchen-

hocker sitzend, Muckefuck aus einer Blechtasse und verschlang ein Stück zerquetschten Streuselkuchen, den Mathilde in ihrer Handtasche mitgebracht hatte, eingezwängt zwischen all den sonderbaren Utensilien, die sie zur Erhaltung ihrer Schönheit brauchte, ihre Cremetöpfe eben, Haarkämme, Spangen, Duftwässerchen, Abführmittel und in einer Tube was gegen Gesichtspickel, unter denen sie litt. Ihr Freund war, so erzählte sie jedem, ein Matrose, der auf einem Zerstörer fuhr. Aber der Zerstörer legte nie an, oder er war in Grönland stationiert. Den Freund, später sogar als Verlobter bezeichnet, sahen wir nie. Wenn ich bei günstiger Gelegenheit Onkel Hubert danach fragte, zuckte er nur die Schultern. Für blaue Jungs war er nicht zuständig.
Onkel Hubert tauchte erst wieder im Familienkreis auf, als das neue Haus fertig war, endlich fertig, nach Tapetenkleister und frischer Fußbodenfarbe riechend. Bereitwillig kamen er, in Ribbelsamthosen wie immer, und Onkel Adolar, der ein weißes Hemd und eine Fliege trug, der Aufforderung Minnamarthas nach, beim Umzug zu helfen.
Zuerst wurden die Teppiche ausgelegt, die nun hier, in der neuen Umgebung, ein wenig fadenscheinig wirkten. Weil die Farbe klebte, befahl Minnamartha: »Legt Zeitungspapier unter! Da, wo man hintritt!«
Schließlich brachte ein Tempo-Dreirad in mehreren Fahrten das übrige Umzugsgut aus der Laubenkolonie, Betten, Tische, Chaiselongues wurden auf die einzelnen Zimmer verteilt, nahmen sich kümmerlich aus, denn in einer Wohnlaube ist eben weniger Platz.
Schweigend schauten die Nachbarn aus ihren Häusern zu, wie *die Laubenmenschen* ihr Gerümpel in dem neuen Haus verstauten, und wünschten uns sicher zum Einzug allerlei Übles. Nur Herr Reh, der erst in ein paar Wochen mit seinem Umzug dran war, brachte ein Alpenveilchen und Salz und Brot, das Salz in einem Säckchen. Noch

viele Jahre später, vor dem Ende der Hausbesitzerepoche, entdeckte ich beides in einer Schublade, das Brot steinhart.
Onkel Hubert und Onkel Adolar gestalteten den Umzug zu einem lustigen Fest. Schon am Tag zuvor hatte Onkel Hubert, mit seinem Bierfuhrwerk vor den hoch sich türmenden Aushub-Sandbergen parkend, ein Fäßchen Bier abgeworfen. Onkel Adolar brachte eine große Flasche Korn, und Minnamartha hatte Puvogel aufgetragen, eine Speckseite zu liefern, wie ich dachte, um mit der Wurst danach zu werfen, aber sie wurde von den hungrigen Onkels und dem Tempodreiradfahrer vertilgt. Mathilde radelte einen Laib Brot herbei, der ein wenig nach Parfüm roch, und meinte: »Ach, Gotteken, seid ihr schon weit. Wo soll denn das Klavier hin?« Klavier hatten wir gar keins. Daran merkte man, wie dämlich Mathilde war. Immerhin machte sie sich nützlich, indem sie Schallplatten auflegte, das Grammophon hatte sie gleich aus dem Umzugsgut ausgegraben. So wuchteten Ede, der Tempofahrer und die Onkels Möbel nach den schönen Klängen von *Ännchen von Tharau.* – »Hau Ruck«, sagte Onkel Hubert (das Bierfaß wurde schnell leerer) und brach ein Bein vom Vertiko ab. Das fanden alle ungeheuer witzig, nur Minnamartha nicht. *Ännchen von Tharau* hallte fürchterlich laut in den fast leeren Räumen. Herr Reh lud den Blumentopf und Brot und Salz ab und blieb auch, mit Dohle. Die Dohle mochte Bier.
Allmählich begann Unordnung sich auszubreiten, die Möbel blieben teils im Korridor stehen, teils trugen die Männer sie in falsche Zimmer. Mathildchen kurbelte wie wild und rief: »Männer, ran!« Meine Mutter eilte wuchtig hin und her, um möglichst an allen Stellen zugleich Unheil zu verhüten. Schließlich saßen die Männer um den großen Tisch, auf Gartenstühlen, weil ihnen die zuerst in die Hände gekommen waren, zwischen sich mitten auf der Tischplatte das große Faß, den Speck noch auf

dem durchgefetteten Papier, und erzählten sich anscheinend die witzigsten Geschichten ihres Lebens, denn manchmal war vor lauter Lachen das Grammophon nicht zu hören.
Onkel Adolar hatte eine ganz neue Platte drauf, er sagte dauernd: »Grüß Gott, Frau Berger, 's wird immer ärger«, oder »Das schmerzt im Schritt, aber nicht unangenehm«. Die anderen fanden das ungeheuer komisch und lachten. Minnamartha rief »aber, aber«, und Mathildchen sang laut und falsch: »Was kraucht dort in dem Busch herum? – Ich glaub, es ist Napolium!« und imitierte dazu einen orientalischen Bauchtanz. Onkel Adolars Fliege hing auf der heute gelieferten neuen Stehlampe, so was hatten wir nun also auch, sein weißes Hemd wies alle Sorten Flekken auf, vorne und hinten. Tante Linchen, schwarzhaarige Frisöse aus Lauenburg an der Elbe, mit der er seit zehn Jahren verheiratet war, würde schön schimpfen.
Auch Onkel Adolar war das klar. Trotzig trank er vier doppelte Schnäpse, sang: »Heut' ist Kaffeeklatsch bei Tante Linchen, heute meckern sich die Tanten satt«, und brach zusammen.
Sie schafften ihn ins Nebenzimmer, das Fest ging weiter. Die Kornflasche war bald leer, und Onkel Hubert warf eine Speckscheibe gegen die Tapete, wo sich ein Fettfleck bildete. Mit vereinten Kräften hängten die Umzieher jenes Kolossalgemälde über den Fleck, das bei uns aus Platzmangel nie einen Platz gefunden hatte: Reiter am Bodensee von Professor A. Müller, München. Ein nackter Reiter, von hinten gesehen, ritt bei aufziehendem Gewitter Roß und Handpferd in die Schwemme, während Möwen über der Gruppe kreisten.
Dann gingen sie.
Ede schlief mit dem Kopf auf dem Tisch.
Minnamartha weinte.

Am nächsten Morgen betrachtete ich Professor A. Müllers Gemälde, haarscharf peilte ich am leeren Bierfaß vorbei, sah den nackten Reiter, den ich lange, bei gelegentlicher Besichtigung des Kunstwerks im Laubenkeller, für eine Dame gehalten hatte, der Löckchen wegen, die sich in seinem Nacken kräuselten. Aber nun, im Frühlicht, das durch die großen Neubaufenster fiel, war mir klar: Ein männlicher Reiter war's, der dem Unwetter auf dem Rücken seines Pferdes zu trotzen gewillt war.
Als ich an diesem Tag aus der Schule kam, zeigte sich das Haus in neuem Glanz und bewohnbar. Die meisten Möbel standen dort, wo sie hingehörten. Das Bierfaß war weggeräumt, und kunstsinnig hatte Minnamartha weiteren Wandschmuck arrangiert. Im Nebenzimmer, das man durch einen Wanddurchbruch betrat, hatten bauliche Notwendigkeiten eine Nische geschaffen, in die haargenau eine Chaiselongue paßte. Der Platz über der Chaiselongue schrie, wie meine Mutter sich ausdrückte, nach einem Wandbehang. Nicht ungehört war dieser Schrei verhallt. Aus allerlei Laubenkellertrödel hatte Minnamartha eine maschinengewebte Tapisserie geborgen. Am rechten Rand des Textilkunstwerkes stand im inlettroten Kleid eine schöne, junge Schäferin, zwischen einer Herde von nur drei oder vier Schafen, die sich auf Felsbrocken um sie gruppierten. Die Schäferin bedeckte die Stirn mit ihrer Hand, um einen Nachen besser sehen zu können, der, zwanzig Zentimeter entfernt und mit drei Personen besetzt, dem Ufer eines grünlichen Sees zustrebte, eben jenem felsigen Rand, auf dessen Höhe Schäferin und Schafe sich befanden. Im Hintergrund erhoben sich Berggipfel bis zum oberen Rand des Wandteppichs. Das Verblüffende war, daß sich die Schäferin am linken Rand des Bildes noch einmal wiederholte. Auf verlorenem Posten stand sie, denn dort mußte sie notgedrungen ins Nichts gucken oder höchstens auf die golddurchwirkte Tapete, die Ede und Minnamartha mit fei-

nem Sinn für Neubauluxus hier hatten kleben lassen. Der See war abgeschnitten, der Rand des Teppichs grün gesäumt. Es handelte sich um einen Wandbehang vom Meter, auf dessen Bahn sich die Motive wiederholten.

So war das neue Haus schnell in eine Stätte des Ästhetischen verwandelt, wo es sich leben lassen mußte. Auch das mir zugewiesene Zimmer, zwar nach Norden gelegen und trotz des großen Fensters ein wenig dunkel, glänzte durch reiche Dekoration. Diesmal auf meine Veranlassung war das Kavalleriebild mit Ede hier aufgehängt worden, dazu noch einmal Ede im Buntdruck bei der Attacke mit eingelegter Lanze und ein vernickelter Säbel, Scheide und Klinge gekreuzt. Die Klinge reich ziseliert, ein Paradedegen also. Ich konnte zufrieden sein.

Ein anderes Zimmer im ersten Stock, klein, aber sonnig, war ganz anders eingerichtet als die übrigen Räume. Dort gruppierten sich neben einem Messingbett Alte-Damen-Möbel: ein Kommödchen, ein Vertiko, ein Lehnsessel mit vielen Schnörkeln. Ob Oma sich oben was kochen kann – die Frage war nicht gelöst. Augenscheinlich aber war dieses Zimmer für Oma bestimmt, für meine Großmutter, die also anscheinend die Tante in Küstrin zu verlassen gewillt war, um hier Quartier zu nehmen.

Küstrin, jene Festung, in der Kronprinz Friedrichs Freund Katte hingerichtet worden war, lag an der Bahnstrecke von Schneidemühl, und aus jener Richtung war meine Großmutter ursprünglich gekommen. Jahrelang hatte sie sich polnischen Behörden widersetzt, die sie, nach verlorenem Krieg, von ihrem Wohnsitz im sogenannten Korridor, früher Westpreußen, später Generalgouvernement, zwischendurch und neuerdings wieder Polen, vertreiben wollten. Schließlich wurde die Angelegenheit lästig, die Polen mochten unter sich sein. Großmutter packte zwei Reisekörbe und eine Holzkiste, auf der *Hoffmann's Reisstärke* zu lesen sowie ein Katzenkopf abgebildet war, mit ihren Habseligkeiten und etlichen Dauer-

speckseiten, beantragte eine Fahrkarte und bestieg den Dampfzug Richtung Westen. Küstrin war ihre erste Station, dort wurden – es waren wieder einmal schlechte Zeiten – die Speckseiten verzehrt. Dann hieß es, Großmutter würde zu uns ziehen.
Eines Tages war es soweit. Ede holte Großmutter mit einer seiner Taxen vom Bahnhof ab, er fuhr vor, eine mir uralt erscheinende Frau stieg aus, mit Dutt und runder Brille, beäugte das Haus und sagte: »Teufelnicheins.« Dann begrüßte sie uns. Die leere Kiste von Hoffmann's Reisstärke hatte sie mit.

Unsere Nachbarn zeigten sich, die neue Zeit betreffend, linientreuer als das Laubenvolk, das mit Ausnahme Herrn Gallerts der neudeutschen Bewegung ja mißtrauisch und ablehnend gegenüberstand. Die halbfeinen Siedlungspinkel trugen Parteibonbons oder gar, an Sonn- und Feiertagen, sogenannte Goldfasanuniformen mit Breeches, und auch die Kinder liefen oft in Pimpf- und BDM-Uniformen herum. Auf uns waren alle sauer, die Kinder, wie ich vorausgesehen hatte, besonders auf mich, denn ihr schöner Spielplatz war hin. Die Laubenkinder hatten versucht, die Fenster unserer Laube einzuschmeißen, was Ede verhinderte, indem er Fensterläden und Türen mit schweren Vorhängeschlössern sicherte. Jetzt zogen sie, der stramme Siegfried an der Spitze, mit Stecken bewaffnet durch die Siedlung und verprügelten die feinen Kinder. Mich auch. Gegen Würfe mit Lehmklütern zeigten sie sich unempfindlich. Zwar saßen wir in der Schule in derselben Klasse, aber diese Gemeinschaft war bereits am Schultor aufgehoben. Schwere Zeiten.

Uns gegenüber wohnte Othmar, ein schöner, blondgelockter Knabe. Bald erwies Othmar mir herablassend die Ehre seiner Freundschaft, die etwa einem Herren-Diener-Verhältnis entsprach. Ich durfte seinen Ranzen tra-

gen, und wenn wir mit Lineolsoldaten auf den Sandbergen vor unserem Haus spielten, wurden meine Linien bombardiert, seine nicht. Die Lazarette waren überfüllt. »Es macht dir doch nichts aus?« fragte Othmar. Menschlein beeilte sich zu versichern: »Selbstverständlich nicht.« Von meinem Feldmarschall Blomberg ging der Grußarm verloren, den man zum Helmrand bewegen konnte. Da war ich ein bißchen traurig.
Othmar fand, ich sei wenig mutig. Deshalb band er mich manchmal nachmittags an einen Baum, mit dem Hinweis, ich müsse mich an diese Marter gewöhnen. Dabei hätte ich ihm mindestens fünf Akazien zeigen können, an die mich die Laubenkinder früher gefesselt hatten. Minnamartha suchte mich lange, befreite mich zuweilen, einige Male gelang es mir, die Fesseln selbst abzustreifen. Ich schob alles auf die Laubenkinder, denn ich wollte mir Othmars Freundschaft erhalten. »Kind, was soll das noch werden«, sagte Minnamartha.
Einmal nahm ich Othmar mit zu Onkel Hubert und Mathilde. »Ach, diese süßen Löckchen«, piepste Mathilde, ungeheuere Crememengen auf ihrem Antlitz verreibend. Onkel Hubert drückte Othmar die Hand. Darauf behandelte Othmar mich drei Tage lang mit Hochachtung.
Auch Ede, mein Vater, war zuerst in der neuen Umgebung nicht sehr glücklich. Von den Nachbarn kamen wiederholt Beschwerden, weil Edes Lachtauben schon morgens um fünf zu gurren anfingen. Um die Zeit stand hier noch niemand auf. Außerdem kostete das Haus weiter Geld, Hypothek und Amortisation mußten zurückgezahlt werden, der Endausbau verschlang große Summen. Die Heiermänner rollten dahin. Großmutter schüttelte bedenklich den Kopf und murmelte: »Das wird bös enden.«
»Nu macht mal nen Punkt«, sagte Ede eines Tages. »Wir lassen alles, wie es ist. Wenn die Zeiten so weitergehen,

sind wir sowieso im Eimer. Diesen Sommer verreisen wir.«

»Ede, du bist verrückt?« rief Minnamartha. Großmutter beschwichtigte: »Abwarten. Es ist ja erst Mai.«

Dieser Mai kam mit sengender Hitze. Auf dem Schulhof sprengte der Hausmeister den staubigen Kies. Ein erfrischender Geruch drang durch die offenen Fenster in die Klasse. Großmutter suchte im Garten nach den ersten reifen Erdbeeren, so lange sie denken konnte, hatte es so früh noch keine gegeben. Der Biermann kam jetzt jeden Donnerstag und lud ein kleines Faß Pupenbier ab. Der Eismann brachte eine Stange Eis. Die Posthornstifte, mit denen ich am Nachmittag nun erste vollständige Sätze ins Heft malte, schmierten.

Der Juni kam, und schließlich gab es große Ferien. Es wurde wieder einmal Geld gezählt, schließlich ging es um unsere Reise. Großmutter wollte daheim bleiben, sie hielt nicht viel davon, daß Leute ohne Sinn und Zweck in der Gegend umherfuhren. »Hier ist genug Gegend«, sagte sie. Gut, das kam billiger.

Trotzdem krachte Minnamartha verzweifelt aufs Sofa und murmelte: »Meingottmeingott, wir können uns das gar nicht leisten.« Ede lachte: »Wollt ihr warten, bis der Führer euch zwangsverschickt?«

Dann ging es los, wir wollten an die Ostsee. Ede hatte vor ein paar Monaten eine Taxe in einen Privat-Mietwagen umgewandelt, und in dieses Gefährt verstauten wir so ungefähr ein Drittel des Hausinhaltes. »Ede«, hatte Minnamartha gerufen, »glaubst du etwa, ich schlafe in fremden Betten? Wir nehmen doch unsere Federbetten mit!« Und: »Ede, die Handtücher. Stell dir vor, in einer Pension, wer sich schon alles mit den Handtüchern abgetrocknet hat. Ede, da wollen wir doch unsere eigenen Handtücher haben!«

Endlich war alles verstaut, wir wollten an die Ostsee. Um zehn fuhren wir los. Um neun hatte ich noch auf dem zum letzten Mal vor den Ferien gesprengten Schulhof gestanden, im Karree angetreten mit den anderen Jungen, und hatte heimlich mit der linken Hand meinen rechten Arm gestützt, den man zwei Lieder lang hochhalten mußte. Aber jetzt rollten wir aus der großen Stadt hinaus, in deren Straßen die Hitze flimmerte, und Kornfelder waren da und Wälder und Sonne. Als wir zum Picknick hielten, fuhren ein paar Radler vorbei. Der eine sagte: »Kieck mal, der hat Berliner Luft in de Reifen.« Ede drückte auf die Tube, wir brausten durch jene Heide, auf der die Bisons des neuen Reichsjägermeisters weideten, eine Rückzüchtung. Bisons waren im Aussterben begriffen, seit Buffalo Bill und andere Amerikaner sie in der Prärie abgeknallt hatten, vom Fenster der Expreßzüge aus zuletzt. Schließlich kamen die Dünen und das Meer und die Strandkörbe und der Anlegesteg für den kleinen Küstendampfer. Ede zog weiße Leinenhosen an, eine blaue Jacke, setzte eine Seglermütze auf.

Er sah zum ersten Mal genauso aus wie die Leute um ihn herum. Das gefiel mir.

Die Zimmer der kleinen Pension, in der wir lebten, unterschieden sich kaum von zu Hause, weil Minnamartha auch Sofakissen und Zierdeckchen eingepackt hatte, die sie überall ausbreitete. »Ist es nicht schöner so?« fragte sie stolz, im Gesicht glühend. »Wunderbar«, sagte Ede. »Wie in der Bärlappstraße.«

Es fehlte nur der Wandbehang, der Reiter am Bodensee und der Husarenkrug.

Wie Ede und Minnamartha einander mehrmals täglich versicherten, erholten wir uns glänzend. An Großmutter schickten wir eine Postkarte: »Gruß aus Ahlbeck«. Ede zog seinen schwarzen Badeanzug mit fast knielangen Beinlingen an, trabte im Bademantel an den Strand und schwamm weit hinaus. Meine Mutter bezog den Strandkorb, der unter ihrem Gewicht jeden Tag ein bißchen weiter einsank, und versteckte sich hinter Strohhut und

aufgespanntem Sonnenschirm, einem lieblichen Modell, weiß mit blauen Blümchen.
Ede stieg aus dem Meer, an dessen Rand ich stumm meine Kanäle in den nassen Sand grub, und zog mich mit sich zum Burgenbau. Denn es war hier eisernes Feriengesetz, den Strandkorb mit einem möglichst hohen Wall zu umgeben. Wir schaufelten. »Kinder, ich sehe nichts mehr«, rief Minnamartha, wenn sie ihre *Mottenpost* einmal zur Seite legte. Aber darauf konnten wir keine Rücksicht nehmen. Nur eines unterschied unsere Strandburg von den anderen: Bei uns wehten weißblaue Niveafähnchen. Überall sonst Hakenkreuzpapierfähnchen.
Am Nachmittag, wenn meine Mutter sich in der Pension auf ein ebenfalls mitgebrachtes Ziehharmonikabett zur Ruhe gelegt hatte, zog Ede seine weißen Hosen an und das dunkelblaue Jackett und ich meinen Kieler Matrosenanzug mit blauer Mütze und der Inschrift *SMS Tirpitz* in Goldbuchstaben auf dem Mützenrand. Dann gingen wir auf die Strandpromenade.
In einer riesigen, weiß und golden bemalten Muschel schmetterte die seemännisch gekleidete Kurkapelle Märsche, mit golden funkelnden Instrumenten. Ede wußte für einige Melodien hübsche Texte, die er mir manchmal, zum Erstaunen der Umstehenden, leise vorsang. Etwa: »Wir wollen unsern Kaiser Friedrich Wilhelm wiederha'm, aber den – mit'm Bart, aber den – mit'm Bart.«
Oder: »Es lebe unser Herr und König, dreiundzwanzig Pfennig sind zu wenig, 'nen Taler woll'n wir haben, und den kriegen wir nicht – und für dreiundzwanzig Pfennig präsentier'n wir nicht!«
Oder den allerschönsten vom Sanitätsgefreiten Neumann, der den neuen Büstenhalter erfunden und den Damen damit sehr geholfen hatte. Das konnte ich verstehen, wenn ich an Minnamarthas Doppelbehälter dachte, diese Lawinenbremsen aus starkem Gewebe. Ich war si-

cher, daß Minnamarthas Modelle aus Sanitätsgefreiter Neumanns Werkstatt stammten.
Einen Text konnte ich aber auch, doch ein Instinkt befahl mir, ihn besser für mich zu behalten. Vom starken Siegfried hatten wir gelernt, zu einer damals ebenfalls häufig gespielten Marschmelodie zu singen: »Pauline steht im Hemd, vier Finger in den Arsch geklemmt. Und Paul, der steht dabei – und schaukelt sich das linke Ei.«
Überhaupt entwickelte Ede in den Ferien Sangesfreude. Wir marschierten über die Dünen und sangen. Wir liefen am Strand entlang und sangen. Wir trampelten über die schmalen Sandpfade, die sich von den Dünen durch den Fichtenwald zogen, und sangen.
Ede wußte viele Lieder. Ganz andere als ich später lernte. Lieder von der Fischerin, der kleinen, vom treuen Husaren und vom Reiter, der drei Lilien umritt. Ich marschierte hinter Ede her, die Schuhe voll Sand. Der Kragen vom Matrosenanzug flatterte in der frischen Brise, die vom Meer her wehte.
So schön war es damals im letzten Sommer.

Ein frischer Nordwest wehte am letzten Ferientag. Der Küstendampfer tanzte an der Mole auf gut meterhohen Wellen, ein paar Passagiere, die nach Heringsdorf wollten, verzichteten auf die Reise. Menschlein und andere Nichtschwimmer planschten in Strandnähe, Ede schwamm wie jeden Morgen hinaus. Minnamartha bemerkte nichts von den Gefahren, in die wir uns begaben. In der Pension packte sie unseren Kram zusammen. Keine leichte Arbeit. Inzwischen waren zwei Beutel original Seesand und etwa hundert Muscheln dazugekommen, auch ein paar Tigermuscheln und eine große Flügelschnecke. Das Meer rauschte in ihr, wenn man sie ans Ohr hielt. Ich war froh, sie zu besitzen, denn immer hatte ich Gigi beneidet, bei der ein paar Exemplare der Flügelschnecke das Rosenrondell vor der Laube schmückten.

Auch ein Segelboot aus dem Spielzeugkiosk an der Promenade kam ins Gepäck. Mit zwei Masten.
Wieder brausten wir über die Landstraßen, das Korn war noch gelber geworden, bald würden die Bauern anfangen, es zu mähen. Wir fuhren wieder an den Bisons vorbei, in die große Stadt zurück, die immer noch von der Hitze flimmerte und glühte. Großmutter stand vor der Tür und begrüßte uns. »Der Lümmel sieht ja endlich mal jesund aus«, sagte sie.
Ede bekam viel zu tun in den nächsten Tagen. Die Taxen hatten einen Service nötig und neue Zündkerzen, die Abrechnungen mußten geprüft werden, einige Wagen brauchten neue Reifen. Das hörte ich gerne, denn Ede brachte mir dann Jo-Jos mit. Jo-Jo-Spielen war damals fast eine Epidemie. Alle Welt spielte Jo-Jo, auch Damen mit Ponyfransen und langen Zigarettenspitzen wie meine Tante Lizzi oder Männer wie Onkel Adolar, sogar Onkel Hubert, der Bierfahrer. Er hatte gerne ganz große Jo-Jos mit Holzscheiben.
Ein Jo-Jo besteht aus zwei eng aneinanderliegenden kreisrunden Scheiben beliebigen Materials. Um den Nut zwischen beiden Scheiben ist eine Schnur gewickelt, deren eines Ende der Spieler fest in der Hand hält. Durch rhythmische Auf- und Abwärtsbewegungen des Unterarms muß er die Doppelscheibe auf der Schnur tanzen lassen.
Das war Jo-Jo.

August. Nachmittags zog hinter den Funktürmen das Gewitter heran. Aber es dauerte nur eine Dreiviertelstunde. Abends war es im Garten angenehm kühl. Onkel Hubert, den das neue Haus nun interessierte, kam von seinem Kleingarten herübergeradelt, manchmal mit Mathilde, die ein neues Damenrad besaß. Der Eimer mit gekühlten Bierflaschen stand bereit, Großmutter knackte mit ihren restlichen Zähnen Kirschkerne und aß den Innenkern. Edes ewige Zigarre, Marke Boenicke Fehlfarben zu dreißig Pfennigen, glühte in der Dunkelheit. Mein Jo-Jo aus vernickeltem Blech fuhr glitzernd an der Schnur auf und ab. In der Nähe der Garage roch es nach Benzin und neuen Reifen. Schon Ende August fing die Schule wieder an.

Mich faszinierte, daß Mathilde winzig kleine Büstenhalter trug. Sie stopfte ihre Dessous in eine Badetasche, wenn sie im Strandanzug bei uns im Garten lag. Ich holte Othmar und gewann seine Gunst wieder, weil ich ihm heimlich diese Kleidungsstücke vorführte.
Unsere Eltern merkten wenig von dieser Neugier, obwohl ich regelmäßig aus der zweiten Reihe auf dem Vertiko ein Buch auslieh, das sie eigentlich hätte auf die richtige Fährte bringen müssen. Othmar und ich saßen in einem der abgeernteten Kirschbäume auf unserem Laubengrundstück. Den Platz hatten wir nur erreicht, indem wir vom Feld her über mehrere Zäune kletterten, um Siegfried und seinen Mannen zu entgehen. Im Grün verborgen lasen wir nun alles über die schädlichen Folgen der Selbstbefriedigung, über Beischlaf und Schwangerschaft. Als wir das Buch ausgelesen hatten, fühlten wir uns wissend.
Neuland und Fremde überall. Karl Kaiser aus der Laube hatte sich mit der Welt der Siedlungshausbesitzer abzufinden. In den Häusern der anderen Kinder sah es ein bißchen prächtiger aus als bei uns. Vieles, bildete ich mir ein, ließ bei uns zu wünschen übrig. Manchmal schlich ich mich in die Kolonie Tausendschön, zur Laube, öffnete mit dem Schlüssel, den ich heimlich an mich genommen hatte, das schon rostige Vorhängeschloß und setzte mich im leeren, dunklen Zimmer auf den Fußboden. Allein.
Dann zog es mich wieder in die anderen Häuser mit ihren bis zum Boden reichenden Vorhängen, den polierten Möbeln, den weichen Teppichen, kühlen Lederklubsesseln

und den Blumenstilleben über der Eßzimmeranrichte. Ich war nicht mehr Laubenkarl, aber Häuserkarl war ich auch nicht. Edes und Minnamarthas Einfamilienhaus war eine Schleuse, in der ich hängenblieb. Ein Vor oder Zurück schien es nicht zu geben. Wir besaßen das einzige Sofa mit Umrandung in der Siedlung, den einzigen Karnickelstall, den einzigen Kavalleristenbierkrug, den einzigen Schleppsäbel. Selbst Herr Reh, der Altkommunist im kleinsten Haustyp, hatte sich besser angepaßt. Er freute sich über einen modernen Wohnzimmerschrank, Mittelteil flambiert Birke, eine wild gemusterte Couch und über einen Musikschrank in imitierter Eiche. Nur seine Fahne war noch kleiner als unsere, es mußte sich also um eine andere Lieferung handeln als jene, die Puvogel für die Kolonie eingekauft hatte.

Herr Reh mußte regelmäßig von einem Nachbarn in brauner Uniform ermahnt werden, sein Fahnentuch herauszuhängen. Zu diesem Zweck hatte er ans Küchenfenster, das zur Straße ging, einen Fahnenschuh geschraubt. Wurde die Fahne nicht gebraucht, stopfte Herr Reh sie in den Besenschrank.

An Herrn Reh probierte ich meinen deutschen Gruß aus, weil es mit dem Vorbeimarsch an Herrn Gallerts Flaggenmast ja aus war. Aber Herr Reh und seine Dohle sagten stets mit gleichbleibender Freundlichkeit »Guten Morgen« oder »Guten Tag«. Da Herr Reh, als einziges Laubenerbe, eine Milchziege auf der Terrasse hielt, holte ich bei ihm jeden Tag einen halben Liter frische Milch. Eine Anordnung von Großmutter, nicht zu umgehen, sie sollte zur Kräftigung meiner immer noch geschwächten Natur dienen. So hatte ich oft Gelegenheit, Herrn Reh herauszufordern. Ohne Erfolg.

Ich probierte es auch bei unserem alten Doktor Erdemann, der meine vielen Anginen und Masern samt Rückfall kuriert hatte. Mitten auf der Straße bedachte ich den Doktor mit dem neuen Gruß. Da hielt er mich an, schaute mir in den Hals, behauptete, meine Mandeln seien entzündet, und schrieb mir auf der Stelle ein langes Rezept aus. Durch einen Anruf bei Ede erreichte er, daß ich alle sieben Medizinen, die er aufgeschrieben hatte, auch schlucken mußte. Eine schmeckte bitterer als die andere. In Zukunft ließ ich es Dr. Erdemann gegenüber bei »Guten Tag«.

Minnamartha interessierte sich seit den Ferien immer weniger für den Alltag. Sie lag auf der Chaiselongue unter den beiden Hirtinnen, verzehrte Konfekt und ignorierte die heraufdämmernde neue Zeit. Wenn Ede über die Nazis schimpfte oder den Mann rausschmiß, der für die NS-Volkswohlfahrt sammeln kam, sagte sie:
»Ede, verbrenn dir nicht die Finger!«
Dann sank sie wieder auf die Chaiselongue zurück, ein Berg von Mensch, der zu Migräne neigte, und blätterte eine neue Seite der *Berliner Hausfrau* auf. Manchmal kamen Nachbarinnen, mit denen sie über Verdauungsbeschwerden tratschte.
Sie war uns allen, wie Ede es ausdrückte, keine rechte Stütze mehr. Nicht ganz auf dem Posten sei sie wohl, sagte sie von sich selbst. Eine Bemerkung, durch die ich Minnamartha mit Stahlhelm und Gewehr vor meinem geistigen Auge sah, wie sie im Schilderhäuschen Posten schob; an gesunden Tagen. Großmutter setzte ihre Tees an, die sonst immer halfen, hier versagte die Heilkraft der Kräuteraufgüsse. Der Schaden lag tiefer. Auch Minnamartha war ihr neues Dasein als Hausbesitzerin ein wenig unheimlich. Obwohl sie ihren Kuchen jetzt wieder zu Hause aß.
Mathilde füllte neuerdings auch einen gehobenen Posten aus, beim BDM. Aus dem Maisdschungel Onkel Huberts war sie herausgetreten, hatte sich abgeschminkt und als braune Amazone in BDM-Kluft geworfen, die Brennschere war in die Kommodenschublade verdammt.

Blonde Zöpfe umwehten nun Mathilde, wenn sie zum Birkenwäldchen radelte, bei uns vorbei, um Dienst zu machen.
Wie liebten wir die neue Mathilde! Othmar und ich standen oft an der Straße, wenn sie vorbeisauste, in die Kurbel trat, so wundersam lächelte unter dem Blondhaar.
»Ist sie nicht herrlich?« fragte ich.
»Bongfortzionös«, bestätigte Othmar.
So vorwitzige Knaben erhörte Mathilde selbstverständlich nicht, ihr Streben galt Höherem, dem Dienst am Volke. Auch vom Zerstörermatrosen, dem Verlobten, war nicht mehr die Rede. Mathilde trug weiße Söckchen. Immer strahlend weiß. Wie sie das schaffte, war eines ihrer Geheimrezepte. Onkel Hubert, auf die neue Richtung Mathildes angesprochen, blieb stumm: So weit reichte sein Bierfahrerhorizont nicht, daß er sich das erklären konnte. Oben auf einem Regal lag in seiner Laube Mathildes Sonnenbrille. Unauffällig schauten Othmar und ich uns einmal um, ob sie auch ihren Minibüstenhalter irgendwo abgestreift hatte, aber den trug sie anscheinend weiter, auch unter der weißen BDM-Bluse. Nie mehr drang ich bis zu Mathildes Jungmädchengemach in der Zweizimmerwohnung über der Brauerei vor, aber ich hätte gewettet, daß dieses Gemach jetzt mit Führerbild und Ährenkranz geschmückt war. Vielleicht stand neben dem Bett noch ein Spinnrad.
Wir legten Mathilde unsere Herzen zu Füßen, Othmar und ich. Sie rief: »Na, Jungs?«
So zurückgestoßen, beschlossen Othmar und ich, auf seiner alten Remington-Schreibmaschine einen Roman zu verfassen. Einen Roman, das hatten wir uns vorgenommen, in dem wir alles sagen wollten. Frei von der Leber weg, hätte Minnamartha gesagt. Wir wollten hineindichten, was wir über die Liebe und die Frauen wußten und die Geheimnisse, die den Erwachsenen vertraut waren, die wir aber nur aus Büchern kannten.

Wir kauften ganz dickes Papier, denn wir wollten auch sehen, daß die Arbeit voranging. An der Remington stellten wir den größtmöglichen Zeilenabstand ein und begannen. »Wie wäre es«, schlug Othmar vor, »wenn wir unsere Geschichte im Malermilieu spielen ließen?« Ich war dafür. Hatten wir doch gehört, daß Maler, im Umgang mit Modellen erfahren, freien Sinnes waren.
»Kennst du denn einen Maler?« fragte ich Othmar.
»Nööh.«
»Ich auch nicht.«
Othmar hatte eine Idee: »Im Schrank habe ich mal ein Buch gefunden. Bei meinem Vater. Das hieß Mutzenbecherin oder so ähnlich. Eine sitzt im Keller auf einem Faß, und dann kommt der Bierfahrer und holt die Nille raus ...«
Das fand ich wieder nicht gut. Ich stellte mir Onkel Hubert im Keller vor, mit einer, die auf einem Faß sitzt. Vielleicht einer wie Mathilde. In BDM-Uniform und mit blonden Zöpfen. Daß Mathilde Onkel Huberts Tochter war, ließ ich unberücksichtigt.
»Lieber doch einen Maler«, meinte ich. »Er kann in einem Atelier wohnen, fünfter Stock. Eine steile Treppe führt hinauf. Vor ihm geht sein Modell. Er hinterher, und wie er schaut, merkt er, daß sie kein Höschen anhat.«
»Mann, dufte.« Othmar spannte den ersten Bogen ein, und dann hackten wir abwechselnd mit zwei Fingern auf die Remington ein.
Auf den nächsten sieben Seiten schilderten wir im Detail, was auf der Treppe alles geschah. Wir brauchten eine Woche dazu und stritten uns oft.
»Die Treppe ist mit einem Läufer belegt«, schlug Othmar vor. »Kokos. Sie krallt sich fest. Mit den Händen. Und den Stöckelabsätzen.«
»Und die Handtasche?«
»Die stellt sie neben sich ab. Oder sie purzelt herunter, alles fällt raus, und sie muß die ganze Zeit daran denken,

ob sie alles wiederfinden wird. Kleingeld. Den Lippenstift.«
»Und die Kanten? Von den Stufen?«
»Wenn ein Läufer drauf ist, tut es vielleicht nicht so weh.«
Das leuchtete ein. Wir tippten die Passage. Othmar war plötzlich dafür, daß es ein roter Samtläufer war. »Das schmeichelt mehr als Kokos«, meinte er. »Und stell' dir vor, die weißen Schenkel auf dem Rot. Das ist doch etwas für einen Maler. Oder?«
Wir überlegten, ob sich, dort auf der Treppe, vielleicht nur des Malers Hand unter den Rock verirren sollte. Der Rest könnte dann im Atelier stattfinden. Oben. Aber schließlich schilderten wir den ganzen Vorfall im Treppenhaus, wie zuerst beabsichtigt. Das füllte Seiten. Seite eins bis sieben versteckten wir in Harms Schulatlas. Leichtfertig ließen wir die zu zwei Dritteln beschriebene Seite acht in der Maschine. Othmars Vater fand sie, las sie mit Interesse, und spürte auch den Anfang im Schulatlas auf. Er rief uns, las uns unser Werk von Anfang bis zum vorläufigen Ende vor (wir fanden es gar nicht mehr so gut), drehte die Blätter zu einer Rolle zusammen und verdrosch uns damit, bis das Papier in Fetzen war. Die Remington schloß er weg.
Von Mathilde schnippisch abgewiesen, die Trümmer unseres ersten literarischen Werkes zu Füßen, beschlossen wir, uns vom Erotischen ab- und harmloseren Kinderspielen zuzuwenden. Die Neigung wurde gefördert, weil des blondlockigen Othmars Onkel Didi eintraf. Onkel Didi war pensionierter Handelskapitän, trank gerne Kümmel und sang Lieder von Kap Horn. Er bezog, anscheinend gewillt, längere Zeit zu bleiben, ein Zimmer im Dachgeschoß bei Othmars Eltern. Den Raum garnierte er mit einem teilweise enthaarten Zebrafell und einem Elefantenfuß, der als Papierkorb diente. Rudimente eines Abenteurerlebens, das Onkel Didi einst an

viele fremde Küsten geführt hatte. Die Wände seiner Stube unter dem Dach waren mit Postkarten beklebt. Auf diesen Postkarten waren nackte Mädchen abgebildet, alle zart und weiß wie Marzipan. Eine sprang, Hände aufgestützt, über eine große Kugel und zeigte dabei ihr Hinterteil. Sie gefiel uns am besten. Onkel Didi nannte sie »Rio Rita«, aber er wußte nicht mehr, wo er diese Kugelspringerin in natura kennengelernt hatte. »Vielleicht in Tampico«, murmelte er.
Onkel Didi besaß viele Tabakspfeifen, die er reihum rauchte, wo er ging und stand. Die Asche verstreute er überall, besonders gerne aber auf Blattpflanzen.
Kapitän Didi war ein Bonvivant. Zu Minnamartha sagte er: »Gnädige Frau haben einen ganz reizenden Umfang.« Meine Mutter wußte nicht, ob sie erfreut oder beleidigt sein sollte. Großmutter, nach ihrer Meinung zu Kapitän Didis zweifelhaftem Kompliment befragt, sagte: »Es soll heißen friß nich so viel.«
Ein so ausgebuffter Fachmann in Marinefragen wie Kapitän Didi, Experte auch für Künstlerpostkarten, Zebrafelle und Elefantenfüße, wirkte anregend. Wir nahmen Skagerrak noch einmal durch, nun aus der Perspektive des Brückenoffiziers auf einem Schweren Kreuzer (denn in dieser Eigenschaft hatte Onkel Didi die Seeschlacht erlebt), und fühlten uns sicher, wenn Onkel Didi fragte: »Wieviel Seemeilen lief das Linienschiff ›Zähringen‹?«
»Achtzehn Knoten, aye, aye, Sir«, hatten wir dann zu antworten.
Wir kannten uns aus mit den englischen Dreadnoughts, wußten, daß die *Neptune* unter französischer Flagge lief und daß die *Yorck* ein deutscher Panzerkreuzer war, neuntausendfünfhundert Tonnen, Geschwindigkeit einundzwanzig Seemeilen.
Othmar gliederte seinem Landcorps von Lineolsoldaten jetzt eine Marineeinheit an. Er kaufte von seinem Taschengeld zwei Admirale mit Zweispitz und goldver-

schnörkelter Uniform, drei Kapitäne zur See, die leider auch beim Dienst in der Kaserne ihren gezogenen, fest angelöteten Säbel nie ablegten, und zwei Dutzend Marinesoldaten. Durch einen glücklichen Zufall konnte ich nachziehen: Pfützenmarschierer Gustavchen, nun größer geworden und mit Turnhose, schlich neuerdings durch die Siedlung, um Geschäfte zu tätigen. Er besorgte mir billig einen gebrauchten Kapitän und acht Matrosen.

Othmar war wieder der Stärkere, und dazu war Kapitän Didi noch sein Onkel! Unter Absingen von Kapitän Didis Waterkant-Songs paradierten unsere blauen Jungs auf dem Zebrafell. Der Elefantenfuß war das Marine-Ehrenmal Laboe.

»Aloh Ahe«, sang Kapitän Didi. »Jungs, ich denke schon die ganze Zeit nach. Hier fehlt was.«

»Was denn, Onkel Didi?«

»Schiffe.«

Wir waren beeindruckt. Da hatten wir all die Sailors und Teerjacken und Admirale, aber keine Schiffe.

»Mein Segelboot aus Ahlbeck«, fiel mir ein.

Onkel Didi winkte geringschätzig ab. »Panzerschiffe.«

»Woher sollen wir die kriegen?«

»Baut sie euch selbst.« Er krümelte Pfeifenasche über unsere Köpfe.

Wir konstruierten eine Plättbrettflottille. Ede erinnerte sich an Monitore, die er während des ersten Weltkrieges in den Donaustaaten gesehen hatte, flachgehende Fluß- und Küstenmotorschiffe, sehr schnell, mit starker Bewaffnung. Zwar keine Schlachtschiffe, nicht einmal Kreuzer, wie sie Harry Busebergs Vater gefahren hatte, aber für unsere paar Teerjacken war es vielleicht richtig. Kapitän Didi schließlich plädierte für Hilfskreuzer, zu Kriegsschiffen umgebaute Handelsdampfer, aber das war uns auch zu hoch.

Wir bauten Monitore, indem wir von Bretterabfällen, die

auf unserem Dachboden lagen, halbmeterlange Enden absägten, diese zuspitzten und mit Leisten eine Reling darumzimmerten. Die Aufbauten klebten wir aus Pappe.
Othmar hatte zwei Schiffe, selbstverständlich, ich nur eins. Onkel Didi blies Angriffssignale auf dem Kamm. Die Flotten liefen zur Seeschlacht auf Kapitän Didis Zebrateppich aus. Stolz wehten am Heck die Reichskriegsflaggen, selbst gemalt, auf Othmars Schiffen die deutsche, ich war der böse Engländer. Aus den Schornsteinen der angreifenden Schiffe quoll schwerer Watterauch, und schon flogen die ersten Geschosse, Mauersteine von Othmars Anker-Steinbaukasten.
»Halt«, kommandierte Onkel Didi. »Hier fehlt was.«
Othmar deutete, von Didi unbemerkt, leicht an seine lockenumwallte Stirn, um anzudeuten: »Jetzt hat er 'ne Meise.«
Laut sagte Othmar: »Was fehlt denn noch? Schiffe haben wir doch jetzt.«
Mit düsterer Miene sog Onkel Didi an seiner Pfeife.
Dann sagte er:
»Wasser.«
Wir waren sprachlos. Wasser!
Während Onkel Didi im Kabinett seiner Postkartenschönheiten zurückblieb, transportierten wir die Monitore zu einem Teich gleich hinter dem Feld, in der Nähe des Zimmereiplatzes. Ein schwieriges Unternehmen, weil es unter den Augen der Laubenkinder durchgeführt werden mußte. So rasten wir gebückt am Bahndamm entlang, wo uns der Lehrter D-Zug mit einem glühenden Aschenregen überschüttete. Aber wir kamen heil am Teich an und wasserten die Monitore.
»Mönsch, die haben ja Schlagseite«, stellte Othmar fest. In der Tat machten wir die Erfahrung, daß Bretter nicht immer waagerecht auf dem Wasser schwimmen, jedenfalls dann nicht, wenn sie mit allerlei Aufbauten verse-

hen sind. Unsere blauen Jungs zogen Wasser, die Lineolmasse begann schnell von den Sockeln her aufzuweichen. Abwenden konnten wir ihr Schicksal nicht mehr, denn die Schiffe trieben schon weit draußen auf dem Teich. Wir sammelten Steine. Othmar bombardierte mein Schiff, ich seine zwei. Durch Schnellfeuer erhöhte ich die Trefferzahl. Es gab Verluste, als einige Mariner über Bord gingen. Andere fielen um und quollen ziemlich auf, weil an Deck Wasser stand.

Versenkt wurde diesmal kein Schiff. Ich knobelte mit Othmar, wer in den See waten sollte, um die Schiffe wieder an Land zu holen. Ich gewann. Aber Othmar zierte sich, und so zog ich mich aus und barg die Boote. Entengrützebedeckt stieg ich ans Gestade.

»Danke«, sagte Othmar.

Ede ließ mich die Seeschlacht schildern. »Macht das Spaß?« fragte er.

»O ja.«

Die Folge war, daß Ede mir ein elegantes Mahagoni-Spielboot mit Batterieantrieb schenkte. Damit war ich Othmars Flotte weit überlegen. Das nächste Mal machten wir einen noch größeren Umweg zum Teich, hinter dem Bahndamm entlang, weil wir verhüten wollten, daß mein Mahagoniboot etwa in Siegfrieds Hände fiele.

Wir setzten unsere Einheiten aus. Bald hatten wir eine Menge Publikum. Die Eigenbau-Monitore dümpelten in Teichmitte, das Motorboot surrte davon und zeichnete Heckwasser. An Bord machten mein Kapitän mit dem Säbel und zwei Matrosen Dienst. »Steuerbord – mehr Steuerbord«, rief ich. »Erstes Torpedorohr – fertig!« – Die Zuschauer blickten ernst. Ich legte die rechte Hand an einen nicht vorhandenen Mützenschirm und kommandierte: »Erstes Rohr – los!«

Genauso führte sich Othmar zehn Meter weiter auf. Seine Monitore waren gefechtsklar. »Alle Mann auf Station«, schrie er. Und dann: »Salve-Feuer!«

Wir feuerten gleichzeitig. Ich warf eine Steinsalve in Richtung von Othmars Monitore. Othmar hatte einen halben Mauerstein erwischt. Wasserfontänen schlugen über den Schiffen zusammen, einen Augenblick war nichts zu sehen, auch das Motorboot nicht. Dann tauchten die Monitore wieder auf, sie dümpelten auf der schweren Dünung des Teiches. Nur das Motorboot blieb verschwunden. Innig sagte Othmar:

»Volltreffer, Herr Kaleun!«

Das Publikum bestätigte, wild durcheinanderredend, die Meldung. Der Mauerstein hatte das Motorboot voll getroffen. Und versenkt. Mit Mann und Maus und Pertrix-Batterie.

Das Publikum nahm Anteil. Einer hatte Othmar beim Ohr, und Othmar mußte unter dem Arm des Mannes durchtauchen, um zu entkommen. »Lassen Se doch den Jungen«, rief eine Frau mit Markttasche. Ein alter Herr murmelte ehrfürchtig: »Wie vor Tsingtau!«

Dann verliefen sich die Leute. Diesmal tauchte Othmar in die Entengrütze, um die schwer havarierten Monitore zu bergen. Es lohnte kaum mehr.

Vom Motorboot keine Spur.

Auch Onkel Didi zeigte Ehrfurcht, als wir ihm den Ausgang der Seeschlacht berichteten. Er half uns, einen Fahnenmast am Elefantenfuß zu befestigen. In Laboe gingen die Flaggen auf halbmast. Ein Admiral und vier Seesoldaten (aus beiden Flotten zusammengerechnet) hatten das Massaker vom Dorfteich überlebt.

Ede fragte ein paar Tage später, wo denn das Boot sei. Ich sagte: »Ooch, bei Othmar.« Schließlich erfuhr Ede alles. Er schnallte seinen Leibriemen ab und zwang mich in eine Rolle, die für einen Oberbefehlshaber von Seestreitkräften höchst unwürdig ist.

Im Jahr darauf war Kapitän Didi aus unserem Leben verschwunden. Elefantenfuß und Zebrafell hatte er eingepackt und war abgedampft zu neuen Ufern, zu anderen Verwandten oder wieder nach Tampico – wir wußten es nicht. Zurück blieben nur Rio Rita und die anderen Tänzerinnen auf den Postkarten an den Wänden seiner Dachstube. Sie hatten sich nicht mehr entfernen lassen. »So was Scheußliches«, zürnte Othmars Mutter. »Jetzt muß ich neu tapezieren lassen.«

Kurz vor Ostern verteilte der Lehrer in der Volksschule die letzten Fleißbildchen an uns. Aus einem SA-Kalender. Ich wollte sie einrahmen und verstand nicht, daß Ede was dagegen hatte. Dann verließen wir die Volksschule. Verließen endgültig auch die Laubenkinder, die immer noch ihre Bleyleanzüge trugen und Glatze mit Vorgarten geschnitten bekamen, zum alten Preis von vierzig Pfennigen. Sie blieben zurück, und wir gingen in die neue Schule, wo wieder einmal, wie unsere Eltern mahnten und versicherten, der Ernst des Lebens begann.

Würdig erwartete uns die neue Anstalt. Othmars Locken waren frisch geschnitten, er trug Knickerbocker. Neben ihm saß ich in der neu lackierten Bank und lauschte dem deutschen Diktat: »Der sterbende Löwe«. Ein Lehrer mit leichtem Sprachfehler gab es. Ich verwechselte ein paarmal m's und n's. Doch erschien unsere Intelligenz jenen, die darüber zu befinden hatten, ausreichend. Wieder standen wir, am Beginn des neuen Schuljahres, auf einem kiesbestreuten Schulhof. Die Kastanien an der Mauer hatten schon Knospen. Auf den hellroten Backsteingebäuden lag die Sonne. »Bismarckschule – stillgestanden!«

Der Direktor schritt die Reihe der neuen Schüler ab und musterte uns mit klarem Kaiser-Wilhelm-Blick. Dann durften wir Deutschland über alles singen und die Fahne hoch, mit heimlich abgestütztem Arm.

Eines Tages kam ein Partei-Goldfasan aus unserer Siedlung zu Ede, einer, der bisher von unserer Existenz wenig Kenntnis zu nehmen geruht hatte.

»Ich gratuliere Ihnen, Heil Hitler!« sagte er.
»Wozu?« fragte Ede.
»Ihr Sohn darf jetzt ins Jungvolk. Trotz der Schwierigkeiten, die es damals mit seiner arischen Abstammung gab.«
Ede blieb ganz ruhig. »Und?« sagte er. »Was geht Sie das an?«
»Wir haben alle dafür gestimmt, daß Ihr Karl in das Jungvolk kommt«, sagte der Goldfasan.
»Vielen Dank!« Ede drehte sich um und ließ den braunen Würdenträger auf dem Hof stehen.
»Wer war denn das?« fragte Minnamartha.
»Ein Hosenscheißer. Karl muß Pimpf werden.«
»Dann müssen wir eine Uniform kaufen.«
»Es ist zum Kotzen«, sagte Ede. Minnamartha meinte wieder einmal: »Ede, verbrenn dir nicht die Finger.«
Ede zog seine lederne Geldkatze heraus und zählte ein paar Scheine auf den Tisch. »Das muß reichen«, meinte er.
Ich bekam eine schwarze kurze Ribbelsamthose, Koppel, Schulterriemen, Braunhemd und Schlips. Der Schulterriemen war mit Ehre verbunden, den durften wir zuerst noch nicht tragen. Aber mein Auge glänzte. Braun war ich von klein auf gewöhnt. Durch Herrn Gallert. Und auch Othmar und meine anderen neuen Freunde und Schulkameraden trugen ja die Uniform.
Ich war ein kleiner Marschierer. Die Beine immer noch dünn und etwas krumm, rutschende Kniestrümpfe. Die Knie zerschunden. Die schwarze Hose war ein bißchen zu lang. Ziemlich viel Dreck saß unter den Fingernägeln. Die Goldfasane strahlten trotzdem. Wir schmissen den rechten Arm hoch, die Knotenschlipse flatterten, wir brüllten den neuen deutschen Gruß. Ede hielt sich die Ohren zu.
Bald wußten wir, wie wichtig es war, sich an die richtigen Traditionen zu halten. Joachim Hans von Ziethen, Rei-

tergeneral, und der Alte Fritz mit Dreispitz und Windhunden genügten da nicht mehr. Auf andere Werte griffen unsere Führer zurück. Wir wurden Wikinger.

Großmutter schüttelte den Kopf. In Posen-Westpreußen hatte sie von Wikingern nie etwas gehört. Wir Pimpfe aber stickten die Namen großer Wikingerhelden auf unsere schwarzen Wimpel. Ede sagte, mit dem Kopf schwebten wir in Walhalla und mit dem Arsch führen wir dritter Klasse. Das wollten wir nicht einsehen. Aki, der listige Jomswikinger, stach Odysseus, mit dem wir in der Schule oberflächlich in Berührung kamen, bei weitem aus. Und die Schule schien wohl auch auf Odysseus und seine Genossen nicht so viel Wert zu legen. Denn in Erdkunde mußten wir nun manches über *Raum im deutschen Osten* lernen und in Biologie die Mendelschen Gesetze.

Jetzt ließen wir die Fahnen weit wehen und die morschen Knochen zittern, wir erkletterten die Mauern und zerschmetterten die Türme.

Der Ziegenmilchhandel mit Herrn Reh schlief ein. Er vermied es, uns zu treffen. Sahen wir ihn doch einmal mit seiner zahmen Dohle auf der Schulter, so radelten wir hochmütig an ihm vorbei, in rasendem Tempo, denn *drei Uhr Birkenwäldchen* war die Parole. Dort wartete schon Kulle Rosenbusch auf uns, der Jungenzugführer. Er holte die Klampfe aus dem Futteral. »Uns geht die Sonne nicht unter«, tönte es aus dem Gebüsch. Zweistimmig.

Zu Hause lasen wir zwar Karl May und Tom-Shark-Hefte. Doch im Birkenwäldchen wurden wir zu strammen Hoffnungen der Bewegung, flink wie Windhunde, hart wie Kruppstahl und zäh wie Leder. Zwischendurch wichsten wir unsere Koppel und putzten an den Schuhen sogar die Stege.

Ede polierte weiter seine Taxen, es wurden immer weniger, weil man seine Konzessionen an alte Nazis übertrug.

Ede fuhr nun wieder eine Schicht selbst, jeden zweiten Tag. »Verbrenn dir nicht die Finger, Ede«, sagte die Mutter jetzt immer öfter. Sie schlug Ede allen Ernstes vor, er solle sich auch so einen Bonbon anstecken, damit er die übrigen Taxen behalten dürfe. Aber Ede, mein Vater, wollte nicht.

Die Großmutter, Eisenbahn-Stationsvorstehersgattin aus Dubberow, an Uniformen also gewöhnt, war dennoch erstaunt über meine vorwiegend braune Ausrüstung, die ja auch in nichts an Eisenbahnermonturen erinnerte. Sie arbeitete jetzt täglich an ihrem Strumpfvorrat, der denn auch für den Rest ihres Lebens reichen sollte: lange schwarze gestrickte Röhren aus grober Wolle, Fersen verstärkt. Beim Stricken traf ich sie auch, als ich ihr die neue Jungvolkausrüstung vorführte. Sie rückte ihre schwarzgeränderte Brille auf die Nasenspitze, betrachtete mich eingehend, während ihre großen Stricknadeln weiterklapperten, und sagte kopfschüttelnd: »Ein Braun – wie Schifferscheiße!«
Großmutter hatte, zum Spaß und frischer Eier wegen, auch im neuen Hause eine Hühnerzucht begonnen. Eine kleine Hühnerzucht. Das hatte Gründe. Sie wollte gern mit den Hühnern ein persönliches Verhältnis haben, sie etwa bei den Namen nennen, die sie ihnen gegeben hatte. Lauter einfache Namen. Erna, Berta, Frieda. Gerade mit Hühnern ein persönliches Verhältnis zu bekommen, das wird jedem einleuchten, ist schwer. Großmutter schaffte es. Jedenfalls rannten die Hühner nicht, wie bei uns, gakkernd davon, wenn sie die Stalltür öffnete. Trotzdem blieb Großmutter sachlichen züchterischen Grundsätzen treu. Das hieß, auf die kürzeste Formel gebracht: wenn eines der Hühner nicht mehr legte, nahm die Großmutter ein Beil und schlug ihm den Kopf ab. Am nächsten Tag gab es dann bei uns Huhn, und obwohl die Großmutter genau wußte, daß da vor ihr auf dem Teller Berta lag oder

Ida, die gestern noch fröhlich gegackert hatte, ließ sie es sich schmecken. So sachlich konnte Großmutter sein.

Je mehr nun das Braun um Großmutter herum zunahm, mit den Uniformen der Goldfasanen und schließlich sogar mit meinem braunen Hemd, kurz auch Braunhemd genannt, desto empfindlicher begann die Großmutter gegen diese Farbe zu werden. Sie entschloß sich, ihre braunen Kleider wegzuwerfen, sie hängte Bilder ab, die braun gerahmt waren, beförderte sogar ihre dickbäuchige geliebte braune Bunzlauer Kaffeekanne in den Müll, und eines Tages hatte sie alle ihre braunen Möbel im kleinen sonnigen Zimmer mit Ölfarbe hellblau gestrichen. Meine Mutter schimpfte. Ede aber unterstützte die Großmutter. Er verstand sie. Ein Glück, daß seine Taxen grün waren.
Wir ahnten nicht, wohin diese Marotte bei Großmutter noch führen sollte. Bis wir eines Morgens vom Hof her lautes Gegacker hörten. Großmutter hatte bis dahin Rodeländer gezüchtet. Das sind braune Hühner. An diesem Morgen erschlug sic alle braunen Hühner. Wir aßen wochenlang Huhn in jeder Variation, Suppenhuhn, Brathuhn, Hühnerfrikassee, Hühnersuppe, zuletzt versuchten wir Hühnerbuletten. Die Zucht wurde auf weiße Leghorns umgestellt.
Allmählich gewöhnte Großmutter sich wieder an die Farbe. Ganz gegen Ende des Krieges hatte sie sogar wieder ein paar Rodeländer.
Über diese Hühnerzucht, mit der es beinahe ein zeitgemäßes Ende genommen hätte, ist überhaupt allerhand zu sagen. Großmutter äußerte jede Idee in einer Form, die Widerspruch ausschloß. Das war so ihre Art. Onkel Adolar wollte ihr die Leghorns ausreden. Er wußte eine Menge über Hühner. Beim Kaffeetrinken hielt er Großmutter lange Vorträge.

»Du mußt es mal mit Ramerslohern versuchen«, schlug er vor, »oder mit Thüringer Pausbäckchen.«
Großmutter schniefte und rührte unwillig in ihrer Kaffeetasse, was immer als Alarmzeichen anzusehen war. Ohnehin hatte sie Onkel Adolar auf dem Kieker, weil er morgens immer im Stall verschwand und die noch warmen Eier austrank. Er stach sie an den Enden mit dem Korkenzieher von seinem Taschenmesser an, setzte das eine Loch an den Mund und schlürfte den Inhalt.
Ohne Großmutters Rührwarnung zu beachten, fuhr Onkel Adolar fort, sein Wissen anzubringen. »In Frankreich«, dozierte er, »züchten sie die Le-Mans-Hühner. Gute Eierleger. Sehr gute. Oder kennst du die La Fleche? Mit den kleinen Häubchen? Aber die Häubchen werden leicht schmutzig. La Fleche kann man nur in ganz sauberen Ställen halten.«
Großmutter rührte schneller und schoß Blicke. Sie hielt schon die Tasse mit dem Daumen der anderen Hand an der Innenseite fest, sonst wäre sie vom Tisch gefallen. Onkel Adolar räkelte sich in seinem Korbstuhl, daß es krachte, belehrte die Großmutter, daß Langsham-Hühner einhundertsechzig Eier im Jahr zu legen pflegten und daß der Bergische Schlotterkamm frühreif sei.
Da stellte Großmutter ihre Kaffeetasse mit einem Krach auf den Tisch, stand auf und sagte bissig:
»Vom Eieraussaufen wird man wohl klüger!«
Sie ging in ihr Zimmer und bestellte per Postkarte zwanzig weiße Leghorns.
Später, nach Onkel Adolars Tod, bedauerte Großmutter diese Szene oft. Viel später pflegte sie allerdings wieder zu sagen: »Adolar? Er wußte zu viel über Hühner!«

Wenige Monate trennten uns noch von jenem ersten September, an dem der Polenfeldzug begann. Wir spielten Frieden auf Teufelkommraus. Großmutter verschanzte sich hinter der Hühnerzucht, entwickelte sogar im Laufe der Zeit einen neuen ernsthaften Tick, indem sie beim Essen aufstand, um in den Stall zu gehen und die Hühner hinten abzufühlen, ob Eier zu erwarten seien. Ede spielte immer noch Taxi-Unternehmer. Obwohl sie ihm eine Lizenz nach der anderen wegnahmen. Meine Mutter lag, Migräne vorschützend, auf der Chaiselongue und knabberte Konfekt. Und ich selbst, in Braunhemd und Ribbelsamthose, linientreuer Pimpf mit gutem Gedächtnis für zackige Liedertexte? Ich atmete die frische Luft des Birkenwäldchens. Ich trug die mit schwarzen Flammenzungen bemalte Trommel, paukte den Fünferschlag aufs Kalbfell: »Bum – bum, bumbumbum. – Unter der Fahne – schrei-heiten wir.« Neue Lieder sang Jungzugführer Kulle Rosenbusch mit uns. Lieder, die uns nun lehrten, daß die Fahne mehr als der Tod sei. Ich dachte an unsere Fahne zu Hause, den kleinen roten Fetzen, der sich so leicht um die Fahnenstange wickelte. Und an das noch kleinere Fähnchen von Herrn Reh, aufbewahrt im Besenschrank. An diesen beiden Fahnen gemessen war der Tod nicht viel.

Geländefalten, frisch eingesätes Grün. Brombeergebüsch, die ersten kleinen Beeren schimmerten unreif blaßgelb. Unter dem Bahndamm führte eine enge Röhre hindurch, Kulle Rosenbusch stand da, Fahrtentasche am Koppel. Vollgepfropft war sie mit Karte, Kompaß, Hitlerjugend-Gesangbuch und Notizblock. Blau leuchteten Kulles Augen, Wikingerblick, wie sollte es anders sein. Sogar Othmar, der zarte Knabe, war ja zum Jomswikinger geworden. »Entfernungsschätzen«, schnarrte Kulle. »Das erste Glied bildet eine Kette, jeder mit fünf Schritt Abstand vom nächsten.«
Befehle, deren markante Kürze die Nation einte, von Schleswig-Holstein meerumschlungen bis zum Burgenland.
Wir schätzten. Mit Telegrafenstangen ging es leicht. Die

hatten einen bestimmten Abstand, man brauchte nur zu zählen. Aber sonst gab es viele Möglichkeiten, sich zu verschätzen. Kulle ließ nicht locker. Er machte aus uns perfekte Entfernungsschätzer.
War der Sonntagsdienst beendet, so fuhr ich mit Ede aufs Land. Wir hatten jetzt eine wundervolle Ausrede: Hühnerfutter besorgen. Bald kannten wir viele Bauern in den kleinen Dörfern vor der großen Stadt. Bauern in Häusern mit Strohdächern und mit Pferden im Stall, denn Traktoren gab es damals noch kaum. Zu einem Bauern gingen wir besonders gerne. Sein Haus war auf moorigem Boden gebaut. Im Laufe der Zeit war der hintere Teil versunken. Die Fußböden in einigen Räumen waren unglaublich schräg. Um das wieder auszugleichen, besaßen die Möbel verschieden lange Beine, die Tische, die Stühle, und ganz hinten in der Kammer auch das Bett. In diesem Bett saß einmal, als wir kamen, ein weißbärtiger Großvater zwischen rotkarierten Plümos. Er war neunzig und starb gerade. Aber er war ganz fröhlich dabei. Während wir auf den Stühlen mit den verschieden langen Beinen um ihn herumsaßen, verlangte er drei große Schlackwurstbrote. Die Bäuerin brachte sie. Er schnitt sich Reiterchen und aß die Brote in kurzer Zeit. Am nächsten Tag war er tot. Mit Hühnerfutter an Bord kehrten wir von unseren Landausflügen zurück. Die Leghornzucht war gediehen in den Stunden unserer Abwesenheit, wir rochen es, weil Großmutter schwache Küken in der Küche aufzog. Aber immerhin verbreiteten wir etwas Gegengeruch: nach Bauernstuben, Kleie und Rieselfeldern.
Dann wieder Antreten: »Die Fahne hoch, marschiert! Voran der Führer führt!« Im Gänsemarsch zogen wir hinter unserem Wimpel her, durch den knöcheltiefen Sand im Birkenwäldchen.
Kulle Rosenbusch, neben uns, gab den Schritt an. Seine randgenagelten Schuhe wirbelten Staub auf, der sich trocken in die Nasenlöcher setzte. Wir sangen trotzdem,

was die Lungen hergaben, auch *O du schöner Westerwald* oder *Am Mühlenberg von Sanssouci* und *Schwarzbraun ist die Haselnuß* mit der Strophe *Löcher hat der Schweizerkäs.*
»Zwei Daumensprünge rechts neben Heuschober bewegliches Ziel!«
»Jawoll, Jungzugführer! Erkannt!« – Löcher hat der Schweizerkäs. Othmar schneuzte den Staub in ein blütenweißes Taschentuch. Er hatte immer blütenweiße Taschentücher. Auf unseren Fahrtenmessern war eingraviert: *Blut und Ehre!* – Damals waren wir elf.
Im Garten bauten Ede und ich aus einem alten Vogelbauer eine Falle und fingen Grünlinge. Aber wir ließen sie immer wieder fliegen. Im Zimmer, auf der Etagere, stand ein neuer Radioapparat.
Durchs offene Fenster drang eine Stimme bis in den Garten. »Der teutschsche Solltatt . . .«. »Meingottmeingott«, sagte meine Mutter, »wo wir doch schon so viel durchgemacht haben . . .«
Ich verstand sie nicht.
Ede ließ die zuletzt gefangenen Grünlinge frei.
Großmutter ignorierte die neuen Zeiten. Sie buk weiter Eierkuchen, fütterte die weißen Leghorns und versuchte noch, mir aus dem dicken grünen Buch mit den Märchen vorzulesen.

Kulle Rosenbusch führte uns an den Dienstagnachmittagen und sonntags zu Veranstaltungen. Wir trotteten über den Asphalt der großen Stadt, vier Jungzüge, das ganze Fähnlein. Vorneweg der Fähnleinführer, den wir nur selten sahen, hinter ihm die Fahne und die Wimpel und die Trommler. Dann der Fanfarenzug, dann die vier Jungzüge. An unserer Seite immer Kulle Rosenbusch mit der grünen Jungzugführer-Affenschaukel am Hemd, mit der Fahrtentasche und den randgenagelten Schuhen, die auf dem Asphalt knirschten.

Vor dem Denkmal Joachim Hansens, dem Husaren-Reitergeneral, zogen wir auf, riefen heil, als die Achse Berlin-Rom gehärtet wurde. Ganz weit weg auf dem Balkon stand er, der Führer, und reckte den Arm neben seinem römischen Gast, während vor uns die Bersaglieri, Hahnenfedern am Hut, im Laufschritt ihre schutzblechlosen Fahrräder vorbeischoben. Der Fanfarenzug blies. Die Sonne brannte auf uns herab.
Dann abends, Kulle Rosenbusch immer neben uns, Aufmarsch in den stillen, regenglänzenden Straßen des Villenvororts. Die Kiefern, die in den verwilderten Gärten standen, dufteten. Kommandos. Schuhe scharrten. Kulle meldete dem Fähnleinführer. Eine Mischung aus Hitlerjunge und Goldfasan stand vor der Front, rote Affenschaukel auf Braun, der Bannführer. Einer trat vor und sagte ein selbstgereimtes Gedicht auf. Ein Holzstoß wurde in Brand gesetzt. Wir sangen: *Flamme empor!*
Aus dem Radio drang die Stimme des Führers. Wir hörten sie in der Schule beim Gemeinschaftsempfang, wir hörten sie auf den Heimabenden, sonntags zu Hause, nachmittags in den Wohnungen.
Selbst in den Büchern über Komposthaufen war nun schon sein Bild, gegenüber der Titelseite. Der strenge Blick seiner Augen verpflichtete jeden. Der Führer und die Sudetendeutschen. Der Führer füttert ein Eichhörnchen. Der Führer bekommt von BDM-Mädchen einen Blumenstrauß. Der Führer auf dem Berghof. Der Führer und ein altes Mütterchen. Der Führer und die alten Kämpfer. Der Führer in jeder Zeitung, in jedem Buch. Sein Bild im Wartesaal, im Jungvolkheim, im deutschen Wohnzimmer, auf der D-Zug-Toilette.

Nicht nur die Saar, ewiger Bumerangstaat, war heimgekehrt. Wir waren auf dem besten Weg zu Großdeutschland. Großmutter hielt nicht viel davon, daß nun auch der sogenannte Korridor heimkehren sollte ins Reich.

»Da sind nun die Pollacken, und da soll man sie auch lassen«, meinte sie.
Kulle zog mit uns auf den Schießstand. Vorerst war es noch Kleinkaliber.

Die Katze, die dreibeinige schwarze Hauskatze? Sie war von Natur mißtrauisch. Ihren Lieblingsplatz hatte sie jetzt hinten an dem Herd, an der Wand. Neben ihr stand Großmutters Kaffeekanne. Eine blaue statt der braunen Bunzlauer, aber auch dickbäuchig. Und gemütlich. Denn, abgesehen vom Dienst im Birkenwäldchen, lebten wir so, als sei alles normal. Gewiß, wir lasen *Patrouille Bosemüller* und *Armee hinter Stacheldraht* und sangen: *Wildgänse rauschen durch die Nacht.* Sicher, der Turnlehrer rief »Bismarckschule stillgestanden!«
Einmal in der Woche war Rudern. Wir schleppten die schlanken braunen Boote zum Wasser, das hier, an einem Nebenarm des Sees, ruhig und dunkelgrün war. Weiden wuchsen am Ufer. Rechts lag die Durchfahrt zum großen See, unter einer schwarzen gußeisernen Brücke hindurch. Der Turnlehrer benutzte ein Megaphon, eine Flüstertüte. Aus Blech. Damals begann die Zeit der Flüstertüten und der Lautsprecher. Schon durch eine Flüstertüte ließ es sich wesentlich besser befehlen. Bismarcks Bild schaute durchs Treppenhausfenster, wenn wir die Boote ins Wasser setzten und die glatte grüne Oberfläche zerstörten. Auch Bismarck war überall. Hier, im Ruderheim, hing Bismarcks Bild. In der Schule hing er gleich dreimal: in der Aula, auf dem Flur und im Treppenhaus. Er hing überall da, wo der Führer nicht hing. Bismarck hatte auf den meisten Bildern einen goldenen Kürassierhelm auf. Zu Hause besaßen wir sogar einen Kuchenteller mit dem Bild Bismarcks in der Mitte. Auch dort hatte er den goldenen Helm auf. Ringsherum lief unter dem durchbrochenen Rand, in Goldbuchstaben, die Inschrift: *Wir Deutschen fürchten Gott – sonst nichts auf der Welt.*

Die Boote lagen am Steg, wir setzten die Riemen in die Dollen. Dann peitschte uns die Flüstertüte zu strengem Rhythmus. Wir weiteten unsere Hühnerbrüste im gleichmäßigen Ruderschlag. Schon schossen die Boote unter der eisernen Brücke hindurch, auf den silbernen großen See hinaus.
Eins, zwei, eins-zwei. An den Ufern glitt Heimatkunde vorbei.
Hier hatte der große König gelebt, jener mit dem ständigen Durchfall und den abgeschnittenen Handschuhfingern, gelebt immer dann, wenn er nicht seine Grenadiere mit den roten Blechzipfelmützen bei Roßbach oder Leuthen anfeuerte, die Heerscharen einer immerhin recht zivilisierten Königin zu füsilieren. Hier hatte er ihn empfangen, Joachim-Hans, den Husarengeneral, der so häufig aus dem Busch kam, um Panduren die Hosen strammzuziehen. Und dort, hinter jenem Hügel, lag des Königs Schloß, von hier aus nicht zu sehen, aber wir wußten ja alle, daß seine Lieblingswindhunde da begraben waren, auf der Terrasse. Heimatkunde links am Ufer, rechts am Ufer, während der Bug des Bootes in das Wasser schnitt, das, wie wir auch wußten, eine eiszeitliche Senke füllte, die von hier aus bis Warschau reichte. Warschau wurde jetzt aktuell. Es handelte sich um alten deutschen Kulturboden.
Wir ruderten. Die Flüstertüte blitzte in der Sonne. Weiter hinten hing über dem See die dunkle Rauchfahne von einem Dampfer der Stern- und Kreisschiffahrt. Eins-zwei, eins-zwei. Wir waren es gewohnt, uns im Rhythmus zu bewegen. Kulle hatte es uns beigebracht, mit Kommandostimme und randgenagelten Schuhen, Größe 45. Und es war auch, wie wir gelernt hatten, die Lingua Latina aus derselben Sprachenfamilie abgeleitet wie diese Kommandosprache und wie die Reden des Führers und seines Reichsjägermeisters, schließlich seines Propagandaministers.

Wir streckten die Knie – der Rollsitz rollte zurück. Die Ruderblätter wirbelten das Wasser auf. Die Flüstertüte klebte am Mund des Turnlehrers. Unsere Boote nahmen Kurs auf den Dampfer.

Wir ruderten. Ede polierte seine Taxe. Er hatte jetzt nur noch eine. Auf der Straße ging Herr Gallert vorbei und rief laut:
»Heil Hitler!« Ede überhörte es.
Oben im Haus lag meine Mutter im Bett und hatte Halsweh. Dr. Erdemann wurde gerufen, traf auch ein, im Nadelstreifenanzug, ganz der Vertrauenswürdige, und mit schwarzer Tasche. Jovial lächelnd und plaudernd – »na, wo fehlt es uns denn?« – hantierte er mit dem Spatel, drückte die Zunge herunter, ließ »Aaaa« sagen. Es kam aber nur ein Krächzen. Nun flink die Bettdecke zurück, das Nachthemd hochgerollt, bis Mutters Oberkörper frei dalag, trotz der Tage des Leidens immer noch ein Meer von rosa Wülsten und Rundungen, auf dem der Doktor nun schwamm mit kurzem hölzernem Stethoskop-Rohr, die Innereien abhorchte durch die vielfältigen Schichten hindurch, die den Ton von Herz und Lunge auch dem empfindlichsten Arztohr zu entziehen versuchten: Erfolglos bei ihm, dem Wellenreiter auf Rosa. Die Krankheit wurde erkannt, mit strenger Formulierung umrissen, als Angina, schwerster Art allerdings, wie ja auch das Fieberthermometer schon bewiesen hatte, und wenn die Patientin in der Lage gewesen wäre, Worte ohne Beschwerde zu formulieren, hätte hier wahrhaftig Anlaß vorgelegen zu vielen »Mein Gott's«.
Die Krankheit war da und wurde, nachdem der Leib der Kranken wieder verhüllt, der bakterienbesäte Spatel beseitigt war, Anlaß zu einer Flüsterkonferenz auf dem Flur vor dem Krankenzimmer, zwischen dem mutigen Doktor und Ede, meinem Vater. Ich hörte, von meinem Zimmer, wo ich hinter der nur angelehnten Tür verborgen

stand, daß nur ständig wiederholte Wickel, bestimmte Tabletten und Medizinen hier helfen konnten. Helfen auch nur, wenn man eifrig sei, eine Schlacht schlüge sozusagen, unter immer neuem Einsatz, mit allen zur Verfügung stehenden Streitkräften. Er drückte sich wirklich so militärisch aus, der eigentlich zivile kleine Dr. Erdemann.

Wir begannen den Kampf. Großmutter marschierte, machte Wickel, brühte Pfefferminztee, dessen Dämpfe von meiner Mutter inhaliert wurden. Mutters Gesicht, schon sonst von der Anstrengung gerötet, fast zwei Zentner Lebendgewicht treppauf, treppab zu tragen, glühte nun dunkelrot in den weißen Kissen, zu denen wiederum das dunkle Holz der Bettstelle einen Bilderrahmen abgab.

Im Kampf mit der Krankheit überkletterte Großmutter täglich sich erneuernde Zeitschriften-Hürden neben dem Bett, denn auch jetzt ließ meine Mutter nicht von ihrer Gewohnheit ab, die deutsche Hausfrau in einschlägigen Magazinen zu betrachten. Großmutter stieß sich durch den Papierberg mit wohlgezielten Tritten ihres pantoffelbewehrten Fußes, bevor sie den nächsten feuchten Umschlag anlegte, Aufgüsse von Bockshornklee und Gundelrebe reichte.

»Wird schon werden«, murmelte sie, und die hochrote, stark schwitzende Kranke nickte dankbar. Vernachlässigt wurden jetzt sogar die Hühner, sie legten, wohin sie wollten. Und während von oben der medizinisch-schwüle Brodem aus dem Krankenzimmer das Haus zu durchdringen begann, brannte in der Küche einmal sogar Großmutters Klümpersuppe an. Nun stieg von unten herauf Gestank von angesetzter Milch und verschmortem Mehlpaps, vermischte sich mit dem Geruch der Krankheit.

Täglich kam Dr. Erdemann, um seinen Wellenritt auf den rosa Wülsten des befallenen Körpers zu absolvieren, täglich preßte er einen neuen Holzspatel in den eitrigen Schlund. Danach, während das Wasser im Badezimmer rann, der Doktor sich die Hände wusch, beteuerte er über die Schulter hinweg »es wird schon, es wird schon«, beteuerte es jedem. Alle waren hinter ihm im Flur versammelt, der so dunkel war, daß auch tagsüber das Licht brennen mußte: eine trübe Angelegenheit, denn die Sparfunzel ließ den Raum, obwohl neu tapeziert, zu einem Arme-Leute-Gemach herabsinken.

Trotz Dr. Erdemanns gelenkten Angriffen: es wurde anscheinend nichts. Die Patientin verweigerte die Nahrungsaufnahme, begann nach Luft zu ringen. Nur ständige kleine Schlückchen Selterswasser erleichterten die grimmigen Beschwerden.

Großmutters Ledersohlenpantoffeln klapperten durchs Haus. Die Treppe hinauf, durch den halbdunklen Flur, wieder hinunter. Minnamartha saß im Bett, von vielen Kopfkissen gestützt, auf denen sich die zartrosa Blumen- und Rankenmuster des Plümos wiederholten.

Wir hörten Großmutter murmeln, sie führte Selbstgespräche, eine Angewohnheit, der sie immer mehr verfiel. Sie stocherte mit dem Feuerhaken im Küchenherd, und dieses Geräusch drang bis nach oben durch das stille Haus. Großmutter duldete keine Niederlage durch Krankheit, das wußten wir. Aber würden auch diesmal ihre Teeaufgüsse helfen?

Der Abend kam, die Hühner saßen auf der Stange, ein letztes Mal auf Legefähigkeit befühlt. Wir hörten Großmutter kommen, und nun stand sie in der Tür, eine Tasse in der Hand, von der der Henkel abgebrochen war. Wir hatten diese Tasse schon vorher gesehen. Als Kükentränke. In der Tasse schwabbelte eine ölige, durchsichtige gelbe Flüssigkeit. Sie roch so durchdringend, daß selbst die übrigen in Flur und Krankenzimmer brütenden Gerüche zurückgedrängt wurden. Ede äußerte die Vermutung, es sei Petroleum.

»Dummkopf!« sagte die Großmutter.
»Und was soll damit?« fragte Ede.
Großmutter: »Damit wird jejurjelt!«
So geschah es. Meiner Mutter war es sowieso egal, was noch an ihr versucht wurde. Sie gurgelte. Dann bekam sie einen Erstickungsanfall. Wir glaubten, das sei das Ende. Nur Großmutter war ungerührt. Und dann brach Minnamarthas Abszeß auf.
In dieser Nacht schlief niemand in diesem Haus. Großmutter klapperte weiter treppauf-treppab. Minnamartha stöhnte. Ede saß in einem roten Plüschsessel neben ihrem Bett. Eine schwache Nachttischlampe beleuchtete die Szene. Ich lag wach nebenan im Bett, bei offener Tür. Zwischendurch fiel ich in Halbschlaf und träumte von einer riesigen Gangsterlimousine – Pullman –, die in rasender Fahrt an mir vorbeizischte, ich wußte, sie gehörte eigentlich mir, aber sie schien unwiederbringlich verloren. Da sah ich, daß sie im Vorbeirasen einen Faden abspulte, ich faßte diesen Faden, die Limousine kam, schon weit entfernt, zum Stehen, ziemlich ruckartig, und es gelang mir mit heftiger Kraftanstrengung, den Faden aufzuwickeln und die Limousine wieder zu mir heranzuziehen. Leute saßen nun nicht mehr darin, aber trotzdem raste das schwere Auto nach ein paar Minuten wieder davon, und das Spiel begann von vorne. Dazwischen, in den wachen Augenblicken, dachte ich daran, wie wir auf dem Feld Drachen hatten steigen lassen, wie sie, vom Herbstwind emporgetragen, Meter um Meter Drachenschnur in den Himmel spulten, bis ein Fallwind unsere Werke aus Latten und Seidenpapier jäh herunterdrückte, wie sie nach rasendem Sturzflug mit einem unangenehmen Laut aufschlugen und zertrümmert dalagen.
Die Bilder verwischten sich, übrig blieb die Schnur, und immer wieder der schwere Pullman, den ich zurückzerren mußte. Nach einigen Stunden hörte ich Minnamartha nebenan deutlich sagen:

»Suppe.«
Ede räusperte sich. »Wie bitte?«
»Suppe. Sup-pe!« Minnamartha wiederholte das Wort laut und deutlich.
Ede: »Meinst du, du willst Suppe essen? Jetzt?«
Minnamartha: »Suppe. Ich möchte Suppe.«
Großmutter kam herbei. »Suppe«, hörte ich auch sie fragen. Minnamartha wiederholte: »Suppe!«
Ich stand auf, wankte schlaftrunken hinüber. »Ich will auch Suppe«, sagte ich.
Großmutter und Ede lachten, dann begann auch Minnamartha zu lachen, ein wenig heiser, aber sie lachte. Und weil Minnamartha lachte, lachten alle anderen auch, immer weiter, eine Lachorgie wurde es, ansteckend, schließlich lachte ich auch, lachten wir alle, Minnamartha hatte einen hochroten Kopf, die Tränen liefen ihr die Wangen hinab, das Bett wackelte. Alle lachten. Lachten. So hatten wir noch nie gelacht.
»Hühnersuppe?« fragte schließlich Großmutter.
Minnamartha winkte ab, entkräftet vom Lachen. »Nicht Hühnersuppe. Oder willst du jetzt ein Huhn schlachten?«
Großmutter zuckte mit den Mundwinkeln. »Warum nicht?«
Es war aber noch Rindsbouillon da, sie wurde aufgewärmt. Auch Ede und Großmutter entschlossen sich, ein Schälchen mitzuessen, und bald saßen wir im Schlafzimmer, es war lange nach Mitternacht, und schlürften heiße Suppe.
Minnamartha fragte Großmutter: »Hast du mir wirklich Petroleum zum Gurgeln gegeben?«
»Jewiß. Als wir in Dubberow lebten, war der nächste Arzt vier Stunden weg. Mit Fuhrwerk vier Stunden! Da muß man sich anders helfen.«
Minnamartha schüttelte den Kopf. »Sag das bloß nicht Doktor Erdemann!«

Der Doktor kam am nächsten Tag, sondierte mit Stethoskop und Spatel, war erstaunt. »So plötzlich«, sagte er. »Das Aufbrechen des Abszesses. So was habe ich noch nie erlebt.«
»Wie ist das denn sonst verlaufen?« fragte Minnamartha.
»Hartnäckig. Sehr hartnäckig«, sagte Dr. Erdemann. Dann empfahl er sich. Großmutter stand unten am Fenster und schaute zu, wie Dr. Erdemann in seinen Opel stieg.

Butter war schon lange rationiert. Die Kartenstelle war vier Kilometer entfernt. Jetzt gab es richtige Lebensmittelkarten. Auch Zucker, Fleisch und Nährmittel wurden rationiert. Großmutter zog ein Paar neue schwarze Strickstrümpfe an. »Nu will ich das Zeug mal holen«, sagte sie. Den Vormittag über war sie unterwegs. Dann war unsere Ernährung für einen Monat amtlich gesichert. Minnamartha und Großmutter saßen am Küchentisch und rechneten zusammen, was wir bekamen. »Ein nasser Furz auf die Herdplatte ist das«, sagte Großmutter. »Wir müssen uns was ausdenken.«
Während sie sich was ausdachten, schnallte ich das Koppel um, denn zum zweiten Mal sollte ich den Führer sehen. Das Fähnlein trat Ost-West-Achse an, vor uns sperrten SS-Männer ab, und als wir fast zwei Stunden gestanden hatten, rollten blitzschnell ein paar schwarze Mercedes-Wagen vorbei. Im ersten stand ein Mann mit erhobenem Arm, wahrscheinlich der Führer, hinter den SS-Männern nicht genau zu erkennen. Fünf Minuten später ließ Kulle Rosenbusch uns wegtreten.
Ede fragte, wo ich mich den Tag über rumgedrückt hätte. Ich erzählte es ihm. »So ein Blödsinn«, murmelte Ede. »Ein ausgemachter Blödsinn.« Ich dachte, laß mich aus, Alter, zog Zivilkluft an und ging zu Othmar. »Mein roter Bruder möge mir folgen«, sagte der, »und seine Silber-

büchse mitnehmen, damit sie neben meinem Bärentöter und dem Henrystutzen zu den Coyoten spreche, die sich Kommantschen nennen.«

Karl May, der Siebzig-Bände-Spinner aus Radebeul bei Dresden, hatte es uns angetan. Wir liehen uns die grünen Schwarten aus und ließen sie uns zu Weihnachten und zum Geburtstag schenken. Auf dem Zimmereiplatz suchten wir geeignete Holzabfälle, um daraus die Gewehre herzustellen, wie Old Shatterhand und Winnetou sie trugen. Beschlag der Silberbüchse waren Sohlennägel, die eigentlich für Militärschuhe bestimmt waren. Es gab sie damals bei jedem Schuster.

»Du bist Winnetou«, hatte Othmar bestimmt. Also war ich Winnetou, die edle Rothaut aus dem Stamm der Apachen. Othmar war Old Shatterhand, der mit seinem Jagdhieb stärkste Gegner niederstreckte. »Was suchst du denn immer im Hühnerhof«, fragte Großmutter.

Federn, natürlich, für den Winnetoukopfschmuck.

Die Leghornhennen waren längst mit mir verfeindet, denn wenn sie gerade nicht mauserten und Federn verloren, riß ich ihnen die notwendige Erstausstattung aus den Schwänzen.

Meinem weißen Bruder folgte ich hinaus aufs Feld, wo uns die Laubenkinder nun schon früher sichteten, weil mein Leghorn-Federbusch weithin leuchtete. Zwar schossen wir Dauerfeuer mit unseren Eigenbauflinten, aber unerschrocken zogen Siegfried und Genossen wieder einmal auf, wir endeten an Marterpfählen, und um uns her sprangen mit wildem Kriegsgeheul unsere Feinde. »Hilfe«, schrien wir, obwohl das bei Karl May nur die miesesten Typen tun und niemals ein Old Shatterhand und ein Winnetou, aber sie ließen schließlich von uns ab. Wie üblich entfesselten wir uns und schlichen zurück in die Siedlung: »Mein roter Bruder möge mir folgen.«

Wie träumten wir vom Blockhaus, das uns aufnehmen

sollte, während Kulle Rosenbusch doch dachte, aufrechte braune Kameraden aus uns gemacht, uns zu dem geformt zu haben, was die Parteipropagandisten mit *hart wie Kruppstahl* bezeichneten. »Ein Blockhaus«, schwärmte Othmar, »mit Kamin. Löwenfelle davor, wie bei Karl May. Oder Büffelhäute, falls es Löwen in Amerika nicht gibt. Stell dir vor, wir kommen aus dem Llano Estacado, der Wüste, in der die Gebeine Verirrter bleichen, wir sind Tage geritten, das Wasser wurde alle, und nun sind wir hier, in unserem Blockhaus, oder in einem Blockhaus, das vielleicht Tante Droll gehört oder Hobble Frank.«

»Tante Droll?« fragte ich. »Hatte Tante Droll ein Blockhaus?«

»Ich weiß nicht«, sagte Othmar. »Ich habe erst vierzig Bände gelesen. Aber vorstellen kannst du dir das doch, nicht?«

»Vorstellen schon.«

»Also, es ist eine Quelle vor der Tür, der frische Trunk, der erste nach dem Wüstenritt! Wir tränken auch die Pferde. Wir haben Pemmikan.«

»Was ist Pemmikan?«

»Bist du plemplem? Trockenfleisch in Streifen geschnitten. Vielleicht kommt auch ein Grisslybär, du legst die Silberbüchse an, peng, aber er ist nicht ganz tot und keilt nach dir mit der Tatze. Da erledige ich ihn mit dem Jagdmesser. Mit dem Bowieknife. Ich rette dir das Leben.«

Ich drehte meinen Leghornkopfputz in den Fingern. Spinner, dachte ich. Eine Macke hat dieser Othmar, so groß wie der Funkturm. Othmar spann weiter:

»Oder wir sind fast tot in der Wüste, und dann finden Tante Droll und Hobble Frank uns und retten uns und bringen uns in dieses Blockhaus.«

Für Regentage hatten wir auch ein paar kleine Lineolindianer und Tipis, Zelte aus Stoff, für sie, und ein künstliches Lagerfeuer mit Batterie. Wir spielten also die Llano-Estacado-Sache oben in Othmars Zimmer. Othmar

hatte eine winzige Narbe über seiner linken Augenbraue – Sturz mit dem Dreirad, als er fünf war –, und das fand ich sehr schick. Folglich war ich bei unserem Planspiel gleich wieder im Nachteil.
Scheiß Othmar! Der schöne Knabe, der immer Boß war! Wie satt ich das hatte. Und trotzdem ging ich immer wieder hinüber zu ihm, ließ mich drangsalieren, von seiner dummen, schönen Mama anschauen, als sei ich eben aus der Kanalisation gekrochen, wankte zwischen Eßzimmeranrichte und Herrenzimmerklubsesseln umher, in einer fremden Welt, Minnamarthas Konsolenspiegel als Alpdruck ins Hirn geprägt!
Wunschkonzert dröhnte aus dem Volksempfänger, den Othmar ganz für sich allein besaß, *in einem Polenstädtchen – da lebte einst ein Mädchen . . .*
Sender Gleiwitz. Böse Polen, so lernten wir, verletzten die Grenze, robbten in deutschem Gras und unternahmen einen Angriff auf diesen Sender. Der Führer schlug selbstverständlich zurück, ab vier Uhr früh, eines schönen Septembertages, und Ede packte einen Koffer. Minnamartha schluchzte. Großmutter murmelte Flüche.
»Was soll der Koffer?« fragte ich.
»Vati ist einberufen«, sagte Minnamartha. Damit konnte ich nichts anfangen. »Junge«, erklärte Ede, »es gibt einen Hilfsdienst. Da kümmern wir uns um verwundete Pferde. Jetzt im Krieg.«
Es war glücklicherweise in der Nähe, und auch Onkel Hubert war zur gleichen Einheit eingezogen worden: Man hatte einfach jene rekrutiert, die irgend etwas mit Pferden zu tun hatten, wie Onkel Hubert, den Bierfahrer, oder Ede als Ex-Kavallerist. Vielleicht holten sie auch Prinz Eitel zur Pferdestation?
Minnamartha hatte sich nach der Petroleumkur gut erholt. Sie beschloß, aus mir einen ganzen Menschen zu machen, und beaufsichtigte meine Schularbeiten.

Für Schularbeiten hatte ich wenig Sinn, hinter der Blattpflanze, die höher und höher wuchs. Ich war Winnetou, oder Kulle Rosenbusch verlangte, daß wir marschierten. Sondermeldungen von Siegen der deutschen Truppen tönten aus den Volksempfängern, es war ja ein Blitzkrieg, und die paar Tage, so meinten wir, konnten wir gut ohne Schule auskommen. Dazu noch Bruchrechnen!
Jene Feldgrauen, die auf den Zigarettenbildchen idyllische Übungen abgehalten hatten, fuhren nun nach Lodsz, was bald Litzmannstadt hieß. Wann konnten wir endlich abhauen?
»Spinn man nicht«, brummte Großmutter. »Was wollt ihr eigentlich fressen?«
»Aber Großmutter, wir haben doch die Karten. Die Lebensmittelkarten.«
Großmutter stampfte mit dem Fuß auf. »Hier, geh zu Puvogel, du dummer Lümmel, und hol ab, was wir diese Woche bekommen.«
Zwar bezog Wanda Puvogel manchmal noch ihren Posten, aber sie stieß niemand mehr in die Pfütze. Es hätte zu viel Ärger gegeben, wenn sie Fadennudeln oder deutsche Einheitsseife, alles auf Karte, versenkt hätte. Ernie Puvogel, ganz Igel, wog genau, immer fünf Gramm zu seinen Gunsten, er war einstweilen von der Einberufung zurückgestellt worden. Ein Wunder, denn die verdächtigen Laubenkolonisten durften als erste ins Feldgrau schlüpfen und ihre Schädel gefährden. »Noch zweiundsechzigkommafünf Gramm Margarine«, sagte Puvogel sanft, wog, verpackte notdürftig in Fetzen vom Völkischen Beobachter, das Einkaufsnetz blieb schmächtig. Ich zahlte, ging zurück durch altvertraute Gefilde der Laubenkolonie Tausendschön, ein Ex-Tausendschönchen, von Puvogel betreut, schüttete auf den Küchentisch, was ich gebracht hatte.
»Siehste«, sagte die Großmutter.
Sie hatte recht. Zum Leben war's ein bißchen wenig.

»Was machen wir, Menschlein?« fragte sie.
»Mehr Hühner vielleicht?« Mir grauste.
»Ja, mehr Hühner. Und Enten. Und mehr Karnickel. Wenn dein Vater Urlaub hat, könnt ihr größere Ställe bauen. Und einen Ententeich. Und ...«
Oh. Mütterchen des gefiederten Volkes! Tausend Schwanzfedern hätte ich bald ernten können! Die Glucke gluckte im Keller. Bald schauten aus dem schwach erwärmten Bratrohr in der Küche kleine gelbe Küken. Dann hüpften sie in der Wohnung umher, und gelegentlich trat jemand auf eins. Wenn mein Vater und Onkel Hubert von ihrer langweiligen Station vorbeikamen – was sie häufig taten –, waren die Küken sehr gefährdet, denn die Militärschuhe hatten Eisenabsätze.
»Mein Gott«, schrie Minnamartha, »ihr Mörder! Wer hat das Küken zertreten?« Sie schmiß das Opfer in den Mülleimer. Großmutter zerschnitt harte Eier in kleinste Würfel, als Geflügel-Babykost. »Kann schon mal passieren«, murmelte sie. Ede und Onkel Hubert wanden sich verlegen und trauten sich gar nicht mehr, durch die Wohnung zu gehen. So blieben sie meistens auf dem Sofa mit der Umrandung sitzen und tranken Bier. Gleich aus der Flasche.
»Habt ihr denn nichts zu tun?« rief Minnamartha. »Die jungen Enten müssen abgeholt werden. Bei Krauses. Im Keller sind Körbe.« Und zu mir: »Menschlein, was ist mit den Schularbeiten?« Ich also wieder hinter die Blattpflanze, aber mit langsamer Landung. Wie ein Fieseler Storch. Tinte war auch alle, da mußte ich wieder aufstehen. Die Männer waren weg, aber Minnamartha schwebte mit Ausklopfer heran. »Ich werde dir beibringen Schularbeiten machen«, schrie sie in abgekürzter Grammatik. »Himmel, so eine Trantüte! Kriegt die paar Brüche nicht raus! Ich werde dich ...«
Sie schwang den Ausklopfer, ich stieg steil auf, eine Me 109 nun, zog eine Schleife und entging dem ersten Hieb

mit sportlichem Zwischenraum von zwei Zentimetern. Das Haus mit seinen ineinandergehenden Zimmer war günstig, Minnamartha dick, eher ein Bomber als ein Jäger, ich kreiste, bis sie müde auf die Chaiselongue sank, wo sie murmelte: »Welch ein Kind! Womit habe ich das nur verdient?«

Othmar kam eine Stunde später, Ede und Onkel Hubert kamen mit den Enten, die sie auf dem Teppich aussetzten, und die kleinen Enten, halb Flaum, halb Federn, schissen alles voll. Minnamartha: »Sind sie nicht süß?« Großmutter: »In den Stall damit!«

Es war ein neuer Stall, aus Brettern und Dachpappe schnell zusammengenagelt, mit riesigem Auslauf. »Da in die Mitte«, sagte Ede, »kommt der Teich hin. Sonntag betonieren wir ihn.«

»Wir brauchen Futter«, sagte Großmutter. »Für die Hühner. Und für die Enten.«

Ede hatte versucht, bei Fouragehändlern einiges aufzutreiben, aber die Zeiten waren schlecht. »Ein Sack Kleie ist alles«, meldete er. »Gut«, sagte Großmutter. »Dann geht Brennesseln mähen, die Brennesseln stampfen wir, dann kommt Kleie darüber. Ist gut für Enten.«

Brennesseln mähen? Ich besprach die Geschichte mit Othmar.

»Brennesseln brennen«, sagte philosophisch mein weißer Bruder Old Shatterhand. Nirgends bei Karl May stand etwas über den Umgang mit Brennesseln. Sie waren beim Spielen hinderlich, in dieser Gegend wuchsen eine ganze Menge, und sie dienten dazu, alte Matratzen, Fahrräder und Emailleeimer ohne Boden zu tarnen, im Winter kam der ganze Mist zum Vorschein. Jetzt sollten wir das Zeug mähen und den Enten vorsetzen? »Ente gut, alles gut«, witzelte Onkel Hubert. Niemand lachte. Aber das war er gewohnt.

Einen Tag später kam Mathilde angeradelt, in schnieker BDM-Kluft, um die süßen kleinen Enten zu besichtigen.

»Ach, wie lieb«, sagte sie. Sie beugte sich über den Draht, der den Entenauslauf umgab, und Othmar und ich starrten ihr auf die blassen Kniekehlen, die deutlich sichtbar wurden, weil sich der Rock hochschob. »Ob sie unsere Indianersquaw wird?« flüsterte Othmar. Ich schüttelte den Kopf. »Die liebt nur den Führer«, sagte ich. »Oder Baldur von Schirach.«
Othmar paßte Mathilde trotzdem ab, fragte sie wegen der Indianerangelegenheiten und holte sich eine Ohrfeige. »Du spinnst wohl«, empörte sich Mathilde. »Jetzt, wo uns der Führer braucht, denkst du an Indianer.« Mit fliegendem BDM-Faltenrock radelte Mathilde davon.
Es gehört zu den Eigenarten slawischer Menschen, daß sie kaum je etwas wegwerfen. Obwohl wir nun germanische Rassenbescheinigungen besaßen, behielt auch Minnamartha diese Eigenschaft. Das erwies sich jetzt als nützlich. Denn in dem Kramuri, der auch den Keller des neuen Hauses schon zu einer interessanten Wildnis gestaltet hatte, fanden sich viele einzelne Handschuhe, linke, rechte, die, als Fundsachen von Minnamartha zusammengetragen, nun den Brennesselsammlern dienen sollten.
Mit Mähen war nämlich nichts, wegen der Emailleeimer und alten Fahrräder, und dann machten auch die dicken Brennesselstiele die Sense bald stumpf. Also rupften wir nun, verbrannten uns trotz der Handschuhe, stopften in Säcke, trugen heim und zerstampften.
Froh waren die Enten. Sie wuchsen, verloren ihren Flaum. Aber Wasser mußte her. »Wann baut ihr den Entenpfuhl?« fragte Minnamartha jedesmal, wenn Ede auf seinem schwarzen Dienstfahrrad von der Veterinärstation geradelt kam. »Die Enten wollen schwimmen«, sagte Großmutter mit Vorwurf in der Stimme.
Wie fehlte uns Onkel Adolar, der elegante Schnellmaurer, Sonntagshandwerker und Erfinder. Aber er eroberte gerade Polen, als Panzergrenadier, und nur Tante Lin-

chen kam, unsere Federviehzucht mit mißtrauischen Blicken betrachtend, als sähe sie uns in naher Zukunft als Opfer all der Schwimmvögel und Bratrohr-Adler. Denn eines Tages, so ließ sie auch durchblicken, würden wir das Federvieh ja nicht mehr füttern können und die Kaninchen, und dann würden die Tiere sich über uns hermachen, uns annagen, die Hühner würden uns auf die Schultern fliegen und uns die Augen auspicken – ein ruhmloses Ende der Familie Kaiser, Bärlappstraße, Strafe für die Vermessenheit, dem Hunger zu trotzen!

Tante Linchen trotzte nicht, mußte auch nicht so sehr, die Winzige kam mit zwölfhundert staatlich verordneten Kalorien schon eher aus. Außerdem reiste sie jeden Sonntag an, um Großmutter Onkel Adolars neueste Feldpostbriefe vorzulesen, und aus Dank bekam sie heimlich einen Blumenkohl zugesteckt oder ein Glas Eingewecktes. »Wie würde Adolar sich freuen«, murmelte dann Tante Linchen ergeben und verschwand mit der nächsten S-Bahn.

Mathilde kam geradelt und sagte: »Vati hat fünf Sack Zement.«

»Fünf Sack«, wiederholte Ede, »das kann reichen.«

Reichen für den Entenpfuhl, der nun in Angriff genommen wurde.

Onkel Hubert und Ede schachteten im Entenkäfig eine Kuhle aus, warfen Hügel märkischen Sandes auf, von den Jungenten beäugt. Auf einer ausgehobenen Stalltür mixten sie Zement und Kies, ich schleppte Wasser, und Onkel Hubert glättete bald die erste Schicht. Als zweite Schicht kam Maschendraht hinein, damit der Zement bei Frost nicht Risse zog. Dann die dritte Schicht, wieder dikker Beton, und am Schluß übernahm der kräftige Onkel es, in Feinarbeit die wasserdichte Glattschicht aus fettem Zement aufzutragen: Binnen eines Tages war das Meisterwerk vollendet, ein Enten-Swimming-pool, damals Pfuhl genannt, Größe zwei mal anderthalb Meter, an der

tiefsten Stelle fünfzig Zentimeter tief, mit einer Rampe, auf der die Enten ins Wasser watscheln konnten.
Sie taten es zu früh, noch bevor das Wasser eingelassen war, und ewig behielt der Beton ein paar Abdrücke von Entenfüßen. Mit Schwimmhäuten.
Erst zwei Tage später, die Männer waren längst wieder an ihre kriegswichtigen Posten geeilt, bewässerten Großmutter und ich die Schwimmanstalt, Großmutter lockte »Wulle, wulle wulle«, und die Enten rannten begeistert ins Wasser. Mit fünf Sack Zement war eines unserer Hauptprobleme aus der Welt geschafft. Enten hatten wir sogar in der Schule durchgenommen, und in meinem alten Lexikon stand: *Enten (Anatinae), Unterfamilie der Zahnschnäbler aus der Ordnung der Schwimmvögel, sind Vögel mit kurzem Leib, dickem Kopf, mittellangem, auf der Firste gewölbtem, an den Rändern scharf bezahntem Schnabel mit kleinem Bürzel, kurzem oder mittellangem Hals, mittelgroßen, schmalen, spitzigen Flügeln, kurzem, breitem Schwanz und weit nach hinten gestellten, niedrigen, bis zur Ferse befiederten Füßen mit großen Schwimmhäuten und schwachen Krallen. Die Männchen tragen ein buntes Hochzeitskleid.*
Ich las das Großmutter vor. »Quatsch«, sagte sie. »Bei uns nicht. Wir haben Eßenten.«
Davon stand in keinem Buch etwas, es sei denn, die Hausente Anas boschas domestica war gemeint, aber auch sie sah bunt aus im Lexikon, während unsere Enten weiße Federn bekamen und behielten, auch die Erpel. Erst Othmars Mutter, von unseren Reden über denEntenteich angelockt, stellte fest: »Es sind Pekingenten.« Chinesen also, und Othmar und ich malten uns aus, wie die Ahnen unserer Speiseenten in Palästen gelebt hatten, gehätschelt von Mandarins mit Zöpfen, und gelegentlich von Chinakaisern verzehrt. Unsere Vorstellung von China entsprach etwa dem, was wir aus einer Nachmit-

tagsvorstellung von *Madame Butterfly* mitbekommen hatten, einer entenfreien Aufführung übrigens.
Unsere Pekingenten fuhren mit ihren Schnäbeln in dem mühsam von uns beschafften Futter umher und vertilgten Unmengen. Manches warfen sie in ihren Pfuhl, fischten es wieder heraus, aber nach drei Tagen schafften sie es jedesmal, eine Schlammschicht in den unteren Regionen zu verursachen, die uns zwang, den Pfuhl auszuschöpfen und neues Wasser einzulassen. Es war eine Heidenarbeit mit diesen Schwimmvögeln, Othmar sah ich kaum mehr. Winnetou vergaß seine Silberbüchse.
»Was machst du denn den ganzen Tag?« fragte Othmar. Ich wies auf die zwei verschiedenen Handschuhe, die ich trug. »Brennesseln rupfen«, sagte ich. Othmar sagte: »Mein roter Bruder möge mir verzeihen, wenn ich das nicht verstehe.« Ich verzieh ihm und radelte am selben Nachmittag einen weiteren Sack Kleie nach Hause, den Ede auf dem Tauschweg organisiert hatte.
Großmutters Zimmerchen diente nun als Fouragierzentrale. Von hier aus schickte sie Postkarten an ländliche Verwandtschaft, von der ich noch nie etwas gehört hatte, aber sie war weit verteilt über Uckermark und Mecklenburg, bis nach Hinterpommern reichten unsere Verbindungen. Es gab sogar einen Onkel Willi Kaiser, der einen großen Hof besitzen sollte, irgendwo in der Nähe der Schnellzugstation P., einen Onkel, mit der Würde eines Ortsbauernführers bekleidet.
Onkel Willi schickte als erster ein Dreißigkilopaket mit Hafer, und auch von anderen Verwandten kamen Pakete und Päckchen.
». . . das reicht doch nicht hin und nicht her«, sagte Großmutter. »Ich muß mir was einfallen lassen.«
»Was denn?«
»Dämlack, so schnell jeht dat nich.«
»Worüber streitet ihr denn schon wieder«, sagte Minnamartha, die, glänzend erholt nach ihrer Petroleumkur,

jetzt giftgrüne und rosa Fondants auf Zuckerkarte schleckte. Großmutter sah sie an. »Minnamartha, du könntest zu Willi reisen.«

»Ich, zu Willi?«

»Mir ist da son'n Jedanke jekommen.« Großmutter entwickelte einen kühnen Plan. Im Rahmen der Butterbewirtschaftung hatte man den Bauern verboten, selbst zu buttern. Sie mußten ihr volles Milchkontingent abliefern und bekamen ihre Butter von der Molkerei zugeteilt. Behördenangestellte reisten auf die Dörfer und versiegelten die Zentrifugen. Manche Bauern besaßen zwar noch ein altes Butterfaß für Handbetrieb, aber das war eine zeitraubende Prozedur, und viel Butter gab es auch nicht pro Gang. Inzwischen war jedoch die Butter wertvolles Handelsobjekt auf dem schwarzen Markt geworden. Die Städter kamen mit ihren Fettrationen nicht aus und zahlten Höchstpreise. Solche *schwarze* Butter konnte man aber nur herbeischaffen, wenn man wieder mit Zentrifugen butterte.

»Sie brauchen Zentrifugen«, sagte Großmutter. »Wir liefern an Onkel Willi Zentrifugen, und er verteilt sie weiter und besorgt uns Hühnerfutter.«

Meine Mutter tippte sich an die Stirn. »Tsss, tsss«, machte sie. »Da habe ich doch zwei Fragen. Erstens: Meinst du, ein Ortsbauernführer, ein Nazi wie Onkel Willi, verteilt verbotene Zentrifugen? Zweitens: Woher willst du die kriegen?«

»Geh mal raus«, sagte Großmutter zu mir. Aber dann vergaß sie, daß ich zuhörte, und meldete: »Da kenne ich einen Klempner, auch aus dem Korridor. Ich weiß, er kann so was machen.«

»Und Willi?«

»Willi liebt Geld. Der macht mit. Da kannste Gift drauf nehmen.«

Minnamartha nahm ein neues Fondant, und damit begann unsere Schmuggelorganisation zu arbeiten. Der

Mann aus dem Korridor baute eine vereinfachte Form jener Lefeldtschen Zentrifuge nach, die damals allerorts in Betrieb war. Prinzip: Mit etwa tausend Umdrehungen in der Minute werden die schwereren Teile der Milch nach außen geschleudert, während die leichteren sich um die Achse herum ballen. So gibt es außen Magermilch und innen Fett, also Butter.

Die Ausmaße unserer Schwarzhandelszentrifugen waren so gewählt, daß man die Apparate auseinandergenommen in Koffern und Paketkartons verstauen konnte, von Ernie Puvogel bekamen wir dessen Restbestände an Persilkartons. Minnamartha reiste tatsächlich aufs Land, Onkel Willi und die anderen Bauern waren sehr glücklich, und die Persilkartons trafen, mit Hühnerfutter gefüllt, per Post wieder bei uns ein.

Schwere Strafen standen auf solchen Vergehen, Sabotage war das gegen die Kriegswirtschaft. So wickelten wir die Tauschgeschäfte mit großer Vorsicht ab, und ich glaube, wir flogen nur deshalb nicht auf, weil unser Verteiler ein über jeden Verdacht erhabener Ortsbauernführer war: Unser Onkel Willi!

Die Stadt war dunkel geworden. An den langen Winterabenden drang kein Lichtschein mehr aus den Fenstern, nicht nur, weil wir, wie vorgeschrieben, den rationierten Strom sparten. Dunkel machten die einstige Lichterstadt jene Maßnahmen, die uns gegen feindliche Flieger schützen sollten. Noch waren sie ja nicht da, wir siegten, die polnische Luftwaffe war am Boden zerstört, wie es in den Wehrmachtsberichten hieß. Verdunkelungsrollos dichteten alle Öffnungen ab, durch die ein Lichtschein nach außen fallen konnte. Noch heute träume ich, daß ich vergessen habe, eine Rollo zu schließen. Blockwart Kutschke schleicht wie damals durch die Straßen, um zu kontrollieren, und ruft: »Licht aus!« Polnische Zwangsarbeiter mit dem P im gelben Rhombus auf den Jacken malten Bordkanten mit Leuchtfarbe an. Im Dunkeln liefen wir durch eine Geisterstadt. Die wenigen Autos, die noch fuhren, hatten Kappen auf ihren Scheinwerfern, mit schmalen Schlitzen. Die Scheiben von Autobus und Straßenbahn waren ultraviolett bemalt. Die Leute darin sahen aus, als säßen sie in einem Aquarium. Fast alle trugen Leuchtplaketten an den Aufschlägen ihrer Mäntel, einfach runde oder quadratische oder aber leuchtende Möwen und sogar Mickymäuse, denn Amerika befand sich noch nicht im Krieg, und die Mickymaus war erlaubt. Wo keine Rollos hingen, waren unsere Innenfenster mit Verdunkelungspapier tapeziert, pechschwarz. Weil man im Winter diese Innenfenster kaum öffnen mochte, lebten wir jetzt auch am Tage im Halbdunkel, schmuggelnd, überlebend, fürs Vaterland Dienst tuend, Zentrifugen in einem Geheimversteck im Keller, während draußen das Federvieh die mühsam herbeigeschaffte Nahrung verschlang. Minnamartha verlor wieder einmal zwanzig Kilo und erschien uns äußerst aktiv, wie sie, von Großmutter gesteuert, in ungeheizten Dampfzügen über Land fuhr.

Großmutter freundete sich vorsichtshalber mit Kutschke an, der seine Neugier nur schwer zügeln konnte und bei uns unbedingt Kellerbesichtigungen vornehmen mußte. Das hatten wir nicht gerne, aber Großmutter wußte einen Trick. »Kommen Se man, kommen Se«, winkte sie dem Gewaltigen, aber nie sah Kutschke, was er vielleicht vermutete und gerne entdecken wollte: unser Geheimversteck für Schmuggelware. In den Nebenkeller führte ihn Großmutter, wo es im Halbdunkeln gluckste und gluckerte, denn hier standen in einer Reihe sechs oder sieben große Tonkruken, in denen Sauerkirschensaft vergor, mit Weinstein angesetzt. Bei Erreichung eines gewissen Reifegrades gewann Großmutter daraus einen Grundstoff, den sie durch Zusatz reinen Alkohols zu einem teuflischen Kirschlikör verwandelte. Auf Flaschen gezogen, diente auch dieser Kirschlikör als Tauschartіkel, zur Bestechung, zur Beruhigung und Benebelung der Verwandtschaft und – als Waffe gegen Kutschke, Block- und Luftschutzwart.

»Ich muß sowieso probieren, wie weit der Saft gegoren ist«, gab Großmutter vor, beugte sich über die Kruken, die weiter glucksten, leuchtete auch wohl mit einem Streichholz hinein oder bat Kutschke, das mit der Taschenlampe zu tun. Aus der Schürzentasche zog sie zwei Gläschen, meinte: »Wollen wir?«

Kutschke wollte. Der fertige Likör aus der stets bereitstehenden Flasche hatte seine milden fünfunddreißig Prozent, aber es mußte ja nicht bei einem Gläschen bleiben. »Auf den Führer!« sagte Kutschke. Zack, mit einem Schluck war das Gläschen leer. Großmutter hielt mehr vom genußreichen Süffeln, und so kam es, daß Kutschke bald auf Göring, Himmler, die Partei und alle Volksgenossen trank, und zum Schluß auf Großmutter, die nur leicht umnebelt im Keller stand, Gläschen einfüllte und schadenfroh zusah, wie Kutschke alle Schnüffelvorsätze vergaß und sich einen andudelte. »Gut, was?« fragte Großmutter. »Wollen Sie nicht ein Fläschchen mitnehmen? Ist gut gegen Grippe.« Aber Kutschke wollte nicht, das empfand er als Bestechung. »Lieber noch einen hier«, meinte er und setzte sich vorsichtshalber auf die grünen Blumenkästchen, die den Winter über im Kellergang abgestellt waren.

Also noch ein Gläschen auf den Reichsluftschutzbund. Dann war Kutschke vollfett wie eine Friedensleberwurst. Großmutter stieß und wuchtete den Würdenträger die Treppe hinauf, entließ ihn ins Freie, und wir sahen Kutschkes Taschenlampenkegel durch die Finsternis schwanken. Manchmal, wenn Kutschke stolperte, verschwand der Lichtkegel. In der Haustür stehend, Licht aus, hörten wir ihn fluchen und sich wieder aufrappeln.

Auch Großmutter war nach solchen Spionageabwehrtaten heiter bis beschwingt und benutzte die Stimmung, um schnell ein paar schlafende Enten aus dem Stall zu holen und zu köpfen. Am nächsten Tag durchzog Bratenduft das Haus, und wir empfingen keine Besucher, solange unsere Mastvögel in der schweren Eisenpfanne schmurgelten.

Übers Feld zischen im Tiefflug zwei Me 109. Auf der weiten mit Rauhreif bedeckten Fläche stehe ich, ein dunkler Punkt. Auf dem Weg entlang der Lehrter Bahn kommt eine Gestalt auf mich zu. Es dauert eine ganze Weile, bis ich erkennen kann, wer es ist: Herr Gallert. Er sollte eigentlich auch nach Polen marschiert sein, aber die Partei hat ihn freigestellt. Gallert ist wieder ganz in Braun. Aber mein Gruß ist lässig, Gallert bedeutet mir nicht mehr so viel wie damals, als ich an seinem Fahnenmast vorbeiklotzte. Partei, SA und Uniformen haben von ihrem Glanz verloren, seit die Städte dunkel und die Lebensmittel knapp sind. Die Farbe fehlt in unserem Leben, ist für eine Weile ausgeknipst wie die bunten Sarottimohren im Zentrum. Gallert erwidert meinen Gruß, so zackig, daß er fast auf dem rauhreifbedeckten Gras ausrutscht.
»Morgen ist Eintopfsonntag«, sagte er, »dran denken, Pimpf!«
Der Pimpf steht immer noch auf dem Feld, Gallert ist längst verschwunden. Mein Atem friert in der Luft. »Kohlrüben«, denke ich. »Morgen gibt's Kohlrüben.«

»Was hat er gesagt?« will Minnamartha wissen. »An den Eintopfsonntag hat er dich erinnert? Gallert?«
Ich nickte.
»Nicht so schlimm«, meint Großmutter. »Wir haben noch Kohlrüben im Keller.«
Habe ich es nicht geahnt? Die Kohlrübe, bei uns eigentlich Wruke genannt, von anderen Leuten Boden-, Erd- oder Unterkohlrabi oder Dorsch, fressen wir nun wahrscheinlich den ganzen Winter hindurch. Wir ziehen sie

im Garten, früher wuchsen da ihre eleganteren Verwandten, die Teltower Rübchen. Anfang November haben wir die dicken Wruken aus dem Boden geklaubt und im Keller eingelagert, die Kaninchen mögen sie gerne, aber an den staatlich verordneten Eintopfsonntagen taucht die Wruke auf unserem Tisch auf.
»Fürchtet euch nicht«, sagte Großmutter, »ich koch ein bißchen Entenklein mit, dann schmeckt's gut.«
»Und wenn Kutschke kommt und in den Topf guckt?«
»Kriegt er Kirschlikör.«
Großmutter glaubte fest an die alles verschleiernde Macht des Kirschlikörs. Unser Leben begann, sich auf eine Art Überlebensprogramm zu reduzieren, das merkte sogar ich. Dabei waren wir doch erst im ersten Kriegsjahr, siegreich dazu.
Am Sonntag ließ Ede wieder sein Pferdelazarett im Stich, viel verdarb er nicht damit, denn das einzige Pferd dort war auf einer riesigen Wandtafel abgebildet, teilweise aufgeschnitten, wie in den Biologiebüchern der Mensch. Das Pferd war wartungsfrei. So saßen wir alle um den Wrukentopf versammelt, der Dampf verschleierte unsere Gesichter, wir löffelten Eintopf. Allerdings war die Verfeinerung von Wruken mit Entenklein wirklich zu empfehlen: Es schmeckte erstaunlich gut, besser noch als jene Kälberzähne genannten Graupen, die es auf Edes Pferdestation viermal die Woche gab. Ich dachte an meine Fünf in Latein, von der noch niemand wußte, und an Mathildes Kniekehlen. Sicher trug sie jetzt lange Wollstrümpfe, denn es war kalt geworden, auch mit Heizmaterial mußte gespart werden. In unserem Kohle-Küchenbeistellherd verbrannten wir Holzabfälle, die wir im Wäldchen sammelten, und die Küche war nun Zentrum unseres Lebens geworden. In die kalte Wohnstube ging fast niemand mehr. Meine Schulhefte hatten Fettflecken. Aber das merkte niemand. Außer unserem Biologielehrer mit dem SS-Bonbon am Revers (er war natürlich freige-

stellt) hatten wir nun bereits pensionierte Lehrkräfte, einen Englischlehrer mit Beinprothese aus dem ersten Weltkrieg, der aber ein Buch *The British Commonwealth of Nations* verfaßt hatte, wir durften es auswendig lernen. Der Erdkundelehrer war fast blind, kleinere geographische Einheiten als die Gobi konnte er auf den Wandkarten nicht mehr orten, und wir trieben in seiner Stunde Unfug. Besonders schauten wir uns die Pornofotos an, die Dieter Rohde, letzte Bank, einschleuste, und wir bewunderten diesen Knaben, weil er angeblich elfmal hintereinander konnte. Othmar fand das scheußlich. »Mein roter Bruder wird mir recht geben«, sagte er, in den Jargon unserer Karl-May-Tage zurückfallend, »daß dieses Bleichgesicht ausgerottet gehört.« Ich war nicht so ganz der Meinung. Die Fotos interessierten mich, und während der alte Lehrer sich über den Hindukusch verbreitete, sah ich mir an, wie zwei Herren es mit einer einzigen Dame trieben, schwarzweiß, denn Farbfotos gab es damals noch nicht. »Ist doch Klasse«, sagte ich zu Othmar. »Besser als die Rio Ritas von Onkel Didi.«
»Du wirst gleich versenkt«, murmelte Othmar drohend. »Komm lieber mit, die Sammelbüchsen holen.«

Lumpen, Knochen, Leder und Papier sammelten wir, nun auch Geld fürs Winterhilfswerk. In Winteruniform, mit Überfallhose und Skimütze, Schweinsleder-HJ-Halbschuhen auf Sonderbezugsschein, stand ich an der Straßenecke, die Rasselbüchse schwingend, ein kleines Rädchen der Bewegung. Tante Lizzi, immer noch mit Ponyfransen und langer Zigarettenspitze, arbeitete in einer Dienststelle der Partei, Ortsgruppe, und verteilte die Büchsen.
»Hier, eine für dich, eine für Othmar«, sagte sie. »Voll wieder abgeben. Die Abzeichen gibt es dort drüben.«
Tante Lizzis Mann war jetzt Bomberpilot. Er flog eine He 111 und hatte sich beim Angriff auf Warschau ausge-

zeichnet. Die He 111 hatte schon die Legion Condor in Spanien erprobt, ein bewährter Flugzeugtyp mit gläserner Bugkanzel und dadurch typischer, unverwechselbarer Silhouette.
Wir verkauften winzige Flugzeuge aus silbrigem Kunststoff, wenn wir mit den Sammelbüchsen klappern gingen: perfekte kleine Nachbildungen der richtigen Maschinen, der He 111, Me 109, Arado und Fieseler Storch. Wir kannten uns aus. An den Flugzeugen waren Fäden befestigt, damit man sie sich ins Knopfloch flechten konnte. Irrtümlich herrschte auch die Meinung, daß man nicht weiterspenden müsse, wenn man erst so einen Plastikadler unterm Kinn trug. Aber darauf konnten wir keine Rücksicht nehmen, wir hielten allen die Büchse unter die Nasen, ob Volks- oder Parteigenosse, ob nach oder vor vollzogener Spende. So wollte es Kulle Rosenbusch. Für zwanzig Pfennig eine He 111! – Viele gaben mehr, Geld hatte man ja in jenen Tagen.
An anderen Sonntagen verkauften wir kleine Weißbücher über Polen, in denen die Tapferkeit unserer zivilisatorisch hochstehenden Soldaten und polnisches Untermenschentum anschaulich gegenübergestellt waren. So lebte also der Arbeiter in Krakau, mit Waschschüssel auf einem Drahtgestell und in der Ecke drei schmutzigen Kindern in einem verlotterten Bett. Dagegen unsere Feldgrauen, wie sie Essen an die abgestumpfte Zivilbevölkerung ausgaben, humane Taten überall. Ich befragte Großmutter über den Wahrheitsgehalt dieser Darstellungen. »Dussel, verdammter!« sagte sie.
Gegen Weihnachten verkauften wir erzgebirgisches Holzspielzeug, alles auch ganz klein, Schaukelpferdchen, nur einen Zentimeter hoch, Nikolause, Nußknacker. In Heimarbeit hergestellt von fleißigen deutschen Händen.
Gallert lief jetzt als Oberkontrolleur in der Ortsgruppenstelle umher, mit nagelneuen Breeches, die an den Seiten abstanden wie Elefantenohren. Mißtrauisch umkreiste er

Tante Lizzi, die Rauchwölkchen aus ihrer Zigarettenspitze in seine Richtung stieß, aber Gallert traute sich nicht, über Tante Lizzi ein Rauchverbot zu verhängen: Die Frau eines frisch dekorierten Bomberpiloten hatte Privilegien.

Wenn wir unsere Sammelbüchsen abgaben, war Tante Lizzis Tisch über und über bedeckt mit schmutzigen Münzen, kleingefalzten, total verdreckten Markscheinen, zerfledderten größeren Scheinen. Tante Lizzi löste die Plomben von unseren Büchsen, stürzte den Inhalt vor sich auf die Tischplatte und begann zu zählen. Die Pfennige, Sechser, Groschen und die Markstücke und Fünfziger bildeten Säulen, der Betrag wurde in Listen vermerkt, mit der Nummer der Büchse. Rekordsammler waren Othmar und ich nicht, das sahen wir an den Summen, die andere Winterhilfswerkklapperer mitbrachten. Aber wir liefen so durch, ohne Anstände. »Zweiundsechzig Mark dreißig. Karl Kaiser, Stütze der Bewegung«, spottete Tante Lizzi. Zu Othmar sagte sie nichts, die beiden schwiegen sich gerne ein bißchen an.

Wirklich sah die deutsche Frau anders aus als Tante Lizzi. Wir sahen das auf den Gemäldereproduktionen der Ausstellungen im Haus der Deutschen Kunst. Vor allen Dingen rauchte die deutsche Frau nicht, schon gar nicht aus langen Zigarettenspitzen, die an Zeiten erinnerten, als dem internationalen Judentum angehörende Schieber versucht hatten, sich zu bereichern, das Vaterland in den Schmutz zu ziehen, ihrer internationalen Mafia auszuliefern. Bis es dann von einem rein arischen Menschen gerettet wurde, einem Mann, bei dem die Ohrläppchen nicht angewachsen waren. Auch er rauchte nicht, und auch sonst tat er nichts Unedles, dachte man.

Preisfrage: Wie lange würde Tante Lizzi, umgeben von biederen Kopftuchschwestern und strammbeinigen Parteiamseln, ihre Rauchwolken ausstoßen dürfen?

»Noch ist Hermann Göring in Gnade«, sagte Ede.

»Wieso *noch?*« meinte Onkel Hubert. »Meinst du, das wird sich je ändern?«
»Denkst du, die Tommies haben keine Flieger? Warte mal ab, bis sie uns die ersten Bomben aufs Hirn pfeffern.«
Das hielten alle für unmöglich. Hatte Göring doch im Rundfunk erklärt, er wolle Meier heißen, wenn nur ein einziges Feindflugzeug Bomben auf deutschen Boden ...
Und Frankreich war noch zu besiegen.
Dieter Rohde wichste nun in der Geografiestunde, Zuschauen kostete fünfzig Pfennig.

Auf Abschnitt A der Fettkarte gab es eine Sonderzuteilung von zweihundertfünfzig Gramm Schweineschmalz.
Eine einzige *sorgenvolle* Unterhaltung zwischen Ede und Onkel Hubert belauschte ich, im herbstlichen, abgeernteten Maisfeld vor Onkel Huberts Laube versteckt.
»Machst du dir nicht manchmal Gedanken über Mathilde?« fragte Ede Onkel Hubert, auf die BDM-Begeisterung seiner Nichte anspielend.
»Was heißt Sorgen«, meinte Onkel Hubert. »Beim BDM ist sie gut aufgehoben. Stell dir vor, sie würde auf der Straße herumlungern. Da hätte ihr schon längst irgendein Rüpel unter den Rock gelangt. Außerdem, dein Karl, der macht ja auch mit.«
»Was blieb uns übrig? Du weißt doch, die Sache mit der arischen Abstammung.«
»Siehst du. Und Mathilde hat keine Mutter mehr. Soll ich sie an die Leine legen? Dann schon besser BDM.«
Das war's. Wir waren gut untergebracht.

So wie Dr. Erdemann seine Stethoskopritte auf den Körpern seiner Patienten absolvierte, wie Großmutter Entenklein einweckte, Minnamartha zwischen ihren Futterexpeditionen Fondants lutschte, so spielte Gustavchens Vater den Scherzbold der Nation. Als *der alte Herr Fanselow* wurde er bei uns geführt, Gustavchen war ein Nachkömmling, seine Schwester acht Jahre älter, und Vater Fanselow recht betagt und daher nicht erwünscht für den aktiven Kriegsdienst. Der alte Fanselow hatte eine Glatze, wie Gustavchen im Sommer, aber beim Vater war sie echt, nicht rasiert.

Die Platte glänzte.

Fanselows, Besitzer eines Haustyps B, mogelten sich auf ihre Art durchs Leben. Nach Großmutter galt die pferdegesichtige Frau Fanselow, wesentlich jünger als ihr Mann, als eifrigste Marschiererin. Sie war eigentlich dauernd zum Bahnhof oder vom Bahnhof unterwegs, behängt mit verschiedensten Taschen, in denen sie Tauschware aus der Stadt hinaus- und Lebensmittel einführte, mit gebleckten Zähnen, ausschreitend, unwiderstehlich, von den Bauern gefürchtet wie ein scharfer Hund. Auch Verbindungen zum fernen Pommern bestanden. Von dort her führte Vater Fanselow per Paketpost Schinken und pralle Würste ein.

Den zähnebleckenden Wahn ihrer Mutter hatte Gustavchens Schwester geerbt, Agathe, die mit zwölf schon zu Brennschere und Lockenwickler gegriffen hatte. Sie war, obwohl inzwischen ein Backfisch, plättbrettplatt, und vergebens suchten wir, von Gustavchen herbeigelockt, durchs Schlüsseloch Rundungen zu erspähen. Wenn wir unsere Enttäuschung äußerten, sagte Gustavchen empört: »Wartet doch noch! Manchmal schmiert sie sich das Arschloch mit Mousoncreme ein.« Das brachte uns auf die Idee, eines Tages Gustavchen die Hosen herunterzuziehen und seinen Hintern zu salben.

Die Fanselows waren Zauberer. Ein Genie war Vater Fanselow. Gustavchen begann, in Vaters Fußstapfen zu treten. Fanselows zauberten nicht mit den üblichen Mitteln, wie Seilen mit und ohne Knoten, Zylindern mit doppeltem Boden oder weißen Kaninchen. Nein, bei Fan-

selows spritzte stinkender Saft aus einer harmlos aussehenden Wachsrose, künstliche Exkremente garnierten Möbel und Teppiche, ahnungslose Besucher setzten sich auf unterm Kissen verborgene Luftblasen, die knatternde Furzgeräusche erzeugten.
Wie lachten da alle Fanselows, wenn ihnen solche Überraschung gelungen war! Ede explodierte einmal die listig vertauschte Zigarre, er war schwarz im Gesicht wie eine Karikatur aus der Mottenpost, und er ging nie wieder zu Fanselows. Die bedauerten das sehr, denn sie wollten ihm eine Quietschblase in den Schuh bauen, wozu es nun nicht mehr kam. Die Fanselows lachten und lachten, Vater meckernd, Mutter und Agathe mit gebleckten Pferdezähnen, daß die Lockenwickler wackelten, Gustavchen in hohen Quietschtönen.
Gustavchens Genie ging damals als neuer Stern am Himmel von Fanselows Lachkabinett auf, übertraf zuweilen seinen wiehernden, Bocksprünge vollziehenden Vater. Gustavchen entwickelte einen tieferen Sinn für alles, was klebrig, unappetitlich, anstößig war, geeignet, andere in Verlegenheit zu bringen. Der gelbe große widerwärtige Mostrichfleck auf Mathildes BDM-Rock war Gustavchens Werk, eine reife Leistung, weil Gustavchen kaum Gelegenheit hatte, Mathilde anzutreffen. Auch die Blindschleiche ging auf Gustavchens Rechnung, die meine Mutter eines Tages im Milchtopf fand.
Beschwerden halfen nichts. Vater Fanselow förderte Gustavchens Genie und schützte ihn. Freute sich, wenn Gustavchen Käserinde in die Polster fremder Autos oder hinter Bücherrücken gleiten ließ, Ofenrohre mit alten Filzhüten verstopfte und in den ersten Frosttagen künstliches Glatteis auf dem Gehweg herstellte. Da lauerten alle Fanselows hinter der Gardine und wieherten, wenn die Passanten ausglitten, mit grotesken Verrenkungen den Sturz zu vermeiden suchten und schließlich doch auf Hintern oder Nase landeten.

Trotz der vielen tausend Opfer, die der erste Blitzkrieg kostete, änderte sich für niemand etwas. Die Lebensläufe aller Deutschen schienen vorgestanzt, in Hollerith-Lochkarten geprägt. Fiel einer, bekamen seine Angehörigen eine Rente, beschäftigten sich weiter damit, ihre Lebensmittelzuteilungen zu verbessern und neue Methoden zur Ersparung von Heizmaterial auszutüfteln. Stolze Trauer war erlaubt.

Onkel Adolar kam ein letztes Mal nach Hause, Heimaturlaub, wechselte verbotenerweise sein Feldgrau gegen das beliebte Zivil mit gepunkteter Fliege und besuchte uns, weswegen es Entenbraten gab.

Der einstige Bonvivant war nur äußerlich noch einer. Er schwieg, auf unsere Fragen nach dem Polenfeldzug bekamen wir ausweichende Antworten, der neue Entenpfuhl interessierte ihn kein bißchen. Onkel Adolar hatte auf Null geschaltet. Tante Linchen, die Arme leicht erhoben, als wolle sie an einer Kundenfrisur etwas richten, umflatterte ihn, stellte tausend banale Fragen, den Zustand der Bratente betreffend, bekam kaum Antwort, auch sie nicht. Sie blieben über Nacht, und auch Gustavchen konnte den Onkel nicht erheitern, als er ihm, gegen den Preis eines Glasbuckers, Fanselows künstlichen Hundedreck ins Bett legte. Onkel Adolar warf das Pappmachéexkrement wütend an die Wand, wo es zerplatzte und einen braunen Fleck hinterließ.

Es war die letzte Spur von Onkel Adolar. Denn nun begab er sich an die Westfront, wo er ein paar Wochen in verschiedenen Bunkern des Westwalls in Bereitschaft lag. Dann kam der Sommer, und die Ketten unserer Panzer mahlten über Frankreichs Straßen. Fröhlich sangen nun die Panzermänner ihr Lied:

Es braust unser Panzer . . . im Sturmwind dahin!

Wir kannten dieses Lied von Kulle Rosenbusch, und wir wußten, auch Kulle Rosenbusch saß in einem dieser Panzer, Kopfhörer über die schwarze Mütze gestülpt, und

brachte dem Franzmann das Rennen bei. Dem Franzmann und den Engländern!
Kulle Rosenbusch! Ein letztes Mal hatte er uns noch versammelt, sechzehn Uhr Birkenwäldchen, und sich verabschiedet. *Uns geht die Sonne nicht unter* ... hatten wir gesungen, während Kulle, schon in Panzeruniform, die Klampfe schlug.
In den Wochenschauen sahen wir mit dem weißen Staub der Champagne überzogenen Kübelwagen an den Kriegsberichterstattern vorbeifahren, nach Westen, nach Westen! Braungebrannt, die Ärmel aufgerollt, marschierten die Infanteristen auf Paris zu. Die Maginotlinie war ausgeräumt, leer standen ihre Bunker, die Rohre gesprengter Geschütze ragten in die Luft oder *gen Himmel*, wie wir in einem Bericht der Morgenpost lasen. Gen Himmel waren auch die Besatzungen der Geschütztürme gefahren, ein paar geballte Ladungen in die Luken der Bunker wirkten da erstaunlich, wie dieser und jener Urlauber fröhlich erzählte. Wieder siegten wir, wieder tönten die Fanfaren der Sondermeldungen aus den Volksempfängern.
Ede unkte weiter, verwundeter Pferde vergeblich harrend, und meinte: Es hat sich schon mancher totgesiegt. – »Wenn bloß der Lümmel nicht noch rankommt«, seufzte Minnamartha. »Ach, was«, sagte ich, »bis dahin ist der Krieg schon gewonnen.«
Eigentlich schien es mir aber interessanter, Bunker zu knacken als hier in der Heimat Brennesseln zu rupfen, und ich ging in den Stall und trank für alle Fälle ein Ei aus, wie ich es bei Onkel Adolar gesehen hatte.
Doch wuchs ich nicht schneller vom Leghorn-Trinkei, auch die Frankreich-Vorstellung ging rasch über die Bühne. Die erste Fliegerbombe fiel auf Berlin, die kecke Bevölkerung erinnerte sich sofort, daß Göring nun Meier hieß, und wallfahrtete in die Innenstadt, die Schadenstelle zu besichtigen. Glaser rissen sich darum, zersprun-

gene Fensterscheiben in der Umgebung der Abwurfstelle zu Sonderpreisen zu ersetzen.
Das sollte sich ändern.
Onkel Adolar schrieb nichtssagende Briefe an Tante Linchen, Briefe eines unbeteiligten Zuschauers am Frankreichfeldzug, scheinbar ging ihn die ganze Sache nichts an. Nun bei einer Etappeneinheit tätig, so erfuhren wir, zog er nach den aktiven Fronttruppen in Paris ein, nicht über die Champs-Élysées, sondern von Osten her an Vincennes vorbei, durch die endlose Banlieu, bis sie eine Kaserne im Norden der Stadt erreichten. Eine französische Kaserne, anspruchsloser noch als die preußischen Feldgrauensilos, aber es war Sommer, und ab und zu bekamen die Soldaten Ausgang, fuhren nach Paris hinein. Eine leere Stadt, man sah überall Soldaten, aber wenig Zivilisten. Die Franzosen, soweit noch in Paris vorhanden, hielten sich lieber in den Häusern.
Beim zweiten Ausgang ging Onkel Adolar mit Kameraden den Boulevard St. Michel entlang. Vor einem Café standen Korbstühle in der Sonne. Sie setzten sich, bestellten einen Pastis. Onkel Adolar wechselte, als gerade die Gläser mit dem Getränk kamen, den Platz, weil ihn die Sonne blendete. Er setzte sich in einen anderen Korbstuhl, fuhr aber gleich wieder hoch, laut »Au« rufend, und um ein Haar hätte der Kellner das Tablett hingeworfen. Onkel Adolar schaute hinten an sich herunter und dann genauer auf den Korbstuhl: Ein langer rostiger Nagel lauerte da, und er hatte Onkel Adolar in den Hintern gestochen.
»Kommt schon Blut?« fragte einer aus der Runde. Alle lachten, holten einen anderen Stuhl heran. Es schien nicht zu bluten. Onkel Adolar inspizierte Stuhl Nummer drei, ließ den anderen Stuhl, den mit dem rostigen Nagel, vom Kellner entfernen, und man trank weiter.
Gelegentlich, während des Nachmittags, kamen sie an einer deutschen Sanitätsstelle vorbei, und ein Sanitäter

verpflasterte die Stelle, ein roter Einstich, kaum sichtbar, Blutverlust gleich null.
Am Mittag des nächsten Tages hatte Onkel Adolar vierzig Fieber, bekam eine Spritze auf dem Krankenrevier der Kaserne, erschien nicht zum Verpflegung fassen. Abends lag er in der Revierstube, das Fieber stieg. Um die Einstichstelle hatte sich ein roter Hof gebildet, an den Handgelenken in der Nähe der Pulsadern zeigten sich bläulich-rötliche Verfärbungen. Diagnose: Blutvergiftung.
Am nächsten Morgen brauste ein Sanka mit Onkel Adolar in Richtung Osten, in ein Lazarett in Vincennes. Hier ergriff man schleunigst alle notwendigen Maßnahmen, das Fieber ging bald zurück, bis achtunddreißigfünf, aber niedriger nicht. Auch nach drei Wochen war es immer noch achtunddreißigfünf, und die Wunde hatte sich vergrößert und eiterte.
Die Ärzte beschlossen, Onkel Adolar zu verlegen. Für seine Einheit zuständig war das Reservelazarett in Sagan, Niederschlesien. Quer durch Frankreich und Deutschland fuhr der fast leere Lazarettzug, in dem bejahrte Sanitäter und blonde Karbolmäuschen Dienst taten und sich um Onkel Adolar kümmerten. Durch unsere große Stadt rollte der Zug zu nächtlicher Stunde, ohne daß wir etwas davon wußten, nach Onkel Adolars Briefen zu urteilen war Harmloses, eher Lächerliches geschehen, eine rechte Kriegsverwundung war das ja nicht.
Von Sagan aus, wo Onkel Adolar in das frühere Schloß Wallensteins eingeliefert wurde, das nun als Lazarett diente, bekam Tante Linchen die Aufforderung, ihren Mann zu besuchen.
Sie blieb gleich da. Denn sie fand ein Skelett vor, das nur noch entfernte Ähnlichkeit mit dem Onkel Adolar von einst aufwies, in ein vorne mit Schleifchen zu bindendes gestreiftes Lazaretthemd gehüllt, ohne Lust am Leben.
Das Fieber blieb weiter. Tante Linchen besuchte Onkel Adolar täglich, konferierte mit den Ärzten. Sie wußten

keinen Rat. Ein rostiger Nagel wirkte selten tödlich. Was war mit diesem Patienten los? Senkungen und Blutbilder zeigten Übliches, kein Hinweis auf irgendeine ernsthafte Komplikation.
Nach drei Wochen jedoch bekam Onkel Adolar eine Lungenentzündung. Innerhalb von achtundvierzig Stunden war er tot.
Tante Linchen weinte, ließ sich zum Heldentod ihres Mannes kondolieren, versuchte lange, einen Sarg in passender Größe aufzutreiben, denn Onkel Adolar maß auch im Tode noch fast zwei Meter. Ein Tischler aus Sagan lieferte endlich eine Sonderanfertigung. Die Leiche wurde in die Heimatstadt überführt, ein Heldengrab auf unserem Friedhof war Onkel Adolar sicher.

Tante Linchen saß bei uns und weinte. »Ausgerechnet Adolar«, schnupfte sie, »warum gerade er? Alles hat er überstanden. Den Polenfeldzug. Und Frankreich. Und dann muß er sich auf einen Nagel setzen. Ich verstehe das nicht! Ich verstehe das nicht!«
Minnamartha kämpfte mit einem Fondant, das ihr in den Zähnen klebte, und sagte:
»Es ist Bestimmung. Jeder kommt einmal dran.«
Großmutter rückte die Kaffeekanne auf dem Herd hin und her, was der dreibeinigen schwarzen Katze wenig gefiel. »Wer weiß, wozu es gut ist«, sagte sie.
Allmählich versammelten sich alle in unserer Küche. Ede und Onkel Hubert standen schweigend herum, Mathilde, fesches BDM-Mädchen, umarmte Tante Linchen, und dunkler Kopf an blondem Kopf schluchzten beide. »Nu laß man«, sagte Onkel Hubert.
»Was ziehe ich bloß zur Beerdigung an? Wann ist sie denn?« fragte Minnamartha.
Linchen löste sich aus der tränenfeuchten Umarmung Mathildes. »Donnerstag«, sagte sie. »Um vier Uhr.«
Alle interessierten sich für die Kleiderfrage. Minnamar-

tha eilte nach oben und kam mit mottenpulverduftenden schwarzen Kleidern wieder. Nach Anprobe zeigte sich: Sie würden es tun. Großmutter ging immer in Schwarz, sie hatte keine Probleme. Die Witwe hatte auf Sonderbezugsschein Trauerkleidung bekommen. Viele gingen in Uniform, wie es nun üblich war.

An einem heißen Augusttag trugen wir Onkel Adolar zu Grabe. Dem Sarg folgte eine Schar von Verwandten und Bekannten. Ein Oberleutnant mit gezücktem Degen schritt, flankiert von zwei Grenadieren mit Stahlhelm, hinter dem Sarg. Dann kam die Witwe, gestützt von Onkel Hubert und Ede, die ein stramm militärisches Gesicht machten, wie auf dem Husarentag. Sechs andere Grenadiere trugen den Sarg, der mit der Reichskriegsflagge bedeckt war. Unbarmherzig brannte die Nachmittagssonne auf die hellgelben Sandhügel links und rechts von der Grube. Der Sarg wurde hinabgelassen. Es war ganz still. Plötzlich traten aus den Hecken hinter Onkel Adolars Grab sechs Grenadiere heraus, legten ihre Karabiner an und feuerten drei Salven. »So was Dummes«, schimpfte Großmutter leise. »Ich gehe. Alle sollen zu uns kommen.«

Zwischen den Gräbern schritt Großmutter davon, auf dem langen, sonnenbeschienenen Weg kleiner und kleiner werdend, während sich die übrige Trauergesellschaft um Tante Linchen ballte, die, in einen unendlich großen schwarzen Schleier gehüllt, auf der Spitze des einen Sandhügels stand und Kondolationen entgegennahm. Mathilde und ich warteten abgedrängt am Rande der Grube, wo unten der Sarg mit der Flagge zu sehen war, und unmittelbar vor meinem Auge pulste an Mathildes Hals ein Äderchen. Ihre sehr schöne Nase war mit Schweißperlen bedeckt.

Endlich löste sich der Menschenklumpen am Grab auf, und alle begannen in Richtung des Ausgangs zu gehen. Mathilde und ich stolperten hinterher, sie in weißer

Bluse, ich im Braunhemd. Als ich mich noch einmal umdrehte, sah ich einen der Grenadiere in die Grube springen und die Reichskriegsflagge bergen. Sie wurde noch gebraucht. Für weitere Heldentode.

Großmutter hatte vorgesorgt. Wie einst saßen wir im Garten, nur war die Gesellschaft weniger bunt und das Bier dünner. Ein paar Stallhasen hatten ihr Leben lassen müssen für den Leichenschmaus. Nie mehr würde Onkel Adolar eiertrinkend aus dem Stall treten, nie wieder würde seine gepunktete Fliege leuchten, wenn sie abends unter dem Pflaumenbaum saßen und, um die Mücken zu vertreiben, an ihren Zigarren sogen.

Tante Linchen hatte sich aus dem Schleier gewickelt, schaute bleich, aber gefaßt, über den Tisch und griff herzhaft zu.

»Ja, ja, unser Adolar«, seufzte Großmutter. »Die Laube hat er mitjebaut. Dabei hat er sich auf keinen rostigen Nagel gesetzt. Ich möchte wissen, wieso er in Kaffeehäuser jehen muß.«

»Mutter«, sagte Minnamartha warnend, während sie eine Kaninchenkeule benagte. Aber Großmutter war nicht zu bremsen. »Er war ein schwächliches Kind«, sagte sie. »Schon damals in Dubberow. Aber sein Bruder starb an Typhus. Er nicht. Er war der jrößte. In der Schule dann. Immer der jrößte.«

»Wer soll nun auf dem Klavier spielen?« heulte Tante Linchen plötzlich. Alle beruhigten sie oder versuchten es wenigstens. »Laß doch das Klavier«, sagte Ede. »Man kann es verkaufen.« – »Ich trag's runter«, rief Onkel Hubert und zeigte seine Bierfahrerhände.

»Verkaufen! Runtertragen!« Tante Linchen war außer sich. »Wie kann ich mich davon trennen? Das Klavier, auf dem Adolar gespielt hat?«

»Was hat er denn gespielt?« erkundigte sich Mathilde. Pampig sagte Tante Linchen: »Den Flohwalzer!«

»Adolar war immer musikalisch«, fuhr Großmutter fort. »Damals in Dubberow haben sie ihn sogar im Kirchenchor singen lassen. Zweimal die Woche haben sie geübt. Es war vier Kilometer zu Fuß. Fast eine Stunde. Ich verstehe nicht, wieso er in Kaffeehäuser gehen mußte.«
»Mutter, nun laß das aber«, rügte Minnamartha. »Er ging nicht in Kaffeehäuser. Nicht gewöhnlich, jedenfalls. Sie hatten Ausgang. Urlaub. Es ist schließlich Krieg.«
Großmutter fuhr mit der Gabel ärgerlich in der Soße herum. »Gehe ich vielleicht in Kaffeehäuser?«
Ede schüttelte den Kopf. Tante Linchen schluchzte, die Tränen fielen ihr auf den Teller. »Das schöne Klavier . . .«, murmelte sie.
Onkel Hubert erzählte von Arras, neunzehnhundertvierzehn, da hatte auf der Straße vor einem zerschossenen Haus ein Klavier gestanden und ein Kamerad hatte sich an das Klavier gesetzt und den damals so berühmten Schlager *Puppchen, du bist mein Augenstern* gespielt. »Man muß sich das mal vorstellen«, rief Onkel Hubert, »ein Klavier mitten auf der Straße, während die französische Artillerie über unsere Köpfe schoß. Ganz dicke Koffer. Und da spielt der Puppchen, du bist mein Augenstern. Nee, das kann ich nicht vergessen!«
Tante Linchen hörte nicht mehr hin, es fiel auch keinem mehr eine Klaviergeschichte ein, glücklicherweise, das heißt, ich hätte schon eine gewußt, aber ich traute mich nicht, sie zu erzählen: Wie unser Musiklehrer zu Klavierbegleitung die schöne Loeweballade gesungen hatte: *Ich trage, wo ich gehe, stets eine Uhr bei mir* . . . Er beendet die Ballade stets, indem er lässig in die Westentasche griff und eine altmodische silberne Zwiebel herauszog. Diesmal wollte er ziehen, aber die Uhr war verschwunden. Er hatte sie irgendwo liegengelassen, oder jemand hatte sie ihm geklaut. Jedenfalls lachten wir alle über sein verdutztes Gesicht, und er sang die Ballade nie mehr. Da waren wir froh.

Sollte ich die Geschichte Mathilde erzählen? Aber das Fest ging weiter, Mathilde und ich hatten artig dazusitzen, zu lauschen und Kriegslimonade zu schlürfen. Großmutter kam mit dem Kirschschnaps. »Ein Gläschen kann nicht schaden ...«, meinte sie. Als habe er das Stichwort gehört, stellte sich Kutschke ein, der Block- und Luftschutzwart, kondolierte der Witwe und verbreitete betretenes Schweigen. Nur kurz allerdings, Großmutter schenkte wacker ein, und auch Kutschke hatte seine Geschichte: Zu Übungszwecken wurden dem Luftschutz original-britische Brandbomben zur Verfügung gestellt, Stabbrandbomben. Mit der Feuerspritze hatte Kutschke erst gestern so eine Beutebombe löschen dürfen. »Es geht sehr gut«, sagte er. »Einfach draufhalten, es zischt, und aus ist das Feuer.«
»Wir rufen Sie, wenn es soweit ist. Prost«, sagte Ede.
Onkel Hubert klatschte Mathilde, die neben seinem Stuhl stand und am Likör nippte, auf den Hintern. »Wirst du das wohl lassen«, rief er.
Aber Mathildchen nippte weiter, ein paar Löckchen baumelten ihr in die Stirn. Ich zog sie vom Tisch weg. »Willst du meine Zigarettenbilder sehen, oben?« sagte ich.
»Pööööh«, machte Mathilde. Aber sie folgte mir doch ins Haus. In der Tür zu meinem Zimmer blieb sie stehen. »Komm mal her«, flüsterte sie. Ich ging zu ihr. Sie schlang ihre Arme um mich und küßte mich. Ganz lange. Ihr Gesicht war heiß, aber ihre Lippen waren ganz kühl und schmeckten nach Kirschen. Dann rannte sie die Treppe hinunter. Ich wischte mir mit dem Handrücken den Mund. Unten, im Garten, saß Mathilde wieder brav am Tisch, aber sie hatte ein volles Glas vor sich. Sie sah mich nicht an.
Großmutter sagte: »Einmal, der Adolar war erst fünf, da hatte er einen Bandwurm ...«
Tante Linchen schluchzte.

In den letzten Schultagen vor den Ferien war Rabumm zu uns gestoßen. Rabumm hieß eigentlich Werner Pethmann, war einen Kopf größer als ich und zu Streichen stets aufgelegt. Er kam aus Brandenburg an der Havel, wo er sich so gelangweilt hatte, daß er das in seiner Schule zu Lehrzwecken aufgestellte Aquarium wegen einer Wette ausgesoffen hatte. Die Fische, darunter wertvolle Schleierschwänze und Black Mollies, waren verendet, der Schüler Pethmann von der Schule verwiesen worden. Seine Mutter (der Vater war im Krieg) zog nach Berlin, um ihrem Einzigen eine gute Erziehung angedeihen zu lassen: »In der Großstadt sind, glaube ich, die Lehrer strenger«, hatte sie gesagt.

Mutter und Sohn wohnten zur Miete in einem der Siedlungshäuser, es gab nun schon ein paar Kriegerwitwen, und die vermieteten Zimmer. Der starke Knabe soff nicht nur Aquarien aus, sondern beendete viele seiner Sätze mit einem bekräftigenden »Rabumm!« Daher Werner Pethmanns Spitzname. In der Schule setzte er sich einfach neben mich in die Bank, weil wir uns auf dem Schulweg angefreundet hatten. Eigentlich saß da Othmar, der blonde, schöne. Er kam drei Minuten später, reklamierte seinen Platz, aber Rabumm sagte einfach: »Scher dich zum Teufel, Häuptling Blondlocke. Sonst skalpiere ich dich. Rabumm!«

Othmar nahm weiter hinten Platz. Am Nachmittag, als ich Rabumm unsere Kriegspfade auf dem Feld zeigte, schlich Othmar uns nach und warf einen Stein. Rabumm setzte sich in Bewegung wie ein Nashorn, holte den fliehenden Othmar ein und erwischte ihn mit einer geraden Linken, die alle Probleme zwischen den beiden für die Zukunft löste.

Ich war glücklich. Othmars Tyrannei hatte ein Ende. Ich schloß mich Rabumm an.

Bald waren dann große Ferien. Ich streifte mit Rabumm durch die Prärie, und sogar die Laubenkinder hielten sich

zurück. Einmal sahen wir Ingrid, die nun größer und reizvoller geworden war, immer noch mit viel Weiß im Auge, und Werner Pethmann alias Rabumm sagte andächtig: »Die müßte man verkasematuckeln!«
Was war nun das wieder? Ich wagte nicht zu fragen, bewunderte aber Rabumm ob seines Vorsatzes. Verkasematuckeln!
Die Ferien dauerten noch vier Wochen. Allmählich erwarben Werner Pethmann und ich uns einen gewissen Ruf. Hasen sprangen aus den Ställen und wurden in unserem Wohnzimmer gesichtet. Minnamarthas Teppichklopfer, listig präpariert, zersprang in lauter einzelne Stücke, als sie mir schließlich doch einmal einen Hieb auf den Rücken verpaßte (Bohnerwachs in der Fluchtkurve war schuld). Großmutters Leghorns hatten eines Morgens blaue Flügel. Mit Recht vermutete man Rabumms Einfallsreichtum und meine Assistenz bei der Durchführung hinter diesen Vorfällen. (Rohrstöcke und Ausklopferstiele springen, wenn man sie spaltet und mit Zwiebel einreibt. Hühnerflügel färbt man am besten mit in Wasser gelöstem Waschblau, das man flink mit einem Lappen aufträgt.) »Das hält kein Schwein aus«, sagte meine Mutter. »Ede, laß dir bloß was einfallen!«
»Warum schicken wir sie nicht aufs Land? Zu Onkel Willi?«
Minnamartha zog energisch ihre Eieruhr auf, als wolle sie eine meßbare Restzeit für unsere Untaten einstellen.
»Onkel Willi? Der wird sich schön bedanken! Willst du, daß seine Scheune abbrennt? Welcher Teufel hat uns nur diesen Babumm geschickt?«
»Rabumm«, verbesserte Ede. »Ich glaube, bei Onkel Willi ginge es. Die großen Jungs sind daheim. Auf Ernteurlaub. Die werden schon mit den beiden fertig. Schreib mal 'ne Postkarte. Ist doch dein Onkel.«
Alles klappte. Onkel Willi schrieb zurück »in Gottes Namen«, was sich von einem Ortsbauernführer merkwür-

dig ausnahm. Auch Rabumms Mutter war glücklich. Ede machte unserem neuen Zugführer, einer ziemlichen Flasche, klar, daß wir Onkel Willis Ernte mit einbringen mußten. So reisten wir im Auftrag der Partei.
Minnamartha brachte uns zum Zug, sie hatte den Wecker so eingestellt, daß er zehn Minuten vor Abfahrt des Zuges nach P. klingeln mußte. »Dann weiß ich, wir haben noch zehn Minuten.«
»Wozu?« fragte ich.
»Na, damit man weiß, daß man noch zehn Minuten Zeit hat!«
Minnamartha stöhnte in der Hitze und putzte sich in der S-Bahn die Stirn mit einem spitzengesäumten Taschentuch. Werner und ich saßen mit ihr, in Uniform, im Abteil für Reisende mit Traglasten zwischen vielen Gepäckstücken, denn eine neue Lieferung Zentrifugen war eingetroffen, die wir jetzt zu Onkel Willi transportierten.
Am Eilzug nach P. standen wir dann, das Gepäck verstaut im überfüllten Abteil, die Eieruhr klingelte. »Ich will man wieder zurück«, meinte Minnamartha, »falls es Alarm gibt.« Während ich auf dem Trittbrett stand, fuhr sie mit ihrer Hand in mein Hosenbein: »Hast du auch warme Unterhosen angezogen, Menschlein?«, rief sie.
Im August! Warme Unterhosen! Ich schämte mich. Der Zug fuhr ab, Minnamartha war noch hinten auf dem Bahnsteig zu sehen, sie winkte mit dem kleinen weißen Taschentuch. »Rabumm!« sagte Werner. »Hast du auch eine *lange* Unterhose? Falls es noch kälter wird!« – »Halt doch mal die Klappe«, sagte ich.
Unsere Mitreisenden grüßten wir zackig mit Heil Hitler! Was teils freundlich, teils gar nicht aufgenommen wurde.
»Gib mal 'ne Klappstulle«, sagte Werner. Wir waren noch in den nördlichen Vororten, der Zug dampfte zwischen Laubenkolonien hindurch, die hier *Gartenlust* oder *Feierabend* hießen, wie wir an den Transparenten über den Haupttoren sahen. – Es waren Prachtstullen, weil

Großmutter sie geschmiert hatte, dick mit Schmalz bestrichen und mit Schlackwurst belegt. Wir schlangen alles schnell hinunter, weil die anderen Leute im Abteil uns ein bißchen neidisch anschauten. Die meisten hatten nur *Karo einfach*, ein paar Schnitten trockenes Brot, und einen Apfel.
Zweimal hielten wir ein paar Minuten auf größeren Bahnhöfen. Ein paar Leute stiegen aus, die hofften, schon hier Erfolg bei ihren Hamsterunternehmungen zu haben. Die meisten reisten weiter, wie wir. Gegen Brandgefahr durch Funkenflug waren auf freier Strecke Gräben durchs Gras und Gehölz gepflügt. Der hellgelbe Sand schaute in den Furchen hervor. Wir lehnten aus dem Fenster, verdauten Großmutters Schlackwurststullen und waren froh, der Stadt entronnen zu sein.
In P. luden wir Koffer und Zentrifugenkartons aus. Onkel Willi erwartete uns vor dem Bahnhof mit einem Einspänner. Er saß auf dem Kutschbock und rauchte. Wir, in Uniform, knallten unsere Hacken zusammen und riefen: »Heil Hitler, Ortsbauernführer!« Onkel Willi wedelte mit der rechten Hand in der Luft herum und murmelte: »Heil, heil!« Er sah Rabumm an:
»Du bist der Werner?«
»Jawohl, Rabumm!«
»Rabumm«, sagte Onkel Willi. »Dann steig man ein.«
Wir verstauten unsere Koffer und Schachteln und setzten uns auf die Polster. Das Pferd zog an. Durch die kleine Stadt rollten wir, durch ein Backsteintor, hinaus aufs Land. Nach einer Stunde sahen wir das Dorf mit der Kirche aus Feldsteinen. Wir waren da. Ein Haus mit Veranda und zwei lange Stallgebäude bildeten mit einer Scheune einen fast quadratischen Hof. Hinter dem Haus lag sogar ein kleiner Park mit Birken und Linden und Wacholderbüschen. In einer schattigen Ecke dämmerte auf einem Steinsockel ein Kunstwerk aus braunem glasiertem Ton: Ein zottiger Faun preßte eine Nymphe, die ihm entflie-

hen wollte, an sich und hielt sie mit beiden Händen an den Hinterbacken. Unter dieser Gruppe lud eine weiße Gartenbank zur Rast ein.

Tante Anna, Onkel Willis Frau, erwartete uns auf der Treppe.

»Habt ihr Zentrifugen mit?« rief sie laut.

»Verdammt«, sagte Onkel Willi. »Wirst du wohl ruhig sein!«

Tante Anna war rund und gemütlich. Genau wie Großmutter trug sie einen Mittelscheitel und einen Dutt und eine schwarzrandige Brille mit kreisrunden Gläsern. Aus dem Flur kamen Jagdhunde angetrottet, um uns zu beschnuppern. Wir stiegen hinter Tante Anna die Treppe hinauf.

Später, am Kaffeetisch, war die Familie fast vollständig versammelt. Wir wußten, es gab zwei Töchter, aber wir sahen nur eine, Johanna, die ältere. Die beiden Söhne, Ziethen und Blücher genannt, trugen feldgraue Hosen. Sie waren auf Ernteurlaub, wie Ede vermutet hatte. Frankreich war so gut wie erledigt. Da brauchte man sie nicht mehr.

Die Türen zur Veranda standen offen. Vom Hof hörte man Geräusche. Die Fliegen krochen träge über den Streuselkuchen. Dann gingen Ziethen und Blücher zum See hinunter. Mit einem Korb am Arm kam uns ein wunderschönes Mädchen entgegen. Es war Ingeborg, die andere Tochter. Sie hatte Schnürstiefel an mit wadenhohen Schäften. Wir verliebten uns beide in sie.

Der lange Hausflur war dunkel und kühl. Auf den schwarzen und weißen Fliesen lagen alte Pferdedecken für die Jagdhunde, unter einer Reihe von Kleiderhaken, an denen die Schrotflinten hingen. Oben, auf dem Hutbrett, standen aufrecht die Schrotpatronen mit farbigen Papphülsen. Auf dem See gab es viele Enten und Wasserhühner. Tante Anna zeigte uns unser Zimmer, im Giebel

gelegen, mit Blick auf den Park und den Faun mit der Nymphe. Dicht am Haus wuchs eine Birke. Vom Fenster aus konnten wir ihre Äste mit den Händen erreichen.
Als Tante Anna gegangen war, untersuchten Werner und ich den Dachboden, der an das Zimmer grenzte. Eine dicke Tür an einem seitlichen Verschlag fiel uns auf. Wir öffneten sie. Es war die Räucherkammer. »Mensch, Würste«, sagte ich. Da hingen sie, Seite an Seite. Große lange dicke rote Würste. Riesig. Dahinter, in der zweiten Reihe, Schinken. »Mir ist wohl, rabumm!« sagte Werner. »Mir ist nicht bange«, sagte ich. »Trotzdem«, sagte Werner, »mußt du die ältere nehmen. Ingeborgs Schwester. Johanna. Ich kriege Ingeborg.«
Werner versuchte, sie zu verteilen. Der Fehler war nur, daß wir beide Ingeborg wollten. Ingeborg mit ihren Schnürstiefelchen, mit dem dunklen Haar, das wie gelackt aussah, Ingeborg mit ihren kühlen Augen und dem roten Mund, den sie, hier auf dem Land, und obwohl sie ein deutsches Mädchen war und Tochter des Ortsbauernführers dazu, leicht schminkte.
Wir klappten die Tür zum Würsteparadies leise wieder zu. Und dann hatten wir unseren ersten Krach, Rabumm und ich, unter dem Dach, das glühte von der Hitze. Ein Ergebnis hatte dieser Krach nicht. Es blieb dabei: wir beide wollten Ingeborg.

Die alte Fuckruschen gab Handarbeitsunterricht in der Dorfschule, aber die Kinder mochten sie nicht. Nicht nur, weil sie einen Buckel hatte und rote Haare und rote Augen vom Trinken. Die Fuckruschen war die Spökenkiekerin des Dorfes. Sie wußte alles Unheimliche, was sich im Dorf und in der Gegend abspielte oder in den letzten paar hundert Jahren abgespielt hatte.
Sie lebte in einem halb verfallenen Haus gegenüber dem Friedhof. Die eine Innenwand ihres Zimmers, in dem es muffelig nach alten Teppichen und Franzbranntwein

roch, spaltete ein langer Riß, der die kümmerliche Kate so in Einsturzgefahr gebracht hatte, daß sie außen durch einen schrägen Balken gestützt werden mußte. Die Fuckruschen versperrte die Tür zu diesem Rest einer menschlichen Behausung mit einem etwa pfundschweren Schlüssel. Diesen Schlüssel trug sie immer mit sich herum, benutzte ihn auch zuweilen in der Handarbeitsstunde als Waffe gegen ungezogene Kinder. Sicher wehrten sie sich gegen das Unheimliche, das von der Fuckruschen ausging, besonders, wenn sie einen mit ihren roten Augen durch die große Hornbrille ansah.
Weil nun im weiten Umkreis um das Dorf kein Wald wuchs, der für Spukgeschichten hätte herhalten können, mußte das Dorf selbst dran glauben und in zweiter Linie der See. Die Dorfbewohner rechneten verkalbende Kühe und was an Unheimlichem sonst noch vorkam der Fuckruschen aufs Konto. Sie behaupteten einfach, es sei die Fuckruschen, die ihre Kühe, Onkel, Großväter und Hofhunde verhexe. Die lächelte nur und glotzte, wenn ihr so was zu Ohren kam, bis ihre roten Augen aus dem Kopf hervortraten. Dann rannten alle Kinder, so schnell sie konnten, hinter die nächste Hausecke, um sie von dort aus zu beobachten. Die Fuckruschen wußte das und ging schnurstracks durch die eiserne Pforte in der Feldsteinmauer auf den Friedhof. Da stoben die Kinder auseinander. Sie wußten, daß die Fuckruschen jetzt in der Ecke saß, wo Knochen und Schädel angehäuft waren. Man hatte die Gebeine kürzlich gefunden, als der Kirchturm neu fundamentiert worden war, und bisher hatten sie hier, zwischen Brennesseln und einem blauen Emailleeimer, der über Rhabarberpflanzen gestülpt war, ihren vorläufigen Platz gefunden. Nicht daß die Fuckruschen an diesen alten Knochen besonders interessiert gewesen wäre. Sie wußte nur, daß es ihren Ruf untermauerte, wenn sie vorgab, mit den Schädeln früherer Dorfbewohner Zwiesprache zu halten.

Der schöne See also war zweites Gespenster-Gebiet der Fuckruschen. Da sie immer zu Onkel Willi und Tante Anna kam, wenn es Streuselkuchen gab (sie kannte die Geburtstage aller Familienmitglieder auswendig), bekamen wir reichlich Gelegenheit, ihre Theorien über das Geisterleben am See zu vernehmen. So spukten dort nachts einige Dorfbewohner, die auf irgendeine Weise im See umgekommen waren. Aber noch nicht genug damit. Wenn man Glück hatte, konnte man in bestimmten Nächten, nämlich jeweils sechs Tage nach Vollmond, ein Schiff in rasender Eile über den See fahren sehen, bemannt mit einer Besatzung, die im Dreißigjährigen Krieg nach der Zerstörung einer Kirche geflohen und mit diesem Schiff versunken war.
Wenn die Fuckruschen ihren Hausschlüssel schwang und mit glotzenden Augen solche Geschichten erzählte, so war der Abend, der auf diese Erzählstunden folgte, nie ein üblicher Abend. Uns gruselte. Darum überredeten wir die Söhne mit den Heerführer-Spitznamen zu einem nächtlichen Ausflug an den See. Ziethen und Blücher hatten nichts dagegen. Sie wollten Enten schießen. Auch Ingeborg und Johanna machten mit und noch ein Mädchen mit schwarzen Haaren und Schnecken über den Ohren, Margot, die sich bald mit Ziethen verloben wollte. Das schwierige für Werner und mich war nur, daß Onkel Willi und Tante Anna sich für uns verantwortlich fühlten. Sie hatten uns verboten, spätabends noch das Haus zu verlassen.
Die Treppe von unserer Mansardenstube nach unten führte an Onkel Willis und Tante Annas Schlafzimmer vorbei, und die Stufen knarrten. Doch weil wir wußten, daß Ingeborg mitkam, fiel uns auch ein, wie wir uns aus dem Zimmer schmuggeln konnten. Brav gingen wir zu Bett und lagen wach, bis unter unserem Fenster ein Pfiff ertönte. Die Brüder waren bereit. Wir stiegen aus dem Fenster und kletterten die Birke hinunter. Die Mädchen

lachten. Da stand Ingeborg im Dunkeln des Parks, zwischen den anderen. Die Brüder hatten die Schrotflinten aus dem Flur umgehängt, die Mädchen hielten die Jagdhunde an der Leine. Wir brachen auf. Der Weg war genügend beleuchtet, wir hatten auf den sechsten Tag nach dem Vollmond gewartet, wegen der Geschichte von der alten Fuckruschen. Wir wollten das Schiff sehen. Die Brüder, auch heute untenherum feldgrau, oben in alten Jacken, lachten. »Dat Schiff jibt es gar nicht«, sagten sie. Werner und ich hörten nicht auf sie. Wir wollten, daß uns gruselte. Noch mehr wollten wir eigentlich, daß es Ingeborg gruselte. Obwohl wir da unsere Zweifel hatten. Aber eine Errettung aus Gruselnot wäre doch ein schöner Ersatz für Errettung aus Feuersnot gewesen.

Vor uns gingen die Brüder mit dem Mädchen mit den Schnecken über den Ohren. Rabumm hielt sich dicht an Ingeborg, die zuweilen, mitten im Flüstern und Tuscheln, hell auflachte. Das wurmte mich, denn ich war so weit hinter ihnen, daß ich nicht hören konnte, was sie miteinander redeten. Das hatte ich mir selbst eingebrockt. Denn anstandshalber glaubte ich, neben Johanna gehen zu müssen. Die hatte mittelblonde Haare mit starren Löckchen. Sie war etwas älter als Ingeborg und soff immer mit der Fuckruschen zusammen in der Küche Kartoffelschnaps. Davon war ihre Nase rot. Ein bißchen blätterte die gerötete Haut ab.

Als wir zum See kamen, übernahm Ziethen das Kommando. Das Unternehmen begann schnell unromantisch zu werden. Vor uns lag der See, gut übersehbar in hellem Mondlicht. Es war so gar keine Stimmung für den planmäßigen Verkehr von Geisterschiffen. Ob die Fuckruschen nicht mit ihrer Terminangabe einen Fehler gemacht hatte? Sechs Tage nach Vollmond war es einfach noch zu hell.

Den Abhang zum Wasser hinunter standen vereinzelt alte Linden. Unten, am Rand des Sees, wuchsen Weiden,

deren Wurzeln vom Wasser benetzt wurden. Ebenso tauchten sie die äußersten Spitzen ihrer Zweige in den See. Es war schwierig, bis zu ihnen vorzudringen, denn der Schilfgürtel begann ziemlich weit oben, und bei jedem Schritt scheuchten wir Schwärme von Mücken auf, die sich gierig auf uns stürzten.
Ziethen bahnte uns den Weg. Das Schilfrohr raschelte. Ein Entenschwarm stob mit rauschendem Flügelschlag auf und ging in sicherem Abstand auf dem See nieder. Wenn die Vögel das Wasser berührten, schimmerte es silbern im Mondlicht.
Ziethen schimpfte leise vor sich hin. »Wie eine Herde Elefanten«, sagte er und meinte uns. »Hätte ich euch bloß zu Hause gelassen.«
Wir machten es uns im Schilf so bequem wie möglich und hielten uns ganz ruhig. Das freute die Mücken. Sie mußten lange gehungert haben. Ingeborg war so nahe, daß ich den Geruch, der von ihr ausging, wie Wellen zu mir dringen fühlte. Es war kein verführerisches Parfüm, das ihn verursachte. Aber dieser Geruch löste sich deutlich von dem Geruch nach Wasser und Schilf und Bäumen, der um uns war.
Nach einer Weile kamen die Enten wieder näher ans Ufer. Ziethen und sein Bruder machten die Flinten bereit, luden mit fünfundsechziger Patronen, Dreieinhalb-Millimeter-Schrot, wie auf dem roten Verschlußdeckel gedruckt stand, zudem rauchendes Schwarzpulver für Damastläufe. Es knackte, als sie die Sicherungsgürtel umlegten. Die Hunde machten lange Hälse. Schnuppernd bewegten sie ihre braunen lackblanken Nasen. Ziethen scheuchte den Schwarm durch einen Pfiff auf. Dann knallte es zweimal kurz hintereinander, und die Gerüche, die bisher um uns waren, wurden jäh zerstört durch den scharfen Pulvergeruch der Treibladung.
Weit draußen stürzte eine Ente ins Wasser. Der Schwarm zog weiter. Wir sahen nicht, wo er niederging, denn nun

rasten die Hunde ins seichte Wasser, das hoch aufspritzte. Sie bellten laut. Bald mußten sie schwimmen. Dann kamen sie zurück. Einer hatte eine Ente im Maul und brachte sie Ziethen.
Wieder mußten wir warten. Der Mond stand endlich hoch über dem Ende des Sees. Ein anderer Entenschwarm näherte sich dem Schilf, wurde durch den Pfiff aufgescheucht, wieder knallten die Gewehre, die inzwischen nachgeladen waren. Zwei Enten stürzten und wurden von den Hunden apportiert.
Unsere Haut war inzwischen von den Mückenstichen so angeschwollen, daß die übrigen Mücken die Lust verloren und von uns abließen. Auch die Enten wurden so vorsichtig, daß sie nicht mehr in unsere Nähe kamen. Ein dürres Wasserhuhn schossen die Jungen noch, aus Versehen. Sie hatten es für eine Ente gehalten. Dann gingen wir durch das Schilf zurück und das Ufer hinauf. Werner und ich kratzten uns mit einer Hand. In der anderen trugen wir je eine vom Schrot getroffene Ente. Leblos, naß und schwer zerrten die Vögel am Handgelenk. Die Hunde versuchten, sie uns zu entreißen, Ziethen trug in der linken Hand auch eine Ente, den rechten Arm hatte er angewinkelt, und da hatte sich das Mädchen mit den Schnekken eingehängt, von der wir inzwischen wußten, daß sie Margot hieß.
Margot war munter und gesprächig, nachdem sie so lange schweigsam im Schilf hatte hocken müssen. Sie war die erste, die wieder ans Geisterschiff dachte. Wir hatten es vollkommen vergessen.
»Was ist damit, Ziethen?« fragte sie. Ziethen lachte. »Da glaubt nur die Fuckruschen dran«, sagte er. »Allein die Fuckruschen. Vielleicht hätten wir sie mitnehmen sollen?« Er lachte wieder, denn er hielt das für einen guten Witz. Ich sagte: »Wir sind gar nicht enttäuscht. Die Entenjagd war so schön.« Ziethen brummte. Er dachte wohl daran, daß wir uns wie Elefanten benommen hatten.

Aber wer geht auch schon mit Stadtbesuch, Schwestern und zukünftigen Bräuten jagen?
Plötzlich blieb Ziethen stehen. »Moment mal«, sagte er, reichte mir die tote Ente und knöpfte mit der linken Hand seine Hose auf. Er mußte mal. Schamvoll schauten Werner und ich weg. Das Mädchen, Margot, löste sich nämlich keinesfalls von ihm, sondern blieb, Arm eingehängt, bei ihm stehen und schaute zu, wie sich nun ein kräftiger Strahl hell und dampfend gegen den Pfosten des Weidezauns richtete, an dem wir entlanggegangen waren. Sie blickte auch nicht weg, als er, leicht in die Knie gehend, die letzten Tropfen abschüttelte und die Tülle wieder in der Hose verstaute. Dann nahm er die Ente wieder, und der Zug schritt weiter.
Werner und ich schwiegen. So etwas hatten wir noch nie gesehen! Und jeder von uns dachte, ob wohl unsere entsagungsvolle Art, Ingeborg zu verehren, die richtige sei. Ich schaute mich um. Von dem Zaunpfahl dampfte es noch.
Ein wenig später sahen wir weit entfernt am Himmel einen roten Schein. Berlin brannte. Ein Luftangriff hatte die Reichshauptstadt getroffen.

Werner und ich nahmen am Leben des Dorfes und der Familie teil, wie es sich ergab. Mit Ingeborg waren wir nicht viel weitergekommen. Fast konnte ich annehmen, daß meine Chancen gestiegen waren. Denn eines Tages fand ich Ingeborg hinter der Scheune, über einen Zettel gebeugt, auf dem etwas unglaublich Komisches stehen mußte, denn während sie las, schien sie sich umbringen zu wollen vor Lachen und Glucksen und allerlei Verrenkungen. Ich fragte sie, was sie da lese. Schnell versteckte sie den Zettel hinter ihrem Rücken. »Es ist ein Gedicht«, sagte sie und bekam einen neuen Lachanfall. Ich hielt ihre Arme fest und beugte mich über sie, um ihr den Zettel zu entreißen. Auf einmal stieg mir wieder der wun-

dervolle frische Geruch in die Nase. Ihr roter Mund war vor meinen Augen. Ich hatte Lust, sie zu küssen. Aber ich tat es nicht.
Endlich erwischte ich den Zettel, der schon ganz zerknüllt war. Wir waren außer Atem. Ingeborg kreuzte die Arme vor der Brust, die sich schnell hob und senkte nach dem Kampf. »Lies«, sagte sie. Ich las. Es war ein Gedicht. Es war überschrieben: »Zur Erinnerung an eine Nacht am See«, und es lautete:

Seerosen liebt das Schifferkind,
wenn sacht im leisen Sommerwind
sich stille Wasser kräuseln.
Im Röhricht Geister säuseln,
die über ihren Schätzen wachen.
Es schwankt der leichte Nachen.
Tief sich das Mädchen vorwärts neigt.
Noch einmal alle Schönheit zeigt
sich ihr. Dann zieht es sie hinab.
Der See wird kühles Grab.

Ingeborg stand da und lachte wieder. Sie lachte künstlich. »Ha-ha-ha-ha!« – »Von Rabumm?« fragte ich. Sie nickte. Dann trat sie einen Schritt vor, nahe an mich heran. Sie schaute mir in die Augen. »Was seid ihr beide nur für Dussels«, sagte sie. Und drehte sich um und rannte davon über die Wiese. Ich zerknüllte den Zettel mit dem Gedicht und ließ ihn ins Gras fallen, weil ich gelesen hatte, daß man das so machte. Ich schritt, ein Einsamer, der eine brennende Liebe im Herzen trug, zurück zum Hof. Ich ging nicht, ich schritt. Denn auch das hatte ich gelesen.
Über Werner staunte ich. Ein Kumpel, der Leghorns die Flügel blau färbte, und nun machte er Gedichte! Gedichte ausgerechnet für Ingeborg. Für ein Mädchen, dessen Wert er gar nicht ermessen konnte. Nur ich allein, dessen war ich sicher, konnte Ingeborg so lieben, wie sie es ver-

diente. Dieser Rabumm! Und sein Gedicht! Seerosen liebt das Schifferkind! Es war doch einfach unerhört. Es war mehr. Es war geschmacklos und hanebüchen. Die alte Fuckruschen müßte man auf ihn hetzen, damit sie ihn verhexte!

Ich trug meine Einsamkeit durch den Hof, wobei mich glücklicherweise niemand sah, und ging zum Tor hinaus auf die Felder. Das heißt, ich schritt immer noch. Und ich schritt auch über die Hügel, über die Stoppeln der abgeernteten Äcker und durch die Zuckerrübenreihen.

Schließlich traf ich Onkel Willi und Ziethen, die dabei waren, den uralten Trecker zu reparieren, der zum Hof gehörte und der dauernd irgendwo auf den steinigen Wegen mit einem neuen Schaden liegenblieb.

»Na, mien Jong«, sagte Onkel Willi, »wo fehlt's denn?«

»Och, nichts«, sagte ich und beugte mich interessiert über den Motor. »Ich habe euch schon gesucht.«

»So, so«, sagte Onkel Willi. Weiter nichts. Ich hatte ein unsicheres Gefühl. Wer weiß, was Onkel Willi sich dachte. Nachdem die beiden ein halbes Kilo Draht verarbeitet hatten, bekamen sie den Traktor wieder in Gang. Ziethen setzte sich ans Steuer. Für Onkel Willi gab es einen Sitz auf dem einen Kotflügel, und ich stellte mich hinten auf den Haken, an dem man Pflug oder Egge festmachte. So zockelten wir zum Hof zurück. Aus dem senkrechten Auspuff stieg eine schwarze Wolke. Obwohl der Bulldog auf dem schlechten Weg holperte, drehte Onkel Willi sich eine Zigarette. Er setzte sie in Brand. Nachdem er gegen die Konkurrenz des schwarz blakenden Auspuffs ein erstes helles Wölkchen ausgestoßen hatte, sagte er: »Hast du all hört, dat sich uns Ziethen verlobt?« –

»Mit wem denn?« fragte ich. »Mit Margot?« Ziethen drehte sich entrüstet um. »Na wat denn, du Döskopp«, sagte er.

Das Fest war an einem Samstag. Der Sonntag darauf war

ein Eintopfsonntag, und das, meinte Onkel Willi, passe ganz gut nach der Völlerei. Ich fragte Tante Anna, ob denn das Ernst sei mit dem Eintopfsonntag, hier auf dem Lande. Tante Anna wischte sich die Hände an der Schürze ab und trat aus der Küchentür, um zu sehen, ob Onkel Willi nicht in der Nähe war. »Stellenweise ist er eben doch ein Nazi«, meinte sie.

Onkel Willi ließ sich am Samstagmorgen von Ingeborg rasieren. Dann zog er seinen dunklen Bratenrock an und steckte sich den Hakenkreuzbonbon ans Revers. »Der Kreisbauernführer kommt nämlich«, erklärte er.

Aus der Küche roch es gut. Außer Ingeborg, die Kammerzofen-Aufgaben zu erfüllen hatte, waren alle Frauen in der Küche beschäftigt. In dem kühlen Korridor standen Bleche mit Streuselkuchen zum Abkühlen auf einem langen Tisch. Die Hunde schnupperten, und ihr Geifer tropfte auf den Steinfußboden.

Am Nachmittag kamen die Gäste. Die Verwandten aus der Umgebung mit Kutschwagen, die Leute aus dem Dorf zu Fuß. Der Kreisbauernführer, in brauner Uniform, fuhr in einem kleinen Auto vor. Der Pfarrer saß schon hinten in der Stube und trank mit Ziethen und Blücher einen Schnaps. Margot war mit zum Küchendienst gepreßt worden. Der Lehrer hatte auch einen Parteibonbon anstecken und unterhielt sich mit dem Kreisbauernführer über den Endsieg. Da auf das Dorf keine Bomben fielen, waren sie sehr viel optimistischer als ihre Kollegen in der Stadt.

Als letzte hoppelte die Fuckruschen durchs Tor, angelockt vom Duft des Streuselkuchens. Sie trug ihren großen Hausschlüssel, am Handgelenk schlabberte eine Markttasche. »Paßt man auf die olle Fuckruschen auf«, sagte Blücher. »Sie hat wieder ihre Tasche mit.«

»Was heißt das, Tasche mit?«

Blücher flüsterte: »Sie klaut Koteletts.«

»Vom Tisch?«

»Nein, bevor es losgeht. Aus der Küche. Wetten, daß sie es auf die Hunde schiebt, wenn jemand merkt, daß die Koteletts weg sind?«

Johanna zeigte sich an die Stirn und meinte: »Denk dir was Besseres aus, Blücher! Kuchen und Koteletts wittert die Fuckruschen auf drei Meilen gegen den Wind!«

»Ruhig doch!« – Die Fuckruschen schlurfte schon durch den Korridor, die Nüstern gebläht.

Beim Kaffee ging es noch manierlich zu. Echter Bohnenkaffee natürlich, aus Berlin per Paket im Austausch gegen Hühnerfutter geliefert und dort auf dem schwarzen Markt erstanden, hundertzwanzig Mark das Pfund. Im Zimmer und auf der Veranda waren Tische gedeckt, der Kreisbauernführer, der Pfarrer und der Dorfschullehrer saßen in Onkel Willis Nähe. Von den Verlobten und den übrigen Gästen war die Gruppe durch Tante Annas füllige Gestalt getrennt. Ganz unten am Tisch saßen die Mädchen, saßen Werner, der Ingeborg wieder schöne Augen machte, und ich. Den alleruntersten Platz nahm die Fuckruschen ein. Sie war nicht böse deswegen. Hier konnte sie ungestört ein Stück Kuchen nach dem anderen hinunterschlingen. Ihre Augen waren schon wieder rot hinter der Brille. Auch Johannas Nase glänzte in frischem Rot. Beide hatten zusammen in der Küche gepichelt.

Nach dem Kaffee gingen die Bauern auf die Felder, um den Fortschritt der Kornernte zu überwachen, die im vollen Gange war. Die Ernte war ja auch der Anlaß für den Urlaub der beiden feldgrauen Brüder gewesen, diesem Urlaub, der nun zu Ziethens Verlobung mit der ohrschneckengeschmückten Margot geführt hatte, während seine Kameraden einen neuen Blitzfeldzug vollendeten. Endlich hatten unsere tapferen Soldaten die Franzmänner, den Erbfeind, die Welschen, in die Knie gezwungen. Endlich hatten wir Revanche genommen für die Schlappe, die wir 1918 hatten erleiden müssen. Das Wort Revanche allerdings war ihnen nicht zu welsch. Von

Mars-la-Tour sprachen die Alten, während sie über die Felder gingen, und von Vionville, Orte, an denen ihre Großväter 1870-71 siegreich gewesen waren und die jetzt ihre Enkel wiedererobert hatten. Die Parteibonbons blitzten an den Aufschlägen.
Blank blitzte im Mittagslicht auch der große Hausschlüssel der Fuckruschen, der neben ihr auf dem Tischtuch lag, als sie nun fast als letzte an der verwüsteten Kaffeetafel saß, zusammen mit Johanna, die ein Fläschchen Likör besorgt hatte. Die bucklige, gekrümmte, rote Fuckruschen war die einzige, deren Herz nicht höher schlug bei den mit Fanfarenstößen eingeleiteten Sondermeldungen. Sie war eine Spökenkiekerin. Sie sah Schutt und Trümmer überall. Wer glaubte ihr? Werner und ich lachten sie aus, als wir im Vorbeigehen ein paar düstere Prophezeiungen aufschnappten. Wir hatten auch anderes im Sinn. Denn im Stall war Ingeborg, frisch und adrett wie immer, und melkte Kühe.
Am Abend tranken alle viel von dem Kartoffelschnaps, den Onkel Willi aus schwarzen Quellen besorgt hatte. Der Kreisbauernführer, schon leicht betrunken und mit klebriger, feuchter Stirnlocke, hielt eine Rede auf die deutsche Ehe, an die Adresse von Ziethen, der gutmütig lächelte, und die Braut Margot gerichtet. Margot kratzte sich ausgiebig unter der Achsel. Dann standen alle auf und tranken ex, und noch mal ex, und noch mal, und der Kreisbauernführer plumpste in seinen Sessel zurück und sagte zu Onkel Willi: »Mensch, soll ich dir mal erzählen, wie ich sechzehn in Reims die französische Nutte gevögelt habe?«
Damit war man von den Ermahnungen für eine reine deutsche Ehe zum gemütlichen Teil des Abends übergegangen. Die Bäuerinnen, soweit sie im Dorf wohnten, waren nach Hause gegangen, um das Vieh zu besorgen. Die Männer hielten sich an den Kartoffelschnaps, aßen kalten Schinken von der letzten Schwarzschlachtung und

Brot mit Butter, die auf den von uns geschmuggelten unplombierten Zentrifugen erzeugt worden war. Es war wie in alten Zeiten.
Wo war Ingeborg? Ziethen spielte das Schifferklavier, und Johanna zupfte die Klampfe. Er spielte *Wenn das Schifferklavier an Bord ertönt* und *Lili Marleen* und alle Lieder, die Ilse Werner in den neuen Ufa-Filmen pfiff. Die jungen Leute rollten den Teppich auf, in dessen vielen Löchern man sich zu leicht verfing, schoben das Klavier hinaus, das keiner spielen konnte, und tanzten. Die Alten verkrümelten sich. Sie soffen in den anderen Zimmern weiter. Der Kreisbauernführer kotzte draußen im Hof beim Misthaufen, band sich die Krawatte ab und kam wieder rein, um weiterzusaufen. Ingeborg tanzte wunderbar. Aber nicht mit uns. Wir konnten nicht tanzen.
Plötzlich war Werner verschwunden. Und Ingeborg auch! Ich suchte sie überall, konnte sie aber nicht finden. Im Flur fing mich Tante Anna ein. »Was, du bist noch nicht im Bett?« fragte sie. »Marsch, nach oben!« Ich ging langsam hinauf. Vor mir drehte sich alles, denn ich hatte natürlich auch von dem Kartoffelschnaps probiert. Von unten her hörte ich Ziethen spielen: *Drei Lilien, drei Lilien, die pflanzt' ich auf mein Grab* ... Aus der Räucherkammer schlüpfte die Fuckruschen mit einer Wurst unter dem Arm. Sollte sie. Sie sah mich böse an im Halbdunkeln. Ich warf mich angezogen aufs Bett, aber ich konnte nicht einschlafen. Hier lag ich nun im Dunkeln, Karl Kaiser, jetzt Einfamilienhausbewohner, aber fremd unter all den Menschen. Onkel Willi mit dem Parteibonbon, die unheimliche Fuckruschen, und Ingeborg, die ich liebte, und die mich wohl nicht wiederliebte.
Plötzlich mußte ich mal. Weil ich zu betrunken war, um nach unten zu gehen, pinkelte ich aus dem Fenster. Unten war ja der Park. Aber als der Strahl unten auftraf, hörte ich laute Schreie und Flüche. Mir war es gleich. Würde ich eben sagen, Rabumm sei's gewesen. Ich

wankte zum Bett zurück –. Aufrecht blieb ich sitzen. Wenn ich mich zurücklehnte, drehte sich wieder alles. Nach einer Weile kam Werner nach oben, ohne Licht zu machen, zog er sich aus. »Werner?« fragte ich. – »Was denn!« – »Werner, hast du sie geküßt?« Werner kam auf mich zu, und plötzlich haute er mir eine runter. »Fensterpisser«, sagte er. Er war es also gewesen. Er und Ingeborg. Ich fiel in die Kissen zurück und mußte kichern. Betrunken und traurig und glücklich zugleich schlief ich ein, ich, Karl Kaiser, der nun ohne Zweifel erwachsen wurde. Karl Kaiser in der Fremde. Die Ziehharmonika hatte aufgehört zu spielen. Ziethen küßte wohl seine Braut. Irgendwo im Dunkeln.
Ingeborg bekamen wir am nächsten Tag nicht zu sehen. Ziethen grinste, als er mich sah. »Düwel«, sagte er, »solche Tricks von die Stadtmenschen muß man sich merken.« Dabei hatte er doch angefangen mit der verdammten Pinkelei!

Tante Anna stand auf der Treppe, als wir ein paar Tage später zurückfuhren in die Stadt. Onkel Willi hockte schon steif auf dem Kutschbock, Werner und ich saßen hinten im Wagen. »Kommt bald wieder«, rief Tante Anna. »Und bringt Zentrifugen mit!«
Onkel Willi knallte wütend mit der Peitsche, daß die Pferde mit einem Ruck anzogen. »Willst du wohl das Maul halten«, schimpfte er.
In P., wo die Bahnstation war, trafen wir Ingeborg und Ziethen und Margot. Sie waren einkaufen gewesen. Wir verabschiedeten uns. Ingeborg schaute uns an. Wir waren verlegen, Werner wegen seines Gedichtes über das Fischerkind, ich wegen des Unglücksfalls. Wir waren beide ein bißchen froh, als unser Zug abfuhr. Unsere Versuche in ländlicher Liebe waren wohl als gescheitert anzusehen. Jedenfalls war Ingeborg kühl wie eine frisch geerntete Zuckerrübe.

Im Zug hielt man uns wieder für tüchtige Jungen. Braungebrannt und in Uniform, sahen wir aus, als ob wir einen wesentlichen Beitrag geleistet hätten, um die deutsche Ernährung sicherzustellen. Wir bildeten uns das auch selbst ein. Als der Zug die Stadt erreicht hatte, sahen Werner und ich, daß bei manchen Häusern die Wände aufgerissen waren. Man konnte hineinsehen wie in Puppenhäuser mit abnehmbaren Fassaden.
Es gab jetzt viele Luftangriffe. Zu Hause hatte Ede die meisten Doppelfenster herausgenommen und im Keller gestapelt, und auf der Treppe und unter dem Dach standen Kübel und Tüten mit Löschsand. Unsere Laube war mit Brettern verschalt. Ede wühlte im Garten, um einen sogenannten Splittergraben zu bauen. Das war die neueste Erfindung. Wir trugen Holz zusammen und zimmerten den Graben aus. Fünf Jahre früher hätten meine Freunde und ich dieses Bauwerk als ideale Höhle angesehen. Jetzt bauten die Erwachsenen so etwas! Meine Mutter schleppte alles vermeintlich Wertvolle herbei. Großmutter inspizierte die Höhle, sagte: »Pfui Deibel, da wollt ihr drin hocken? Wie stinkende Füchse?« und war nie zu bewegen, darin zu sitzen. Sie blieb im Haus, im Keller. Aber im Herbst lagerte sie heimlich Winteräpfel im Splittergraben ein.
Othmars Eltern baten um Asyl im Splittergraben. In der Kolonie Tausendschön bauten die Laubenbewohner einen mindestens hundert Meter langen Splittergraben auf der Wiese, auf der früher das sommerliche Gartenlaubenfest stattgefunden hatte. Der Graben wurde mit Zementbohlen verschalt. Er verlief im Zickzack. Später, als die Angriffe heftiger wurden, benutzten auch Leute aus den Siedlungshäusern den Splittergraben in der Laubenkolonie. Man kam einander immer näher.

Großmutter wundert sich, wohin Minnamartha zu rennen hatte:

»Was ist nun schon wieder los?«
»Ich mache was mit dem Schrankenwärter aus!«
»Mit dem Schrankenwärter?«
»Die Bahn kriegt früher Alarm. Wenn er Bescheid weiß, bläst er seine Tute.«
»Und dann?«
»Dann ist Frühwarnung. Gleich, wenn sie einfliegen.«
»Wat soll der Blödsinn? Manchmal kommen sie gar nicht her.«
Ich fragte: »Müssen wir da noch früher aufstehen?«
»Ja, aber wir haben genug Zeit, um in den Bunker zu rennen.«
»Ich will aber gar nicht in den Bunker.«
»Ich auch nicht«, sagte Großmutter. »Da mußt du schon allein rennen.«
In der Nähe, aber immerhin noch ein Stück weiter weg als der Tausendschönsplittergraben, gab es jetzt einen nagelneuen Flakbunker, drei Meter Eisenbeton, absolut sicher. Den hatten Minnamartha und ein paar andere Frauen aus der Nachbarschaft sich ausgesucht. Minnamartha bepackte einen alten Kinderwagen, den sie im Keller gefunden hatte, mit Luftschutzgepäck: Eine Tasche mit Dokumenten, Kleidungsstücke, Notproviant, ein Reservekorsett. »Man weiß nie, was passiert«, sagte sie, und blieb damit ihrem Prinzip treu, das sie schon bei unseren Freßreisen in die Stadt veranlaßt hatte, sich von Kopf bis Fuß frisch anzukleiden: »Falls man einen Unfall hat.«
Der Bahnwärter blies seine Tute bei Voralarm, die Frauenkolonne, vier oder fünf Bunkerwillige, alle mit Kinder- oder Handwagen, setzte sich in Bewegung und raste über einen düsteren Waldweg dem Bunker zu. Manchmal kam öffentlicher Alarm, manchmal nicht. Großmutter und ich schliefen weiter, bis die Sirenen heulten. Dann gingen wir in unseren Keller, der in jenen frühen Angriffstagen ungeschützt und unausgebaut war, abgesehen von

einigen Sandsäcken, die Ede vor die Fenster gestapelt hatte, gegen Flaksplitter. Daß hier draußen Bomben fallen würden, glaubte zu diesem Zeitpunkt noch niemand. Die Stadt, das Zentrum, beharkten die Tommies, aber hier, wo die Häuser einzeln und frei standen, lohnte es sich doch nicht.

Wenn wir nach der Entwarnung vor den Keller traten, sahen wir nun über der Stadt fast immer einen rötlichen Schein. Brandbombenangriffe. Was die Sprengbomben anrichteten, sahen wir bei Tage: Zerstörte Häuser nun in allen Bezirken. Längst hielten sich die Glasermeister mit ihren Angeboten zurück, zersprungene Scheiben zu erneuern. Glas war knapp, und die Leute nagelten Pappendeckel vor ihre Fenster.

Othmar, Werner und ich sammelten immer noch Knochen, Buntmetall, alte Zeitungen. Die Einfamilienhäuser der anderen Siedlungsbewohner begannen innen dem unseren ähnlich zu werden. Wertvolle Möbel und Teppiche hatten die Leute in die Keller geschafft. Bei vielen waren die Vorhänge abgenommen wegen der Brandgefahr.

Fast jeder trug jetzt irgendeine Uniform.

Der Winter kam, Großmutter hortete die Goldrenetten in unserem Luftschutzbauwerk. Ede bestach einen Lokomotivführer, täglich aus dem planmäßigen Vierzehnuhrvier Kohle abzuwerfen, wenn er bei uns vorbeifuhr. Denn Kohle wurde knapp. Die Einfamilienhausbesitzer kauften sich Öfen und legten die Zentralheizung still. Aus Frankreich kamen Urlauber und brachten echten Bohnenkaffee mit. Die Gefreitengattinnen aus der Laubenkolonie trugen Füchse um die Schultern, aus Paris. Auf den Wäscheleinen flatterte schwarze Unterwäsche. Wenn man auch um einen eisernen Ofen hockte, und wenn man sich auch nachts in die Erde verkroch: man siegte. Nun würde der Führer sicher England angreifen. *Denn wir fah-ren, denn wir fah-ren, denn wir fah-ren ge-*

gen Engelland! sangen wir jetzt, wenn der Jungenzug Jomswikinger marschierte. »Na seht ihr«, sagte meine Mutter. »Es geht voran!« Auf dem freien Feld neben der Laubenkolonie grub sich eine Flakbatterie ein.
Tante Lizzi trug nun zu ihrer langen Zigarettenspitze Hosen im Marineschnitt, unten ganz weit. Ihrem Mann, dem Bomberpilot, hing ein höherer Orden aus dem Kragen für Verdienste bei der Luftschlacht um England. Sie zeigte uns ein Foto.

Im nächsten Jahr entschied sich der Führer anders. Abgesehen von Bombenangriffen auf London und U-Boot-Krieg ließ er England ungeschoren und entschloß sich, das russische Untermenschentum zu bekämpfen, das eine Bedrohung darstellte für die germanische Rasse. Unsere tapferen Soldaten marschierten wieder. Die Fanfaren dröhnten aus dem Radio. Sieg folgte auf Sieg. Auch wir ließen Engelland sein und sangen nun: *Am Wege rote Rosen blüh'n – wenn die MG-Kas nach Moskau zieh'n.* Ziethens Regiment war erfolgreich an der Kesselschlacht von Bialystok und Minsk beteiligt. Ede, nur Ede stellte Vergleiche an mit Napoleons Rußlandfeldzug. Aber er war allein auf weiter Flur mit seinen Unkenrufen.
Die deutschen Panzerspitzen näherten sich Moskau. Wir saßen in den Klassenzimmern bei offenen Fenstern, wiederholten, daß das Quadrat über der Hypothenuse gleich der Summe der beiden Kathetenquadrate ist.
»Der beiden Kathetenquadrate«, rief der Mathelehrer in den Raum. »Habt ihr das verstanden?«
»Jawohl«, riefen wir vormilitärisch.
»Gut«, sagte der Pauker, »vergeßt das nicht, wenn ihr Kartoffeln buddelt.«
»Kartoffeln?«
Der alte Pauker winkte ab. »In zehn Minuten antreten. Auf dem Schulhof. Dann werdet ihr hören.«
Die oberen Klassen versammelten sich im Hof. »Bis-

marckschule – stillgestanden!« rief der kriegsdienstunfähige Turnlehrer, seine verkrüppelte Hand zum Gruß ausstreckend. »Mann«, murmelte Rabumm, »die verarschen uns doch.«
Grau von Staub waren die Kastanienbäume am Rand des Platzes. Niemand sprengte hier mehr. Wir lauschten der Ansprache des Turnlehrers.
»Bismarckschule, es ist eine Ehre, daß wir die Aufgabe übernehmen dürfen, die Ernte einzubringen«, rief der Turnlehrer. Othmar, mit blonden Locken immer noch, schaute seine Hände an. »Au watte«, murmelte er. »Hiermit?«
»Bismarckschule – wegtreten!«
Minnamartha las in heller Aufregung den Merkzettel. »Was soll denn das? Du kannst doch zu Onkel Willi fahren!«
»Befehl ist Befehl!«
»Und hier steht, ihr sollt einen Affen mitbringen. Wozu denn einen Affen?«
Ich klärte Minnamartha auf, daß es sich um einen Tornister handelte, der *Affe* genannt wurde, weil er hinten mit Fell bezogen war, und daß ich einen kriegen könnte, von Leuten, deren Sohn Soldat war.
»Also gut«, seufzte Minnamartha. »Packen wir zusammen. Sechs Paar Strümpfe, da kann ich ja nur lachen. Soviel hast du gar nicht. Außerdem gehen auf dem Lande die Kinder barfuß. Das kannst du auch. Ist doch Sommer.«
Ich verdrückte mich. Großmutter erntete draußen im Garten Stachelbeeren. »Erntehilfe«, sagte sie. »Du kannst doch keinen Maiskolben von einer Zuckerrübe unterscheiden!«
»Vielleicht lerne ich es?«
»Du nicht. Du bestimmt nicht.«
»Vergiß nicht das Kochgeschirr«, sagte Ede. Er freute sich, daß ich aus der gefährdeten Stadt herauskam.

Die Lehrer, emsig um unser Wohl bemüht, stopften uns eines Morgens in französische Beutewaggons, die auf einem Abstellgleis standen, bei sengender Hitze, bis zum Mittag. Dann spannte sich eine altersschwache Güterzuglok davor und schleppte uns im Schneckentempo über zahllose Weichen aus der Stadt. In drei Tagen sollte uns der Sonderzug an die äußerste Ecke Deutschlands bringen, wo Weizenfelder und kaschubische Bauern auf uns warteten. Langsam dampften wir durch die Mark, die Landschaft, die einst Friedrich der Große kultiviert hatte, beziehungsweise seine Untertanen, die er in den Oderbruch abkommandierte. Sumpf und Sand. Auch heute, zweihundert Jahre später, wuchs hier nichts anderes als Roggen, Kartoffeln und Gras. Schwarzweiße Kühe weideten, Kühe mit den preußischen Farben.
Langsam fuhr der Zug weiter. Bar jeder Spur von Bartwuchs sangen wir: *Unrasiert und fern der Heimat – fern der Heimat unrasiert* ... und freuten uns. Wir rollten endlich zum Einsatz. Wie Soldaten. Wie jene Soldaten, die uns auf Güterzügen begegneten, siegreich aus Rußland kommend. Auf den Stationen reichten uns Rotkreuzschwestern Erbsensuppe und Kaffee. Lagermannschaftsführer Paul Gerhard Kleist, der uns begleitete, zupfte die Klampfe. Es war wie an den schönsten Tagen mit Jungenzugführer Kulle Rosenbusch im Birkenwäldchen.
Der Zug, unser Einsatzzug, hatte uns nur bis zur nächsten Kreisstadt gebracht. Dann waren wir in eine winzige rote Kleinbahn umgestiegen, die uns bis zur Endstation, ins Kaschubendorf in der Nähe des Meeres transportierte.
Am Bahnhof standen die kaschubischen Bauern. »Wo sind die Studenten?« fragten sie. »Seid ihr das?« Wir fühlten uns geschmeichelt. Später stellte sich aber heraus, daß man den Bauern für die Erntehilfe wirklich Studenten versprochen hatte. Statt dessen wurden nun hier

dreizehnjährige Stadtjungen ausgeladen, blaß, ohne Muskeln und dürr durch die mangelhafte Ernährung in der letzten Zeit. Je nach Temperament packte die Kaschubenbauern das Mitleid oder die Wut. Sie begleiteten uns zur Jugendherberge. Stumm sogen sie an ihren Pfeifen. Vor der Herbergsbaracke warteten sie kaum, daß wir unser Gepäck ablegten, und nahmen uns mit auf ihre Höfe.

Othmar und ich kamen zum selben Bauern. Er steckte uns, obwohl es schon dunkel wurde, auf den Heuboden und ließ uns das frisch eingestakte Heu festtreten. Wir hüpften umher wie Hunde in den Wasserpumprädern mittelalterlicher Bergwerke, während immer neues Heu vom Fuder durch die Dachluke zu uns hereinflog, um uns, dessen waren wir nach fünf Minuten sicher, lebendig zu begraben. Othmars blonde Locken glänzten schweißnaß im Schein der Stallaterne, die an einem Balken über uns hing. Er sprang, ein Floh im Braunhemd, auf und ab. Struchen Johann, der Bauer, mit hohen Backenknochen, wie sie jenem slawischen Volksstamm eigen sind, schaute ab und zu von draußen durch die Luke herein, lachte und fragte: »Na, leben die Herren Studenten noch?« Eine Zeitlang konnten wir diese Frage bejahen. Dann antworteten wir nicht mehr, weil wir dazu keinen Atem mehr hatten.

Wie durch ein Wunder war das Fuder plötzlich aufgestakt. Struchen Johann zog zwei triefende Bündel vom Heuboden.

Othmar und mich.

In der Küche lächelte uns die noch junge Bäuerin mit einem teueren Goldzahn an und gab uns Milch und Linsensuppe. Wir erholten uns.

Als wir wieder reden konnten, mußten wir von uns erzählen. Das fiel uns leicht. Denn alles, was wir bisher erlebt hatten, erschien uns als sanftes Schicksal gegenüber dem, was uns hier in den ersten Stunden auf dem Bauernhof widerfahren war. Böse waren sie nicht, unsere Kaschuben. Sie konnten es nur nicht begreifen, daß jemand fast umkippte, bloß weil man ihn zwei Stunden auf den Heuboden sperrte.

Neben Struchen Johann, dem Bauern, gab es auf dem Hof noch einen Bruder der Bäuerin, der nichts zu sagen hatte, sich um die Pferde kümmerte und einfach *Schwager* genannt wurde, dann eine alte Großmutter, die auch nichts zu sagen hatte und, im Gegensatz zum Schwager, auch nichts tat, sowie eine kugelrunde Ukrainerin, eine sogenannte Fremdarbeiterin, die kein Wort Deutsch konnte und sehr freundlich war.
Einen Tag später entdeckten wir, daß auch noch ein vollgefressener Säugling vorhanden war, der sich hauptsächlich damit beschäftigte, in Brei verrührt jene Butterrationen aufzuessen, die uns zugeteilt waren. Er wurde von der Bäuerin »unser kleiner Kronensohn« genannt, eine Bezeichnung, über die wir uns zuerst wunderten, bis Othmar herausfand, daß es sich um »bürgerlich Kronprinz« handeln mußte.
Nachdem wir abgefüttert waren, wankten Othmar und ich zur Jugendherberge zurück, wo sich inzwischen fast alle wieder eingefunden hatten. Vor der Tür stand geschniegelt und in Schaftstiefeln Lagermannschaftsführer Paul Gerhard Kleist und wollte uns zum Fahnenappell antreten lassen. Aber Werner Pethmann, Rabumm, sagte: »Mein Lieber, ab heute scheißen wir dir was!«
Damit war Paul Gerhard Kleist nicht einverstanden. Doch was blieb ihm übrig? Die nächste Parteibehörde lag Stunden entfernt, und außerdem durfte das Einbringen der Ernte nicht gefährdet werden. Wie fähig wir für diese Aufgabe waren, hatte jeder einzelne bei seinem Bauern beweisen dürfen. Aber das hatte Paul Gerhard Kleist nicht gesehen.
Am nächsten Morgen, als Othmar und ich zu Struchen

Johann kamen, sahen wir, daß in der Küche, im Fußboden, eine Klappe offenstand. Aber wir dachten uns noch nichts dabei und aßen unsere Brote mit ungesüßter Heidelbeermarmelade. Sie war ungesüßt, weil Kronensohn auch den Zucker fraß, um schnell zu wachsen. Dann bedeutete uns die Bäuerin, daß wir uns in das dunkle Loch zu begeben hätten, das unter der geöffneten Klappe klaffte. Es stellte sich heraus, daß sich dort ein Kartoffelkeller befand, gefüllt mit teils noch genießbaren, teils arg verfaulten Vorjahrskartoffeln. Die genießbaren waren mit mehreren Zentimeter langen Keimen versehen. Unsere Aufgabe war es, diese Kartoffeln von den Keimen zu befreien.

Wir hockten uns in dem fast lichtlosen Keller auf die Knie und begannen mit unserer Arbeit. Othmar erfand wilde Beschwörungsformeln gegen den Erfinder der Kartoffel. Er sah uns die nächsten acht Wochen in diesem Keller. Unsere Eltern würden erstaunt sein über die Blässe, die wir vom Land heimbrachten.

Wir arbeiteten aber zu langsam. Nach drei Tagen wurden wir aus der Kasematte befreit und durften mit dem Schwager ins Heu. Da mußten wir weit laufen, in Richtung Meer, und wir waren ganz alleine mit dem Schwager, ohne Struchen Johann und ohne die lächelnde Bäuerin, Mutter von Kronensohn, dem Vielfraß.

Mit dem Schwager ging es gemächlich. Er hielt beim Mähen alle paar Meter an und schnupfte aus einer silbernen Dose Tabak. Dazu häufte er ein Kegelchen des hellbraunen Pulvers auf die nach oben gedrehte Handkante, zwischen Daumen- und Zeigefingerwurzel, führte dieses Häufchen vorsichtig zur Nase und sog es erst in das eine Nasenloch, dann in das andere. Danach gab es einen befreienden Nieser oder sogar mehrere, und dann steckte der Schwager die silberne Dose wieder in die Westentasche und mähte weiter. Wir arbeiteten mit dem Rechen hinter ihm her.

Nach einer Weile sah Schwager auf seine Taschenuhr, warf die Sense hin und sagte: »Nu is Pause.« Wir fielen in frisch gemähte Heuhaufen und schliefen eine halbe Stunde oder manchmal auch eine Stunde.
Allmählich erfuhren wir von Schwager, wo die Butter blieb und noch einiges andere. »De Bur is nich schlecht«, meinte Schwager, wenn er von Struchen Johann sprach. »Aber de Ollsch. Die sitzt mit dem Moas up de Butter!«
Das nahmen wir nicht wörtlich, aber im Grunde hatte Schwager recht: sie saß auf der Butter, auf dem Zucker, auf der Wurst und auf dem Schinken. Nach meinen so gegenteiligen Erfahrungen bei Onkel Willi im Jahr davor konnte ich es nicht begreifen.
Ungesüßte Heidelbeermarmelade macht einen sauren Magen. Aber sauer macht nicht immer lustig.
Schön war es abends in der Jugendherberge. Wir konnten miteinander reden und waren nicht mehr den Bauern ausgeliefert. Den andern erging es ähnlich wie Othmar und mir. Es schien zum Beispiel im Ort überraschend große Vorräte an Vorjahrskartoffeln zu geben.
Paul Gerhard Kleist baute sich manchmal vor uns auf und befahl: »Achtung! Schrankappell!« Aber wir waren zu müde, um es ihm auch nur übelzunehmen. Werner Pethmann rülpste und sagte: Faß dir an'n Parteihut.«
Das war Paul Gerhard Kleist wieder nicht recht. »Ich mache Meldung«, schrie er und rannte aus dem Schlafsaal.
»Wir müssen ihn noch ein bißchen tupfen«, sagte Werner Pethmann. »Ist jemand Bettnässer?«
Niemand meldete sich. Othmar sagte: »Ich weiß es doch, der Klaus!«
Klaus wurde rot. Er war in Mathematik gut, sonst wußte eigentlich niemand etwas von ihm. »Das – das stimmt nicht«, sagte er leise.
»Is wurscht, wir probieren es mal«, sagte Werner. »Du ziehst in das Bett über dem Lamafü.« Das war Paul Gerhard Kleist, der Lagermannschaftsführer. Klaus fügte

sich, denn Werner konnte grob werden, das wußten wir alle.
In der Nacht wachten wir auf, weil sich im Halbdunkel ein Geisterballett zwischen den Betten bewegte. Rabumms Idee hatte vollen Erfolg gehabt. Klaus und der Lamafü tanzten umher und trockneten ihre Bettücher, Klaus sein Laken, Paul den Bezug von seinen Decken.
Werner liebte Erfindungen über alles. Der Lamafü hatte natürlich darauf bestanden, daß Klaus wieder ein unteres Bett bezog. Außerdem mußte er unter Aufsicht von Paul G. Kleist jede Nacht ein paarmal geweckt werden.
Bald hatte Werner seinen Plan parat. Nachdem Klaus gegen Morgen zum letzten Mal geweckt worden war, schlich Werner hinaus, unter dem Arm einen langen Röhrenstiefel von Paul G. Kleist und eine Aluminiumwaschschüssel. An eine Seite der Herberge grenzte ein Bauernhof. Ein Bauernhof hat einen Misthaufen. Und um einen Misthaufen herum gibt es Jauche. Schöne dunkelbraune stinkende Jauche. Werner füllte Paul G. Kleists Röhrenstiefel mit dem braunen Saft. Die Waschschüssel versenkte er, dann trug er vorsichtig den Stiefel durch die Nacht zurück und stellte ihn wieder neben den anderen, vor Lamafüs Bett.
Der Morgen kam. »Es stinkt hier ja so«, sagte jeder, der aufwachte. »Es stinkt hier ja so«, sagte auch Paul G. Kleist, Lagermannschaftsführer, als er aus dem Bett stieg. Als er in die Stiefel fuhr, stank es noch mehr. Dem Prinzip des Archimedes folgend, verdrängte sein Fuß die Jauche. Sie spritzte heraus und ihm ins Gesicht.
Triefend und auf einem Bein stand der Lamafü vor uns, einen höllischen Duft verbreitend. »Wer war das?« fragte er und schaute uns an.
»Icke«, sagte Werner Pethmann ruhig.
Von da an war der Lamafü ein liebenswürdiger Mensch. Er verzichtete auf Appelle, schrubbte den Schlafsaal, während wir bei den Bauern waren, und zog mit uns zum

Schwimmen, ans Meer, das uns ganz alleine gehörte. Denn Kaschuben halten nichts vom Meer.
Nie war Rabumm arm an neuen und unterhaltenden Ideen. Sein nächster Anschlag galt Wulle Schnief, einem blonden Jüngling, der stilecht in Holzpantinen einherging.
»Weißte, wo Wulle Schnief immer abends steckt?« fragte Rabumm.
»Keine Ahnung.«
»Wulle hat 'ne Braut. Der zischt hinter so 'ner Maus her. Ich habe sie gesehen, neulich, unten am Fluß. Die Maus ist ganz dick, rosig. Wie 'ne Muttersau. Wulle knutschte mit der. Sie treffen sich jeden Abend, du, die Maus rollt die Augen, wenn der mit seinen Pantinen anklappert. 'n Schnupfen wird er sich holen. Paß mal auf, heute abend, der kommt ganz spät. Wenn's Licht schon aus ist.«
»Ich dachte, Wulle arbeitet so lange?«
»Hier, Mensch.« Rabumm deutete sich an die Stirn. »Der spitzt seinen Bleistift, das schwöre ich dir. Aber ich hab' schon eine Idee.«
»Warum denn? Hast du was dagegen, wenn Wulle mit der Maus rumknutscht?«
»Ach, wo. Nur so. Zum Spaß. Sammel mal alle Waschschüsseln ein.«
»Willst du wieder Jauche schöpfen?«
»Ganz was anderes!«
An diesem Abend, als der Lamafü das Licht ausgedreht hatte, stand Rabumm wieder auf, arbeitete geräuschlos in der Dunkelheit und konstruierte *Rabumms Lärmmaschine.* Neben der Tür baute Rabumm aus Waschschüsseln und Schemeln einen Turm, verband die wackelige Konstruktion mittels einer Schnur mit der Türklinke. Ich half ihm. »Was soll das?« flüsterte ich.
»Wirst schon sehen. Auftritt Wulle in zwanzig Minuten.«
Die Zeit stimmte, als wenn Minnamartha ihre Eieruhr

gestellt hätte: Genau zwanzig Minuten später schlich sich Wulle in die Herberge. Die Lärmmaschine brach mit Getöse zusammen, alle wurden wach, der Lamafü machte Licht an, und Wulle bekam was zu hören. Rabumm lachte, daß ihm die Tränen kamen. Wulle war beleidigt. »Arschlöcher«, sagte er. »Bloß weil euch der Schwanz noch nicht steht.«

Rabumm brillierte auch als Widerkäuer. Er konnte lange nach dem Essen gebratene Schinkenstückchen durch einen Rülpser wieder aus dem Magen nach oben befördern, um genüßlich daran herumzukauen. »Gibt dein Bauer dir Schinken zu fressen?« fragte ich erstaunt. Rabumm grinste. »Die Bäuerin ...«

Sonntags hatten wir frei. Manchmal gingen wir ans Meer. Danach besuchten wir das Dorf-Café und aßen gelbes Kriegs-Ersatz-Speiseeis mit Süßstoff. Das Kaffeehaus lag im Oberdorf, am Fuß eines Berges mit Aussichtsturm, Revekol genannt. Zur Jugendherberge ging es über einen grünen Fluß, die Herberge lag im Unterdorf. Auf der Brücke sagten wir: »Rabumm, spuck mal gelb!« Rabumm beugte sich übers Geländer, rülpste, und spuckte einen knallgelben Kunsteisfladen in das grüne Wasser. »Aaaahh ...«, riefen wir. – – –

Wulle Schnief arbeitete beim Verwalter des dörflichen Backofens, der hinter unserer Herberge stand. Jeden Donnerstag wurde der Ofen mit Reisig geheizt. Dann brachten die Bäuerinnen die blassen, in karierte Handtücher gewickelten Teiglaibe und backten Brot für die Woche. Weil Wulle Schniefs Chef dauernd zwischen dem heißen Backofen und seinem Hof hin und her rannte, hatte er sich einen chronischen Schnupfen zugezogen. Wulle behauptete, daß dem Bauern beim Mittagessen alle drei Sekunden ein Tropfen von der Nase in die Suppe fiele. Wir glaubten es nicht. So kam es, daß der Bauer in der nächsten Zeit mittags ziemlich viel Besuch bekam. Jeden Tag saßen ein paar von uns herum und schauten zu, wie die Tropfen wirklich in regelmäßigen Intervallen in die Suppe kleckerten. Wulle verdarb das den Appetit nicht.

Eines Nachts wachten wir auf, weil draußen jemand ein Feuerhorn blies. Das Backhaus hinter unserer Herberge brannte.

»Los, löschen!« schrie Werner, der nun schon gar nicht mehr abwartete, was etwa der Lamafü befehlen würde. Wir zogen im Gänsemarsch zum brennenden Backhaus. Werner Pethmann sang: *Das ganze Scheißhaus steht in Flammen – der nackte Arsch ist in Gefahr. Da komm'n die Männer mit den Schläuchen – hurra! Die Feuerwehr ist da!*

Die Dorfbewohner stürzten herbei, die meisten rangen die Hände, aber Struchen Johann und Wulles Schweinchenfreundin standen in der Eimerkette, die wir bildeten. Rabumm hockte oben auf dem Strohdach, aus dem Flammen schossen, und kübelte ins Feuer, was wir ihm hinaufreichten, das Werk mit kernigen Sprüchen begleitend wie: »Einen Eimer für den Führer – einen für den Reichsmarschall.« Dann sah Rabumm Struchen Johann unter sich stehen. Ihm fielen meine Kronensohngeschichten ein, und flugs leerte Rabumm, wahrer Freund, einen Eimer über meinen Arbeitgeber.

»Oll'n Döskopp«, rief Struchen Johann wütend, aber Rabumm schwang schon den nächsten Eimer, rief: »Ruhe im Puff! Hier wird gelöscht!« und Struchen Johann mußte ihm den Wasserbehälter hinaufreichen. Alle wurden abgelenkt, weil Wulles Schweinchenfreundin sich beim schwungvollen Eimerreichen in eine Schubkarre mit Mist setzte. Rabumm sah's und rief: »Wulle, polier ihr den Arsch. Sie sitzt im Mist!« Wulle scherte tatsächlich aus der Kette aus und putzte seiner Freundin mit einem reinlichen städtischen Taschentuch die Hinterpartie ab.

Die Flammen erstickten, das dörfliche Backhaus war gerettet. Oben stand Rabumm, in Dampfwolken gehüllt, neben ihm der Backhausverwalter, dessen Nase nun ausgetrocknet war. Werner stocherte im verbrannten Stroh, kippte noch hier und da einen Eimer Wasser in die schwelenden Lagen, hatte aber Zeit, die zweite Strophe seines Liedes zum Himmel zu singen: *Das ganze Scheißhaus ist gerettet ...*

Die Leute aus dem Dorf dankten uns. Nur Struchen Johann brummte Plattdeutsches und schwenkte sein nasses Hemd.

»Kann doch vorkommen. Entschuldigung«, sagte Rabumm. »Düwel ock, ick war di ...«, murmelte Struchen Johann und kehrte heim zu Goldzahnweib und Kronensohn.

Während das Auge des Führers sicherlich auf unserer nützlichen Arbeit ruhte, zogen wir wieder in die Felder, Othmar und ich, im Gänsemarsch hinter Struchen Johann und Schwager. Wir befreiten die Rübenfelder von Unkraut, wir rechten das Heu von den Moorwiesen, wir lauerten den Wildschweinen auf, die am Waldrand die Kartoffeln auf den Feldern ausgruben. Auf dem Bauernhof gab es immer wieder die Brote mit Heidelbeermarmelade.

Nur sonntags war es anders. Da fuhren Bauer und Bäuerin mit dem Leiterwagen zu Verwandten. Schwager holte uns in seine Kammer neben dem Kornboden. Unter dem Bett hatte er einen Margarinekarton stehen, Rama im Blauband. Darin bewahrte er ein anknöpfbares Vorhemd auf, an dem der Schlips fertig angenagelt war. Das knöpfte er vor, bediente sich aus der Schnupftabaksdose, machte ein paar Nieser und begann den Feiertag.

Noch etwas anderes enthielt der Margarinekarton. Schwager gefielen die Heidelbeermarmeladenstullen genausowenig wie uns. Deshalb hatte er sich in günstigen Augenblicken einen Geheimvorrat von Schinken und

Wurst angelegt. Sonntags schnitt er für sich und für uns über den Daumen schöne Scheiben herunter. Wir saßen auf seinem Bett und kauten und ernährten uns im voraus für die kommende karge Woche.
Es war schön an den Sonntagen in Schwagers Kämmerchen. Wir probierten auch das Tabakschnupfen. Aber das ging schlecht. Schwager lachte. Abends schmiß er sein Vorhemd mit Schlips wieder in den durchgefetteten Karton, und Sonntagsstaat und Würste verschwanden unter dem Bett. Der Leiterwagen rasselte auf dem Hofpflaster. Bauer, Bäuerin und der wabblige riesige Kronensohn kehrten vom Verwandtenbesuch zurück. Es gab Pellkartoffeln und weißen Käse. Wir aßen auch das noch auf, um keinen Verdacht zu erregen.
Die kaschubische Großmutter schaukelte den Kronensohn in der Sonne und überwachte die junge Ukrainerin, die Mädchen für alles war.
Auch diese zwei hielten ihre Sonntagsfreßorgien, wenn die Bäuerin nicht da war. Sie backten Kuchen, kochten sich eine riesige Kanne aufgebesserten Muckefuck und saßen damit vor der Küche. Ab und zu stand die Großmutter auf, machte einige Schritte und ging leicht in die Kniebeuge. Unter ihren knöchellangen Röcken kam nach ein paar Sekunden in den Ritzen zwischen den runden Steinen, mit denen der Hof gepflastert war, ein schmales Rinnsal hervor. Die alte Frau konnte das Wasser nicht mehr halten. Längst hatte sie es deshalb aufgegeben, unter ihren langen Röcken Hosen zu tragen. Schnell versikkerte die Feuchtigkeit zwischen den Steinen.

Wenn wir an den Sonntagen, nach langem Fußmarsch, durch den knöcheltiefen Sand gewatet waren, der von den Wanderdünen zwischen die Kuscheln wehte, lag das Meer plötzlich vor uns. Am Ende des Strandes stand ein roter Leuchtturm, der nachts die Schiffe vor den drei Sandbänken warnen sollte, die hier der Küste vorgelagert waren. Die Sandbänke schimmerten gelb durch das grüne Wasser. Wir zogen uns aus. Zwanzig helle Hinterteile blitzten unter braungebrannten Rücken. Niemand sah uns. Der Leuchtturm war weit entfernt. Hinter uns auf der Düne lag der Schuppen mit dem Rettungsboot, links, ein paar hundert Meter weiter, steckte das Wrack eines gestrandeten Schiffes mit rostigen Spanten im gelben Sand. Wulle schwamm weit hinaus, bis hinter die dritte Sandbank, in deren Nähe schon die kleineren Küstenschiffe vorbeizogen. Hier erlebte er den Höhepunkt seiner fäkalischen Lust. Er kackte ins Meer. Braunes schwamm weit draußen an der Oberfläche, während Kulle sich erleichtert mit langen Kraulschlägen wieder zur Sandbank drei zurückschlängelte.

Eines Morgens sagte Schwager zu Othmar und mir: »Habt ihr gesehen, wie der Roggen steht?« Das war eine müßige Frage. Wir hatten keine Ahnung, wie der Roggen stehen mußte. Schwager schulterte die Sense, und wir gingen hinaus zu Schlag neun, am Waldrand, um anzumähen. Morgen sollte der Mähbinder aus dem Nachbardorf kommen.

Der erste Erntetag im Roggen war immer ein Fest. Struchen Johann und Schwager zogen deshalb am nächsten Morgen weiße Leinenhosen und weiße Hemden an. Die Ukrainerin band sich Blumen ins Haar. Auf dem Feld wartete schon der Mähbinder, ein silbernes Ungetüm, das sich rasselnd in den Roggen fraß. Er spuckte die fertigen Garben auf die Stoppeln, und wir stellten sie zusammen. Gegen Mittag kam die Bäuerin. In großen blanken Milchkannen brachte sie Kartoffelsuppe. Alle löffelten. Dann ging die Arbeit weiter, im gleichen Rhythmus, bis zum Abend. Da fielen die letzten Halme. Die Pferde standen schwitzend still. Ihr schwarzes Fell glänzte. Die Schweife peitschten. Der Schlag war leer. Wir fuhren auf den Wagen nach Hause.

So ging es jetzt mehrere Wochen hindurch. Manchmal

mußten wir auch sonntags aufs Feld. Jeden Mittag kamen die Suppenkannen. Schwager mähte die Felder an. Othmar und ich stellten die Garben auf. Wir sahen keinen Sommerhimmel mehr, keinen Baum, nur die Halme und die Garben vor uns, nach denen wir uns bückten. Unsere Hemden zerrissen von der Berührung mit Stroh, Grannen und Disteln. Über den Knien platzten die morschen Hosen. Unsere Haare bleichten, bis sie so hell waren wie Schwagers Schnupftabak, den wir in spitzen Tüten aus Struchen Mariechens Kolonialwarenladen holten.
Bei Struchen Mariechen konnte man vom Schnürsenkel bis zum eisernen Ofen alles kaufen. Schwager nannte das Geschäft die »Konnealhandlung«. In braunen Tüten war Glaubersalz, das die Pferde ins Futter gemengt bekamen, wenn sie an Verstopfung litten. In der Ecke lehnten scharf geschliffene Torfspaten. Zaumzeug hing von der Decke. Neben dem Blechfaß mit Petroleum waren Fässer mit Sauerkohl und mit Bismarckheringen gestapelt. Struchen Mariechen verkaufte Lampendochte, Waschpulver, Einheitsseife, Backpulver und Romadur und Stolper Jungchen. Jede Ware roch eigentümlich, und das Ganze produzierte eine eigentümliche Duftmischung. Auch Struchen Mariechen, man merkte es, wenn man ihr nahe kam, roch wie ihr Laden.
Mariechens Leidenschaft waren die Katzenzungen aus süßer Schokolade und Kognakkirschen. Wenn sie ein Viertel gemischtes Konfekt einwog, sparte sie die Kognakkirschen möglichst aus. Eines Tages kaufte ein kleines Mädchen von nebenan bei ihr Konfekt. Als es sah, wie Struchen Mariechen ein paar Kognakkirschen wieder heraussammelte, die aus Versehen in die Tüte gekommen waren, sagte das Mädchen: »Ach, bitte nicht die Kognakkirschen. Die esse ich so gerne.« Da gab sich sogar Struchen Mariechen geschlagen.
Wir aber kauften nur Schnupftabak und Glaubersalz.

Der Betreuungslehrer, Assessor Gockel, reiste mit der roten Kleinbahn von der Kreisstadt her an. Er wollte Latein und Geschichte geben. Paule Kleist hatte für ihn einen separaten Raum in der Herberge ausgeräumt, wo Gockel die untere Etage eines doppelstöckigen eisernen Feldbettes bezog. Das kleine bebrillte Männchen hatte bald heraus, daß wir von Cäsars gallischem Krieg zu Themen herabgestiegen waren, die er als Altsprachler bei der künftigen geistigen Elite der Nation nicht vermutet hätte. Er machte deshalb Versuche, uns Stunden zu geben, sprach sogar mit den Bauern, die uns die dafür notwendige Zeit einräumen sollten.
»Wat, Latein?« sagten die aber. »Und wer macht die Rüben raus?«
Deshalb befahl uns Assessor Gockel in den Abendstunden, ihm vorzuübersetzen, wie Cäsar ein mit Wall und Graben umgebenes festes Lager bezog, bevor er sich erneut auf seinen gallischen Widersacher Vercingetorix stürzte. Aber wir schliefen dabei ein, und Wulle bekam, wie er sagte, Verstopfung. Da packte Assessor Gockel sein Lateinbuch in den Koffer, der auf dem oberen Bettrand stand, und ließ sich von Werner Pethmann einen Haselnußstecken schnitzen. Damit marschierte er über die Felder, um möglichst viel über das Wesen der kaschubischen Landschaft zu erfahren.
Wir waren beim Garben aufstaken, als Assessor Gockel auch zu uns kam. Er lehnte sich auf seinen Haselnußstock und sagte: »Ach, Sie ernten wohl gerade Korn?«
Struchen Johann, der oben auf der Fuhre stand, war so erstaunt über diesen Ausspruch, daß ihm die brennende Pfeife aus dem Mund fiel, mitten zwischen die schon aufgeladenen Garben. Er rettete sie, schaute von oben auf den Assessor, dessen Brillengläser ihn anblinkten, und sagte: »Jau!«
Mehr als nee oder jau sagten die Leute hier selten. Das war aber Gockel zu wenig. Deshalb fragte er weiter:

»Und dann fahren Sie wohl das in die Scheune?«
Struchen Johann zwinkerte mit den Augen und sagte wieder: »Jau!«
»Ach und dann dreschen Sie es im Winter?«
»Jau!«
»Und das Korn wird gemahlen? Zu Mehl?«
»Jau!«
»Na ja«, sagte Assessor Gockel. »Das habe ich mir gleich gedacht.« Und damit sprang er über die Stoppeln davon. Struchen Johann schaute ihm nach. Er schüttelte den Kopf. »Und dee kann Lateinisch snacken«, sagte er.

Othmar paßte unser Leben auf dem Land überhaupt nicht, und er war oft deprimiert. Er beschloß, krank zu werden. Auf dem Tauschwege besorgte er sich ein Stück Friedensseife und aß es auf. Ihm wurde sehr schlecht. Die ganze Nacht hindurch wachte Assessor Gockel an seinem Bett im Krankenzimmer der Herberge und stellte hohes Fieber fest. Am Morgen aber war Othmar wieder gesund. Und weil es soviel eßbare Seife nicht gab, konnte er auch keinen neuen Versuch machen. Er blieb noch ein paar Tage im Bett. Dann tauchte er wieder bei Struchen Johann auf, schulterte die Hacke und zog hinter Schwager und mir in die Rüben. »Warst wohl krank?« sagte Schwager. »Du mußt Tabak schnupfen. Das tötet alle Keime.«
Hinten übers Feld sprang Assessor Gockel heran. Er wollte aber nur wissen, ob es Othmar wieder richtig gut ging. »Habe ich mir gleich gedacht«, sagte er befriedigt und hüpfte davon.
»Er hat gar nicht gefragt, wann wir die Rübenblätter ausdreschen«, sagte Schwager.

Die hohe Ehre, daß wir beim Einbringen des vaterländischen Roggens helfen durften, täuschte auf die Dauer nicht darüber hinweg, daß wir ein eintöniges Leben führten, ausgenommen die Nacht, als der Backofen brannte. So waren wir froh, als eines Samstags eine Schar städtischer BDM-Mädchen angereist kam, um im Schlafsaal zwei der Jugendherberge zu übernachten. Sie kamen auf der Dorfstraße anmarschiert, in weißen Blusen, die sich über Brüsten spannten. Vorneweg ging ein Mädchen mit einem blauen Wimpel. Wir legten schnell unsere Uniformen an und hißten die Fahnen. Wulle war traurig wegen seines verschrumpelten Schulterriemens. Er als Fachmann für den Umgang mit Mädchen dachte, daß dieser Schönheitsfehler seine Chancen beeinträchtigen könne. »Was willst du«, sagte Werner. »Du hast doch dein Dorfkalb.« Doch diese Stadtkälber waren schöner, nicht alle, aber einige. Auch Lagermannschaftsführer P. G. Kleist litt. Sein Stiefel hatte seit der Jauchekur nie wieder die richtige Fasson angenommen.

Stets Auge in Auge mit den auf fetten Wiesen gedeihenden Rindern hatten wir das Gefühl, zu Männern herangereift zu sein. Deshalb empfingen wir auch die Mädchen rauh und herzlich. Sie verstanden das alles gar nicht und sagten immerzu Heil Hitler! Sie waren schließlich nur ein paar Kilometer mit der Kleinbahn von der Kreisstadt hierhergefahren. Paul Kleist nahm Kontakt mit der Führerin der Gruppe auf, die kastanienbraunes Haar hatte und wunderschön aussah. Er wollte, daß die Mädchen für uns Kuchen backen sollten.

Trotz seiner durch den Jauchestiefel verursachten Unsicherheit überzeugte er die Führerin. Wulle bat seinen Bauern, den Dorfbackofen zu heizen, obwohl Samstag war. Wir organisierten bei unseren Bauern Mehl und was sonst nötig war. Zu dieser Gelegenheit stiftete Kronensohn sogar hundert Gramm von der Butter, die ihm nicht gehörte. Die Mädchen in den weißen Blusen rührten Teig, und wir schauten zu, wie ihre Arme sich bewegten. »Schaut nur, die vielen Brüste!« flüsterte Wulle voll Hochachtung. Zusammen mit einem Mädchen, das

blonde lange Zöpfe hatte, trug er eilfertig die Kuchenbleche mit Teig in das nahe Backhaus.
Wir aßen Streuselkuchen. Die Führerin mit dem braunen Haar hatte schöne Augen. Lamafü Paul griff zur Klampfe. Werner Pethmann wollte das Lied vom brennenden Scheißhaus singen. Aber er begnügte sich mit *Ein Soldat saß in der Schenke,* was auch schlimm genug war. Erst bei *Herr Pastor sien Kau, jau, jau* lebten die Mädchen auf. Aber schon um neun sagte die Führerin: »Heil Hitler!«
Wir schliefen unruhig diese Nacht.
Am nächsten Morgen führten wir die Mädchen zum Meer, aber niemand hatte daran gedacht, eine Badehose mitzunehmen. So spielten wir Drittenabschlagen am Strand. Das war enttäuschend. Wir waren froh, als mittags die Gruppe abmarschierte.

Die Heimat lag im Kampfe, während wir die Ernährung sicherstellten. »Es sind schon wieder Bomben hier in der Gegend gefallen«, schrieb meine Mutter. »Ziehst du dich auch immer warm an? Herr Reh sollte verhaftet werden, ist aber wieder zurück. Wir haben die letzten Innenfenster ausgehängt. Oma hat wieder einen Zahn verloren. Ich sage ihr doch immer, sie soll nicht die Kirschkerne zerbeißen. Morgen schicke ich ein Paket mit frischer Wäsche. Auch Schokolade habe ich eingelegt, es gab welche auf Zuckerkarte. Laß sie dir gut schmecken.«
In der Zeitung stand wenig über Luftangriffe. Aber aus den Briefen erfuhren wir, daß es schlimm wurde in der großen Stadt. Mehrere Klassen der Bismarckschule wurden kinderlandverschickt, in den Warthegau und nach Österreich. In Rußland war es nicht ganz so gutgegangen wie im letzten Jahr. Manchmal wurde die Front begradigt. Die NSV sammelte Wollsocken und Skier für den kommenden Winter.
Nur Rommel machte noch Sondermeldungen. Seine Panzer rollten durch Nordafrika, in Richtung Kairo.

Wir fuhren weiter Mist auf die Felder der Kaschuben, ernteten Kartoffeln und schließlich Rüben. Kronensohn war größer geworden. Struchen Johann und die anderen Bauern hatten sich daran gewöhnt, daß sie statt ausgewachsener Studenten nur magere Schüler einsetzen konnten. Sie ernährten uns weiter mit ungesüßter Heidelbeermarmelade und ließen uns hinter der Egge hertraben, die liegengebliebenen Kartoffeln aufzuklauben.

Acht Frauen krochen nebeneinander übers Feld, die Reihen entlang auf Knien. Unter ihren Röcken kamen die herausgegrabenen weißfleischigen Robusta hervor. Wir klaubten sie in Körbe. Schwager leerte die Körbe in Säcke. Struchen Johann kam mit dem Fuhrwerk und lud die Säcke auf. Im nächsten Jahr würde Marke Robusta anderen Schülern oder Studenten durch ihre Keimfreudigkeit Sorgen bereiten.

Es war schon weit im November, die deutsche Sechste Armee begann sich in Stalingrad festzubeißen, als Paul Gerhard Kleist die Tür der Jugendherberge zuschloß und den Schlüssel beim Herbergsvater abgab. Der Abschied von den Bauern war nicht sehr herzlich. Wir marschierten zum Bahnhof und fuhren zurück in die große Stadt. Zwei Tage später waren wir zu Hause. »Meinjeh, ist der Lümmel jewachsen«, sagte Großmutter.

Ede bewachte immer noch sein aufgeschnittenes Haflinger-Modell in dem nie benutzten Pferdelazarett. Es gab jetzt jede Nacht Fliegeralarm. Großmutter, die zunehmend schwerhörig wurde, vernahm kaum den Lärm der Abschüsse der nahen Flakbatterie. Nur wenn in der Nähe eine Luftmine mit lautem Krach explodierte, sagte sie: »Ich glaube, unsere Flak schießt wieder.« Meine Mutter sagte: »Hoffentlich bleibt das Eingemachte heil.«

Die Bismarckschule war leer, kein Unterricht fand mehr statt. Unsere Klasse wurde zur Luftschutzwache eingeteilt. Zu dritt hausten wir abwechselnd auf Pritschen in einem dunklen Klassenzimmer. Nachts bei Alarm, wenn wir in den Angriffspausen durch die Räume gingen, sah die Bismarckschule ganz anders aus als früher, an den Vormittagen, wenn Hunderte von Schülern Klassenzimmer und Flure füllten.

In dem nun nicht mehr benutzten Raum, in dem unsere Feldbetten standen, starrten uns drei Reihen schwarzer Pulte an. Vor kurzem waren die Schülerschnitzereien in den Tischplatten mit Kitt ausgefüllt und die Flächen neu lackiert worden. Nur wenig Zeit hatten die Schüler dieser Klasse, 6 b, noch gehabt, um an den noch weichen Kittstellen den Lack hereinzudrücken. Er bildete erst Dellen, dann brach er. Für neue Schnitzereien, Initialen, Herzen, Schachbretter, geometrische Figuren und obszöne Darstellungen war der Lack noch zu abschreckend neu gewesen.

In den Schulkorridoren hallten unsere Schritte bei den nächtlichen Kontrollgängen. Endlos lief an den Wänden die Galerie der leeren Kleiderhaken. Im ersten Stock lag die Aula. Sie war jetzt ungeheizt. Kalte abgestandene Luft schlug uns entgegen, wenn wir einen Flügel der schweren kassettierten Tür öffneten. Der Schein unserer Taschenlampen lief über die nur gemalten klassizistischen Stukkaturen an Wänden und Decke, über die Gemälde früherer Direktoren und natürlich über das Porträt Bismarcks. Auf dem Podest verstaubte der Flügel, der aus dem benachbarten Musikzimmer durch die Bühnenöffnung hier herübergerollt worden war, flankiert von zwei Lorbeerbäumen, die schon dort gestanden hatten, als man Großmutter in diesem Saal das Mutterkreuz in Bronze überreicht hatte. Den Orden, mit dem sie doch so wenig anzufangen wußte und der nur zwischen anderem Gerümpel bei uns zu Hause Grünspan ansetzte. Vor der Aula befand sich die Gedenktafel mit den Namen der im ersten Weltkrieg gefallenen Mitglieder unserer Anstalt,

unten begrenzt von einem steinernen Relief eines sterbenden Kriegers, das uns seit je durch seine naturalistische Darstellung Abscheu eingeflößt hatte, denn der Kopf des gestürzten Soldaten, von einem verrutschten Stahlhelm bedeckt, war nach hinten abgeknickt, als sei das Genick gebrochen. Der Adamsapfel stach heraus wie eine Speerspitze. Auf den Stufen vor diesem Bild und der Gedenktafel lag ein frischer Kranz. Denn trotz der schweren Zeit hatte auch diesmal die Schulleitung, einer langen Tradition folgend, am Heldengedenktag einen Kranz niedergelegt, vorerst für die damals Gefallenen. Die neuen, aus diesem Krieg, hatten noch keine Berücksichtigung gefunden. Am Treppenhaus, neben dem Gang zum Musiksaal, lag die Toilette, Ablageort für Spickzettel und Kabinett für heimliche Raucher, jedoch als Raum prächtig mit rotweißen Schachbrett-Fliesen und Porzellanschüsseln an den Wänden, deren Höhlungen weiße Anti-Geruchskügelchen bargen. Sie wurden sonst ständig von Wasser berieselt. Jetzt, in den Alarmnächten, war es totenstill hier. Die Wasserversorgung war abgedreht. Das einzige Geräusch in dem riesigen leeren Gebäude kam aus dem Biologiesaal. Dort versorgte eine Frischwasserpumpe das mit Schleierschwänzen und Black Mollies besetzte Lehraquarium, Ebenbild jenes, das Rabumm einst ausgesoffen hatte. Weiße Bläschen strömten vom Grund des Beckens zur Wasseroberfläche. Die amphitheatralisch ansteigenden Bankreihen wirkten im Halbdunkel wie Festungswälle.
Letzte Station des Kontrollganges war die Turnhalle, in der es nach Schweiß, Leder und schlechtem schwarzem Wachs roch, wie es die sparsamen Schulverwaltungen auch jetzt noch verwenden, ohne daran zu denken, daß sie über den Weg der Geruchsorgane Tausenden von Jungen und Mädchen die Freude an der Schule verderben. Wir kehrten zurück in das Klassenzimmer und erwarteten den Morgen.

Bald wurden wir zu größeren Einsätzen kommandiert. Eines Tages erklärte uns ein Stammführer angesichts der durch Bomben zur Teilruine verwandelten Bann-Geschäftsstelle, daß wir nun vom Jungvolk in die HJ übernommen seien. Als Mitglieder der Jugend des Führers hätten wir unseren Mann zu stehen. Albert Kutschke, in Goldfasan-Galauniform, kam am nächsten Tag zu uns, nahm dankend einen Kirschlikör an und sagte zu mir:
»Ich gratuliere dir.«
»Wozu?«
»Na, weil du doch jetzt in der HJ bist!«
Als er gegangen war, sagte Großmutter: »Dir wird's jehn wie den Rodeländern!«
Ich aber fragte mich, wieso jedesmal ein Goldfasan zum Gratulieren kam, wenn es in meiner Karriere zum uniformierten Volksgenossen Neues zu vermerken gab.
Othmar, Wulle, Werner Pethmann und ich fanden uns in einer Motorradstaffel zusammen, die nach Angriffen Kurierdienste zu leisten hatte. An den Motorrädern war, was mich betraf, Ede schuld. Er hatte frühzeitig meine Begeisterung für Motoren geweckt. Wir fuhren Puch-Doppelkolben und 100er DKW. Wulle fuhr sogar eine knallrote Jawa, die der NSKK-Sturm aus Privatbesitz requiriert hatte.
Nächtelang saßen wir in dem noch unversehrten Wandelgang eines im übrigen eingestürzten Theaters, froren und aßen unsere Rationen: Komißbrot, Leberwurst und Margarine. Unser Gefolgschaftsführer, Hanns Thielebier, dirigierte die Einsätze. Er erinnerte an Harry aus der Kolonie Gartenlust, denn auch Hanns Thielebier war blond, hatte rote Augen und schwitzte in den Handflächen. Außerdem sagte er dauernd Heil Hitler, wie die Führerin jener Gruppe von BDM-Mädchen, die uns bei den Kaschuben besucht hatte. Hanns Thielebier sprach jedoch diesen Gruß gerafft und mit einem deutlichen *a* am Ende aus, so daß es klang wie *Hitta*. Er kam mit sei-

nem Motorrad, das jetzt *Krad* hieß, vor die Front gefahren, hob aus dem Sattel die Hand und sagte: »Hitta Mota-HJ. Heute abend um acht Uhr Einsatz. Sammelstelle bekannt. Hitta.« Dann brauste er wieder ab. Einmal schlug er dabei einer gerade vorbeigehenden Frau die Kanne mit Magermilch aus der Hand. Die Milch ergoß sich über ihn. Seine blaue Winteruniform war von oben bis unten beplempert.

»Blut und Ehre« stand immer noch auf unseren Fahrtenmessern, die wir nun benutzten, um die Leberwurstbüchsen der eisernen Rationen zu öffnen, Nägel aus den Kisten mit Krad-Ersatzteilen zu ziehen oder Leichenfinger genannten Stinkkäse in Scheiben zu schneiden.

Manchmal hatte ich Sehnsucht nach den Fleischtöpfen der Großmutter, und wenn es möglich war, verließ ich die Dienststelle und ging zu ihr.

Ich stand neben der topfrasselnden Großmutter und beobachtete die schwarze Katze, die vor dem Lärm floh. Da klopfte es an der Küchentür. Kutschke trat ein.

»Heil Hitler«, grüßte er, strammstehend in grauem Overall, geschmückt mit Taschenlampe und Stahlhelm.

Großmutter brummelte.

»Alles in Ordnung, Hitlerjunge?« fragte Kutschke mich.

»Jawohl«, sagte ich. »Alles in Ordnung.«

Kutschke schnüffelte die Luft ein, denn aus den Kasserollen am Herd stieg unkriegsmäßiger Duft. Um genau zu sein: Großmutter bereitete Entenklein.

»Ich wollte was fragen«, sagte Kutschke.

»Mich?« fragte Großmutter über die Schulter hinweg.

Kutschke: »Eigentlich die Frau«, sagte er.

»Ruf deine Mutter«, befahl Großmutter.

Ich holte Minnamartha, die in die Küche stürmte:

»Ach nee, Herr Kutschke!«

Kutschke hatte seine Bumskiepe, den Stahlhelm, am Kinnriemen über den Arm gehängt wie ein Körbchen.

»Frau Kaiser«, sagte er, »wir müssen auch Sie zum aktiven Dienst am Volke auffordern. Sind Sie bereits Mitglied des Reichsluftschutzbundes?«

»Ach, nehmen Sie doch Platz«, sagte Minnamartha. »Reichsluftschutzbund? Ich glaube nicht.«

»Frau Kaiser, Sie wären die ideale Laienhelferin.«

»Laienhelferin! Sie meinen mit Verbänden und Schienen?«

»Exakt, exakt!« sagte Kutschke. »Morgen um sechzehn Uhr erster Kursus. Sie nehmen doch sicher teil?«

So kam es, daß Minnamartha nun den Kornährenverband übte und die Handhabung des keimfreien Verbandpäckchens mit rosa Wundauflage, daß sie Kramer-Schienen bog, Kinn- und Nasenschleudern anlegte und vorgeblich lädierte Extremitäten in Dreieckstücher band. Zu Tante Lizzi marschierte Minnamartha, holte sich dort die Volksgasmaske, VM 37, für eine Gebühr von RM 5,–.

»Du kannst auch einen Bedürftigkeitsantrag stellen«, sagte Lizzi. »Dann kostet die Gasmaske nur fünfzig Pfennige.«

»Danke«, sagte Minnamartha. »Ich zahle voll.«

Die VM 37 trug Minnamartha nun am Riemen schräg über der Schulter. Auf dem Luftschutzwagen fand ein rotes Köfferchen Platz mit ihrer Sanitätsausrüstung. Denn eine Laienhelferin mußte allzeit bereit sein.

Seit diesem Aufstieg Minnamarthas war Blockwart Kutschke uns ein Freund geworden. Jedenfalls von ihm aus gesehen. Kutschke traute uns nicht über den Weg. Überdies hatte er wahrscheinlich Ede im Verdacht, BBC zu hören. Der Feindsender mit dem Paukenklopfzeichen verbreitete üble Propaganda der Plutokraten auf den Britischen Inseln. Sein Abhören wurde mit Konzentrationslager bestraft.

Ede hörte trotzdem BBC. Samt Radio verbarg er sich unter einem Pferdewoilach, einer grauen Decke, und vergaß auch nicht, nach dem Abhören die Skala wieder auf

Deutschlandfunk zu drehen, denn es war ein beliebter Trick der Schnüffler, unauffällig in den Wohnungen die Sendereinstellungen zu kontrollieren.
Kutschke unternahm in Abwesenheit Edes einen Frontalangriff. Wieder kam er zu Großmutter in die Küche, schlug vor: »Ob wir nicht in Ihrem Luftschutzkeller einen Drahtfunkempfang einrichten könnten? Zum Abhören der Luftlage?«
Großmutter zuckte mit den Achseln. »Meinetwegen bauen Se da unten ein Kriegerdenkmal«, sagte sie. »Bitte bedienen Sie sich!«
»Jawoll«, schnarrte Kutschke und trat rückwärts ab.
Kutschke rückte eine halbe Stunde später wieder an, einen Volksempfänger und eine Papierrolle unter dem Arm. Werkte im Keller, schloß Drahtfunk ans Telefonkabel und befestigte die Papierrolle, einen Lageplan, über dem Volksempfänger an der Wand. Ein Teil Großdeutschlands war abgebildet, überzogen von einem Netz von Quadraten, jedes mit Koordinatenbuchstaben bezeichnet. Dieses Netz diente der Überprüfung der vom Drahtfunk durchgegebenen Luftlagemeldungen.
»Ihr werdet sehen, wie uns das hilft«, erklärte Kutschke mir. »Seit der Führer auch mit Amerika im Krieg liegt, ist die Heimatfront wichtig.«
Großmutter, die mit in den Keller gestiefelt war, um sich die Neuerungen anzusehen, fragte: »Wie?« Durch ihre Schwerhörigkeit hatte sie nicht alles mitbekommen.
»Die Heimatfront«, brüllte Kutschke.
Großmutter nickte.
»Die Terrorbomber«, brüllte Kutschke weiter. »Wenn sie Reichsgebiet anfliegen, wissen wir jetzt, wo sie sind.«
»Wie schön«, sagte Großmutter. »Trinken wir 'nen Kirschenschnaps!«
Kutschke hob das Glas an die Brust. »Auf den Endsieg«, sagte er. Großmutter tippte sich an die Stirn und watschelte aus dem Heldenkeller.

Kutschke und ich standen uns verlegen gegenüber.
Kutschkes Stirn zierte ein roter Druckstreifen vom Stahlhelm. Er setzte das Glas ab. »Sie hält wohl nicht viel von mir?«
Ich rückte an meinem Koppel. »Wissen Sie«, parlierte ich erwachsen, »in dem Alter . . .«
Kutschke stimmte mir zu. »Na klar«, sagte er. »In dem Alter. Hat ja auch allerhand durchjemacht, die Frau. Aber ihre Heimat haben wir doch wiedererobert. Den Korridor.«
Kutschke zog sich einen Stuhl heran, hockte sich vor den Volksempfänger und schaltete den Drahtfunk ein, der sofort zu ticken begann. Und damit hatte Kutschke, mittelbarer Eroberer des Korridors, Kämpfer an der Heimatfront und gesinnungstreuer Kirschenschnaps-Genießer, seine neue Aufgabe gefunden. Grau gekleidet, in Hockstellung vor dem Drahtfunk, tief im Keller, verkörperte er den nächsten Abschnitt unserer heldischen Zeit, die nun vornehmlich unter der Erde stattfand.
Ede war außer sich, als er entdeckte, daß Kutschke bei uns Dauerstellung bezogen hatte. »Euch Trottel darf man keinen Tag alleine lassen«, sagte er. »Wie könnt ihr diese Ratte ins Haus nehmen?«
Kutschke integrierte auch Ede in seine Luftverteidigungspläne. »Entschuldigen Sie«, sagte er demütig, »wir müssen den Keller versteifen. Mit Balken.«
»Dann machen Sie man«, sagte Ede.
»Entschuldigung«, sagte Kutschke. »Nach der Reichsluftschutzordnung sind Sie als Hausbesitzer verpflichtet, den Keller sachgemäß auszubauen. Ich bin bereit, das Holz zu organisieren.«
Kutschke organisierte, Balken wurden angefahren, und wir zimmerten die Abstützung. Der Keller sah bald aus wie der Grunewald nach starkem Borkenkäferbefall, machte aber einen soliden Eindruck.

Auf den Flugplätzen Südenglands verlud britisches Bodenpersonal blank schimmernde Luftminen, Phosphorkanister und gebündelte Stabbrandbomben mit Sprengsatz in die Bäuche der viermotorigen B 17, Flying Fortress. Diese amerikanischen Bomber besaßen eine wesentlich größere Reichweite als die alten Lancaster, Vickers Wellington und Bristol Blenheim, die uns bisher mit Metall aus der Luft beregnet hatten.

Liebe Grüße malten englische Sergeanten mit Kreide auf die blanken Metalleiber der Luftminen AP 13500 LB, bevor der Stapellader sie in die Bombenschächte hob. Grüße an uns alle: »With love from Winston.«

Die Keller wurden wohnlicher, die Zimmer immer leerer. Kutschke hockte am Drahtfunkgerät und notierte Feindanflug von Gustav Emil sechs nach Gustav Gustav zwei, und wenn Gustav Gustav zwei von den Bomberstaffeln erreicht war, so krachte es auch. Es krachte, daß die schwarze Katze unter das Behelfsbett im Luftschutzkeller floh, und daß meine Mutter, im Bunker, wieder einmal sagen mußte: »Meingottmeingott, wie soll das nur alles werden!«

Das wußte anscheinend weder der Führer, der nun Operationen aus seinem Tiefbunker lenkte und sich um das Benzin für einzelne Tiger-Panzer zu kümmern begann, noch wußten wir es, wenn wir nach den Angriffen die fehlenden Ziegel auf dem Dach ersetzten und Zelluloid-Drahtglas über die scheibenlosen Fenster spannten.

Selbst Kutschke, im grauen Overall verschnürt und drahtfunkgekrümmt, gingen die Parolen aus, und er begann nur noch halbe Sätze zu sprechen. »Der Führer wird schon . . .«, murmelte er, mit einem ängstlichen Blick auf Großmutter, die nun von ihrer Lieblingsvokabel, Schifferscheiße, auch Kutschke gegenüber fröhlich und ausgiebig Gebrauch machte, im übrigen Kirschenschnaps ausschenkte und in rußigen Töpfen warme Kraftnahrung bereithielt.

»Gustav Gustav zwei«, hämmerte uns der Drahtfunk in die Ohren.
»Gustav Gustav zwei.« Kutschke, grau und gebeugt, murmelte: »Es wird schon nicht – diesmal nicht –.« Und wenn es dann krachte, neue Ziegel-Flickarbeit verheißend, vergaß Großmutter nie zu sagen: »Ich glaube, unsere Flak schießt wieder.«
Alle Liebe der US-Piloten schien Gustav Gustav zwei zu gelten. So viele blankpolierte Luftminen lauerten hinter den Bombenklappen der B-17-Geschwader, über diesem kleinen Planquadrat abgeladen zu werden, daß sich notgedrungen unser Schicksal erfüllen mußte.
Meine Mutter, hochrot durchs Haus dampfend, ergriff letzte Schutzmaßnahmen, befahl Einigelung. »Karl, du bringst den Husarenkrug in den Keller. Und die Pekingente. Hinter die Weckgläser.«
Zu Großmutter: »Wir kochen in der Waschküche. Alle Töpfe herunter! Und nimm die Hühner aus dem Stall. Sie können in den Heizkeller!«
Ede war herübergeradelt, um mit Hand anzulegen. Er trug Müllers Kolossal-Grafik mit dem nackten Reiter in den Heizkeller, hängte den forschen Unbekleideten hier zur Freude der umquartierten Leghorns auf.
»Was machst du da?« fragte meine Mutter gereizt.
»Jetzt ist keine Zeit für Witze!«
Ede lächelte. »Wir sind bereits im Eimer, Frau Kaiser«, sagte er fast genußvoll. Noch einmal betrachtete er den Husarenkrug, dessen Inschrift Auskunft gab, daß auch Ede das Vaterland schütze, wenn es blitzte und krachte. Dann stellte er ihn zurück ins Kellerregal, das sich im Zentrum von Planquadrat Gustav Gustav zwei befand, stellte ihn neben die Pekingente aus Porzellan und neben den nie benutzten Rauchverzehrer. Auf die Bretter, die eingemachten Erntesegen bargen.
»Ede, versündige dich nicht!« rief meine Mutter von der Treppe her. »Im Eimer! Wie kannst du nur!« Und, indem

sie ihren Vorsatz aufgab, treppan zu steigen und neue Gegenstände in den Keller zu retten, schritt sie auf Ede zu, wie er da am Regal lehnte, und berührte seinen Arm. »Ede, du weißt doch. Am ersten Tag, als wir einzogen, in unser Haus hier. Denke, wie glücklich wir waren. Sollen wir das verlieren?«
Ede zuckte mit den Schultern. »Mitgefangen, mitgehangen«, sagte er. Aber auch er, das merkten wir, war traurig. Sogar Kutschke begriff und schloß leise die Tür zum Luftschutzkeller, wo der Drahtfunk schon wieder tickte. Auch ich, fast linientreu und bereit zum Durchhalten, wurde berührt von dieser Szene am Regal im halbdunklen Keller. Ich verdrückte mich.
Wer war als Opfer ausersehen? Fanselows, die ewig Fröhlichen, auch jetzt noch zu makaberen Scherzen aufgelegt? Herr Reh im kleinsten Typ? Othmars Familie, sie alle ringsumher in ähnlichen Siedlungshäusern? Sie kämpften mit Ziegel- und Glasschäden, Mauerrissen und herausgefallenen Rabitzwänden.
Kurz vor Mitternacht weckte uns Mutters Stimme. »Voralarm«, rief sie. »Der Bahnwärter hat schon getutet.« Während Großmutter und ich uns fertig machten, um in den Keller zu gehen, lud Mutter ihre Koffer mit Dokumenten und Bekleidung, auch die Laienhelferinnenausrüstung auf ihren alten Kinderwagen und verschwand in der pechschwarzen Nacht, in Richtung Bunker.
Großmutter klapperte die Treppe herunter, »verdammte Lümmels« und andere Verwünschungen murmelnd. Ich folgte ihr, stellte den Drahtfunk ein. Schon war auch Kutschke zur Stelle, krümmte sich, Bumskiepe im Nakken, auf dem Hocker, lauschte den monotonen Durchsagen, ein Goldfasan im schlichten Kellerkleid, dazu ausersehen, dem Wendepunkt Kaiserschen Schicksals beizuwohnen. Geduckt, gläubig bis zum Endsieg, neuerdings unfähig, Sätze zu Ende zu sprechen.

Stille. Nur der Drahtfunk tickte. Die schwarze Katze strich um Großmutters Knie. Sie nahm sie hoch. Die Stützbalken warfen dunkle Schattenstreifen. »Damals in Dubberow«, sagte Großmutter, »mußte Großvater auch oft nachts aufstehen, wenn ein Zug durchfuhr. Aber es war doch etwas anderes.«
Kutschke fühlte sich verpflichtet, Tröstendes einzuwenden. »Es wird schon nicht . . .«, murmelte er. »Wissen Sie, wenn der Führer erst . . .«
Großmutter scheuchte die Katze von ihrem Schoß und stand auf.
»Ich habe so ein Gefühl«, sagte sie. »Ich glaube, ich will mal die Hühner wieder in den Stall bringen.«
Wir versuchten ihr das auszureden. »Lassen Sie doch«, sagte Kutschke. »Sie sind doch im Keller . . . Wissen Sie . . .«
»Er meint, sie sind sicherer«, ergänzte ich.
Großmutter schlurfte zur Tür. »Wer weiß«, sagte sie.
»Ich leuchte«, bot Kutschke sich an und sprang auf. Beide gingen sie hinaus. Ich hörte sie im Heizkeller rumoren. Dann brachten sie die Hühner in den Stall.
Als sie zurückkamen, ging es los. Unbeirrt waren die B 17 ihren Kurs geflogen, bis zum Ziel neuerdings begleitet von Jägern mit Zusatztanks, für größere Reichweite. Nur selten gelang es unseren Me 109, diesen waffenstarrenden Ring zu sprengen, sich an die Bomber heranzumachen, die Fliegenden Festungen zu vernichten, bevor sie ihr Ziel erreichten.
Ihr Ziel? Gustav Gustav zwei! Natürlich Gustav Gustav zwei.

Der Drahtfunk tickte. Kutschke, Bumskiepe in der Stirn, umkreiste den Volksempfänger. Nach Gustav zwei keine Ansage mehr. Woraus zu schließen war, daß in diesen Minuten die Moskitos Bomberziele mit Leuchtmarkierungen absteckten, den Tannenbäumen, wie die vom

Himmel rieselnden Kaskaden genannt wurden. Der Bomberpulk mußte in wenigen Minuten sein Ziel erreichen.
Stille. Einige Abschüsse der Flak. Dann schmissen mindestens siebzig Bomber einen Teppich. Bombenteppich bedeutete, daß keine Bombe mehr als hundert Meter von der nächsten entfernt fiel. Im entsprechenden Planquadrat wurde garantiert, daß kein Stein auf dem anderen blieb. »Sie schmeißen einen Teppich«, sagte Kutschke. Dann riß das Krachen ab, und wir dachten, alles sei vorbei, als sie noch einen einzelnen Badeofen schmissen. Ein langgezogener Heuler, eine gewaltige Luftdruckwelle, die uns von den Stühlen warf. Das Krachen der Explosion hörten wir gar nicht mehr. Großmutter, der voll ausgerüstete Kutschke und ich lagen in einem Knäuel auf dem Boden. Mörtelstaub füllte den Raum, Putzbrocken, Holz- und Mauerteile fielen auf uns. Der ätzende Staub drang uns in die Münder. Der Keller hatte sich einen Augenblick lang gehoben, wie bei einem Erdbeben, und war dann in seine ursprüngliche Lage zurückgesunken.
Wieder Stille, spürbar. Nur die Holzstreben der Abstützung knackten. Dazwischen ein paar letzte Flakschüsse. Einzelfeuer. Dröhnen der abfliegenden Bomberstaffeln.
An der Decke schwankte die Glühbirne im Staubregen hin und her. Beim flackernden, mattgewordenen Licht sahen wir einander an. Wir waren weiß überpudert. Kutschke, vorher noch in den blaugrauen Farben des Luftschutzfunktionärs, sah aus wie ein Bäcker. Die Katze kam miauend unter einem Bett hervorgekrochen. Auch sie war weiß.
Großmutter spuckte einen Mund voll Mörtel aus und rieb sich die Augen unter der Brille, die an ihrem Platz geblieben war. »Was sagt der Drahtfunk?« fragte sie.
Kutschke rüttelte am Volksempfänger, aber der hatte die Druckwelle schlechter vertragen. Nichts tickte. Im Planquadrat Gustav Gustav zwei herrschte absolute Ruhe.

»Er ist hin«, schrie er der schwerhörigen Großmutter ins Ohr.
»Wer?«
»Der Volksempfänger!«
»Ach so.«
»Er tickt nicht mehr.«
»Wer?«
»Frau, der Drahtfunk tickt nicht mehr!«
»Scheibenkleister«, sagte Großmutter.
Im Planquadrat Gustav Gustav zwei blieb es unglaublich ruhig. Kutschke stürmte, von Staub umhüllt, von Balkenwerk behindert, gegen die Kellertür. Sie ließ sich nicht öffnen. Wahrscheinlich blockierte Schutt sie von außen. Kutschke schwang seinen Pickel gegen die Mauer des Notausstiegs, die in Sekunden niederbrach und einen neuen Staubpilz in den Keller pustete. Hinter der Öffnung: Schutt. Nichts als Schutt.
Kutschke: »Wir sind verschüttet.« Er sprach wieder ganze Sätze.
Großmutter streichelte die Katze, was ich daran sah, daß zwischen ihren Händen weiße Staubwolken aufquollen. Die Katze maunzte.
»Ziehen wir eben in die Laube«, sagte Großmutter zur Katze.
»Falls wir hier je wieder rauskommen«, murmelte Kutschke.
Dann hörten wir die Rettungskolonne über unseren Köpfen rumoren.

II

Wer hätte das gedacht?

Drei Uhr morgens.
Ingrid stopfte ihre Mähne unter den Luftschutzstahlhelm. »Pause«, sagte sie.
Etwa zwanzig Heimatkrieger in Overalls, Taschenlampen vorne am mittleren Knopf, räumten Stein für Stein eine Schutthalde weg, die vor einigen Stunden noch Familie Kaisers Stolz verkörpert hatte. Ein Eigenheim, zusammengedroschen von einer Luftmine, wahrscheinlich 1000 LB Demo, Auftreffwucht fünfundzwanzigtausend Megatonnen.
With love from Winnie.
Die Bevölkerung nannte diese Bomben Badeofen oder Wohnblockknacker.
Bombenziel war der älteste Boskop-Apfelbaum im Garten gewesen, saubere Arbeit. Leider stand das Haus zu dicht daneben.
Minnamartha, vom Luftschutzbunker zurückgeeilt, probierte tränenüberstömt den Hausschlüssel, denn ein Teil der Giebelwand mit unversehrter Tür stand noch, zum Hohn oder weil die Luftdruckwelle ungünstig (oder günstig) aufgetroffen war. Im übrigen bestand das Eigenheim Nr. 413, Plan A 12, Typ 2 A nicht mehr.
Die Luftschutzbrigade begann wieder zu arbeiten. »Ich glaube, Kutschke ist auch unten«, sagte jemand. Kutschke, den wackersten aller Heimatkrieger, mußten sie retten. Dazu zwei wenn nicht Partei-, so doch Volksgenossen, und eventuell eine dreibeinige schwarze Katze, Alter geschätzt fünfzehn Jahre.
In der Nähe flackerte ein Brand auf. »Taschenlampen

aus«, rief Ingrid. »Batterien sparen!« Auch Batterien waren bewirtschaftet, außerdem von miserabler Qualität.

Das Schicksal der Kellerinsassen war ungewiß. Hatten die hölzernen Streben und Versteifungen standgehalten? Möglich war ja, daß sie Kutschke beschissen hatten: Mieses Holz. Immerhin wogen die Trümmer eines Einfamilienhauses weniger als die eines soliden, vierstöckigen Mietshauses. Dafür waren die Kellerdecken schwächer konstruiert.

Ein Brand war glücklicherweise nicht ausgebrochen.

Immer noch von oben gesehen: Hatten die drei, mit Katze vier, überlebt? Saßen sie, wie Verschüttete in einem Bergwerk, unter zusammengeknickten Stempeln, zersplitterten Tragbalken? Lagen sie blutend, stöhnend, mit zerquetschten Gliedmaßen unter Tonnen von Zementbohlen, Eisenträgern und Ziegeln?

Niemand wußte es.

Dieser penetrante Geruch von Mörtelstaub!

Ingrid schuftete ganz vorne, magere Arme ragten aus aufgerollten Overall-Ärmeln. Die amtliche Bezeichnung allerdings war Kombination, weil Overall englisch, feindlich und verpönt war. Ingrid löste mit den Händen Mauerstein um Mauerstein, reichte sie dem Nebenmann, der sie weiterwandern ließ durch die Kette der Helfer. Ingrid in ihrer Kombination, ein eher unförmiges Heimatkriegerpaket, dachte nicht an Zitrone und Banane. Nicht in dieser Nacht.

Minnamartha, den seitwärts geparkten, dokumentenbeladenen Notkinderwagen mißtrauisch im Auge behaltend, umkreiste weinend die gebückten grauen Gestalten, die emsig eine Gasse durch die Trümmer zu den Eingeschlossenen gruben. Hier und da nahm sie einen Stein auf, legte ihn sinnlos irgendwo ab, behinderte, geduldet, das Rettungswerk, dessen Ausgang ungewiß war.

Erst im Morgengrauen stießen sie auf den, wenigstens an dieser Stelle, unversehrt gebliebenen Beton der Kellerdecke. »Ruhe«, rief einer der Grauvermummten. »Wir geben Klopfzeichen!«

Minnamartha kreiste um Ingrid und ihre Helfer.

Nach dieser hausvernichtenden Bombennacht wurde Laube vierzehn wieder zum Hauptwohnsitz der Kaisers aufgewertet. Wir waren schließlich, Großmutter mit der Katze auf dem Arm voran, aus einer in die Kellerdecke gebrochenen Öffnung ans Tageslicht geklettert, staubbedeckt zwar, aber heil. Minnamartha hatte uns mit Schluchzen und Umarmungen empfangen. Auch Kutschke, Stahlhelm in der Hand, bekam sein Teil ab, während Ingrid und ihre Helfer stumm danebenstanden. Ede war, inzwischen verständigt, von seiner Bereitschaftsstation eingetroffen und betrachtete die Reste seines Eigenheims, Typ 2 A. Natürlich machte 2 A mehr Schutt als 2 B oder 3, dafür war der Keller auch stabiler, was sich in Hinsicht auf unser Überleben als nützlich erwiesen hatte.
Auch die Hühner hatten überlebt. Allerdings verweigerten sie für die nächsten Wochen die Eierproduktion. Im Laufe der Tage gelang es uns, einige nützliche Gegenstände aus dem Keller zu bergen. Plünderer waren allgegenwärtig, und es hieß, ihnen zuvorzukommen. Ingrid, die Unermüdliche, half Großmutter, das unversehrt gebliebene Gemälde Professor Müllers mit dem von hinten sichtbaren nackten Gewitterreiter durch die ramponierte Eigenheimsiedlung zur Kolonie Tausendschön zu tragen. In der Laube bekam das Werk einen Ehrenplatz.
Am vierten Tag grub Ede die Pekingente aus, deren Porzellanschnabel allerdings endgültig verloren war, und am fünften Tag zog ich den unbeschädigten Husarenkrug aus dem Schutt.

Großmutter kochte Kaffee, Muckefuck, nach Vorschrift der U-Bahn-Reklame: *Solang' Idee-Kaffee uns fehlt – nimm Koff, dann hast du gut gewählt!* Allerdings veredelte sie wegen der außerordentlichen Vorfälle Koff und Kathreiner mit sieben oder acht echten Kaffeebohnen.

Ingrid in ihrem blaugrauen Luftschutzkokon ging mir nicht mehr aus dem Sinn, obwohl sie sich, nach Ausräumung des Kellers, viel zu selten sehen ließ, schlaksig wie immer, mit leichten Rundungen unter dem Pullover.
Ich, Karl Kaiser, gelegentlich noch Menschlein gerufen, streckte mich, bekam leichten Flaum auf der Oberlippe, während ich die Metamorphosen verschiedener Uniformen, Arbeits- und Kampfanzüge durchlief.
Permanenter Einsatz nun, während die riesige Stadt langsam unter Air-Force-Bomben zerbröselte. Wohnblockknacker, General-Purpose-Bomben, Elektron-Stabbrandbomben, Phosphorkanister. Die achte US-Air-Force-Flotte warf innerhalb einer Stunde fünftausend Tonnen Bomben ins Ziel. Beim Angriff in der Nacht zum 27. Februar 1945 pflasterten über tausend Superfortress und B 27 die Rekordmenge von 8200 Tonnen Bomben auf die Reichshauptstadt.
Nur die Kolonie Tausendschön sparten sie aus. Außer ein paar Phosphorkanistern und Stabbrandbomben, die in die Gärten fielen, blieb die Kolonie eine Oase im Eisenhagel. Ihre Bewohner hockten nachts in den Splittergräben, tagsüber verwandelten sie jene Beete, auf denen einst Nelken dufteten, in Kohlplantagen.
Nur gelegentlich stand Wanda Puvogel noch neben der Riesenpfütze. Persil war übrigens alle.

Der Ortschaft Gaschendorf, in Straßenbahnnähe der Großstadt L. gelegen, mangelt es heute wie je an Bedeutung. Kein Goethe befummelte dort sein Lottchen, kein Kleist setzte sich den preußischen Armeerevolver an die

klare Stirn, kein Ludwig van komponierte dort *Freude, schöner Götterfunken.*
Einziger Vorteil von Gaschendorf war damals, daß es taktisch günstig zwischen Deutschlands größtem Benzinhydrierwerk und einer Panzerfaustfabrik lag.
Berühmteste Persönlichkeit des Ortes Gaschendorf war der Postmeister. Seine Tochter hieß Adele.
Diese Adele, einszweiundsechzig groß, mittelblond, stand eines klirrend kalten Februarmorgens an der Hauptstraße und sah zu, wie eine Schar von bleichen, mageren Knaben, teils in Räuberzivil, teils in ausgewachsenen HJ-Uniformen, aus der Vorortbahn torkelte, beladen mit Koffern und Pappschachteln. Vorneweg und hinten je ein fluchender Unteroffizier in Luftwaffenblau, rote Kragenspiegel, den Spruch *Gott mit uns* auf den Koppelschlössern. Am Ärmel Flaktätigkeitsabzeichen, die Armeepistole Nullacht vom Koppel baumelnd.
Adele stampfte mit den Füßen, in mehrfach geflickten Winterstiefelchen steckten sie, und warf Blicke, die von einigen Knaben feurig erwidert wurden. Noch ahnten wir nicht, daß in Zukunft regelmäßige Beigaben von Soda im Kaffee, treffend Hängolin genannt, die Sehnsüchte der meisten Neuankömmlinge reduzieren würden.
Jene von Unteroffizieren gescheuchten Minderjährigen waren dazu ausersehen, Dienst an achtzehn Zehnkommafünf-Flakgeschützen zu tun, die auf einem freien Feld hinter dem Bahnhof von Gaschendorf von schweren Raupenschleppern in Stellung gebracht worden waren.
Eine Großbatterie im Verteidigungsgürtel um die Benzin- und Panzerfaustwerke.
Zwischen den durch die Kälte taumelnden Flakhelfern schritt auch ich, Karl Kaiser, an Adele vorbei, um mich in eine neue Schule der Nation zu begeben, im Ohr noch Minnamarthas Schluchzen, das sie auch für diese Gelegenheit bereitgehalten hatte, und Großmutters Bemerkung: »Mehr Latein wird er da nich lernen!«

Wir leisteten damit folgendem gedruckten und entsprechend ausgefüllten Erlaß Folge:
»An E. Kaiser als Erziehungsberechtigtem des nachstehend genannten Schülers.
Die deutsche Jugend der höheren und mittleren Schulen wird dazu aufgerufen, in einer ihren Kräften entsprechenden Weise bei der Luftverteidigung des Vaterlandes mitzuwirken, wie dies in anderen Ländern schon lange geschieht. Schüler bestimmter Klassen der genannten Schulen sollen als Luftwaffenhelfer für Hilfsdienste bei der Luftwaffe eingesetzt werden. Hierfür wird der Schüler Karl Kaiser aufgrund der Notverordnung vom 15. Oktober 1938 (Reichsgesetzbl. I S. 1441) bis auf weiteres zum langfristigen Notdienst herangezogen und der Luftwaffe zur Dienstleistung zugewiesen. – Dem Heranziehungsbescheid ist unbedingt Folge zu leisten. Die Reichskleiderkarten und Zusatzkleiderkarte sowie die Seifenkarten sind bei der zuständigen Kartenstelle abzugeben. Mitzubringen sind: a) Personalausweis (HJ-Ausweis), b) Sonstiges: Eßbesteck, Kamm, Zahnbürste, Rasierzeug (nach Bedarf), Brustbeutel, Vorhängeschloß (soweit vorhanden), Schreibzeug und Nähzeug. Zur Benachrichtigung des Erziehungsberechtigten wird dem Luftwaffenhelfer sofort nach seinem Eintreffen an der Einsatzstelle eine Postkarte ausgehändigt. Für die Anreise ist vorsorglich Mundvorrat für zwei Tage mitzubringen.«

Rabumm marschierte neben mir, deutete mit einer Kopfbewegung zu Adele hinüber, grunzte: »Kiek, die Puppe. Mehr werden sie hier wohl nicht haben.«
»Ruhe dahinten«, schrie der Unteroffizier.
»Rabumm«, sagte Rabumm.
Sinnend haftete Adeles Blick auf unseren Pappkoffern.
»Ein Lied«, rief der Unteroffizier. »Singen, drei-vier!«
Oh, du schöner Westerwald sangen wir. Dreißig Mann

schlingerten dem Stacheldrahttor der Großbatterie von G. zu, wo ungeheizte Baracken sie aufnahmen.
Kohlen klauen, Muni putzen, Adeles Bild vor Augen, die in unserer Phantasie eine Rolle spielte wie etwa eine Rotkreuzschwester als Engel sibirischer Gefangener.
Rabumm, am Kommandogerät 40 E vorerst, Orchesterorgel für Großbatterien, reimte, auf meine Richtkanoniertätigkeit anspielend: »Zu bösem Spiel mach gute Miene – auch an der Zünderstellmaschine.« –
»Komm mal her«, sagte er. »Kuck mal hier durch.«
Ich preßte meine Augen ans Okular, sah aber nur Mattscheibe.
»Räumlich sehen«, sagte Rabumm. »Du mußt räumlich sehen. Ich stelle die Maschine genau auf Adeles Piezen ein.«
»Was ist denn Piezen?«
Rabumm zog die Mundwinkel herab. »Tittenspitzen, du Hirsch«, sagte er. »Vulgo Brustwarzen.«
»Ich sehe keine Adele.«
»Du mußt dir einbilden, sie steht da. Am Zaun von der Batterie. Paß auf, ich kurbele sie ein, guck mal durch.«
Wieder hängte ich die Pupillen ins graue Okular.
Nichts in Sicht.
Rabumm drehte an den Rädern herum: »Jetzt habe ich sie drin. Ab mit dir, teuere Adele. Postmeisters Töchterlein. Gruppenfeuer – Gruppe!«
Er drückte die Feuerpieze, eine Klingel, die Glocke schrillte. Ein Unteroffizier kam aus dem Bunker gerannt.
Der Rest war Liegestütz: »Pumpen Sie bis Kriegsende!«
»Er sagt ›Sie‹ zu uns«, flüsterte Werner.
Auch eine Bristol Blenheim sah ich nicht räumlich, außer sie war direkt über uns. So war ich für optische Zielgeräte ungeeignet, trotz hervorragender Leistungen im Flugzeugerkennungsdienst. Neben Fortress und Superfortress hatten wir mit Lockheed Lightnings zu rechnen, mit

den Jabos P 38, mit den Jägern Thunderbolt und Mustang, mit Hurricane, Spitfire und dem Nachtjäger Blenheim. Aber räumlich sehen?
Ich kurbelte, die Zehn-fünf-Sprenggranatpatrone klikkerte in die Ladeschale, mein Zünderstellkopf fuhr auf, stellte die übermittelten Werte ein, bis die 40-Kilo-Patrone von Gummirollen ins Rohr gesogen wurde: Flutsch, Verschluß zu, ein Krachen, Rohrrücklauf, Verschluß auf, Hülse raus. Die nächste Patrone lag schon in der Ladeschale, Zünderstellkopf auffahren.

Ballistik und Porno lehrte Unteroffizier Niedlich, wenn wir nachts im Bereitschaftsbunker saßen, die Machorkazigaretten glommen:
»Die alte Sau, wenn sie ihre Pompöse über den Stacheldraht spreizt, welchen Schußwinkel hat sie da? Luftwaffenhelfer Kaiser!«
»Zwanzig Grad nach vorne unten, Herr Unteroffizier!«
»Richtig. Frieda, die kann euch wat über 'ne Schußparabel beibringen.«
(Er meinte Frieda, die Stacheldrahtbraut, nicht Frieda, das Geschütz.)
»Der Mutter puste ick 'ne Salve unters Hemde, det der Flakbunker Zoo wackelt, wat, Bohne?«
Im Dunkeln lachte Obergefreiter Bruno Bohne, Ladekanonier von Frieda. Bohne teilte sich Frieda das Mädchen mit seinem Geschützführer, mit Unteroffizier Niedlich.
»Luftwaffenhelfer Gretner, Pulvertemperatur?«
»Achtzehn Grad, Herr Unteroffizier!«
»Im Arsch oder in der Möse gemessen?«
Alle lachten höflich.
»Also neulich«, fuhr Unteroffizier Niedlich fort, »ick warte schon eine halbe Stunde am Stacheldraht, kommt Frieda anjestelzt. Sie stelzt nämlich, weil sie ein Holzbein hat. Bis oben rauf. Das ist praktisch. Die Eichenkeule klemmt se über den Stacheldraht. Für freie Schuß-

bahn. Frieda rufe ich, hängs Bein rüber, der Pimmel war schon ganz kalt in der scharfen Luft. Sie balanciert ihren Holzwurmsilo rüber, das Aas trägt auch im Winter keinen Schlüpfer, ohne Mündungsklappe, rumms! Gruppenfeuer, Gruppe! Luftwaffenhelfer Mebes, was ist gut gegen Frostnase?«

»Weiß ich nicht, Herr Unteroffizier!«

»Det wissen Se nich? Ballonsperre freilegen.«

»Jawohl, Herr Unteroffizier!«

»Was heißt Ballonsperre freilegen?«

»Weiß ich nicht, Herr Unteroffizier!«

»Mannomann! Det wird'n Endsieg! Ballonsperre freilegen heißt Titten raus, alle beide, Nase zwischenstecken. Verstanden?«

»Jawohl, Herr Unteroffizier!«

»Was heißt jawohl. Herr Unteroffizier! Wiederholen!«

»Jawohl, Herr Unteroffizier! Ballonsperre freilegen, Nase dazwischen!«

Obergefreiter Bohne lachte meckernd.

»Bruno, halt's Maul«, befahl Niedlich. »Also ick Dauerfeuer übern Zaun, aber in der Rage läßt Frieda locker und der Stacheldraht picckt mir von unten in die Munibunker. Frieda, rufe ich, drück runter! Sie knallt das ganze Gewicht ihrer Zimmermannsstelze auf'n Draht, der Zaun wackelt, Aufschlagzünder, peng-peng! Die Puppe rutscht mir doch fast aus den Fingern. Rohrrücklauf bestens, Vau-null sechzehn Metersekunden. Die Soße tropft am Draht runter, sieht aus wie Rauhreif. Das Aas lasse ich einfach stehen, Holzbein überm Zaun. Ich schicke dir Bruno, sage ich.«

Stille. »Und auf die Titten schien der Mond«, sagte Bruno leise. Wieder lachten alle, Niedlich wiehernd, wir pflichtschuldigst. »Ende Ballistikstunde«, sagte Niedlich. »Stehen Sie bequem!«

Die Alarmglocke. Flugzeug zwozehn! Schon ballern Nachbarbatterien. Wir rasen aus dem Bunker, Machor-

kazigaretten fliegen auf den Boden. Die Richtmaschinenmotoren heulen auf. Wie irre tanzen die Leuchtzeiger auf den Skalen. Frieda (das Geschütz) schwingt herum, Rohrerhöhung zirka dreißig Grad, Anflug direkt von Norden. Ich kurbele die Zünderstellmaschine, die erste Sprenggranatpatrone klickert ins Rohr. Dauerfeuer.
Über uns, von Scheinwerferkreuzen erfaßt, brummen die Lancaster. Rohrerhöhung jetzt achtzig Grad. Kopf einziehen. Kann sein, daß sie uns ein paar Koffer in die Batterie schmeißen. Niedlich, an der Sprechfunkleine, hüpft um die Kanone. »Abdecken!« schreit er. »Himmel, Arsch und Fotzenschleim! Kurbelt doch! K 9 Sicherungen rein!«
Um uns häuften sich leere Hülsen.
Es war jetzt sehr hell, weil die Scouts ihre Christbäume absetzten, Markierungen für den Bombenwurf. Außerdem brannte in der Batterie eine Baracke. Niedlichs Gesicht schimmerte rötlich, soweit es die Verpflasterung zuließ: Fünf oder sechs Heftpflaster verbargen das, was Rabumm schlicht mit Bumsbeulen zu bezeichnen pflegte. Auch Bruno Bohnes Gesicht war mit einer Eiterbeule verziert. Frieda (die gemeinsame Braut) hatte ihren beiden Stacheldrahtfummlern ein paar Millionen reger Streptokokken angehängt. Zitrone-Banane, das alte Stöpselspiel, von Ingrid einst besungen, war gefährlich.
»Feuer einstellen!«
Die Küchenbaracke war abgebrannt. Ein dünner Löschstrahl Wasser erzeugte nur Dampf. Feuerwehr gab es hier nicht, Küchenbullen und Hiwis löschten mit Batteriemitteln, schleuderten Zehnkilotüten mit Bratlingspulver auf die rauchenden Trümmer.
Wir ließen es brennen und warfen uns auf die Fallen.
»Gott strafe England!« sagte Rabumm.
Eine Lancaster war in der Nähe heruntergefallen. Am nächsten Tag durften wir weiße Ringe um die Geschützrohre malen, der Abschuß wurde uns zuerkannt.

Niedlichs schönster Bunkermonolog handelte von der unterschiedlichen Physiognomie menschlicher, vor allem weiblicher Hinterteile. Allerdings faßte Niedlich seine Theorien in Worte, die sogar dem Volk der schafköpfigen Flakhelfer gestattete, trotz Verbildung an höheren Lehranstalten zu erfassen, worum es ging:
»Ein Arsch denkt ihr«, doziert Niedlich, »ist ein Arsch. Nieten! Da gibt es Unterschiede! Schaut euch die Weiberärsche an. Ich klassifizierte. Erstens die Sandbrunzerinnenärsche bei Kurzbeinigen. Die hängen manchmal so tief, daß sie 'ne Doppelfurche durch den Sand ziehen. Für diese Schnafften sollte Sanitätsgefreiter Neumann mal den Arschhalter erfinden. Gegenteil davon – Luftwaffenhelfer Kaiser?«
»Weiß nicht, Herr Unteroffizier!«
»Lieb Vaterland! Er weiß es nicht! Das Gegenteil ist der Stelzenarsch oder Arsch am Stiel. Zu finden bei hochbeinigen Kracken. Meistens sehr kleine Arschbacken, die beim Gehen hin und her pendeln. Wird auch Apfelarsch oder Pfirsicharsch genannt. Kaiser, wiederholen!«
»Zu Befehl, Apfelarsch oder Pfirsicharsch!«
»Recht so. Kernige Konsistenz. Zum Festhalten. Mit beiden Pranken. Drittens Birnenarsch. Bei geduldigen Mädchen mit großen Brüsten zu finden. Sieht dufte auf Kaffeehausstühlen aus. Wenn man mit denen 'ne Nummer schiebt, muß man die Beine nach hinten klappen. Pschakrew pironje, merkt euch das! Viertens der Wühlarsch oder vergrößerte Birnenarsch. Zum Wühlen eben. Ist wie ein Federbett auf dem Bauernhof. Nächste Ausführung?«
Niemand sagte etwas. Bruno Bohne grunzte.
»Mensch, ihr wißt gar nichts«, fuhr Niedlich fort. »Nach dem Wühlarsch kommt der Vollmondarsch. Vielseitig zu verwenden, Anschauungsobjekt. Ich kannte mal 'ne Witwe, die trug Schwarz. Immer. Obwohl sich ihr Alter schon vor zwei Jahren in Dunst aufgelöst hatte. Wenn die

ihren Vollmond aus den schwarzen Lumpen wickelte, da haste Glühohren jekriegt, Mensch. Da paßte dir die Latte in keinen Schuh mehr. Lassen wir das. Am liebsten ist mir der Spreizarsch, der durch vieles Vögeln entsteht. In Gegenlicht kannst du den Spreizarschpuppen zwischen den Beinen durchgucken. Auch wenn sie einen Rock anhaben. Ich kannte da mal eine . . .«
Bruno Bohne grunzte.
»Bruno, was grunzt de? Kennste die auch?«
»Nein, Herr Unteroffizier!«
»Also halt die Klappe. Der Mann war Postmensch, bei der Eilzustellung, und oft Nachtdienst, die konnte bei Grätsche fast die Zehen in die Ohren stecken. Zirkusreif, sage ich euch. Sie wackelte hin und her, wie ein Stehaufmännchen, Beine immer oben. Wenn sie stand, konntest du ihr 'n Kommißbrot quer zwischen den Keulen durchwerfen. Scharfe Puppe, sage ich.«
Niedlich, im Dunkeln des Bunkers, beendete seine Arschbeschreibung mit dem Hinweis auf sogenannte Obergruppenführerärsche, solche mit viel Fett seitlich an den Schenkeln, wodurch die Silhouette der Trägerin wie die eines in Reithosen gekleideten Parteibonzen wirkte. »Diese Schnafften«, so Niedlich, »fressen zuviel Torte, und sie nehmen hellen Lippenstift, und den hast du dann auf der Uniform.«
Zukünftig besahen wir uns die Helferinnen am Funkmeßgerät auf die Niedlichsche Klassifikation hin. Tatsächlich kamen alle Sorten vor, keine weitere.

Eine Großbatterie, von außen gesehen, wirkt eindrucksvoll, aber jene, die in der Batterie leben, hinter Stacheldraht gehalten werden, nehmen das Gewaltige eines solchen Eindrucks nie wahr. Vor ihren Augen sind immer hohe Geschützwälle, Waffen, Geräte, der verzerrte Mund eines Unteroffiziers, Barackenwände, Kabel, Munition, vielleicht, zur Erholung, die Innenwand einer Latrine.

Die Folge ist eine Art Trance, eine Allroundverblödung, gefördert durch geringe Nahrung und Hängolinbeigaben, die den Kanonier und überhaupt jeden in der Flugabwehr Tätigen zu einem Teil des Mechanismus Batterie macht.

»Eine Großbatterie«, sagte Bohne, »ist noch beschissener als eine Einzelbatterie.«

»Aber watt denn«, meinte Rabumm, »hier habt ihr doch mehr Blitzmiezen.«

»Da laß man die Fingers von«, sagte Bohne. »Die sind für feinere Leute. Für die Pinkel vom FuMG.«

Tatsächlich hatten die geschniegelten Affen vom Würzburg-Radargerät ihre Finger fest auf den Piezen der Blitzmädchen. Einer hatten sie sogar einen Stempel *Eigentum der Luftwaffe* auf den Arsch gedrückt, was viel Heiterkeit auslöste und sogar, trotz Beschwerde der Betroffenen, seitens des Batterieoffiziers straffrei blieb: Dieser Mann, Reserveleutnant und Pfarrer aus Insterburg, lachte sich halbtot, als die gestempelte Blitzmaid bei ihm Meldung machte.

»Darf ick mal seh'n«, schnarrte der Leutnant. Die Blitzmaid weigerte sich natürlich, den Dienstrock – erste Garnitur – zu lüften.

»Aber Marjellchen«, sagte der Leutnant, »wenn ich mich nich überzeujen kann, was soll die Meldung?«

Darauf zog das Blitzmädchen ihre Anschuldigung zurück. Beim Würzburg-Gerät wurde weitergestempelt. So flüsterten die Kanoniere wenigstens.

»Verflucht seist du, o Weib«, schrie Wulle Schnief, den auch hier die Gefühle drückten. »Soll ich gegen den heißen Ofen wichsen?«

»Untersteh dich«, drohte Rabumm. »Klemm ihn unter die Lafette.«

»Sehr witzig«, murmelte Wulle Schnief und marschierte nach draußen, wo gelegentlich Adele defilierte, hinterm Stacheldraht, dem Vater Postmeister ausgebüchst, denn

dieser und alle Bürger von Gaschendorf sahen es nicht gerne, wenn ihre Töchter an der Batterie vorbeiflanierten.
Hinten gab es einen Winkel, der nicht einzusehen war. Da tauschten Wulle und Werner mit Adele heiße Küsse, meistens in Gemeinschaftsarbeit. Ach, Adele! Ihre blauen Augen funkelten, und manchmal funkelten die Sterne über ihrem Köpfchen, wenn sie nach Dienstschluß küssend den Stacheldraht an ihren winterlich verhüllten Busen drückte.
»Komm mal rüber, ich zeig dir was«, lockte Wulle, »Komm mal rüber, Adele«, lockte auch Werner, aber sie schüttelte energisch den Kopf, zwei Wochen lang. In der dritten Woche schüttelte sie den Kopf nicht mehr so energisch. Und dann war Neumond. Eine finstere Nacht. Dunkel wie ein Salamanderarschloch, wie Unteroffizier Niedlich solche Nächte bezeichnete. »Komm mal rüber«, lockten die beiden, und Adele kam.
Adele schlüpfte unten durch. War damit im Batteriegelände. Verbotenerweise. Eine Zivilperson innerhalb des Stacheldrahtes durfte ohne Anruf erschossen werden!
Zu dritt stolperten sie durch Kabelgräben.
»Leise«, raunte Wulle. »Leise, komm nur, komm«, raunte Rabumm. Dann in die Baracke. Allgemeiner Jubel. »Haltet doch die Schnauzen«, besänftigte Wulle uns. »Wenn die uns erwischen, reißen sie uns den Arsch bis zur Halskrause auf.«
»Leise, also leise!« Adele fürchtete sich, wollte sich nicht setzen. Graeter hatte eine Flasche Schnaps da, Korn. Die Flasche kreiste. Adele fand bald alles sehr lustig. »Mach uns 'ne Arsch-Schau«, schlug Wulle vor. Adele zierte sich, warf Blicke mit ihren blauen Augen, mußte aber lachen. »Was wollt ihr?«
»Arschschau, Arschschau«, tönte es von allen Seiten. »Ruhe doch!« rief Rabumm.
Er packte Adele mit beiden Armen, hob sie auf einen

Schemel nullacht-fuffzehn, Eigentum der Luftwaffe, krempelte das Röckchen hoch.
»Huch«, rief Adele und seufzte ein bißchen. Bald war der Rock oben, eine Wurst um Adeles Taille, schottisch kariert, und sie trug richtige Strümpfe und Strapse, die ein bißchen müde aussahen. Rosa. Weiße Baumwolle das Höschen, wie bei Ingrid.
Das Höschen fiel, Werner hob es auf.
In diesem Augenblick flog die Tür auf. Jemand rief »Achtung!« Wir nahmen Haltung an, Werner mit Adeles Höschen in der Hand. Adele auf dem Schemel blieb stehen, wie sie war, Popo uns und auch dem Eintretenden entgegengestreckt, Gesicht zur Wand, Rock immer noch oben.
»Ihr Filzläuse«, schrie Niedlich, während bei Adele nun doch der karierte Vorhang fiel. »Ihr dreckigen stinkenden Sauhufe! In fünf Minuten mit Sturmgepäck vor der Baracke antreten! Und schafft mir die Puppe weg!«
Niedlich drehte sich um, stapfte hinaus, Adele sprang vom Schemel. Rabumm reichte ihr galant das Höschen, das sie aber nicht anzog. »Au weia«, murmelte Graeter ehrfürchtig und stöpselte die Schnapsflasche zu.
Adele, Höschen und Mantel in der Hand, schlüpfte unter dem Zaun durch. Hinter der Baracke schliff Niedlich uns in dunkler Neumondnacht, bis uns, wie er sich ausdrückte, »die Eier kochten«.
Adele sahen wir nie wieder.

Entlang der Batteriestellung führte eine Kirschbaumallee, vielleicht achthundert Meter lang. Während wir, Stahlhelm auf, Gasmaske umgehängt, zwischen Baracke und Kanone über frostharten Boden, durch Schlamm und über die zerfetzte Grasnarbe schlurften, erlebten wir, wie sich zuerst an den kahlen, schwarzen Stämmen zartes Grün zeigte, wie die Bäume blühten, die Kirschen gelb, dann hellrot wurden. Dunkelrot, die Farbe der Reife, er-

reichten sie nie, denn vorher wurden sie vom Zweig gerupft und verschlungen, wie alles in Batterienähe, was eßbar war, einschließlich Zuckerrüben und Sauerampfer.
Dreißig Flakhelfer stürzten sich auf einen Kessel mit lauwarmer Soße aus braunem, leicht ätzendem Bratlingspulver, in der höchstens fünfundzwanzig blau angelaufene Kartoffeln dümpelten. An hohen Festtagen oder nach Siegen, die allerdings immer seltener wurden, schwammen zuweilen winzige Fleischbröckchen in der braunen Tunke. »Sieht aus wie Bismarcks letzter Husten«, stellte Rabumm dann ungnädig fest.
»Kiek mal, jetzt werden se jelb«, sagte Obergefreiter Günthner eines Tages. Er meinte die Blätter an den Kirschbäumen, die, getrocknet, als Hauptfüllstoff für die von ihm erfundene Günthnersche Verzweiflungszigarette dienten. »Man nehme«, dozierte der alte Flakmann, »Zigarettenpapier, sechs Krümel echten Tabak, zur Not aus dem Futter der Manteltasche zu klauben, fülle mit getrockneten Kirschblättern auf und drehe. Die so erhaltene Zigarette ist unvergleichlich im Aroma.«
Manchmal hatte er nicht mal Zigarettenpapier, dann nahm er Zeitung oder alte Urlaubsscheine. »Urlaubsscheine sind gar nicht schlecht«, meinte Günthner, »das Papier ist leicht und fest.«
Luftwaffenhelfer, als Jugendliche eingestuft, bekamen keine Zigarettenzuteilung. So fehlte es uns manchmal an den vorgeschriebenen sechs Krümeln Echttabak.

Der nächste Winter kam, wir verschossen Marinemuni mit fünf Meter langem Mündungsfeuer, wodurch wir für die anfliegenden Bomber deutlich sichtbar wurden, und sie bezogen uns in ihre Bombenteppiche mit ein.
»Das Hydrierwerk«, meldete der Leutnant aus Insterburg eines Tages beim Morgenappell, »ist zerbomt.« Die Panzerfaustfabrik arbeitete noch mit einem Viertel ihrer

Kapazität, unterirdisch. Das Flakregiment schickte einen Leutnant und zwei Unteroffiziere, die uns in der Handhabung der Panzerfaust, dieser neumodischen Panzerabwehrwaffe, unterwiesen. Klug hatte sich irgend jemand ausgerechnet, daß wir dieses Wissen bald würden anwenden können. Druck auf den Knopf, ein Rucks, ein Knacks . . . es war wirklich eine Freude, zu sehen, wie das kleine Ding davonzischte und die Trümmer einer ausgebrannten Zugmaschine durcheinanderwirbelten. »Rabumm, rabumm«, schrie Pethmann und mußte wieder Liegestütze machen. Die Kommission beanstandete, daß wir mit Hand am Helmrand grüßten statt, wie nach dem zwanzigsten Juli vom Führer vorgeschrieben, mit zum Deutschen Gruß erhobenen Arm.

»Dauerfeuer«, verkündete Niedlich eines Tages, »ist untersagt. Wegen Munitionsmangel.« Es gab nur noch Gruppenfeuer auf Klingelzeichen von der B 1 (Befehlsstelle in Batteriemitte). Werner Pethmann zeichnete jetzt die Bomberkurse nach fernmündlichen Angaben auf dem Behelfsgerät Malsi 42 ein, wenn die Übertragung vom Funkmeßgerät (FuMG) wegen Bombentreffern im Stromnetz ausfiel. Auch die Dieselaggregate zur Eigenstromerzeugung bekamen gelegentlich etwas ab.

Wir schlugen uns bei abnehmender Feuerkraft nun auch mit Tieffliegern herum. Das Personal unserer Zweikommazwei-Vierlinge fiel ziemlich oft aus.

Kurzum: Anhand des zunehmend Unerfreulichen erwachte unsere Wahrnehmungskraft wieder. »Wenn alles in Scherben fällt . . .« Hauptmann Untrieb, der Abteilungskommandeur, ließ sich nun öfter in einem riesigen Horch-Kübelwagen zwischen den Trümmern seiner Großbatterie umherkarren, ein Zwerg mit krummen Kavalleristenbeinen. Riesig war an ihm einzig sein Ritterkreuz, das ihm auf der Brust hin und her baumelte. Untrieb trug nie einen Mantel, stelzte im Geschwindschritt über Kabelgräben und ausgelaufene Phosphorkanister, verdonnerte Niedlich zu vier Tagen Bau, weil der seinen Gasspähtrupp nicht binnen Minuten zusammenbekam, beförderte uns im Vorbeigehen zu Luftwaffenoberhelfern (silberne Litze auf der Schulterklappe, Tageslöhnung von vierzig auf sechzig Pfennig erhöht), bedrohte zwei Hiwis mit Erschießen, weil sie Machorka rauchten, und inspizierte die immer noch nicht vernichtete Latrinenanlage, wobei ein zufälliger Benutzer versuchte, Habachtstellung einzunehmen und hintenüber in die randvolle Grube stürzte.

Hauptmann Untrieb war immer dabei, ein schnarrender, unerbittlicher Zwerg, in Graublau durch Qualm und Rauch watend, ein Kommißhengst, der ungeniert den inzwischen eingetroffenen NS-Führungsoffizier zusammenschiß und auf wackere, preußische Art half, den Endsieg als Fata Morgana darzustellen.

NS-Führungsoffiziere waren die neueste Erfindung, seit der Führer in seinem Herzen Mißtrauen gegen die Offiziersclique hegte. Führungsoffiziere sollten in den Einheiten Liebe zur Partei fördern, sollten verhindern, daß die Idee des Nationalsozialismus abhanden kam. Weil die paar aktiven Kanoniere, die es neben Flakhelfern, Blitzmädchen und Hiwis noch gab, mit technischen Aufgaben beschäftigt waren und das Fliegerfett Blau nicht mehr von den Händen bekamen, widmete sich auch unser NS-Führungsoffizier vornehmlich den Luftwaffenhelfern. Zwischen Sinus und Kosinus, zwischen Geschützreinigen und Ballistikunterricht verfolgte uns der Mann, Parteibonbon neben dem EK 1 an der Brusttasche der Uniform. Gelegentlich fing er uns ein und hielt kleinere Reichsparteitage ab:

»Ich zitiere den Führer! ›Wenn ich euch so sehe, dann wird es mir schwer zu sprechen. Uns allen geht das Herz über vor Freude über euch! Ihr wißt gar nicht, wie das deutsche Volk euch liebgewonnen hat!‹ – Ende des Zitates!«

Draußen kurbelten die Tiefflieger, denen Rabumm aus sicherer Deckung zuschaute, ehrfürchtig und froh »infernalisch« murmelnd. Rabumm drückte sich vor Weltanschaulichem, das hielt er nicht aus. Nicht einmal schlafend. Zwischendurch besorgte er uns vom Sani Zinksalbe, die wir auf unsere Handgelenke strichen. Die Haut war vom Blei der Führungsringe zerfressen, und wir sahen mit unseren Bandagen wie Boxchampions vorm Anlegen der Sechs-Unzen-Handschuhe aus. »Wächst sich wieder zusammen«, sagte der Sani. »Immer schön Zinksalbe drauf. Und von innen Aspirin.« Aspirin gab es in jeder gewünschten Menge.

Gegen Kriegsende stellten Großdeutschland und die Partei uns ein paar gefährliche Fallen. Unser Parteibonbononkel hatte es sich in den Kopf gesetzt, aus seinen verpennten, mit Cäsars Bellum Gallicum verbildeten Zuhörern linientreue Kämpfer zu machen. Die gefährliche Fallgrube, die dieser Mann vorbereitete, hätte ihre Wirkung gehabt, wenn nicht eine kleine private *Vorsehung* jener Vorsehung entgegengewirkt hätte, die Führer und Partei für sich in Anspruch nahmen.
Hier kreuzten sich die Wege von mir, Karl Kaiser, und Dr. Annelu Rohleder, einer Wiener Ärztin. Mit etwa zwanzig anderen Flakhelfern, darunter auch Rabumm und Wulle Schnief, wurde ich zur Tauglichkeitsuntersuchung wegen Übernahme in die Waffen-SS befohlen.
In der immer noch nicht zerbombten Badebaracke der Großbatterie versuchten wir, die Spuren von Fliegerfett Blau zu tilgen, die in jeder Hautfurche saßen. Der Sani klebte uns frische Pflaster über die verkrätzten Handgelenke. In Richtung Reichshauptstadt setzten wir uns in Marsch, dem anscheinend Unentrinnbaren entgegensehend, begleitet von Unteroffizier Niedlich, der auch die Gelegenheit der Bahnfahrt benutzte, uns aus dem Born seiner Erfahrungen kosten zu lassen. Mit Erstaunen er-

fuhren wir nebenbei, daß es mit der Tripperfrieda aus war. Auf ihren eigenen Wunsch hatte man sie, trotz Holzbein, dienstverpflichtet. In einer fernen Stadt schraubte sie jetzt Zünder auf Panzersprenggranaten.
Am nächsten Tag standen wir stundenlang nackt auf kühlem Linoleum. Das Bohneröl färbte unsere Fußsohlen braun. Ein mürrischer Stabsgefreiter befahl uns, in Uringläser zu pinkeln, die er dann mit unserem Namensetikett versah, während er zwischendurch in beneidenswert dick belegte Wurstbrote biß. Schließlich trieb er uns in einen großen Saal, vor dessen intakter Fensterfront an zusammengerückten Tischen etliche SS-Offiziere saßen. Zwischen ihnen, im weißen Ärztemantel, eine Frau: Dr. Annelu Rohleder, die mit ihren funkelnden böhmischen Augen angelegentlich auf unsere hängolingeschädigten Geschlechtsteile starrte. Dann schweifte ihr Blick über unsere ausgemergelten Schülerkörper. Schweigen lastete über der Versammlung. Plötzlich wendete sich die Ärztin, in unserer Gegenwart, den übrigen Mitgliedern der Kommission zu:
»Meine Herren«, sagte Dr. Annelu Rohleder, »so geht das doch nicht! Die Buam« – sie fiel ins Wienerische – »die Buam kippen uns doch aus den Stiefeln, bevor sie an der Front sind. Schaun's doch nur!«
Allgemeines Durcheinander bei den Heldenklaus. Einige Herren der Kommission standen auf, umringten die Ärztin, redeten auf sie ein. Der mürrische Wurststullenstabsgefreite scheuchte uns zurück in sein Pinkelkabinett.
Wir durften uns anziehen. Nach weiteren zwei Stunden wurden wir weggeschickt. Die SS-Frage warf niemand mehr auf.
Warum alles so gelaufen war, erfuhr ich erst Jahre später, als ich wegen einer Reihenuntersuchung ins Allgemeine Krankenhaus kam, nach dem Krieg bereits, und dort jene Annelu Rohleder traf, Oberärztin, mit immer noch fun-

keldem Blick, aber ein wenig auch schon in die Breite gegangen. Doch die Szene vor der Kommission stand mir vor Augen, und vorsichtig sprach ich die ehemalige SS-Doktorin darauf an. Es war ihr zuerst unangenehm, daß jemand in ihrer nicht ganz einwandfreien Vergangenheit wühlte, die auch um ein Haar ihre Karriere zum Scheitern gebracht hätte, aber sie war zuerst einmal nach Wien zurückgegangen.
»Oh, damals«, sagte Dr. Rohleder, »ich erinnere mich genau. Warum ich die Kommission beredet habe, Sie alle abzulehnen, weiß ich auch nicht. Aber ich – plötzlich sah ich Sie alle an der Ostfront, und das tat mir leid.«

Unteroffizier Niedlich hatten wir damals, nach längerer Suche, in einer Kneipe gefunden, die Nase röter denn je und voll mit Mollen und Korn.
Niedlich grinste über seine Beulen und Pflaster und seine Nase hinweg wie ein Karussellpferd. »Waffen-SS stillgestanden!« brüllte er. »Ein Volk, ein Reich, ein Führer!«
»Herr Unteroffizier«, sagte Werner Pethmann, »es ist nicht sicher, ob sie uns übernehmen.«
»Nicht sicher?« Niedlich zupfte an einem seiner Heftpflaster. »Nicht sicher? Ich dachte, die wollten mit euch den Krieg gewinnen? Die werden euch schon nehmen, ihr Sauhufe.« Er holte sein riesiges blaues Luftwaffentaschentuch heraus und polierte seine Nase.
»Stillgestanden«, rief er. »Urlaub bis morgen früh! Aber seid mir ja um sieben am Flakbunker. Pünktlich. Sonst schleife ich euch die Klunkern!«

Großmutter wollte den neu aufgefüllten Eiervorrat der geretteten Hühner, die nun wieder einigermaßen gut legten, in einen Kartoffelkuchen hineinarbeiten: Zwölf Eier!
Minnamartha war dagegen:

»Zwölf Eier! Mutter, manchmal weiß ich gar nicht, was du für ein Mensch bist. Was soll dann die ganze nächste Woche werden? Soviel legen die nicht. Legen die einfach nicht! Die waren doch dabei, bei der Bombe. Die legen einfach nicht mehr richtig!«
Großmutter blickte trotzig durch die Brille. »Die werden schon legen. Menschlein braucht was Kräftiges. Siehst du doch, wie der aussieht.«
»Immerhin hat ihn das wahrscheinlich vor der SS gerettet.«
»Was ist denn das nu wieder? Kinder nehmen sie doch nicht in die SS.«
»Hach, mit dir kann man ja nicht reden!«
»Jetzt soll auch nicht jeredet werden, jetzt wird jebacken! Menschlein, hol die Eier.«
»Alle zwölf?«
»Alle zwölf!«
So wurden also Kartoffeln gekocht, gepellt, mit Zucker, den Eiern und ein wenig Milch mit viel Wasser verknetet, um das damals so beliebte Kartoffelkuchenwunder herzustellen.
Ede, in Ermangelung verwundeter Vierbeiner mit viel Freizeit gesegnet, nahm an der Vertilgung des Napfkuchens teil, hörte sich die SS-Geschichte an und murmelte, Kuchenkrümel verstreuend: »Verdammt, verdammt!«
»Gräbst du noch in der Ruine?« fragte ich Ede.
»Natürlich. Du weißt doch, den Husarenkrug haben wir wiedergefunden. Gar nicht kaputt. Da drüben steht er. Schön, nicht? Und die Ente. Vielleicht finde ich den Schnabel noch. Gestern habe ich sechs Flaschen Opekta gefunden.«
»Opekta? Was ist das!«
»Einmachhilfe«, sagte Minnamartha. »Für die Marmelade.«
»Braucht ihr denn das?«
»Im Moment nicht«, sagte Ede. »Aber es ist schön, etwas

zu finden. Wo schon sonst alles hin ist. Alles im Arsch, mein Führer. Der Kuchen ist übrigens gut. Viel Eier drin, was?«
»Zwölf Stück«, rief Minnamartha entrüstet. Sie wedelte mit ihrem Kuchenstück. Ede wackelte mit dem Kopf, sagte aber nichts. Großmutter, den Daumen in ihrem Kaffeetopf, den sie jetzt immer im Schoß hielt, lachte vergnügt. »Alle zwölf.«
Zum ersten Mal sah ich, daß Edes Haare grau geworden waren. Ich wunderte mich, daß er Opekta ausgrub, während die russischen Panzerspitzen zur Oder vorstießen. Er schien meine Gedanken zu erraten:
»Du meinst, es gibt Wichtigeres, als Einmachhilfe auszubuddeln, wie? Aber wir alle können im Augenblick nichts anderes tun als versuchen, zu überleben. Da setzt ein Schutzmechanismus ein. Wer überleben will, muß sich an Kleinigkeiten klammern.«
»Glaubst du, daß der Russe bis hierher kommt?«
»Eigentlich nicht. General Pattons Panzer sind durchgebrochen. Sagt jedenfalls BBC. Die Amis müßten das Rennen gewinnen.« Er schaute mich an. »Meinst du, die SS-Geschichte ist wirklich erledigt?«
»Ich glaube schon. Die Ärztin war der Meinung, daß wir unterernährt sind.«
»Siehste«, sagte Großmutter. »Und da wollt ihr, daß ich den Kuchen ohne Eier backe.«
»Nicht ohne, Mutter«, beschwichtigte Minnamartha sie. »Aber du tust ja, als ob du die Eier selber legst!«

Seltsamerwcise gab es weder am Tag noch in der Nacht Alarm. Dic Bomberkommandos hatten wohl langsam Schwierigkeiten, noch lohnende Ziele zu finden. Oder sie sparten sich ihre *Badeöfen* für Japan auf, weil es hier sowieso zu Ende ging.
Die Kolonie Tausendschön war und blieb so gut wie unversehrt, ein Paradies in der kaputten Stadt, eine Oase.

Fast eine Sehenswürdigkeit. Selbst die Laube unseres Supernazis Gallert stand hell im Sonnenschein, nur ein paar Fensterscheiben waren zerbrochen. Der Fahnenmast ragte kahl in den Himmel.
»Was macht Gallert?« fragte ich.
Ede lachte. »Er glaubt an den Endsieg. Aber er traut sich nicht aus der Bude. Die Leute schmeißen mit Steinen nach ihm.«
»Goebbels sagt, eine Wunderwaffe kommt«, ließ Minnamartha sich vernehmen, ganz gegen ihre Gewohnheit, denn sonst sprach sie nie über aktuelle Ereignisse.
»Possen«, meinte Ede. »Dazu ist es zu spät.«
»Eßt nur den Kartoffelkuchen«, ermunterte Großmutter uns. »Was anderes jibt's nicht.«
In der Nacht danach hockten wir schon wieder im dunklen Bereitschaftsbunker. Unteroffizier Niedlich, am glimmenden Ende seiner Zigarette zu orten, war ungewöhnlich schweigsam. Nur manchmal murmelte er: »Hurenarsch, verdammtes«, und als Echo dazu erklang Bruno Bohnes meckerndes Lachen.
In dieser Nacht bekamen wir einen Bombenteppich in die Batterie gefetzt.

Endlich zeigten sich wieder Knospen an den übriggebliebenen Kirschbäumen. Morgens krachte Lufteis unter unseren Knobelbechern, gegen Mittag verwandelte sich das Batteriegelände in einen Schlammpfuhl. Rabumms neueste Preisfrage: »Wie bekommst du den Lehm von den Stiefeln?« – Antwort: »Trocknen lassen und einen Vorgesetzten kräftig in den Arsch treten!«
Die Abteilung mußte jetzt fast alle übrigen Aktiven für die Front abstellen. Hauptmann Untrieb schlüpfte in die neue Rolle des Heldenklaus. Eines Tages waren auch Unteroffizier Niedlich und sein Ladekanonier Bruno Bohne dran. Vergeblich wies Niedlich auf seine kombinierten Geschlechtsleiden hin: »Den Tripper können Sie

in Masuren auskurieren«, schnappte Hauptmann Untrieb, und sein Ritterkreuz pendelte heftig.
Eine Geschützbesatzung bestand jetzt aus: Luftwaffenhelfern als Geschützführer und Ladekanonier, einem ergrauten, nicht frontverwendungsfähigen Obergefreiten als K 7, der dem Ladekanonier die Patronen zureichte, aus neuerdings rekrutierten fünfzehnjährigen Lehrlingen als Richtkanonieren und einigen russischen Kriegsgefangenen, die als Hiwis die Munischlepper machten.

Drei Wochen nach dem Bombenteppich wurden alle Flakhelfer, die damals an der SS-Untersuchung teilgenommen hatten, zur Schreibstube gerufen. Eingedenk Niedlichscher Abschiedsempfehlung: ». . . und hütet eure Eier!« umschlichen wir den riesigen Horch Hauptmann Untriebs, in der Hoffnung, dem Gestrengen zu entgehen. Aber er lauerte schon auf uns in der Schreibstube. Wir machten beim Eintritt ein paar zackige Bewegungen, erhoben die Hände zum Deutschen Gruß.
»Luftwaffenhelfer, rührt euch!« sagte Untrieb. »Ihr habt euch anderthalb Jahre lang in meiner Abteilung wacker geschlagen. Für das Vaterland. Großdeutschland. Unseren Führer. Ich danke euch. Ich habe euch hierherbefohlen, weil ihr entlassen seid. Persönlich bedaure ich das. Ihr habt bewiesen, daß ihr die Heimatfront verteidigen könnt, und ich wünschte, ich hätte genügend solche Soldaten bei unseren Einheiten an der Front.
Ihr setzt euch heute abend mit vollem Gepäck zum Flakbunker Zoo in Marsch, wo ihr eure Entlassungspapiere bekommt. Warum, weiß ich nicht. Befehl vom Flackregiment auf höhere Anordnung. Ihr habt euch dann zur Verfügung des Wehrkreiskommandos zu halten. Wehrpaß wird jedem ausgehändigt. Meldung beim zuständigen Wehrkreiskommando zweimal die Woche. Verstanden?«
»Jawohl, Herr Hauptmann!«

»Luftwaffenhelfer – stillgestanden! Unser Führer: Sieg heil! Sieg heil! Sieg heil! Wegtreten!«
Wir beeilten uns, den Dunstkreis des hohen Tieres zu verlassen.
»Haltet mal an«, sagte Rabumm, als wir in sicherer Entfernung waren. »Was steckt dahinter? Was meint ihr? In der Batterie sind mehr als zweihundert Luftwaffenhelfer, die mit uns gekommen sind und die nicht entlassen werden. Versteht ihr das?«
»Kaum, und darüber hinaus kaumstens. Vielleicht sind wir zu doof für diesen Beruf.«
»Oder die SS schnappt uns wieder.«
»Dann nüscht wie türmen«, meinte Werner bestimmt.
Karl Kaiser, blaugraue Maus, packte seinen Rucksack. Beäugte den Stacheldraht, der ihn anderthalb Jahre lang fast hermetisch von der Außenwelt abgeschnitten hatte. Stacheldraht war, wie Bratlingspulver und Aspirin, genügend vorhanden. Von Friedas Holzbein niedergedrückte Partien, Bombenschäden, Beschädigungen durch Rost, willkürliche Drahtvernichtungen durch Außenstehende wurden schnell repariert. Mit blitzblankem, neuem, jetzt sogar rostschutzverzinktem deutschem Stacheldraht. Qualitätsstacheldraht. Arischem Stacheldraht ohne Zweifel.
Ungefähr zwanzig rucksackbepackte Luftwaffenhelfer marschierten abends zum Tor hinaus, ohne Begleitung diesmal, denn die dezimierte Batterie konnte es sich nicht leisten, für zu entlassende Luftwaffenhelfer, die noch hinter Schütze Arsch rangierten, einen Unteroffizier als Bärenführer beizustellen. So trug diesmal Werner Pethmann unseren mit Dienstsiegeln verzierten Marschbefehl in der Brusttasche.
Von Gaschendorf fuhr kein Zug mehr ab, keine Adele stand am Straßenrand und staunte. Niemand schaute. Ein paar zerbombte Waggons waren auf den ziemlich unversehrten Gleisen abgestellt, der Bahnhof, ohne Fen-

sterscheiben, war verödet. Wir marschierten in mühevollem Gleichschritt die sieben Kilometer bis zur nächsten größeren Stadt, von wo uns ein Zug zur Reichshauptstadt bringen sollte, auf den Lippen ein bekanntes Lied, dessen Text wir ein bißchen für unsere Situation abgewandelt hatten:

Wir traben in die Weite,
die Uniform im Spind.
Die ganze Flak macht pleite,
wenn wir entlassen sind.
Und fragen uns die Leute:
Warum zieht ihr nach Haus?
Dann brüllt die ganze Meute:
Hier hält's kein Schwein mehr aus.

Trotz dieser defätistischen Version erreichten wir, ungehindert durch Partei- und Volksgenossen oder Militärorgane, in immer mehr zerstörtere Stadtviertel eindringend, jenen Punkt auf der Landkarte, wo der Bahnhof liegen mußte.
Nur war kein Bahnhof mehr da.
Ein kürzlich hier abgeladener Bombenteppich hatte die Gebäude zum Einsturz gebracht.
Werner und ich erklommen den Gipfel des Schuttberges. »Mann«, sagte Werner, »hier möcht ick nach'm Krieg Maurer sein!« Von oben sahen wir am Horizont anscheinend intakte Gleisanlagen, davor gekrümmte Eisenteile und, übereinandergetürmt und zusammengeschoben, ehemaliges rollendes Material.
»Räder müssen rollen für den Sieg«, stand auf eine Lokomotive gemalt, die nahe beim Exbahnhof verröchelt war. Ein Stegreifpoet hatte mit Kreide weitergereimt: »Achsenbruch verkürzt den Krieg!«
Wir kletterten wieder herunter. An einem unversehrt gebliebenen Pfeiler klebte ein Plakat: »Vorsicht – Feind

hört mit!« Darunter ein Schild mit Pfeil, das zur Bahnhofsmission wies, die jetzt auch unter den Trümmern begraben lag. Samt Kaffeeküche. »Aufladen«, sagte Rabumm. »Wir werden weitermarschieren!«
Durchs Bahnhofsviertel war wegen der Trümmer nicht zu gelangen. Wir mußten einen weiten Umweg machen, bis wir wieder die Gleise erreichten. Von einem provisorischen Bahnsteig aus wurden Züge abgefertigt. Von der Stadt war hier nicht mehr viel zu sehen, ein paar einzelne Lagerschuppen, zum Teil zerbombt, dienten der Feldgendarmerie als Quartier. Während wir auf einen Zug warteten, filzten uns die Kettenhunde mehrere Male, aber Rabumms Marschbefehl mit den vielen Stempeln und Dienstsiegeln, von Hauptmann Untrieb persönlich unterschrieben, hielt ihren lästigen Nachforschungen stand. Schließlich kam ein Zug, wurde gestürmt und fuhr nach mehreren Stunden ab. Nach zwei Tagen, auf vielen Umwegen, dauernd kontrolliert, erreichten wir die Reichshauptstadt. Unsere eisernen Rationen hatten wir längst verzehrt, und nachts waren wir fast erfroren, weil die Waggons längst keine Scheiben mehr besaßen.

»Mönsch, Berlin, so'n bißken jrün wirste ja doch wieder!«
Der alte Obergefreite, einer von jenen, die man überall fand, wo eine Flakkanone feuerte, schaute mit mir von der *Cäsar*-Plattform des Flakbunkers über den Tiergarten, jene riesige Parkanlage mitten im Ruinenmeer, in deren letztem Zipfel der Reichsmarschall zwei Riesenungetüme aus Stahlbeton hatte errichten lassen, die Flakbunker Zoo.
Ein erster Hauch von Grün zeigte sich wirklich über dem Tiergarten, aber näher durfte man nicht hinschauen. Der Berliner liebster Park war eine Kraterlandschaft. Kaum ein alter Baum stand noch. Was Luftminen nicht verwüstet hatten, war im letzten kalten Kriegswinter in die Ka-

nonenöfen der Anlieger gewandert. »Wenn ick so'n Lindenkolben aus'n Tiergarten vaheize, kann ick mir noch wat bei denken. Det hält doppelt warm«, war der vielzitierte Spruch eines Hausmeisters aus der Budapester Straße.

Ich fragte den Obergefreiten, ob er diesen Ausspruch kenne. »Klar«, sagte er. »Aber leid tut's mir doch. Die schönen alten Bäume.«

Er zeigte zur anderen Seite: »Da unten, das ist der Zoologische Garten. Ein paar Tiere sind noch da. Lustig ist's auch nicht für die, wenn wir ballern. Und eine Menge Treffer haben sie auch abbekommen. Zwei Elefanten mußten notgeschlachtet werden. Da gab's tagelang Elefantenschnitzel.«

Ich dachte an unsere Zooaktie, an jene frühen Tage, als ich, Menschlein, den Affen beim Onanieren zusah, während eine Militärkapelle *Das ganze Regiment hat Haare auf'm Kopf* intonierte, oder *Pauline steht im Hemd.* Ob Ede wohl auch die Zooaktie aus den Trümmern des Hauses ausgegraben hatte?

Der Obergefreite führte mich weiter. Von der Plattform *Dora* aus sahen wir hinüber bis zum Rathaus, dessen Turm noch stand, sahen die zerschossene Kuppel des Berliner Doms und ganz in der Ferne, an der Spree, das Kraftwerk Klingenberg. Nur ein einziger Schornstein blies noch Dampf ab.

Auf der anderen Seite, als schwarzes Stahlskelett gegen den dunstigen Himmel, der Funkturm.

»Durch die Maschen kann die Luft zu jut durch«, meinte der Obergefreite. »Den Lulatsch kriejen die Amis nich klein!«

Wir gingen wieder hinunter, ins Labyrinth des Bunkers. »Maul halten«, flüsterte der Obergefreite. »Eigentlich darf niemand nach oben.« Ich bedankte mich bei ihm. Dann ging ich nach Stockwerk B, wo unser Regimentsstab residierte.

»Karl Kaiser, Luftwaffenoberhelfer.« Der Kammerbulle fuhr mit beiden Händen in Karl Kaisers Klamotten umher, murmelte: »Ein Stahlhelm, eine Gasmaske, ein Verbandspäckchen, eine Hose zweite Garnitur, eine Jacke zweite Garnitur, Gehörschoner, zwei Hemden . . .« Neben ihm hakte ein Heimatkrieger die Liste ab.
»Fehlen noch eine erste Garnitur, eine Mütze, ein Fliegerhemd blau, ein Paar Socken, ein Paar Schnürschuhe, ein Hemd, eine Unterhose.«
»Die habe ich an, Herr Wachtmeister!«
»Sehe ich, sehe ich. Und nun?«
»Herr Wachtmeister, meine letzten Zivilklamotten hatte ich, als ich zwölf war. Die passen nicht mehr.«
Der Kammerbulle grinste. »Gut. Der Führer hat ein Einsehen. Die Kluft kannste erst mal behalten. Rückgabe nach dem Endsieg um sechzehn Uhr. Hier in diesem Theater.«
Er knallte einen weiteren Stempel auf meinen Entlassungsschein. Schrieb dazu: »Darf erste Garnitur bis auf weiteres tragen.«
So ziemlich jeder Deutsche trug Uniform. Es wäre aufgefallen, hätte man keine getragen. Sogar in der Kolonie Tausendschön schmückten abenteuerliche Abarten die meisten Bewohner. Ernie Puvogel tarnte sich mit dem schlichten Kleid der Organisation Todt, jener Albert Speer unterstellten Truppe, die Atlantikwall und Flakbunker und auch die V 2-Basis Peenemünde gebaut hatte. Selbstverständlich bekleidete Ernie Puvogel einen Posten ganz in der Nähe und konnte abends einiges von dem Wirrwarr ins Lot bringen, den untertags die bekloppte Tochter Wanda im Laden anrichtete.
Gallert, der alles aus seinem Versteck in der Laube beobachtete, gern auch höheren Ortes Meldung machte, Gallert fand es verdächtig, daß da Puvogel in der Kolonie umherdackelte, Uniform trug und doch augenscheinlich nicht dazu vorgesehen war, sich der bolschewistischen

Dampfwalze entgegenzuwerfen. Oder, wie er es sah: den Endsieg schleunigst herbeizuführen.

Die Leidenschaft für solche nationalen Aufgaben war mir spätestens in den Bereitschaftsbunkern der Großbatterie von Gaschendorf abhanden gekommen. Gallert wußte oder ahnte das, oder konnte es sich denken, schwierig war das nicht.

Bald fand ich heraus, daß er heimlich herumfragte, was es mit mir auf sich habe. Aber schließlich sammelte ich meine Stempel vom Wehrkreiskommando, das erst einmal, uns zwanzig Entlassene betreffend, keine neuen Ideen produzierte.

Eines Nachmittags tauchte mein Vetter Millie bei uns auf, den ich zwei- oder dreimal gesehen hatte, als Kind. Millie war fast ein Zwerg, was ihn veranlaßt hatte, die Karriere eines Rennjockeis einzuschlagen. Millie ritt erfolgreich Galopprennen, in Königsberg, in Hoppegarten, sogar in Paris, Deauville und Leningrad war er in Friedenszeiten gewesen, und etliche Male hatte er gewonnen. Millie war beliebt. Der Kronprinz kannte ihn persönlich.

Millie trug jetzt Uniform, eine schicke Extraanfertigung, weil ihm die gängigen Größen nicht paßten. Irgend jemand hatte, solange der Krieg nun schon dauerte, seine schützende Hand über Millie gehalten. So war er jetzt Kavallerieausbilder, in der Heeres-Reit-und-Fahrschule Crampnitz. Trotz Panzerschlachten ging der Dienst zu Pferde dort weiter.

»Millie, wir haben dich ja lange nicht gesehen«, sagte Großmutter. »Was hast du denn da in dem Sack?«

In der Tat schleppte Millie einen riesigen Sack hinter sich her, vielleicht nur ein Sack normaler Größe, aber neben dem winzigen Millie sah der Sack gewaltig aus. In dem Sack schepperte es.

»Hier drin«, sagte Millie, »sind meine Rennpokale. Alles Silber. Echt.«

»Millie, du kannst sie gerne bei uns in den Keller stellen«, sagte Großmutter. »Bis Kriegsende.«
»Damit die Russen sie schnappen? Ich habe eine bessere Idee! Aber das ist nichts für Damen! Komm, Karl.«
Millie ließ seinen Sack im Flur stehen. »In die Veranda«, sagte er. »Schneller als sonst.« Millie war groß im Sprücheklopfen. »Und mach' die Tür zu. Sonst haben wir die auf dem Hals.«
Mit *die* meinte er Großmutter und Minnamartha.
Millie erläuterte mir seinen Plan. Er war der Meinung, daß er die Pokale nicht durch die Wirren der nächsten Monate bringen würde. »Warum«, Millie sah mich durchdringend an, »warum die Dinger nicht versaufen? Alles Silber. Massiv. Mindestens dreihundertdreiunddreißig gestempelt. Wir ziehen in ›Zehntausend Millimeter unter der Erde!‹. Weißt du, was das ist?«
Wußte ich nicht.
»Das ist *die* Reiterbar. In der Friedrichstraße. Ganz en vogue.« Er sagte wirklich »en vogue!« – »Nur Kavallerie. Beste Truppe. Wir machen geschlossene Gesellschaft. Heute abend. Kommst du mit? Zieh Zivil an! In der Kinderkluft mit dem Luftwaffenpieps lassen sie dich nicht rein.«
»Was ihr schon wieder vorhabt!« jammerte Minnamartha. »Sicher gibt es doch Alarm!«
Millie hatte sogar einen Dienstwagen organisiert, Opel Kadett mit Chauffeur. Den Silbersack hinten draufgeschnallt, fuhren wir ab, Richtung Friedrichstraße. Überall Trümmer. Der Fahrer kurvte herum, um einen Weg zu finden. Endlich setzte er uns ab. Stadtmitte. »Duster wie in 'ner Negerinnenmöse, wie?« witzelte Millie. Irgendwo fand er eine Tür in zerborstener Mauer, eine Treppe. Er schleifte den klingelnden Sack hinunter. Ich vorsichtig hinterher.
Dann ging eine zweite Tür auf, unten war Licht, ein bißchen jedenfalls, aber nach der Treppe kam es mir hell vor,

und Plüsch war da, Sofas, kleine Marmortische. Der ganze Laden voller Leute, die brüllten, Millie umarmten, ihm den Sack entrissen. Drei Mann machten Musik. Spielten sofort: »Wir versaufen unser Oma ihr klein Häuschen, klein Häuschen.« Millies Plan schien allgemein bekannt zu sein. »Jetzt fahren wir voll ab. Jungs«, klopfte Millie seine Sprüche. »In die vollen!«
Die erste Lage rollte, Bier und Korn. Langsam unterschied ich: Die meisten waren hier in Uniform. Ein paar höhere Tiere dabei, immerhin silberne Schnörkel auf den Schultern. Aber sie alle sagten du zu Millie, der nur eine Obergefreitenuniform trug. George, englisch ausgesprochen, man denke, war der Barmann. Jagdflieger, aber mit Malaria. Aus Libyen mitgebracht. Fliegen ging nicht mehr. Schmiß er also hier den Laden. Zwischen uniformierten und den Zivilheinis räkelten sich ein paar Damen, alle in Seide. Lange Kleider. So was hatte ich überhaupt noch nicht gesehen. Millie forderte mich auf, zu trinken. »Mach mit, Junge. Gieße dir einen auf die Lampe, sagt Mampe. Noch ist Polen nicht verloren!«
Nach ein paar Korn, doppelten, kam mir alles nicht so fremd vor. Ein Oberst holte mich väterlich über meine militärische Laufbahn aus. Die Dame, die neben ihm saß, rauchte Zigaretten mit goldenen Mundstücken und sagte ab und zu: »So jung noch. Mein Gott, so jung noch!« Sie tanzte mit Millie Tango, was komisch aussah, weil sie sehr groß war und Millie doch so klein. Millie war in seinem Element. Auf dem Podium der Kapelle stand vorne, für alle sichtbar, Millies Sack mit den Pokalen. Die Musikknaben tranken mit, auch sie waren Kavalleristen, wie sich herausstellte, und spielten ehrenamtlich. Millie zur Freude. »Mann, zieh'n die Schnulzen ab. Dufte, wat? Jungs, jetzt mal ›Was macht der Maia im Himalaja‹.« Das war der neueste Hit. Soldatensender Belgrad. Die Kapelle fing sofort mit *Maia* an. Das Publikum legte eine kesse Sohle aufs Parkett. George stellte zwanzig Gläser auf die

Theke und fuhr mit der vollen Flasche, Hals nach unten, darüber hin, bis alle Gläser voll waren. Er beherrschte dieses System so vollendet, daß die Theke trocken blieb.

Wie viele Stunden das Fest dauerte, weiß ich nicht. Ab und zu brach jemand zusammen, ich auch, und wurde ins Hinterzimmer geschleift, wo merkwürdigerweise ein paar Stockbetten standen. Vielleicht war da ein Luftschutzkeller, wir waren ja, Millie behauptete es wenigstens, »zehntausend Millimeter unter der Erde«.

Als ich, mir schienen Wochen vergangen, wieder einmal von einem Kurzschlaf zurückkam, spielte die Kapelle *Wohlauf, Kameraden, aufs Pferd, aufs Pferd!* Millie, der Zwerg, ritt auf einer fast nackten, ziemlich dicken Dame, die auf allen vieren über die Tanzfläche kroch. Mit ernsten Gesichtern standen Uniformierte und Zivilisten Spalier, in der Hand Champagnerflaschen und Sektkelche.

Pause der Musik. Millie schrie: »Achtung! Gebt – Feuer!« Alle rissen die Champagnerflaschen hoch, mit vielfachem Knall fuhren die Pfropfen heraus, knallten gegen die Decke, der Champagner schäumte und schoß in die Gläser. Der Trompeter der Kapelle blies den Zapfenstreich. Millie grüßte nach allen Seiten, bekam ein Glas Champagner gereicht, tränkte sein *Pferd,* das dicke Mädchen, deren Schultern von verspritztem Schampus naß glänzten. Dann machte Millie selber einen langen Schluck, fiel von dem dicken Mädchen und blieb auf dem Parkett liegen.

Das fast nackte Mädchen stand auf, nahm ein anderes Glas und trank. Es war jetzt still. »Mann, das war mal ein Bumsfest«, sagte das Mädchen.

Nach ein paar Stunden kam Millie, den ein paar Kameraden inzwischen ins Bett transportiert hatten, wieder zu sich und fragte: »Wo zum Himmelarschundzwirn sind meine Rennpokale?« Aber die hatte George schon abtransportiert. Eine alte Frau fuhr mit einem Staubsauger

über den Plüschteppich der Bar. Millie bestand darauf, daß wir Rühreier haben müßten. Die Frau erbarmte sich, machte Rühreier. Eine halbe Flasche Champagner fand sich auch noch. Wir tranken sie zu den Rühreiern.
Aus dem Dämmerlicht der Bar traten wir ans Tageslicht. »Mann«, sagte Millie. »Heute kann ich keinen Pferdeschwanz von einer pommerschen Möse unterscheiden.«

Fast einsam war es jetzt in der Kolonie Tausendschön. Buseberg mit seiner Holzhand saß alleine in der Laube. Frau Buseberg leistete Dienst als Straßenbahnschaffnerin und kam erst abends spät nach Hause. Harry absolvierte in Neuruppin eine Ausbildung als Panzerfahrer. Häschen, Marie, Irmchen und die anderen Mädchen waren nicht mehr da. Nur Ingrid sah ich manchmal, bevor sie nach Westen abdampfte, und ihre Freundin Gigi, die immer noch spindeldürr war und deshalb ihren Spitznamen *Stacks* weiter zu Recht trug. Eine etwas phantasievolle BDM-Uniform umflatterte Gigi, sie trug eine ukrainische Trachtenbluse – Beuteware – unter der Strickjacke. Dazu lagen ihre Haare unzeitgemäß in Bubikopfschnitt am Kopf an, mit kessen Schnecken rechts und links, wie Greta Garbo, nur rothaarig. Braun und zerkratzt ragten ihre dünnen Beine unter dem Rock hervor, ungeheuer lang. Hoher *Wasserfall* nannte Skagerrak-Buseberg das.
Stacks und ich umkreisten einander etwas scheu.
»Wie geht's?«
»Gut. Und dir?«
»Auch gut.«
»Na, dann.«
»Na, dann.«
Das waren unsere erschöpfendsten Dialoge. Gigi war viel beschäftigt, den letzten Winter durch hatte sie Wollsachen und Skier für die Ostfrontkämpfer gesammelt, jetzt zählte sie den Ertrag der letzten NSV-Sammlung aus, und zwischendurch machte sie Luftschutzdienst. Wie Ingrid,

die damals Großmutter, Kutschke, die schwarze Katze und mich ausgegraben hatte.
Gigi lebte jetzt mit ihrem Bruder Friedrich in der Laube, dessen eines Bein die Amerikaner arg demoliert hatten. Er ging an Krücken und hatte unbegrenzt Heimaturlaub bekommen.
Gigis Vater war an der Ostfront, ihre Mutter im Augenblick mit einem Sanitätsfeldwebel durchgebrannt, der hier in einem Lazarett Dienst tat und Freßpakete aus Österreich per Lazarettzug bekam. So sorgte Gigi auch noch für den Haushalt, mit Schlange stehen nach den kärglichen Zuteilungen auf Lebensmittelkarte.
Einen alten Tom-Shark-Schmöker hatte ich in unserer Laube wiedergefunden: *Der Sarg im Brunnenschacht.* Den las ich, mit Interesse verfolgend, wie Tom Shark in den alten Brunnen kletterte, die Wände abklopfte und schließlich eine Geheimtür entdeckte, die sich durch Druck auf eine bestimmte Fuge öffnete. Würde Tom Shark dahinter den Sarg finden?
Es klopfte. Ich öffnete. Gigi war draußen, in Uniform, mit mostrichfarbener Jacke und dunkelblauem Rock, einen alten Regenmantel darüber, der offenstand und sie umwehte.
»Ich bin's«, sagte sie überflüssigerweise. »Kommst du rüber? Friedrich und ich haben 'ne Flasche Schnaps.«
Ich machte schnell ein Eselsohr in den Tom Shark, Seite 42, und ging hinter Gigi her durch den sausenden Wind, zwischen verdunkelten Lauben hindurch, aus denen kein Laut drang.
In Gigis Laube brannte nur eine Vierzigerfunzel auf der Kommode. Den Tisch beleuchtete ein flackernder Kerzenstummel, blau, also wahrscheinlich eine VDA-Kerze, fünfzig Pfennige, Reinerlös zugunsten des Vereins der Auslandsdeutschen. Gute Vorkriegsware. So was lag überall herum.
Am Tisch saß Friedrich in einem Sessel, das lädierte Bein

hochgelegt, die Krücken neben sich. Er trug Uniform, das neu glänzende silberne Verwundetenabzeichen neben dem schwarzweißroten Band des E.K. zwei auf der Brusttasche. Die Feldbluse hatte Friedrich längst aufgeknöpft, die Enden der Halsbinde baumelten links und rechts herab, und über dem wehrmachteigenen Unterhemd war die Erkennungsmarke sichtbar. Aus der Schnapsflasche auf dem Tisch fehlte fast ein Viertel, und Friedrich hatte glänzende Augen. Der Volksempfänger auf der Kommode dudelte die Filmmusik aus *Stukas*.
»Komm, setz dich, bedien dich.« Er schob mir die Schnapsflasche und ein leeres Glas zu. Gigi zog ihren Regenmantel aus und die Mostrichjacke und setzte sich auch. Ich füllte ihr Glas und meins. »Auf den Endsieg.« – »Prost.«
Ich deutete auf Friedrichs Bein: »Wo hast du dir das geholt?«
»Ardennenoffensive. Wir hatten den Amis schon das Rennen beigebracht. Nebel und Regen, da konnten sie mit ihrer Luftwaffe nichts werden. Aber dann rissen die Wolken auf, und sie hauten uns alles rein, was sie finden konnten. Jabos und Tiefflieger.«
Gigi wollte wissen, was Jabos sind. Gemeinsam erläuterten Friedrich und ich ihr den Kampfauftrag von Jagdbombern. Gigi saß ganz still. Unter dem Tisch berührten sich unsere Knie. Friedrich fuhr fort:
»Unser Panzer hatte Kettenschaden. Unter Tieffliegerbeschuß mußten wir aussteigen. Ich hatte schon ein Bein im Turm, als uns so eine Mohawk einen Treffer verpaßte. Vom Luftdruck flog das Luk zu und zerquetschte mir das Bein. Der Rest waren ein paar Splitter, gleichmäßig verteilt.«
»Und? Wird das Bein wieder?«
»Ich glaube schon. Kann von Glück sagen, daß sie es mir nicht abgenommen haben. Jetzt flicken die Ärzte die Nervenenden wieder zusammen. Sie meinen, es wird

zwar steif bleiben, aber gehen kann ich wieder damit.« Er deutete auf die Krücken: »Später.«
Der Volksempfänger war jetzt bei Marlene Dietrich angelangt. Sie sang: *Männer umschwürrrn mich – wie Motten das Lüüücht.* Die VDA-Kerze flackerte. Friedrichs Kopf sank seitwärts. Sein Mund stand offen. Er schlief. Gigi trank mir zu. Legte den Finger an die Lippen. Wir küßten uns über den Tisch hinweg, was schwierig war, wegen der Entfernung und der Schnapsflasche. Ich stand leise auf und kniete mich neben ihren Stuhl. Wir küßten uns wieder, sie beugte sich zu mir herab, ich reckte den Hals. Ich zog sie hinab auf den Teppich. Sie nahm die Schnapsflasche und die Gläser mit hinunter. Wir tranken weiter. Unter dem Tisch hindurch konnte man Friedrichs gesundes Bein sehen. Wir lagen nebeneinander, Gigis rote Haare auf dem Muster des falschen Persers, blaue und modfarbene Ranken, von roten Streifen begrenzt. Nach innen hin, kaum mehr erkennbar unter dem Tisch, vergrößerten sich diese Ranken. Ich öffnete Gigis Bluse, schob den Büstenhalter hoch. Eine Brust, so klein wie ein Taubenei. Meine Hand erforschte ihren Körper. Gigi ließ sich alles gefallen, küßte mich. Schlang ihre dünnen Arme um meinen Hals.
Plötzlich fiel eine von Friedrichs Krücken um. Im Schlaf hatte er wohl an sie gestoßen.
Wir erstarrten.
Friedrich stöhnte und räusperte sich.
Dann hörten wir wieder seine gleichmäßigen Atemzüge.
Gigi lächelte.
Die VDA-Kerze brannte nieder, flackerte noch ein paarmal, Friedrichs Schatten an die Wand werfend. Verlöschte. Nur die Lampe auf der Kommode verbreitete noch ihren Vierzigwattschein, kaum den Schatten unter dem Tisch und daneben aufhellend, in dem wir lagen. Plötzlich zog Gigi ihren Büstenhalter wieder runter. »Geh jetzt«, flüsterte sie. »Geh jetzt.«

Am nächsten Morgen stapfte ich wieder zum Wehrkreiskommando.
Im Kopf Gigi. Gigi, das magere Mädchen unserer Kinderspiele, die Zärtliche unter dem Tisch, mit dem schnarchenden, kriegsversehrten Friedrich im Sessel, mit dem dudelnden Volksempfänger. Gigi, das schmale Mädchen, mit eckigen Hüftknochen, den Taubenei-Brüsten und den feuerroten Haaren. Gigi, die nach Mandeln duftete.
Minnamartha hatte natürlich gezetert am nächsten Morgen; »Junge, wo bleibst du nur, die halbe Nacht! Ich habe mir solche Sorgen gemacht! Es hätte doch Alarm geben können.«
Auf dem Wehrkreiskommando erwartete mich eine Überraschung: »Sie rücken ein«, sagte der Unteroffizier, der sonst meine Papiere stempelte. »Hier ist Ihr Marschbefehl. RAD-Felddivision, Standort Husum, Meldung innerhalb achtundvierzig Stunden. Heute abend geht ein Zug nach Hamburg. Acht Uhr, falls er geht. Nehmen Sie den. Sonst schaffen Sie es nicht.«
RAD-Felddivision! Arbeitsdienst! Die Abwandlung jener Westerwald-Liedzeile fiel mir ein, die wir oft aus Quatsch gesungen hatten:

> Fünfundzwanzig Pfennig ist der Reinverdienst,
> ein jeder muß zum Arbeitsdienst . . .

Ich ging nach Hause, an Gigis Laube vorbei. Sie war nicht da und kam auch abends erst spät zurück. »Ich richte es ihr aus«, sagte Friedrich. »Ihr seht euch dann wohl nicht mehr.«
Nein, dann sahen wir uns wohl nicht mehr.
Bei uns zu Hause gab es ein Riesenpalaver. Ede wurde verständigt und war bald mit dem Fahrrad da.
»Wenn der Junge nun dahinfährt, was da alles passieren kann«, rief Minnamartha. »Bis jetzt hat er alles überlebt. Und nun das.« Sie lief in der Küche hin und her. Plötzlich

wies sie auf die Falltür im Fußboden der angrenzenden Veranda. »Ede, wir können ihn doch im Keller verstekken.«
»Ich glaube, es ist das beste, wenn er fährt«, sagte Ede.
»Fährt? Wer weiß, wie weit die Engländer schon vorgestoßen sind. Und da schickst du dein Kind quer durch Deutschland. Bei den Luftangriffen.«
Ede lächelte. »Gar so groß ist Deutschland ja nicht mehr.«
Großmutter wirtschaftete am Herd, auf dessen hinterer Kachelkante immer noch die dreibeinige schwarze Katze thronte. »Nun eßt man mittag«, sagte sie. »Ich habe ein Huhn geschlachtet.«
Unter heftigen weiteren Diskussionen verzehrten wir eine unserer Eierlegerinnen, Marke Leghorn. Viel war nicht dran, bei der Futterknappheit erzeugten wir höchstens Suppenhühner, dritter Güteklasse.
Minnamartha war dafür, daß ich blieb, Ede, daß ich fuhr. Ich war dafür, daß ich blieb. Wegen Gigi. Andererseits kannte ich die Folgen von Befehlsverweigerung. In diesem Stadium des Krieges waren Kettenhunde und ein Haufen von Heldenklaus und Kriegsverlängerern schnell dabei, einem mit der Nullacht ein Loch in den Schädel zu pusten.
»Ich fahre«, sagte ich.
»Ohgottohgott«, rief Minnamartha.
»Recht so«, meinte Ede.
Großmutter nuschelte: »Wenn der Himmel einstürzt, sind sowieso alle Spatzen tot.«

Kleines Marschgepäck also, die alte Flakhelferuniform an. Wehrpaß, Luftwaffenhelfer-Entlassungsschein, Marschbefehl in die Brusttasche.
Am Bahnhof stand Werner Pethmann. »Rabumm«, sagte er. »Du auch?«
»Du auch?«

Werner Pethmann rülpste. »Die anderen werden wir wohl auch noch treffen. Da scheißt der Hund ins Feuerzeug.«
Dieser Spruch entstammte dem Nachlaß von Unteroffizier Niedlich. Er erwies sich als gerade ausreichend kräftig.
Eine Ruine von Zug rollte an, die Waggons hatten wahrscheinlich schon siebzig-einundsiebzig Blüchers Linieninfanteristen zum Rhein, zum deutschen Rhein gekarrt. Alles vierter Klasse, die es eigentlich gar nicht mehr gab. Mit diesem Zug zottelten wir, in eisiger Nacht und wieder ohne Scheiben, durch düstere Kiefernwälder und noch düsterere Landstädtchen nach Norden, ab und zu Funkenregen versprühend, wenn der Heizer Braunkohle nachlegte.
Der feurige Elias schlug ein paar Haken, rangierte auf finsteren Stationen um und setzte uns am nächsten Morgen, frontlagebedingt, nicht wie erwartet in Hamburg, sondern irgendwo an der Ostseeküste ab.
»Rabumm«, sagte Werner Pethmann, »hier bleiben wir erst mal. Ich habe so ein Gefühl, daß wir noch gar nicht gebraucht werden. Den Arsch mit Griff (er meinte damit die in der Mitte gekniffte Arbeitsdienstschirmmütze) können wir uns ruhig ein bißchen später auf die Birne stülpen.«
»Einverstanden. Wo bleiben wir?«
»Wird sich finden.«
Es war eines jener Seebäder, wie sie mir von den Ferien her vertraut waren, mit Mole, Kurpromenade und Musikpavillon. Nur war alles wie ausgestorben. Ein paar Zivilpersonen, nicht einmal Militär. Die gestrandeten Insassen des Zuges aus Berlin blieben beim Bahnhof, der eine gute Viertelstunde vom Ort ablag, in der Hoffnung, daß es irgendwann weitergehen würde.
Wir stöberten den Bürgermeister auf, der wenig erfreut über unseren Besuch war. Oben kariertes Hemd, unten

SA-Hose und braune Stiefel, saß der Gewaltige im Büro verbarrikadiert. Augenscheinlich war sein Beitrag zum Endsieg minimal.
Wir traten ein, ohne zu klopfen, weil das auf einem Schild an der Tür stand, und legten lässig die Hände an die Mützen.
»Heil Hitler, was wollt ihr?«
Wieder einer, der gleich per du mit uns sein wollte.
»Wir können nicht weiter. Wir brauchen Stempel, Unterkunft, Verpflegung für ein bis zwei Tage.«
Die Sache war ihm entschieden unheimlich. Er prüfte unsere Papiere. »Unterkunft ist schlecht. Morgen machen zwei Minensucher hier fest. Alle Zimmer sind requiriert.«
»Vielleicht geht morgen ein Zug. Also für eine Nacht.«
»Für eine Nacht. Gut.«
Wir zogen ab mit Lebensmittelmarken (Reisemarken) für zwei Tage, gestempelten Marschbefehlen und der vom Bürgermeister eigenhändig geschriebenen Begründung: »Unterbrechung wegen Zugunterbrechung.«
»Ein schöner Unterbrecherheini«, sagte Werner. »So ein Etappenschwein. Der Parteibonze hat sich doch sicher den ganzen Krieg über hier rumgedrückt.«
Der Quartierschein, ebenfalls vom Bürgermeister ausgestellt, öffnete uns die Tür einer Pension, die von einer mißmutigen, aber schönen Kriegerwitwe geleitet wurde. Das Bild des Gefallenen stand im Flur auf der Anrichte, mit Trauerflor. Wir waren die einzigen Gäste, aber das Zimmer war geheizt, und es gab Warmwasser. Mitten in der Wildnis, zwischen zwei einander näherrückenden Armeen weißbezogene Betten. Mit Decken, die aus Jugendherbergsbeständen stammen mußten, denn sie trugen an einer Schmalseite den uns aus Pimpftagen vertrauten Aufdruck *Fußende.*
»Dem Mann, der diese Weisheit ausklambüserte, wurde kein Denkmal gesetzt«, philosophierte Werner Peth-

mann. »Dabei hätte ich ihn gerne kennengelernt. Er hat Millionen junger Menschen davor bewahrt, den Käsegestank von den Füßen anderer Leute unter der Nase zu haben. Trotzdem möchte ich gerne wissen, warum ließ er *Fußende* draufdrucken und nicht *Kopfende!* Dann müßte man nicht gleich an Käse denken.«
Sicher war's ein Herbergsvater, dem der Gestank von Wandervögelfüßen so in der Nase wühlte, daß ihm *Kopfende* gar nicht mehr einfiel.«
»Bestimmt. Ein Hoch dem braven Mann. Wir wollen seiner gedenken, uns besaufen und die Wirtin pelzen.«
»Das laß lieber. Sonst gibt sie uns Decken mit zwei Fußenden.«
Wir schliefen in den Tag hinein, müde nach dieser Fahrt durch die Nacht mit dem feurigen Elias. Die Kriegerwitwe rumorte im Haus herum. Sie hatte zwei wohlgenährte Katzen, die sich in einem leeren Zimmer balgten und Schreie ausstießen. Draußen war das Meer, dunkelgrau, bleiern. Düstere Wolken wälzten sich darüber hin. Von den erwarteten Minensuchbooten keine Spur. Auch kein anderes Schiff oder Boot war zu sehen. Nur Meer, verlassener Strand, eine Mole ohne Menschen.
Auch Werner Pethmann schaute hinaus. »Hier wird man ja brägenklütrig«, sagte er. »Schauen wir uns an, was das Kaff zu bieten hat.«
In einem kleinen Gasthof, dem einzigen, der geöffnet hatte, aßen wir Stammgericht, markenfrei. Am Nebentisch saßen zwei Arbeitsmaiden, ein bißchen pummelig, ein paar Pickelchen auf der Stirn. Wir quatschten sie an und luden sie zu Dünnbier ein, das ohne Marken, ohne Bezugsschein, ohne Vergnügungssteuer ausgeschenkt wurde, von einer Wirtin. Überall waren ja die Männer an der Front. Außer Parteibonzen, Heldenklaus und den üblichen Etappenhengsten.
Die Mädchen hießen Lilo und Erika und wollten auch nach Norden, in ein Lager bei Niebüll, fast an der däni-

schen Grenze. »Es hat zwar wenig Sinn«, meinte Lilo, »aber wenn sie uns beim Bummeln schnappen, kann es unangenehm werden.«
»Hier scheint es nicht einmal Kettenhunde zu geben.«
»Abwarten und Tee trinken.«
Erika meinte: »Morgen früh soll ein Zug gehen. Allerdings schon um sechs. Wenn es euch recht ist, können wir ja alle zusammen weiterfahren.«
Der Nachmittag und der Abend wurden gemütlich. Wir nahmen die Arbeitsmaiden mit in unsere Pension. Widerwillig rückte die Kriegerwitwe eine Flasche Köhm heraus. Wir luden sie ein, mit uns zu trinken, aber sie machte treudeutsche Kulleraugen, reihte uns wahrscheinlich in die Kategorie junger HJ-Lustmolche ein und protestierte schwach, als wir Erika und Lilo mit ins Zimmer nahmen: »Euer Quartierschein gilt gar nicht mehr.«
»Darauf scheißen wir«, sagte Werner.
Im Lauf der nächsten Stunden zog Werner sein gesamtes Repertoire ab. Er imitierte Heesters, Goebbels und Hans Albers, sang *Lili Marleen* wie Lale Andersen. Besonderen Erfolg hatte er mit dem schönen Lied: *Ja, das kommt, das kommt vom sich verstecken – mit dem wilden Heinrich hinter Hecken.* – So viel Erfolg allerdings auch nicht, daß die beiden Pummelchen ihn an die Bluse gelassen hätten. Wahrscheinlich hatten sie der Partei geschworen, den Krieg als Jungfrauen zu beenden. Nicht mal der Köhm lockerte ihre Moral.
Es wurde schon dunkel. Wir schmissen die leere Schnapsflasche aus dem Fenster, in die Buchsbaumrabatten der Kriegerwitwe. Lilo und Erika dampften ab. Sie wohnten in dem Gasthof, in dem wir Stammgericht gegessen hatten.
»Auch gut«, meinte Werner. »Bei denen braucht man ja einen Büchsenöffner. Huuuhhh! Rabumm! Wo ist die Kriegerwitwe? Ich will sie fressen!«

»Sie wird dir eins mit der Bratpfanne auf den Deetz geben!«
Im Haus balgten sich immer noch die Katzen.
Am nächsten Morgen falteten wir ordentlich die Wolldecken der Pension, Aufschrift *Fußende* lesbar nach oben. Am Bahnhof standen die beiden Maiden, gebeugt von schweren Rucksäcken, aber sie schauten mit klaren Blitzaugen in den frischen Morgen, wie auf einem Kalenderblatt der NS-Frauenschaft.
Rings um uns versammelten sich weitere Reiseberechtigte, Hamsterer, Marschbefehlinhaber und Flüchtlinge, manche mit Pyramiden von Gepäck, andere ohne irgend etwas oder einen kleinen Pappkarton oder Koffer zwischen die Beine gestellt. Eine museumsreife Küstenbahn dampfte heran, wir quetschten uns in ein Abteil. Mit Lilo, Erika und sechs Marineinfanteristen waren wir zusammengepfercht. Die Mariner schleppten allerlei Kisten mit Waffen und Munition mit, so blieb nicht viel Platz.
Der Zug fuhr ab. Dünen, Heidekraut, Wälder. Manchmal ein kurzer Blick auf das Meer. An den Stationen Menschen, die sich in den längst überfüllten Zug drängelten. Und immer noch der bedeckte Himmel, diese grauen Wolken, die sich über die Landschaft wälzten.
Irgendwann am Abend verließen wir Lilo und Erika, stiegen auf einen Lastwagen, der uns weiter in die düstere, nach Kiefern duftende Landschaft karrte. Dann, plötzlich, ein anderer Geruch: Die Nordsee. Wir waren fast wieder am Meer. Noch zehn Minuten Fußmarsch, ein hölzernes Lagertor. Wir waren da. Zeigten unsere Marschbefehle. Wurden gerügt wegen zu späten Eintreffens. Ein Truppführer geleitete uns über einen stockdunklen Appellplatz zu einer Baracke. Wir stießen die Tür auf. Lautes Johlen! »Manometer«, sagte Werner Pethmann, »die sind wirklich alle da!«
Es stimmte. Alle ehemaligen Luftwaffenhelfer und SS-

Aspiranten wider Willen waren hier, im nördlichsten Zipfel des Landes, versammelt. Unergründliche Maßnahmen zuständiger Heeresämter hatten uns damals die Entlassung verschafft. Das Bündel Papiere mußte geschlossen auf dem Tisch eines Etappenheinis gelandet sein, dem einfiel, daß es jetzt für einige Knaben an der Zeit sei, den vorgeschriebenen Arbeitsdienst abzuleisten: *Der Reichsarbeitsdienst ist Ehrendienst am deutschen Volke.* Da wir es gewohnt waren, Befehlen Folge zu leisten, saßen wir nun vollzählig in dieser Baracke. Pethmann und ich waren die letzten. Alle anderen hingen schon seit Tagen hier herum. Am nächsten Morgen empfingen wir *Arsch mit Griff,* Uniform, Drillich, dänische Karabiner mit zwanzig Schuß Munition. Und: Spaten! Stolz und Symbol des Arbeitsmannes: »Bei den genormten Spaten des RAD hat das Blatt eine rechteckige Form mit abgerundeter, angeschärfter Schneide. Der Stiel ist aus Eschenholz, der T-Griff ist nicht durchgezapft, sondern durch Holznagel und Lochzapfen verbunden. Die Griffhand faßt den T-Griff scharnierartig locker, die Haltehand faßt den Stiel im unteren Drittel mit Untergriff.«

»Truppführer«, sagte Rabumm, der auch hier wieder unser Sprecher war, »was bitte sollen wir mit den Spaten?«

»Putzen«, schrie der Truppführer. »In einer Stunde ist Appell!«

»Mit Spaten?«

»Mit Spaten! Wegtreten!«

»Das glaubt einem ja kein Schwein«, murmelte Werner. »Anfang fünfundvierzig schicken die uns mit Spaten durch die Gegend. Vielleicht sollen wir 'nen Tunnel buddeln, falls Deutschland zugeschissen wird.«

Werner polierte den *Stolz des Arbeitsmannes* mit einem Beinling seiner Luftwaffenunterhose, den er abgerissen hatte, trotz des damit gegebenen Tatbestandes der Sabotage. Den Rest des Makobeinkleides verteilte er an

uns. Wulle Schnief murmelte: »Drei Tage kieke ich hier schon durchs Fernrohr. Keine Weiber weit und breit.«
»Wulle, hast du eigentlich das MG 42 im Flakbunker abgegeben?« Sie hatten bei unserem Auszug Wulle als dem Kräftigsten die Kugelspritze aufgehängt.
»Mensch, erinnere mich nicht daran!« Wulle stöhnte. »Ich hab das Ding durch ganz Berlin geschleift. Dann kam ich an die Gedächtniskirche, und im Tauentzien lief *Die Frau meiner Träume.* Mit Marika Rökk. Alles in Farbe. Ich warte auf dich, du bist das Glück für mich. Und so 'ne Schnulzen. Ich also rein. Sperrsitz. Es sollte gleich anfangen. Lauter Landser im Kino. Wo die alle auf einmal herkamen. Nun wußte ich nicht wohin mit dem MG. Macht ja einen dummen Eindruck, wenn man dasitzt mit der Spritze zwischen den Knien, und vorne hampelte Marika Rökk. Ich pirsche mich also an so 'ne ältliche Garderobenfrau. ›Laß man, Jungchen‹, sagt sie, ›für deine Braut sorge ick. Hier hast du 'nen Garderobenschein!‹ Die hängt das MG einfach an einen Kleiderhaken. Ich also zu Marika in Farbe. Ein toller Film, sage ich euch. Die Schau läuft 'ne knappe Stunde, da geht das Licht an. Vorne steht ein Unteroffizier und sagt, der Inhaber des Garderobenscheins Nummer sowieso wird zum Ausgang befohlen. Alle fummeln in ihren Taschen rum, die Stimmung ist schlecht wegen der abgeschalteten Marika. Ich kucke auf meinen Schein und denke, ich erblinde! Die Nummer habe ich. Also schlängle ich mich errötend durch die Reihen, trample auf Knobelbecher, alle schauen mich an. Klar! Dann fängt einer an zu klatschen. Im Nu klatschen alle. Das ganze Kino johlt. Ich mache ihnen am Ausgang eine Verbeugung, die gut aufgenommen wird. Neuer Applaus. Dann verschwinde ich.«
Wulle macht eine Kunstpause, peilt an seinem Spaten entlang, schielt, ob wir auch alle bei der Sache sind. Sind wir. Wulle fährt fort:

»Bei der Garderobe lauern ein paar Kettenhunde, durchbohren mich mit strengem Blick. Ich muß meinen Garderobenschein zeigen. ›Ist das Ihr MG?‹ fragt einer. – ›Nein‹, sage ich. ›Es gehört der Luftwaffe.‹ Der Mann kuckt mich an, ob ich ihn vielleicht verkackeiern will, aber ich bleibe todernst dabei. ›Die Waffe ist Ihnen anvertraut?‹ – ›Jawohl‹, sage ich, ›zum Abliefern.‹ – Da geht er hoch, wird knallrot im Gesicht, und alle Sicherungen brennen ihm durch. Ein rot illuminierter Kettenhund, sage ich euch. Ich verstehe nur so was wie ›Waffe anvertraut‹ und ›wagt es, sein MG an der Garderobe abzugeben‹ und ›gehört erschossen‹ und dann noch: ›Meldung an die Abteilung‹.

Schließlich haben sie mir die Spritze wieder ausgehändigt. Ich wollte zurück in den Film, aber das haben sie nicht erlaubt. Sie haben alles notiert. Name, Einheit. Dann konnte ich abziehen.«

»Und? Was wurde?« Wir vergaßen unsere Spaten und umringten Wulle. »Haste Bau gekriegt?«

»Ach, was«, sagte Wulle. »Kein Stück. Eine Stunde später war ich das Ding los. Und hatte einen Entlassungsschein von der Luftwaffe. Jetzt soll mich mal Hermann Göring selber suchen. Im Heidekraut.«

Frühmorgens, ein frohes Lied auf den Lippen, zogen wir zum Lagertor hinaus. Zur Infanterieausbildung in der Heide. Passenderweise sangen wir immer zuerst das Kräuterlied von Herms Niel, bedeutender Komponist und RAD-Oberstfeldmeister, den wir *Bums Niel* nannten: *Auf der Heide blüht ein kleines Blümelein, bums, bums, und das heißt – Eeeerika!!*

Heidekraut ist morgens naß von Tau. Wie Salamander schlichen wir mit unseren überlangen dänischen Karabinern durch Norddeutschlands Erikadschungel, gruben mit kleinen Feldspaten Löcher in den Sand (die großen Spaten waren nur zur Zierde da), und sahen den Frühling und britische Tiefflieger kommen.

Nachmittags politische Schulung! Auch hier ein paar geleckte Hengste mit Parteibonbon und blanken Stiefeln: »Wenn ich euch so sehe, dann wird es mir schwer, zu sprechen. Uns allen geht das Herz über vor Freude über euch.«

»Mann«, sagte Wulle Schnief, »det kommt mir aber bekannt vor!«

Aber es kam noch besser. Einer von den Torfköppen zitierte Aussprüche der Arbeitsdienstoberbonzen. Einer hatte gesagt: »Hier ergriff Hitler meinen Arm und sah mich an, als ob er einen brennenden Weihnachtsbaum vor sich sähe.« Ein Herr Gönner hatte folgenden Satz losgelassen: »Jede Arbeit erzieht. In der Arbeit haben wir darum den auf unseren Lebensweg bestellten Begleiter zu sehen, der unsere Kräfte in Anspannung hält, damit wir uns unserer Bestimmung gemäß entwickeln und gesund bleiben. – Jede andere Anschauung der Arbeit ist krank und führt so zum Untergang.«

Derartige Sprüche hingen, fein in Fraktur gemalt, auch in der Kantine und verschönten uns die Lauchsuppe, die es hier täglich als Hauptgang gab. Andere Sprüche waren: *Die Treue ist das Mark der Ehre* oder: *Deutsch sein heißt treu sein.*

»Ick fühle mir«, sagte Werner Pethmann, »durch Lochzapfen und Holznägel mit der Nation verbunden. Aber langsam reicht es!«

Es reichte so sehr, daß Rabumm, Wulle und Arbeitsmann Karl Kaiser eines Tages eine Fliege machten: Wir türmten. Rabumm befestigte zwei Stäbe Dynamit an jenem Karteischrank der Lagerschreibstube, der unsere Akten enthielt. Die Zündschnur wählten wir sehr lang. Dann stellten wir unsere appellfähig polierten Spaten in die Ecke, kombinierten unauffälliges Räuberzivil aus Luftwaffen-Garderobenresten, Pullovern und Regenmänteln, und trollten uns in finsterer Mitternacht. Wir waren

schon ziemlich weit weg, als es hinter uns einen zahmen Bums gab. Nach einer Weile sahen wir Feuerschein. Es war die Schreibstubenbaracke, die abbrannte.
Wir zogen nach Norden.
Durch das offene Fenster eines Bauernhauses hörten wir am zweiten Mai den Wehrmachtsbericht:
»An der Spitze der heldenmütigen Verteidiger der Reichshauptstadt ist der Führer gefallen. Von dem Willen beseelt, sein Volk und Europa vor der Vernichtung durch den Bolschewismus zu erretten, hat er sein Leben geopfert. Dieses Vorbild ›getreu bis zum Tod‹ ist für alle Soldaten verpflichtend.«
Drei Tage später traf Generaladmiral von Friedeburg in Montgomerys Hauptquartier in der Nähe von Lüneburg ein und unterzeichnete die Kapitulation für alle Truppen, die gegen die Engländer kämpften, und für die Truppen in Holland und Dänemark. Wir fühlten uns betroffen. Der Arbeitsdienst würde ja nicht alleine weiterkämpfen.
»Nehmen wir also an, der Krieg ist für uns zu Ende«, sagte Werner. »Der klare blaue Blick des Führers ist erloschen. Winselnd sitzt des Führers Schäferhündin Blondie neben der Leiche. Das Herz zerreißt es einem. Und was tun wir? Hat jemand noch was zu essen?«
Wulle Schnief und ich fanden keinen Brösel in unseren Taschen. Wir klotzten weiter, nach Norden, über die ausgestorbenen Landstraßen. Die Tieffliegerangriffe hatten aufgehört. Es war ein reizender Spaziergang im Mai. Auf den Weiden sahen uns die Kühe zu.
Am Abend fanden wir, versteckt in einem Gehölz, einen deutschen Funkwagen, der mit Schoka-Kola, mit Fallschirmjäger-Schokolade vollgestopft war. Die beiden dazugehörenden Landser forderten uns auf, zu bleiben. Zwar sei die Ernährung etwas einseitig, aber verhungern könnten wir nicht.
Wulle trabte am nächsten Tag in ein Dorf nicht weit ent-

fernt und tauschte Schoka-Kola gegen Milch, Brot und Speck um. So lebten wir ganz gut.
Der Funkwagen hatte die Antenne voll ausgefahren. Wir hörten BBC und deutsche Nachrichten.
Die Russen hatten Berlin kassiert. Auf den Wiesen Holsteins blühten Tausende von gelben Blumen. Am 9. Mai schalteten die Landser zum letzten Mal eine deutsche Station ein, die einen Wehrmachtsbericht brachte:
»Seit Mitternacht schweigen nun an allen Fronten die Waffen. Auf Befehl des Großadmirals hat die Wehrmacht den aussichtslosen Kampf eingestellt. Damit ist das fast sechsjährige heldenhafte Ringen zu Ende. Es hat uns große Siege, aber auch schwere Niederlagen gebracht.«
Und das war der springende Punkt.
Wie richtig, daß wir Millies Rennpokale versoffen hatten! »Bleib übrig!« hatte Ede zum Abschied gesagt. Mir war es gelungen. – Ob es ihm auch gelungen war?

Viele Menschen waren auf einmal unterwegs. Aus Dänemark kamen die deutschen Landser, ihre Habseligkeiten auf Wägelchen vor sich her karrend. Englische Panzerwagen, die Kommandanten im offenen Turmluk, rollten durch die Dörfer. Deutsche Marineinfanterie übernahm im englisch besetzten Gebiet verschiedene Aufgaben. Immer noch war viel Uniform um uns herum.
Aus Berlin keine Nachrichten.
Im Juni verabschiedete ich mich von Wulle und Werner, die in einem der Dörfer lebten, Bauern halfen und blonden Landestöchtern mit Namen wie Frauke, Swantje oder Mombke nachstellten. Sie sprachen Friesisch, eine vollständig fremde Sprache, unverständlich selbst für jemand, der Plattdeutsch kann.
Die ersten dreißig Kilometer legte ich auf einem alten Militärfahrrad zurück. Dann entwich die Luft aus den mürben Reifen. Ich ließ das Fahrrad stehen und lief weiter, mit kleinem Gepäck. Alles, was nicht wichtig war,

ließ ich auf dem Gepäckständer des Fahrrades. Irgend jemand würde schon dafür Verwendung haben.
Die lange Wanderung des Karl Kaiser hatte begonnen, ein Marsch durch die Lande, mit dem törichten Ziel, Berlin zu erreichen. Was denn wollte ich in Berlin?
Ausgerechnet Berlin? Aber viele andere gingen gleich mir auf der Landstraße, schummelten sich durch, einem Ziel entgegen, das ihnen kaum etwas anders verhieß als Enttäuschung. Deutschland war aufgeteilt in Besatzungszonen, und in jeder Zone gab es zusätzlich Sperren und Kontrollen. Niemand durfte diese Sperren eigentlich passieren, aber Hunderte taten es.
Gesperrt von den Engländern war die Eiderbrücke. Ein Leutnant und zwölf Marineinfanteristen auf einem Lastwagen nahmen mich mit. Es regnete. Sie warfen mir einen Uniformmantel über. Unbeanstandet passierten wir die Brücke.
Den Nordostsee-Kanal konnte man auf einer Fähre überqueren, aber dahinter standen spanische Reiter, Doppelposten davor, ein Deutscher und ein Engländer. Der Engländer ging zur Seite, ließ die Hose herunter, hockte sich ins Gras, Rückseite mir zugewendet. Der deutsche Posten las aufmerksam meinen Luftwaffenhelfer-Entlassungsschein. »Damit kommst du eigentlich hier nicht durch«, sagte er »Hau ab!« Ein Oberst im tarnfarbenen Opel, ein deutscher Oberst, volle Uniform, Orden, nahm mich mit bis Lauenburg, ein gutes Stück. Noch heute weiß ich nicht, was einen Monat nach der Kapitulation ein deutscher Oberst in voller Uniform dort in der Gegend zu suchen hatte.
In Eldenea, einem Städtchen an der Dömitz, die bei Lauenburg in die Elbe fließt, blieb ich hängen. Viele andere mit mir. Wir lebten in Scheunen. Sammelten Blaubeeren, fällten Bäume. Im Wald saßen die Russen.
»Berlin? Njema, njema! Zurück!« Im Niemandsland radelten sie Streife auf Feldwegen, vorbei an verlassenen

Bauernhöfen. Die Sonne brannte herab. Die Häuser waren verwüstet, das Stroh aus den Betten gerissen, auf dem Fußboden verfaulten, Gestank verbreitend, Kaldaunen. Lila Schmeißfliegen krochen auf den Eingeweiden herum. Aus einem Brunnen wollte ich trinken, aber ein totes, aufgeblähtes Kalb mit weit aufgerissenen Augen schwamm an der Oberfläche.

»Stoy! Wohin? Zurück!« Wir kamen nicht durch.

Ende Juni luden die Engländer plötzlich ihr Zeug auf Lastwagen und brausten davon. Am nächsten Morgen marschierten singend die Russen in das Städtchen ein. Russische Besatzungszone! Die Sperre wurde trotzdem nicht aufgehoben. Aber manche waren durchgekommen. Wir versuchten es immer wieder, wurden verjagt. Eines Abends ließen sie uns durch. »Dawei, dawei«, riefen sie. Der Sommer brütete, auch nachts wurde es nicht kalt. Wir blieben in den Wäldern, aufgescheucht immer wieder von Patrouillen.

Aber: eines Tages rollte ein Zug die letzten paar Kilometer zur ehemaligen Reichshauptstadt, jetzt Viersektorenstadt: »You are now entering the American sector!« GI's brausten in ihren Jeeps umher, ratterten über wieder aufgefüllte Bombenlöcher, durch Schneisen in der Trümmerlandschaft. Alles war hellgelb und weiß von frischem Trümmerstaub, den man im Mund schmeckte. Und die Sonne brannte. Die Drake-Klause, eine typische Berliner Eckkneipe, war sogar geöffnet. Es gab Bier. Draußen stand, wie einst, *Schultheiß-Bier* angeschrieben. Im Halbdunkel lehnte eine Gestalt an der Theke, die mir bekannt vorkam.

»Siegfried?«

»Ja, Mensch. Du kommst aber spät.«

Siegfried, der ewige Sitzenbleiber. Größer noch, als ich ihn in Erinnerung hatte. Viel größer. Siegfried quetschte mir die Hand. »Mensch, daß du lebst.«

»Kannst mich ja wieder verbimsen«, sagte ich.

Siegfried winkte ab. »Ach, quatsch. Das ist doch alles vorbei. Wo kommst du her?«
Ich erzählte es ihm. »Du hast es gut«, sagte Siegfried. »Mich haben sie in eine Strafkompanie gesteckt. Ostfront. Aber ich bin ihnen abgehauen. Immer mit'm Schieslaweng. Alles weggeschmissen, auch den Waffenrock. Partisanenüberfall, habe ich ihnen erklärt. Da haben sie mich neu eingekleidet. Mir Ersatzpapiere gegeben. Eine neue Einheit konntest du dir leicht aussuchen. Standen ja überall die taktischen Zeichen. Für den Rückzug. Plötzlich war ich in Bayern. Da habe ich abgerüstet. War bei einem Bauern. Als die Amis kamen, habe ich Idiot gespielt. Fiel mir ja nicht schwer, bei meinen Schulleistungen. Ha!«
»Warst du schon in der Laubenkolonie?«
Siegfried winkte ab. »Schon. Riesenscheiße alles, sage ich dir.«
»Wieso? Leben meine Leute noch?«
»Die olle Katze ist hin. Eure Katze. Weißt doch, die mit den drei Beinen. Dein Oller ist auch hin.«
»Ede?«
»Hin. Splitterbombe. Offitt! Peng. Aus. Russische Ratas. Im Grunewald. Die haben da was gefaselt von Armee Wenck, die einen Keil bilden sollte. Durch die Russen durch. Alles Spinne. Ratas kamen. Wumm. Splitterbomben krepieren mit Aufschlagzünder. Ja, so was weiß ich. Staunste, was, Karl? Deine Mutter, sage ich, hat nicht mehr viel gefunden. Von Ede. Von deinem Alten. Tut mir leid. Komm, trink noch was. Geht auf meine Rechnung. Ich sammle Kippen und mach Pfeifentabak draus. Gutes Geschäft. Ohne Rauchermarken, aber zehnfacher Preis. Man muß frische Pflaumen nehmen . . .«
Ich hörte nicht mehr, wie Siegfried mir sein Tabakrezept erklärte. Ede gab es also nicht mehr. Reserve neunzehnhundertacht.
» . . . und man preßt den Tabak mit den Pflaumen. Unter

Luftabschluß. In leeren Coca-Flaschen findste viele Kippen. Nur, die Säue, die Amis, manchmal hauen sie auch ihre gebrauchten Präservative mit in die Pullen. Die haben jede Menge davon. Präservative. Dabei dürfen sie doch mit den Deutschen gar nicht reden. Versteh ick nich.«

»Siegfried, ich muß nach Hause.«

»Ich begleite dich. Zahlen, zwei Bier.«

»Was ist mit den anderen?«

»Welchen anderen? Manche leben, manche nicht. Harry Buseberg ist vermißt. Ostfront. Wer weiß, ob der wiederkommt, Gallert haben sie aufgehängt. Aber das war ja auch richtig.«

»Junge, man jut, daß du da bist! Nu muß ich doch tatsächlich heulen, ich olle Frau!« Großmutter kam mir entgegen, auf dem Gartenweg. »Komm man, Menschlein. Herrje, daß du da bist.«

Minnamartha kam aus der Laube gerannt. »Ohgottohgott, du bist's wirklich, hach, ich muß auch weinen. Junge, Karl! Mit Ede, das ist furchtbar. Hast du schon gehört?«

»Siegfried hat es mir erzählt. Ich traf Siegfried.«

»Ach ja. Siegfried. Nu komm man rein.«

Innen sah es ziemlich leer aus. Ein paar Brauereiklappstühle, ein runder Tisch, den ich nie vorher gesehen hatte, ein Sofa, auch nicht unseres, dem ein Bein fehlte: Mauersteine lagen darunter.

»Ach, Gott«, sagte Minnamartha. »Die Russen haben alles zerteppert. Sie waren so lustig einen Abend. Sehr lustig. Die waren auch froh, daß der Krieg vorbei war. Aber leider . . . Alles kaputt. Willst du was essen? Wir haben einen Ami, dem waschen wir die Hemden. Ein Feldwebel, Ellsworth Kelley. Komischer Name. Er gibt uns Zigaretten. Dafür kriegt man jetzt alles. Amizigaretten. Neulich hat er eine ganze Stange gebracht. Chesterfield.

Sie kriegen es billiger. In der Pi-Ex. Mathilde arbeitet auch bei den Amis. Übersetzerin. Die kriegen da Mittagessen. Ach, vom Ede war ja nicht mehr viel übrig. Ich bin da hingegangen. Alle Bäume zerfetzt. Von den Leuten war nichts mehr zu finden. Warum mußte er da auch hingehen? Ausbruch, haben sie gesagt. Ausbruch aus dem Kessel. Die Armee Wenck sollte kommen. Alles war Schwindel. Alles, sage ich dir. Von dreiunddreißig an war es Schwindel. Ich habe es ja immer gesagt. Diese Mörder. Die ganzen Juden haben sie ... Komm, setz dich, hast du nicht Hunger? Mein Gott, wir haben uns Sorgen gemacht. Wir haben ja nichts gehört von dir. Man hört ja von niemand was. Tante Lizzi ist vermißt. Dabei war sie gar nicht beim Militär. Ich glaube, die Russen haben sie ...«

Minnamartha polierte das brüchige Wachstuch, das den runden Tisch bedeckte. »Mutter, ist es nicht schön, daß er wieder da ist? Ich habe ja immer gesagt, Karl, der kommt durch. Aber mit Ede, das ist furchtbar. In letzter Minute noch. Hätte er sich bloß versteckt. Im Keller. Hier, da unten. Die Taxen sind auch alle weg. Von den Russen weggeschleppt. Mein Gott, es war furchtbar. Frau Buseberg ist mehrere Male vergewaltigt worden. Oh, viele. Sie haben viele vergewaltigt. Mein Gott, das ist der Krieg. Ich habe immer gesagt, wenn die Russen kommen ... – Wo warst du denn? Erzähl mal. Wir haben uns so Sorgen gemacht. Wenn man hätte schreiben können ... aber wir wußten ja nicht, wo du warst. Ich hätte geschrieben, bleib da, so lange die Russen ... aber nun sind sie ja weg. Die Amerikaner, das ist viel besser. Warum die nicht in Berlin einmarschiert sind, als erste. Sie standen doch schon an der Havel. Aber das haben die sich alles ausgeheckt, die Oberen. Nun erzähl mal!«

Großmutter saß auf dem anderen Klappstuhl, schneuzte sich in die Schürze. Dann stand sie auf und holte ihren Topf Kaffee, der auf der Herdkante stand.

»Muckefuck?« fragte ich.
»Nicht ganz. Bißchen Bohne ist drin. Den kriegen wir auch von dem Ami. Von dem Kelley. Ellsworth Kelley heißt er.«
Am 7. März 1945 hatte US-Feldwebel Ellsworth Kelley, Jahrgang 1924, im Zivilberuf Mechaniker aus Houston, Texas, den ersten amerikanischen Jeep über die unzerstörte Rheinbrücke bei Remagen gesteuert. Seine Einheit hieß *Hell on wheels,* Hölle auf Rädern.
Beim weiteren Vormarsch auf die Elbe zu imponierte der kaugummimahlende Ellsworth der deutschen Zivilbevölkerung durch die – übrigens weitverbreitete – Sitte, einen Fuß aus dem Jeep hängen zu lassen, gleichzeitig Wrigley's Chewing Gum zu kauen und eine Chesterfield zu rauchen. Wenn er die lange Kippe wegwarf, sah er regelmäßig im Rückspiegel seines Jeeps, daß sich ein Deutscher danach bückte.
Am 13. April hatten die Russen Wien erobert. Die Amerikaner schlossen das Ruhrgebiet ein und fingen in diesem Kessel Hunderttausende deutsche Soldaten.
Einen Tag vorher hatte Ellsworth Kelley erfahren, daß Theodore Roosevelt gestorben war. Zu spät, um die Entschlüsse von Jalta noch zu revidieren. Neuer Mr. President und Nachfolger Roosevelts wurde Harry S. Truman, später, nach Abwurf der A-Bombe auf Hiroshima, *Atombombenharry* genannt.

Ellsworth Kelley steuerte seinen Jeep über deutsche Landstraßen und durch zerbombte deutsche Städte, verteilte großzügig Zigaretten an deutsche Zivilisten, obwohl das verboten war, und nahm regelmäßig seine Marschration in Empfang: Jene Pakete mit Ten-in-One-Rations, die später, soweit der Vorrat reichte, von US-Bürgern als Care-Pakete an bedürftige Deutsche verschickt werden durften, vierzehn Dollar das Paket inklusive Versandspesen, das Zeug lag, von Libertyschif-

fen angelandet, ohnehin in Europa herum, und die US-Heeres-Nachschubverwaltung, *Quartermaster*, machte ein gutes Geschäft.
Vorerst jedoch ernährten sich noch die wackeren Kämpfer der *Hell on wheels* von diesen Rationen. Ellsworth lenkte seinen Jeep ans Elbufer und wies deutsche Soldaten zurück, die versuchten, sich vor den Russen zu retten und hier das amerikanisch besetzte Ufer zu erreichen.
BBC-Sprecher behaupteten zwar, die Amerikaner würden schon im Haveltal auf Berlin vordringen, aber das war nun wirklich eine Falschmeldung, die in vielen Berlinern unberechtigte Hoffnungen erweckte. Ellsworth hörte nicht BBC und verharrte mit seiner Einheit Gewehr bei Fuß am Elbufer, wie es höhere Kommandostellen befahlen, bis die Russen durch den Rest Deutschlands gefegt waren, Berlin erobert, die verkohlte Führerleiche vor dem Reichskanzleibunker ausgebuddelt hatten.
Von der Kolonie Tausendschön wußte Ellsworth vorerst nichts, durfte aber vor der US-Newsreel, der Wochenschau, den ersten russischen Soldaten, die an der Elbe ankamen, die Hände schütteln. Whisky gegen Wodka tauschen, cheers und nasdrowje rufen.
Dann fuhr der Feldwebel aus Texas nach Südosten, General Pattons Panzern nach, die inzwischen bis nach Böhmen vorgestoßen warnen. Inzwischen drohte Atombombenharry, nicht zur Konferenz der Großen Vier nach Potsdam zu kommen, wenn die Russen nicht sofort den westlichen Alliierten den Einmarsch in ihre Berliner Sektoren genehmigen würden. So rollte Ellsworth Kelley Anfang Juni mit seinem Jeep *Unter den Eichen* entlang, vorbei an Gräbern gefallener russischer Soldaten, um ganz in der Nähe der Kolonie Tausendschön Quartier zu beziehen. Den linken Fuß ließ Ellsworth wiederum aus dem Jeep baumeln. Sein Mileage-Zähler zeigte 60.000 Miles, fast hunderttausend Kilometer. Aber der Jeep lief immer noch einwandfrei.

Die Irrfahrt Ellsworths endete nicht hier, auch nicht die Irrfahrt der anderen Soldaten von *Hell on wheels*, aber sie wurde für ein paar Wochen unterbrochen. *No fraternisation*, war groß in den Unterkünften angeschlagen, die Aufnahme von Beziehungen zu deutschen Zivilpersonen war verboten. Bald aber plätteten deutsche Frauen die Hemden der US-Krieger, zwei strenge Falten vorne, zwei hinten, Bezahlung in Zigarettenwährung. Für Camels und Chesterfield bekam man damals mehr als für die fast wertlos gewordene Reichsmark. Zigaretten, Coca-Cola und Pressure Coffee waren die Symbole der transatlantischen Neuen Welt, die den Menschen im Vorort zeigte, auf welche Muckefuck-Kulturstufe sie inzwischen herabgesunken waren.
Minnamartha und Großmutter hausten in Laube vierzehn, stellten ihre winzige Handelsorganisation um auf US-Waren, soweit sie die bekommen konnten. Souvenirs waren gefragt bei den Amis, Nazi-Uniformabzeichen besonders, Hakenkreuzfahnen, Führerbilder. Woher sie aber beschaffen? Sturmführer Gallert war aufgehängt worden, in seiner Laube fand sich einiges, aber die schönen großen Fahnen, mit denen Gallert seinen Mast beflaggt hatte in großen Zeiten, waren verschwunden. Wahrscheinlich hatte jemand sie nach seinem Tod verbrannt. Während der russischen Besatzungstage setzte sich niemand der Gefahr aus, mit Naziemblemen erwischt zu werden. Die russischen Soldaten machten kurzen Prozeß, honorierten solche Anhänglichkeit an Besitz mit einem kurzen, immer tödlichen Feuerstoß aus ihrer M-Pi. Großmutter überlegte, ob man die gefragtesten Souvenirs künstlich herstellen konnte. Unter ihrer Anleitung nähte Minnamartha aus Inlettstoff, weißen Lakenteilen und Großmutters schwarzen Röcken neue kleine Hakenkreuzfahnen, die reißend Absatz fanden. Auch Ellsworth Kelley kam eines Tages in die Laubenkolonie, zwecks Erwerbs einer solchen für echt ausgege-

benen Fahne, und bezahlte sie mit zwei Stangen Zigaretten.
»Is it real? The flag?« fragte er Großmutter. Sie sprach eigentlich nicht englisch, antwortete aber mit einem überzeugenden: »Yes, yes!« Dann brach sie eine Rose ab, von einer verschont gebliebenen Crimson Rambler, die auch in diesem Sommer blühte. Als Zugabe.
Ellsworth Kelley nahm die Rose. »Thank you«, sagte er. »Dankkerscheen.«
Von da an kam Kelley öfter, was ein bißchen gefährlich war, für ihn wegen des Fraternisierungsgebotes, und für die Frauen, weil sie ihre Hakenkreuznäharbeit verstekken mußten.
Großmutter und der Soldat saßen vor der Laube und unterhielten sich, obwohl keiner die Sprache des anderen sprach.
»I like to come here«, sagte der Soldat, freundlich lächelnd.
Großmutter: »Yes. Was willst du Büffel denn bloß, ich verstehe kein Wort.«
»In Texas I have a garden, too«, sagte der Soldat.
»So, Texas. Von Texas bist du. Is weit weg.«
»Yes, we have Roses, too.«
»Rosen. Ist ja nett. Wieso haben die in Texas Rosen? Ich denke nur Kühe. Die freßt ihr doch auf, nicht wahr?«
»Yes, Roses. Many sorts. Big fields. And around the houses.«
»Hauseß. Was mag das nu wieder sein? Vielleicht meint er Hansels? Seine Kinder, vielleicht? Yes, yes, viele Kinder.«
»War is terrible.«
»Terrier, ja, Hunde, sind auch ganz nett, früher hatten wir auch Hunde.«
»Yes, terrible. But here it's very nice.«
Großmutter nickte. »Bist ja man son kleiner Büffel. Aber was kannste dafür?«

»Yes, very nice.«
Minnamartha stand auf der Veranda, hörte zu und lachte sich tot. Als Ellsworth gegangen war, sagte sie: »Du sprichst ja gut Englisch, Mutter.«
»Man tut, was man kann«, sagte Großmutter bescheiden. »Doswidanje.«

An einem Sonntag kam Ellsworth mit einem Carrier Coca-Cola. Sechs Flaschen.
»You try«, sagte er zu Großmutter. »Coke. Very good. Much sugar in it.«
Großmutter nahm einen Schluck. »Pfui Deibel«, rief sie, »ist das von euren Bullen?«
»Very nice, yes?« sagte der Texaner.
Großmutter winkte ihm, ihr zu folgen. Zögernd ging Ellsworth ihr nach, durch die Kolonie, zu den Siedlungshäusern. Sie zeigte auf die Ruine von Kaisers Haus: »Bomben, verstehst du? Amerikaner. Huii, bum, peng, schschsch-bumm, alles kaputt, verstehn?«
»Very nice«, sagte Ellsworth. »But why do you show me that?«
»Weil sie«, sagte Großmutter, plötzlich verstehend, »weil sie uns vor ein paar Monaten da rausgeholt haben. Den Karl und mich. Und Kutschke. Unter diesen Trümmern.«
Ellsworth Kelley, Jeepdriver bei Hell on wheels, hatte keine B 27 geflogen, keine Superfortress, aber den Schaden mußte er sich besehen. Den Kaisers saß die Nacht in den Knochen, jene Nacht im Zentrum von Gustav Gustav zwei, vor vielen Monaten.

Fraternisieren war also verboten. Aber ein Haufen hübscher Mädchen rannte herum, und Symbiose-Gemeinschaften bildeten sich zwischen den Liebesbereiten und diesem und jenem GI. In zusammengeflickte Siedlungshäuser zogen nun die Amibräute ein, führten ihren Ka-

ninchenpelz spazieren, und lernten *1000 Worte Englisch*, unter Austausch mancher Vokabeln, denn der Sprachschatz der Lehrbücher hatte einige Lebenssituationen, zumal die horizontalen, nicht berücksichtigt.
Gustavchen, Pfützenpanscher, war groß und fett aus dem Krieg heimgekehrt, zum Koch hatte er es gebracht, ausgebildet bei einer Fourageeinheit in Norditalien, von den Amerikanern gefangen, gleich wieder als Koch eingesetzt, nun Zivilangestellter bei *Quartermaster Two*, Telefunken.
Gustavchen kochte. Und legte sich Fettring auf Fettring zu. Gustav und Agathe residierten jetzt alleine in Fanselows Siedlungshaus. Die Eltern waren in Westdeutschland. Da blieben sie auch.
Agathe, immer noch fürchterliche Locken auf dem Kopf, aber mit ein bißchen mehr Brust, lernte auch Englisch. Gleich mit texanischem Akzent, denn ausgerechnet E. Kelley, der von Minnamartha die Hemden gebügelt bekam, hatte sich in Agathe verguckt.
»Zu dumm zum Bumsen ist sie wenigstens nicht«, war des fetten Gustavchens Kommentar. So glich Haus Fanselow einem Paradies. Whisky und Zigaretten und natürlich auch zu Fressen gab es jede Menge. Die Ernährung war zwar ein bißchen einseitig, je nachdem, was Gustav aus seiner Armyküche herausschmuggeln konnte. Aber, nachdem ich über Sergeant Kelley das liebe Gustavchen wiederentdeckt hatte, feierten wir fette Feste bei Fanselows. Nun ohne Scherzartikel. Der Sinn dafür war sogar Gustavchen abhanden gekommen.
Gustavchen, mit Vorliebe für Dekorationen, hatte den oberen Korridor mit Goldtapete austapeziert, die er im Keller einer alten Grunewaldvilla rollenweise entdeckt hatte. Am Ende dieses goldenen Tunnels öffnete sich dann die Tür zu Agathes Lustkabinett, das, wegen des Kontrastes, ganz in Karmesinrot gehalten war. Leimfarbe zwar nur, auch irgendwo organisiert, aber eindrucksvoll,

vor allem, weil vor der roten Wand ein hellgrünes Schleiflackbett stand, das ein paar lustige Russen bei Fanselows abgeladen hatten, und da war es dann geblieben. Nützlich nun, wenn Agathe bestimmte englische Vokabeln repetieren wollte, assistiert durch Ellsworth Kelley, einem sehr milden Menschen, solange er nicht betrunken war.

Kelley liebte besonders den goldenen Tunnel, der zu Agathen führte, entsann sich auch einer Vogelart in Indien, über die er gelesen hatte: Das Männchen baut einen Tunnel aus Zweigen, zerquetscht Beeren, nimmt ein Zweiglein in den Schnabel und malt den Tunnel aus. Dann treibt er die Henne hinein. »You know«, sagte Ellsworth, »er bumst die Henne, die er in den Tunnel treibt. At the end, am Ende, wenn sie nicht weiterkann, fickt er sie.«

Agathe, Ellsworths Englisch lauschend, lächelte mit großem Mund.

»Am Arsch«, sagte Gustavchen.

»Püh«, machte Agathe.

Ellsworth, wenn er genügend Whisky in sich hatte, konnte rabiat werden. Einmal war er in seiner Unterkunft betrunken aus dem oberen Stockbett gefallen und hatte sich den Handknöchel gebrochen, was ihm vier Wochen Lazarett einbrachte und die Ökologie im Hause Fanselow ins Wanken brachte. »Such dir doch einen anderen Ami«, schlug Gustavchen seiner Schwester vor. »'s laufen doch genug herum.«

»Ach, nein«, Agathe, ausgebreitet auf dem Schleiflackbett, erklärte, sie liebe Kelley.

»Mann, bist du dämlich«, fluchte Gustavchen. »Für ein paar Stangen Zigaretten kannst du doch mal einen drüberlassen. Außerdem trocknest du aus.«

Agathe zerdrückte eine Träne. »Was bist du nur für ein Schwein«, flötete sie. Aber schließlich zerrte sie doch einen anderen GI durch den Goldtunnel, einen Neger übrigens. Es gab bei Fanselows wieder Zigaretten und Whisky.

Zehn Tage später dampfte Ellsworth in unsere Laube, die Hand noch in der Schlinge, voll mit Whisky, Kopf hochrot. »Wo sind meine Hemden?« schrie er. Minnamartha lief herbei, einen Stapel olivfarbener Hemden auf dem Arm. »Hier, alles ist fertig«, rief sie. »Ready!« Ellsworth nahm die Hemden, schmiß sie auf den runden Tisch, sank aufs Sofa. »Niggerfucker«, rief er. »She is a goddamned Niggerfucker!«

Ich hielt das erst für ein Transportflugzeug, schwarz angemalt vielleicht. Aber Ellsworth war schlicht dahintergekommen, daß Agathe den farbigen GI beglückt hatte, während er, Ellsworth, seine Hand im Lazarett ausheilte. Ellsworth war auf hundertachtzig, beschuldigte uns, mit der *Niggercunt* unter einer Decke zu stecken, was Minnamartha und Großmutter, die auch herbeigekommen war, nicht verstanden. Schwor, Gustavchen mittels eines heißen Plätteisens zu töten (wie er darauf kam, konnte sich niemand erklären), vergaß die Hemden und dampfte ab.

Ich sauste hinterher, seine Hemden, die er liegengelassen hatte, unter dem Arm. Aber Kelley, per Jeep, war schneller. Als ich vor Fanselows Haus ankam, flogen schon Trümmer etlicher Gegenstände durchs Fenster, und Agathes schrille Schreie klangen durch die Vormittagsstille der Siedlung.

Unten im Treppenhaus stand Gustavchen, fett, sehr blaß, und deutete mit dem Finger nach oben. »Er nimmt sie auseinander«, sagte er andächtig.

So war es. Nach einer Weile kam Kelley die Treppe heruntergestürzt, riß mir die Hemden aus dem Arm und zischte durch die Tür ab, ein letztes *Niggerfucker* grunzend.

»Den haben wir gesehen«, sagte Gustav. Wir rannten nach oben. Durch den Goldtunnel. In ihrem Zimmer lag

Agathe auf dem Kokosläufer, so gut wie nackt, die fehlenden Teile ihrer Kleidung waren in Form von ziemlich kleinen Schnipseln überall verteilt. Über ihren spitzen Hintern liefen Striemen, eine Backe war geschwollen. Die Wimperntusche tropfte ihr die Wangen herunter. Außer dem Bett war nichts heil im Zimmer.
Ellsworth Kelley, von *Hell on wheels*, geboren in Texas, hatte gründliche Arbeit geleistet.
Gustavchen und ich zerrten Agathe aufs Bett. »Das Schwein«, schrie Agathe. »So eine Sau! Dieses mistige Texas-Arschloch! Die Eier könnte ich ihm abbeißen!« Sie schlug mit ihrer Faust auf die gleichfalls grüne Steppdecke.
»Trink mal'n Schluck«, sagte Gustavchen. Irgendwo in dem Trümmermeer hatte er eine heile Flasche Bourbon gefunden. Wir genehmigten uns alle einen. Agathe, jetzt in die Steppdecke gewickelt, schwoll langsam ab. Wir räumten ein bißchen auf und sammelten im Garten verschiedene Gegenstände ein, die durchs Fenster geflogen waren.
Ellsworth Kelley hatten wir als Hemdenkunden verloren. Dafür erbten wir den Neger, der nun bei Minnamartha waschen und bügeln ließ. Er zeigte sich allerdings weniger freigebig als Ellsworth.
Agathe war mit ihm sehr zufrieden. »Der hat 'ne Latte wie'n Bierbrauerpferd«, berichtete sie.
Bierbrauerpferde kannte ich von Onkel Hubert, der, nach ruhmloser Laufbahn als Volkssturmmann, jetzt pensioniert in seiner Laube saß und darauf wartete, daß Mathilde ihm frisch gesammelte Kippen brachte.
Großmutter berechnete unsere Vorräte, fand, daß der Ausgleichsneger nicht genug heranschleppte; und schlug vor: »Menschlein, warum gehst du nicht zu den Amis arbeiten?«
Das war ein neuer Aspekt. Aber bisher brauchten sie mich anscheinend nicht. Zweimal die Woche ging ich

aufs Arbeitsamt. Bekam schöne Stempel. Aber keinen Job. Ich bohrte bei dem Beamten mit den Stempeln. »Da wäre schon was«, meinte der. »Koks fahren. Ist aber harte Arbeit.«
»Besser als nichts. Wo muß ich mich melden?«
»Telefunken. Erst mal zur ärztlichen Untersuchung.«
Mit Gustavchen fuhr ich am nächsten Tag hinaus. Umständlich. Wir durften zwar einen Amibus benutzen, aber der fuhr nur zweimal morgens und einmal am Nachmittag.
Ein deutscher Arzt führte die Untersuchungen durch. »Mit der Figur werden Sie's schwer haben beim Koks ausfahren«, sagte er. »Das ist ein anstrengender Job.«
»Was soll ich tun?«
»Ich erkläre, daß Sie für schwere Arbeit untauglich sind. Bei Coca-Cola suchen sie Leute. Vielleicht klappt es da.«
Coca-Cola hatte ein neues Füllwerk in der Nähe errichtet, das nur für die Besatzungstruppen arbeitete. Deutschen war der labende Trank verboten. Coca-Cola legte auf die Mitarbeit Karl Kaisers Wert. Sie steckten mich in einen weißen Overall, hinten mit runder roter Plakette, auf der stand: *Drink Coca-Cola.* So weit brachte ich es nicht, erst mal. Ich bereitete Coca-Cola. Fing im Zuckerkeller an, wo Tausende von hart gewordenen Zuckersäkken gestapelt waren.
»Umschichten«, befahl der Lagerverwalter.
Wir waren zu dritt. Der Keller war groß. Manchmal platzte ein Sack auf. Dann konnte man sich Zuckerklumpen in die Hose stecken. Mit heimnehmen. Unser Muckefuck wurde immer edler. Angereichert mit *Maxwell's Vacuum Packed Coffee.* Reichlich Zucker rein.
Der Grundstoff für Coca-Cola ist ein Sirup, Zusammensetzung geheim. Er kam in Büchsen. Die Büchsen wurden in einen riesigen Trichter im Obergeschoß der Abfüllstation geleert. In einen noch größeren kam Zucker. Unten,

im Erdgeschoß, fuhren die Flaschen auf einem Laufband unter den Füllapparat. Zuerst spritzte das Sirup-Zucker-Gemisch in die Flaschen. Dann Mineralwasser drauf. Kronenkorken, fertig. Die Flaschen fuhren an einer erleuchteten Mattscheibe vorbei, wo jemand kontrollierte, ob sie alle richtig gefüllt waren – der langweiligste Job. Vielleicht jede tausendste war einmal nicht richtig gefüllt. Dann landeten die Flaschen auf einem Karussell, wurden in die Kisten verpackt. Die volle Kiste fuhr über ein Rollenband in den Lagerraum, kurz gestoppt in einem Käfig, um geschüttelt zu werden. Erst hier mischten sich Extrakt und Mineralwasser.

Ein Mr. Miller leitete die Fabrik. Er fuhr einen Chevrolet von 1932. Verteilte viele Kisten mit *samples*, mit Mustern. Das ging einige Monate gut. Dann zählte jemand im fernen Amerika die Muster-Kisten zusammen. Eine Woche später verschwand Mr. Miller. Doch lernten wir vorher von ihm, daß die typische Cola-Flasche nach der schöngesäßigen und schönhüftigen Venus Callyphigos gestaltet sei, von einem Verpackungsfachmann, der wußte, wie gerne sich durstige Hände um eine liebliche Hüfte schließen. Auf diesen genialen Einfall führte Mr. Miller den eklatanten Verkaufserfolg von Coca-Cola zurück. Es half ihm nicht, daß er Riesenumsätze bei den Besatzern erzielte. Streng waren die Bräuche bei Coca-Cola Inc. Miller mußte gehen.

Diese Millionen Flaschen fuhren vor unseren Nasen umher, aber wir erwischten keine. Deutsche? Nix Coca-Cola!

Als der Zucker umgeschichtet war, durften wir liefern fahren. Tour: Clubs, Armylazarett. Mit einem Dodge. Zwölf Flaschen gab es mit für Bruch-Ersatz. Hatten wir weniger Bruch, so wurde stillschweigend geduldet, daß wir die übrigen Flaschen austranken. Das waren unsere ersten Coca-Colas.

Eines Tages, schon unter Millers Nachfolger, wurde mir

die Ehre zuteil, als Barhelfer eingeteilt zu werden. Ich bekam einen neuen Overall, ein Käppi dazu. Mußte mich jeden Abend im *All American Club* einfinden, um die *Soda Fountain* zu bedienen. Das war eine Abfüllstation im kleinen. Auf Hebeldruck schossen Sirup und Spritzelwasser getrennt ins Glas, automatisch dosiert, sich durch den Druck vermischend.

Der *All American Club* war eine langweilige, riesige Bude in einem Vorort, für Offiziere und WACs, Mitglieder des Woman Army Corps. Die Armybienen kamen manchmal auch in Zivil, vom weiblichen Major an aufwärts sahen sie alle aus wie alte Milchwagenpferde mit gelben, langen Zähnen, aber die jungen waren sehr schön und rochen gut, hatten gemalte Nägel wie Tante Lizzi und rauchten Chesterfield. Eine Marke, über die der Spruch umging:

> Erst schenkt er ihm 'ne Chesterfield –
> dann macht er seine Schwester wild.

Ablösung der U-Bahn-Lyrik.

Zwei Mädchen hingen jeden Abend in der Bar herum, eine lange blonde, Clarissa, und eine pummelige dunkelhaarige, Carmen. Sie tanzten mit diesem und jenem, ein paar dienstverpflichtete Deutsche spielten Dixieland im Club. Die beiden Mädchen kamen aber immer wieder an die Bar zurück, den Versuchen etlicher Offiziere widerstehend, die sie angeln wollten. Clarissa und Carmen sprachen wenig, tranken Cola mit Rum, aus den größten Gläsern, die wir hatten. Gegen elf verschwanden sie.

Eines Abends steckte mir Clarissa einen zusammengefalteten Zettel in die Brusttasche des Overalls, legte ihren Finger an die Lippen. Als sie gegangen waren, zog ich den Zettel heraus. *Morgen 4 a. m. Onkel-Tom-Straße 96* stand darauf. Onkel-Tom-Straße, das waren Hunderte von Reihenhäusern, für die Amerikaner beschlagnahmt.

Am nächsten Nachmittag ging ich hin. Die Mädchen sa-

ßen, in eine Art Kimonos gehüllt, im Wohnzimmer. Clarissa legte eine Platte mit Bing Crosby auf. Es gab Coca mit Rum. Aus riesigen Gläsern. Dann die Andrew Sisters. Carmen erklärte, daß sie jetzt baden müsse. Den Drink nahm sie mit. Die Tür ließ sie auf. Der Kimono blieb auf der Schwelle liegen.
Nach einer Weile kam Carmen zurück. Nackt. Setzte sich wieder aufs Sofa. Begann mit Clarissa zu schmusen. Auch Clarissa schälte sich aus dem Kimono. Clarissa griff hinters Sofa. Holte eine Hundepeitsche hervor. Wog sie spielerisch in den Händen. Dann – zisch – schlug sie Carmen damit über den Schenkel. Carmen stieß einen sehr spitzen Schrei aus. Hockte sich auf alle viere neben das Sofa. Clarissa stand auch auf. Hockte sich daneben. »Wir sind die Hunde«, sagte Clarissa. »Nimm die Peitsche. Hier! Nun nimm schon! Take it! Slap us!«
Ich hatte genug Rum getrunken. Wichste ihnen ein paar über. Abwechselnd. Clarissa und Carmen schrien. Stöhnten. »More, more . . .« Ich briet ihnen noch ein paar über. Sie fielen zur Seite, umarmten sich. Befummelten sich. Ich stand daneben, ganz schön aufgeregt. Das hier war mir neu. Ein Knäuel von Mädchenleibern, Stöhnen. Küsse. Ich als Zuschauer. Plötzlich lösten sie sich voneinander. »Poor boy«, sagte Carmen. »Come here.« Ich mußte mich auf den Teppich legen. Carmen öffnete mir die Hose. Breitete ihr dunkles Haar über mich. Clarissa kniete hinter Carmen, die Hände in Carmens rückwärtige Regionen vergraben. Das alles am Nachmittag!
Endlich waren sie fertig, saßen wieder in ihren Kimonos da. Tranken weiter. Schenkten mir zwei Stangen Zigaretten.
»Zwei Stangen! Wo hast du die her?« fragte Großmutter.
»Verdient«, sagte ich.
Die Mädchen kamen nie mehr in den *All American Club.* Ich sah sie auch nirgends woanders wieder.

Den Winter verbrachte ich an der Coca Fountain im *All American Club.* Das Frühjahr darauf war das Frühjahr des Schweins. Großmutter traf ich im Waschküchenschuppen an, wie sie damit beschäftigt war, mit allerlei Balken und Brettern wütend einen Verschlag zusammenzuzimmern. Nach dem Zweck dieser Tätigkeit befragt, antwortete sie: »Es ist fürs Schwein.«

Schweine mußte man anmelden, das Fleisch abgeben, die Fleischkarte teilweise ungültig stempeln lassen, falls man Schlachtvieh züchtete – und auch schlachtete. Wollte sie ein Hobbyschwein, ein Lust- und Spaßschweinchen, einen Hauskameraden? Statt der schwarzen Katze? Sollte das Schwein dann hinten auf dem Herd sitzen? »Es wird auch schwarz jeschlachtet«, sagte Großmutter. »Wirst ja wohl schon mal jehört haben. Es wird ein Schwein angeschafft, ein kleines. Ein Ferkel. Das Ferkel füttert man. Wenn es fett ist, schlachtet man es. Macht Würste. Und Schinken. Klar?«

»Aber wovon willst du es denn füttern? Und woher bekommst du ein Ferkel?«

»Futter ist genug da, wir holen das von den Amis. Die schmeißen alles auf den Müll. Sogar Eierkuchen. Habe ich neulich gesehen. Ganze Eierkuchen! Die Lümmels! Und das Ferkel, das bekommst du. Du fährst und holst es. Bei Onkel Willi. Onkel Willi Kaiser.«

»Onkel Willi? Ich denke, der war Ortsbauernführer?«

»Nu is er wieder nur noch Bauer.«

»Haben die Russen ihn denn nicht . . .«

»Doch nicht Onkel Willi! Der ist doch mit dem ganzen Dorf verwandt. Da hat niemand was jesagt. Fast wäre er Bürgermeister geworden. Steht doch alles in dem Brief von Tante Anna. Hast du denn den Brief nicht gelesen? Warum liest du die Briefe nicht von deiner Verwandtschaft?«

»Woher weißt du denn, daß Onkel Willi uns ein Ferkel gibt?«

»Das steht auch in dem Brief. Er gibt uns eben eins. Ich habe ihm geschrieben, und habe ihn gefragt, ob er uns ein Ferkel gibt. Ja, hat er gesagt. Wir müssen es nur holen. Du holst es. Hier, halt mal fest. Ich muß den Balken absägen.«
Großmutter sägte.
Als der Balken durch war, fragte ich: »Und Minnamartha? Ist sie einverstanden?«
»Sie ißt gerne Wurst. Frag sie selbst.«
»Und wie soll ich aufs Land kommen? Die Züge werden kontrolliert. Von den Russen. Sie nehmen alles weg.«
»Du fährst mit dem Fahrrad.«
»Wie bitte? Das ist doch ein bißchen weit, nicht?«
»Wenn du früh losfährst, schaffst du es an einem Tag. Zurück wieder ein Tag. Den Borch steckst du in einen Sack.«
»An den Landstraßen sind auch Sperren.«
»Dann fährst du Autobahn. Ja!« Großmutter richtete sich auf, die Säge in der Hand. »Autobahn. Das ist die Idee. Autos gibt es nicht. Also fährt auch niemand auf der Autobahn. Also kontrolliert da auch niemand. Also kann man auf der Autobahn radfahren. Ohne kontrolliert zu werden.«

Wy wesjajete is Americanskoy Zony! Sie verlassen jetzt den amerikanischen Sektor! Vorbei an ein paar gelangweilten Russen mit Kalaschnikow-Maschinenpistolen unter dem Arm radelte ich tatsächlich Richtung Norden, auf einem einigermaßen erhaltenen Damenrad, das die Russen hinterlassen hatten, wie Agathes Schleiflackbett und so manches, was wer weiß wem gehören mochte. Die Idee mit der Autobahn war tatsächlich Klasse. Nicht einmal Militärautos fuhren hier, weil fast alle Brücken gesprengt waren. Mit dem Fahrrad mußte ich ein paarmal in Schluchten hinab, Böschungen wieder hinan, aber ich kam schnell voran. Traf niemanden. Kein Mensch fragte

mich, wo ich hin wollte. Die Autobahn erschien mir ungeheuer breit. Und endlos. Am Abend war ich nahe bei der Kreisstadt. Von der Betonbahn bog ich ab auf einen Feldweg. War nach zwanzig weiteren Minuten, bei Einbruch der Dunkelheit, im Dorf.
Ingeborg war noch schöner geworden. Und diesmal war kein Werner Pethmann dabei! Johanna hockte mit Margot, Ziethens Verlobter, in der Küche. Tatsächlich stand wieder eine Flasche Schnaps auf dem Fensterbrett! Alle küßten mich. »Wo sind Ziethen und Blücher?« fragte ich. Lange Gesichter. »In russischer Gefangenschaft. Aber sie haben geschrieben. Sie sind beide im selben Lager.«
Onkel Willi fluchte auf die Planwirtschaft. Ein Teil seiner Äcker sollte enteignet werden. Wie ich erfuhr, hatte er es der – allen unerklärlichen – Fürsprache seiner polnischen Landarbeiter zu verdanken gehabt, daß er davongekommen war. Tante Anna war freundlich wie immer, aber die Zeit der Streuselkuchen war vorbei. Fuckruschen war gestorben, begraben auf dem Kirchhof des Dorfes. Pferde gab es keine mehr. Traktoren mußten von der MAS, der Maschinenausleihstation, geliehen werden. Kein Jagdhund im Flur, keine Schrotpatronen mehr auf dem Paneelbrett.
»Die Schweine«, sagte Ingeborg, »sind in einem anderen Hof. Wir können heute abend noch hinüberfahren.« So radelten wir durch die Nacht, Ingeborg vorneweg, über Feldwege, eine halbe Stunde lang. Es roch nach Frühling, die Luft war noch kalt. Über uns Sterne. In der Stadt sieht man sie ja nicht. Oder beachtet sie nicht. Ein paar Rauchfahnen von Holzfeuern hingen in der Luft, die Öfen heizten sie in manchen Häusern, denn nachts war es noch kalt.
Kaisers Schweine waren im Stall eines Flüchtlingshofes untergebracht, der nun leer stand, wenn man davon absah, daß eine alte Frau in einem Kämmerchen wohnte, Flüchtling auch sie, aus Ostpreußen, die nun Kaisers

Schweine fütterte. Nur keins mit Stehohren, darauf mußte ich morgen früh achten! Schweine mit Stehohren werden nicht fett, hatte Großmutter gesagt.
Wir lehnten die Fahrräder an die Hauswand. Die alte Frau tauchte nur kurz auf, Ingeborg sagte irgend etwas zu ihr, dann verschwand sie wieder in ihre Kammer. Wir gingen in die Wohnstube. Licht gab es nicht. Ingeborg zündete eine Kerze an. »Neben dem Ofen ist Holz«, sagte sie. Ich machte ein Feuer an, aber es wurde lange nicht warm, der Kachelofen brauchte Stunden, bis er sich erwärmte. Ein ovaler Tisch stand in der Stube mit einer grünen Samtdecke darauf, ein Sofa mit geschwungener Lehne, auch in Grün, zwei dazu passende Sessel. In der Ecke ein großes Bett mit karierten Plümos.
Ingeborg trug wieder Stiefelchen. Ob es noch dieselben waren? Alt genug sahen sie aus. Wir besprachen die Schweinefrage, ich erwähnte das Stehohrproblem. Ingeborg lachte. »Ich werde euch schon keinen Mickerling andrehen. Hast du das Geld mitgebracht?«
Ich zählte die Scheine auf den Tisch, die mir Großmutter für diese Transaktion ausgehändigt hatte. Eine ganze Menge Geld, Reichsmark. Die war ja wenig wert. Dazu fünf Schachteln Amizigaretten, auch hier die krisenfeste Währung. Nebenan rumorte die alte Frau in ihrer Kammer. »Schläft sie nie?« – »Doch, bald. Sie muß ja um fünf wieder raus.«
Endlich Stille. Es wurde ein bißchen wärmer in der Stube. Ich beäugte das Bett. Sollte ich da drin schlafen? Oder Ingeborg? Und wo war noch ein Bett?
Es war keines da. Ingeborg pustete die Kerze aus, zog das Kleid über den Kopf. Schnell lagen wir nebeneinander unter dem Gebirge von Plümo. Meine Hand ertastete Baumwollenes. Hemdchen, Höschen. »Tu das nicht«, sagte Ingeborg. »Gute Nacht.« Ich küßte sie. »Gute Nacht.«
Von Schweinen träumte ich, fetten Muttersauen. Wachte

auf, weil die alte Frau wieder in der Kammer rumorte. Schon Morgen? Es war aber noch ganz dunkel. Neben mir schlief Ingeborg. Atmete ruhig. Ich überlegte, was Werner Pethmann wohl an meiner Stelle getan hätte. Zwischendurch fiel ich wieder in Halbschlaf, der Traum von der dicken Muttersau kehrte immer wieder.

Halbwach, dachte ich an einen Schulausflug, den wir als Zweitkläßler unternommen hatten zu einer Schweinemastanstalt, Schweinezüchterei wohl auch, denn Mitschüler Kalle Knebel durfte auf einem riesigen Eber reiten, der ihn abwarf. Kalle Knebel stürzte in den Morast, und es dauerte eine Weile, bis wir ihn mit Heuwischen abgeputzt hatten. Notdürftig, die Mutter würde allerhand an Kalle auszusetzen haben. Der schöne Anzug! Kalle heulte wie am Spieß. Damals zogen Mütter ihre Kinder noch für Ausflüge fein an. Grundlage für viel Ärger in allen Familien, wenn die Ausflügler verdreckt, mit zerrissenen Kleidern meistens noch, heimkehrten. Ich riß mir einmal eine sechs Zentimeter lange Wunde an einem Stacheldraht. Trotz schnellem Notverband mit einem sauberen Taschentuch, das sich durch puren Zufall bei einem von dreißig Knaben fand, gelang es mir, das Blut von oben bis unten über mich zu verteilen. Ich sah aus wie das Opfer des Menschenschlächters Haarmann. *Warte, warte noch ein Weilchen, dann kommt Haarmann auch zu dir – mit dem kleinen Hackebeilchen, und macht frische Wurst aus dir!* Es soll auch einen Metzger gegeben haben, der Kinder verwurstete. Man fand einen Finger in der Sülze, so kam alles heraus.

Der Ofen strömte jetzt eine Knallhitze aus, unter dem Plümo war es so warm, daß ich schwitzte, Ingeborg merkte nichts. Ich stand auf und schloß die Ofenklappe. Öffnete das Fenster einen Spalt. Schlüpfte wieder ins Bett. Ingeborg drehte sich um. Ich spürte ihren Atem. Im Gebälk des Hauses knackte es.

Ich schlief wieder ein. Der Sautraum begann von vorne.

Kein Wunder, bei dieser Mission, in die mich Großmutter verwickelt hatte. Als ich wieder aufwachte, war es draußen hell. Ingeborg war schon aufgestanden. Kochte Kaffee, im Vorraum, wo ein Kohlenherd war. Kohle gab es nicht, das Holz neben dem Ofen wurde auch fürs Kaffeekochen verwendet. »Zieh dich an«, sagte Ingeborg. Ich schlüpfte in meine Kleider. Ingeborg sah mir zu, den Kaffeetopf in der Hand. Von der alten Frau keine Spur.

»Ich zeige dir jetzt den Borch.« Wir gingen in den Stall. In einem Koben, von der Muttersau getrennt, wimmelten fast ein Dutzend Ferkel. Einige hatten Stehohren! »Keins mit Stehohren«, sagte ich. »Großmutter will keins mit Stehohren.« Ingeborg lachte. »Den da hinten in der Ecke. Ein sauberer Borch. Der wäre gut. Hol ihn dir.« Ich kletterte zwischen die Ferkel, versuchte den Borch zu fangen. Kam zu Fall. Die quiekenden Ferkel kletterten auf mir herum. Ingeborg lachte. Sie langte schnell in den Koben, als der kleine Borch nahe bei ihr vorbeiraste. Packte ihn bei den Hinterbeinen. Der Borch quiekte zum Erbarmen. »Komm raus«, sagte Ingeborg. »Halt den Sack auf.«

Das zappelnde Schwein wurde verstaut, kam in eine Tasche an der Lenkstange meines Fahrrades. Ingeborg sah mich an. »Komm wieder.«

»Ja.«

Auf dem Feldweg, der zur Autobahn führte, machte der Borch allerlei Kapriolen. Die Tasche am Lenker schlenkerte hin und her. Mehrere Male geriet ich mit dem Vorderrad in tiefe Wagenspuren. Endlich die Autobahn. Ich trat die Pedale wie noch nie.

Wieder die Betonpiste. Nur der Borch und ich. Auch auf den Feldern links und rechts nur ab und zu Bauern, viel war um diese Zeit nicht zu tun, die Wintersaat stand schon so hoch, daß Hasen sich hätten verbergen können. Es gab allerdings keine Hasen mehr. Die Hasen waren aufgegessen worden. Einen Borch ohne Stehohren hatte ich, sehr klein noch. Großmutter würde Augen machen. Ob sie wirklich damit rechnete, daß ich den Borch heil nach Hause brachte? Eine verrückte Idee, in der Stadt ein Schwein zu füttern! Es war übrigens ein kastrierter Eber, wie Ingeborg mir sachkundig gezeigt hatte. Wir wollten ja auch keine Schweinezucht eröffnen. Zum Mästen war der Borch bestimmt. Und zum alsbaldigen Verzehr!

Über die Lebensbedingungen von Jungschweinen während eines Fahrradtransportes war mir nichts bekannt. Überlebte das Tier in dem Sack? Bekam es genügend Luft? Nahm es etwa Schaden? Die Großmutter hätte ich sehen mögen, der ich mit einem kaputten Ferkel gegenübertrat!

Nach ein paar Stunden, die Autobahn dehnte sich endlos, begann der Borch unruhig zu werden. Ich faßte einen kühnen Entschluß, hielt an, zog den Sack aus der Tasche und öffnete ihn ein wenig, um das Schwein Luft schnappen zu lassen. Das hätte ich lieber nicht tun sollen. Der Borch schoß, aalglatt, weil mit fast flüssigem Schweinekot geschmiert, aus seinem Behältnis und rannte in ein nahes Kornfeld. Glücklicherweise war es Sommersaat, und ich konnte ihn sehen. Setzte ihm nach. So schnell, wie ich noch nie in meinem Leben gelaufen war! Nach ein paar Minuten hatte ich ihn beim Ringelschwanz. Wir wälzten uns im Grünen. Das Schwein quiekte. Dann hatte ich es wieder im Sack verstaut. Anschieben. Sprung aufs Rad. Weiter! Wieder Stunden. Am späten Nachmittag kamen die Ausläufer der Stadt in Sicht. Hier fuhr schon die S-Bahn. Aber ich durfte sie nicht benutzen, jeder hätte mich gefragt, was ich im Sack transportierte. Kurz vor dem Ende der Autobahn verließ ich die Betonpiste. Das Schwein wurde wieder unruhig. Mit schlenkerndem Lenker fuhr ich weiter. Ein Schild: Sie verlassen den russischen Sektor. Ein Schlagbaum, russische Posten.

Eben wurde der Schlagbaum hochgelassen, ein Auto fuhr durch. Ich setzte mein dümmstes Grinsen auf, radelte dem Auto hinterher. Der Posten hielt mich nicht auf. Winkte mir sogar, mich zu beeilen. Hinter mir krachte der Schlagbaum herunter.

An der langen Prachtstraße, die zum Vorort hinausführte, standen alle fünfhundert Meter Doppelposten. Kaugummi mümmelnde GI's. Aber für Schweinetransporte interessierten sie sich augenscheinlich nicht. Ich verbreitete eine Fahne von Gestank. Der Sack war von Schweinemist durchtränkt. So ganz geheuer war dem Borch die Reise immer noch nicht.

Endlich: Kolonie Tausendschön! Kein Mensch in Sicht. Das Gartentor stand offen. Ich bog ein, fast streifte der Sack den Pfosten. Bremsen, absteigen. Großmutter kam herbeigestürzt, um mich, den Helden in Sachen Borchüberführung, zu begrüßen. Zu loben. Dachte ich!

»Himmel«, schrie Großmutter, »der Borch ist da.« Sie zog den Sack aus der mistdurchtränkten Tasche, eilte, den zappelnden Borch vor sich haltend, in den Schuppen, ich hinterher. Minnamartha kam aus der Veranda. »Ist er da? Ist er da?« rief sie. Auch sie meinte den Borch.

Der Borch schoß aus dem Sack, purzelte im Koben umher, grunzte wild. Großmutter schüttete Fressen in den Trog, der aus dicken Bohlen von ihr gezimmert war. Der Borch schaute noch einmal vorwurfsvoll nach oben. Mich an, wahrscheinlich. – Dann begann er zu fressen. »Er frißt«, jubilierten die Frauen.

»Stehohren hat er auch keine«, bemerkte ich. Großmutter drehte sich halb nach mir um. »Das habe ich bereits bemerkt«, sagte sie. »Mit so einem Borch hättest du auch gar nicht kommen brauchen!«

Dann schauten sie beide wieder selig zu, wie der Borch fraß. Ich ging in die Laube und wusch mir die Krusten von Schweinedreck herunter.

Alles drehte sich, das nächste Dreivierteljahr lang, um den Borch. Beim Frühstück meldete Großmutter den Zustand des Borstentieres: Ob es gut geschlafen hatte, wieviel es gewachsen war. Gab dann ihre Befehle, woher Futter zu beschaffen sei. Zwei Kolbenhiebe ins Kreuz hatte ich bis zum Herbst verpaßt bekommen, bei den vielen Expeditionen zu amerikanischen Abfallhaufen, um dem Borch die beliebten Eierkuchen, gekochten Mais und andere Leckereien zu sichern, mit einer ehemaligen Kohlenschaufel in Blecheimer zu füllen. Die Amerikaner sahen es nicht gerne, wenn ich in ihren Abfällen wühlte. Wahrscheinlich dachten sie, wir essen das Zeug selber, und das verstieß selbst gegenüber Besiegten gegen ihre Hygienevorstellungen.
Auch das Haus Fanselow lieferte von seinem Überfluß. Gustavchen war als einziger eingeweiht, denn er, als Koch im Besitz scharfer Messer, sollte eines Tages den Borch schlachten. Gegen Beteiligung an Wellfleisch, Speck und Blutwurst. Es waren der Frühling, der Sommer und der Herbst des Schweines.
Die Jalta-Macker vollendeten ihr Werk: Sieg über Japan, endgültige Aufteilung Deutschlands in Besatzungszonen, Teilung Berlins in vier Sektoren, Oberhoheit der Militärregierungen, Entnazifizierungsgesetz. Bei uns aber regierte das Schwein. Wuchs. Legte sich später eßbare Speckschichten zu. Der Winter kam, manchmal waren die Pfannkuchen jetzt auf dem Müll festgefroren. Man mußte gleich nach dem Mittagessen ausrücken, solange die Beute noch warm war. Abenddämmerung hätte ich vorgezogen. Manchmal kam Gustavchen und warf einen prüfenden Blick auf den Borch. Gegen Gustavchen erschien uns das Schwein allerdings mager. Gustavchen leckte sich regelmäßig die Lippen, wenn er aus dem Schuppen kam. »Der wird uns schmecken«, sagte er. »Hoffentlich hat er keine Trichinen!« Daran hatten wir noch nicht gedacht. Für eine Schwarzschlachtung bekam

man natürlich keinen Tierarzt zur Trichinenschau. Genoß man aber Trichinenfleisch, war einem eine Tuberkulose so gut wie sicher.
Eine fürchterliche Geschichte! »Man muß auch Vertrauen haben«, sagte Großmutter. »Nur wenige Schweine haben Trichinen. Muß ja nicht unser Borch sein.« Minnamartha war ein bißchen blaß um die Nase, aber sie sagte nichts. Sie klingelte übrigens jetzt auch nicht mehr. Die Koch-Uhr hatte ihr ein Russe weggenommen. Als Folge war ihr Lebensrhythmus durcheinandergekommen. Sie schlief jetzt immer fast bis zum Mittagessen. Und klagte über gestörte Verdauung. Wahrscheinlich hatte sie sich da auch nach dem Rhythmus ihrer Uhr gerichtet.
Endlich, Weihnachten war vorbei, endlich entschloß sich Gustavchen, die Messer zu wetzen. Der Borch war inzwischen riesig, jedenfalls, wenn Gustavchen nicht daneben stand. Ich konnte mir nicht vorstellen, daß er einmal, vor Monaten, an der Lenkstange eines Fahrrades gehangen hatte. »Nu isser fett«, sagte Großmutter. In einem neuen Anfall von Baulust errichtete sie außen an der Waschküche aus Gipsplatten, die jahrelang hinter dem Schuppen gelegen hatten, eine Räucherkammer. Mit Abzug oben. »Sägespäne sollten besorgt werden«, überlegte sie. »Fürs Räuchern das Beste.« Also zog ich tagelang durch den Vorort, bis ich ein paar Säcke Sägespäne bekam. Obwohl einige Tischlereien im Auftrag der Amerikaner arbeiteten, waren Sägespäne merkwürdigerweise Mangelware.
Der Tag, an dem der Borch geschlachtet wurde, kam heran. Wir hatten beschlossen, auf die Trichinengefahr nicht mehr zurückzukommen. Gustavchen, in strahlendweißer Schürze, stieg in den Koben. Schlug dem Borch mit einem großen Hammer vor den Kopf. Der Borch blieb stehen, quiekte einmal sehr hoch. Wieder schlug Gustavchen zu. Der Borch ging in die Knie, schaute Gustavchen mit einem unsagbar wehmütigen

Blick an, in dem, wie Gustavchen später sagte, »alles Leiden der gequälten Kreatur« lag, fiel auf die Seite.
Tot war er!
Wir hievten das schwere Biest aus dem Koben. Gustavchen setzte ihm das Messer an die Kehle. Großmutter kniete davor, mit einer Waschschüssel. »Das Blut muß dauernd gerührt werden«, erklärte sie. Dann schoß der hellrote Strahl in die Schüssel. Großmutter rührte.
Das Schwein blutete aus, wurde zusehends blaß, selbst unter seiner Dreckkruste. Im Waschkessel kochte Wasser. Wurde in einen Holzbottich gefüllt. Wir setzten das Schwein hinein, das nun wie eine dicke Frau beim Baden aussah, von Dampf umwallt, schrubbten es, entfernten die Borsten.
Bald sah das Schwein sauber und appetitlich aus. Gustavchen arbeitete wie ein Berserker, schwitzte mächtig. Trank viel Bier, gleich aus der Flasche. Wir banden den Borch mit den Hinterläufen an eine Leiter. Richteten die Leiter auf. Der Borch hing nun mit dem Kopf nach unten. Aus seiner klaffenden Halswunde tröpfelte immer noch Blut. Die Zunge hing lang heraus. Gustavchen setzte das Messer an und trennte das Schwein von oben bis unten auf, mit einem einzigen, gekonnten Schnitt. Legte dampfende Eingeweide frei.

Es dauerte zwei Tage und eine Nacht, bis das Schwein verwurstet, zerlegt, eingepökelt, bis die Räucherkammer gefüllt war. Gustavchen schleppte im Dunkeln seinen Anteil in einem Pappkoffer nach Hause, unbemerkt von Agathe und ihrem Liebhaber. Pökelte auch dort ein, im Keller von Fanselows Haus.
Unsere Ernährung war wieder gesichert, der Borch bereicherte unseren Speisezettel auf das Köstlichste, Würste und Speck dienten gelegentlich als Tauschobjekt, um Teigwaren und Mehl zu erstehen. Brot buk Großmutter selber, im Backofen des Kohleherdes, den sie zeitgemäß

wieder in Betrieb genommen hatte. Herrliche, duftende runde Brotlaibe. Schmalz drauf vom Borch, Griebenschmalz! Ein bißchen Salz, fertig. War das keine Mahlzeit? Dazu Muckefuck, leicht veredelt. Auch die Gerste für den Ersatzkaffee röstete Großmutter selbst in einer speziell dafür eingerichteten Pfanne. Man mußte oben auf dem Deckel eine Kurbel drehen.

Im folgenden Herbst geschah zweierlei: Millie kehrte zurück, und Großmutter starb.

Millie tauchte eines Tages in der Laube auf, in einem grünen Regenmantel nach US-Art, ließ durchblicken, daß er jetzt für den CIA arbeite (was sich als Schwindel herausstellte), und behauptete ferner, daß seine Blinddarmnarbe eitere, weshalb er sich unbedingt für einige Zeit bei uns einquartieren müsse. Abends brachten ein paar verdächtige Gestalten, die, wie Millie behauptete, gleichfalls zum CIA gehörten, ein amerikanisches Feldbett. Millie garnierte seinen Körper auf diese Liegestatt, warf ein paar Rote-Kreuz-Decken über sich, die er bei uns fand, und blieb sechs Wochen in dieser Haltung. Leidenschaftlich gerne aß er Schlackwurst. Die gab es ja bei uns. Millie fand durch geschicktes Fragen schnell die Geschichte mit dem Borch heraus und zeigte sich nicht verlegen, am Verzehr der Vorräte teilzunehmen. Millie war, am letzten Kriegstag, von den Russen geschnappt worden, nur fünfzig Meter von seiner Wohnung entfernt, in der jetzt übrigens andere Leute wohnten, Fremde, die Millie das Wohnrecht streitig machten.

Millie war in einem Lager bei Frankfurt/Oder gelandet, aber schnell wieder freigekommen. Als Folge eines früheren Berufsunfalls – Sturz beim Galopprennen – konnte er einen schlecht zusammengewachsenen Schlüsselbeinbruch vorweisen, was zu seiner Entlassung führte. Millie ging, einem inneren Zwang folgend, von Frankfurt/Oder nach Frankfurt/Main, wo er sich bei Amerikanern verdingte. Von hier an wurde seine Geschichte dunkel.

Millie wäre vielleicht ewig auf dem Feldbett geblieben, wenn Großmutter nicht gestorben wäre.

»Mir ist so schwindelig, ich will mich mal ein bißchen hinlegen«, sagte Großmutter eines Nachmittags. Dann zog sie sich ins Schlafzimmer zurück. Zwei Stunden später ging Minnamartha nach ihr schauen. Wir hörten einen spitzen Schrei, ich lief Minnamartha nach. Großmutter war tot. Die runde Brille war ihr von der Nase gerutscht. »Gerade jetzt stirbt sie, wo noch so viel vom Schwein übrig ist«, sagte Minnamartha.

Millie zog es vor, die Tote nicht anzusehen. »Ich muß fort«, sagte er. Das Feldbett mit seinen unordentlichen Decken blieb an der Wand stehen, Millie, im Regenmantel, verduftete.

Glücklicherweise gab es einen alten Freund Edes, der ein Bestattungsinstitut besaß. Am nächsten Tag wurde, gegen schlechtes Geld und ein paar erstklassige Würste, ein Sarg geliefert. Die übriggebliebenen Bewohner der Laubenkolonie liefen zusammen, als man Großmutter aus der Laube trug. Eine Grabstelle war längst vorgesehen, neben Onkel Adolar. Aber Adolars Witwe, Tante Linchen, machte zwei Tage vor der Beerdigung Großmutter den Platz streitig. Sie wolle einst, sagte sie, selbst neben Adolar ruhen. So mußte in aller Eile eine neue Grabstätte ausfindig gemacht werden, es war eine sehr schöne, unter Birken, die in diesem Herbst lange ihr buntes Laub behielten.

In der Kapelle saßen wir dann, Laubenmenschen in zusammengestoppeltem Schwarz, mit dem Mottenpulvergeruch. Tante Linchen setzte sich abseits und schmollte.

». . . und wenn es viel ist, so sind es siebzig Jahre«, sagte der Pfarrer tröstend. Großmutter hatte es auf vierundachtzig gebracht. Die Tür ging noch einmal auf, Millie kam herein, immer noch im US-Mantel, dessen Saum

dem kleinen Reiter fast bis zu den Füßen reichte. Im Arm trug Millie einen riesigen, prächtigen Blumenstrauß in Cellophan, das laut raschelte, so daß der Pfarrer seine Stimme erheben mußte.
Auch Millie setzte sich abseits, aber auf die Tante Linchen entgegengesetzte Seite. Orgelmusik. Mathilde saß neben Onkel Hubert in der vordersten Reihe. Ihre unwahrscheinlich lockeren Brüste hoben und senkten sich und verformten sich dabei: Rund und wieder flach, rund und flach, rund und flach . . .
Wir standen alle auf und folgten dem Sarg, der auf einem Wägelchen von Friedhofsdienern aus der Kapelle geschoben wurde.
Ich ging neben Millie und Tante Linchen, den kleinsten Teilnehmern an Großmutters Beerdigung, und beide mit der Familie auf Kriegsfuß, falls dieses Wort so nahe an Weltkrieg zwei noch erlaubt war. Millie zwinkerte mir zu, was ich übersah. Linchen reckte die Nase ganz hoch, ein zweckloses Unternehmen, wenn man nicht größer als einssechzig ist.
In gemessenem Schritt bewegten wir uns über den Friedhof, bis zur Grabstelle. Wieder war hellgelber märkischer Sand hoch auf den Weg gehäuft, wieder nisteten sich die wichtigsten Mitglieder der Trauergesellschaft, vor allem Minnamartha, auf dem Gipfel dieses Sandgebirges ein. Wieder schien warm die Sonne, erstaunlich so spät im Herbst, und das Birkenlaub leuchtete. Aber der Sand war naß und klumpig und kalt.
Der Sarg mit Großmutter, die noch so viel Schweinernes hätte essen können, wurde hinabgelassen. »Von Erde bist du . . .«, murmelte der Pfarrer. Niemand schoß Salut. Es war ja wieder Frieden oder wenigstens Waffenstillstand, und Großmutter war keinen Heldentod gestorben. Sie hatte Kinder, Enkel, Hühner, Schweine, Enten, Katzen großgezogen. Eine Familie ernährt in schlimmsten Notzeiten. War immer für alle dagewesen.

Wieder defilierte die Trauergesellschaft an den Hauptleidtragenden vorbei, auch Millie, der seine Blumen des Cellophans beraubte und sie neben dem Grab niederlegte. Der mir noch einmal zuzwinkerte, Minnamartha die Hand schüttelte. Hinter ihm Tante Linchen, die sich an Minnamartha vorbeidrückte. Ganz zum Schluß kam auf dem Weg Wanda Puvogel an, die ein Fahrrad schob, am Lenker eine Emaillemilchkanne. Sie hatte Schwierigkeiten, das Fahrrad an Minnamartha vorbei über die Sandberge zu zerren, aber es gelang ihr schließlich, unter den überaus wachsamen Blicken des Pfarrers. Es war gewiß seine erste Beerdigung mit Fahrrad.
Der Leichenschmaus in der Laube fiel, dank der Reste von unserem Borch, überaus üppig aus, aber Stimmung wollte nicht aufkommen. Gustavchen und Agathe saßen auf Millies Feldbett, die Decken waren inzwischen zusammengelegt. Agathe trug eine schwarze Federboa und hatte ihren Mund ungeheuer groß gemalt. Ernie Puvogel trug zu schwarzem Wams seine grünbraunen Hosen von der Organisation Todt, andere hatte er nicht. Gigi trug einen schwarzen Trauerflor um einen hellen Regenmantel, den sie nicht ablegte. Ihre feuerrote Mähne stand über ihrem schmalen Gesicht, auf den ordentlichen Bubikopf hatte sie längst verzichtet. Buseberg roch nach Schuhwichse, er hatte wohl den Glacéhandschuh seiner Kunsthand damit bearbeitet. Millie war nicht mitgekommen, Tante Linchen natürlich auch nicht. Aber sie hatte ja jetzt ihren Adolar für sich. Oder wenigstens das, was die Würmer von ihm übriggelassen hatten. Folgen eines rostigen Nagels!
Augenscheinlich fehlte Großmutter auf Großmutters Beerdigung, ohne sie kam die Gesellschaft nicht recht in Schwung. Einer nach dem anderen ging, Entschuldigungen stammelnd.
Gustavchen fragte Gigi, ob sie nicht noch etwas unternehmen sollten, Agathes Tintenkopf käme auch, aber

Gigi sagte erbost: »Du hast wohl nicht alle Hühner auf'm Balkon!«
Weg war sie, weg waren auch Gustavchen und Agathe.
»Ja, ja«, sagte Minnamartha. »Jetzt wird es wohl sehr einsam bei uns werden!«

Es wurde einsam. Minnamartha vergrub sich immer mehr, sah selten einen Menschen. Ich ging manchmal zu Gigi und ihrem Bruder hinüber, Kartenspielen. Friedrich hatte das Kriegsende überlebt, indem er Uniform und Orden verbrannte, sich die Haare grau färbte und als alter Krüppel unbehelligt und oft beschenkt zwischen den Russen umherstolperte. Jetzt brauchte er keine Krücken mehr, nur noch einen Stock. Friedrich pokerte riskant um Amizigaretten und Rosinenpudding aus Care-Paketen, den er leidenschaftlich gerne aß. Gigi und ich sahen uns manchmal in die Augen. Die Szene auf dem Teppich erwähnte keiner von uns. Manchmal sprachen wir von Ingrid, die verschollen war, seit sie in den Westen geflohen war.
Eines Tages, es war Frühling und wir wühlten den Garten um, weil Minnamartha Kartoffeln setzen wollte, lehnte Othmar am Gartenzaun. Blond und schön, in schicker Windjacke. »Othmar?« Ich bat ihn herein. »Wo kommst du her?«
»Das ist wohl eure Standardfrage, was? Komme soeben aus Kalifornien.«
Othmar war, auf dem Marsch gen Westen, von Amerikanern aufgegriffen worden, die ihm seine Altersangaben nicht glaubten, ihm eine grüne Jacke mit den Buchstaben PW (Prisoner of war) anzogen und ihn per Schiff und Bahn nach Kalifornien abschoben. Dort brauchte er zwei Jahre, bis man seinen Beteuerungen glaubte, er sei nicht Soldat gewesen. Augenblicklich tat er allen leid, man reichte ihn in den Familien der Lagerbewacher herum, kleidete ihn neu ein, schenkte ihm massenweise Kaugummi und

Zigaretten und beförderte ihn auf Staatskosten nach Europa zurück. Mit dem alliierten Interzonenzug legal in unsere Stadt eingereist, ausgestattet mit falschen Papieren übrigens, denn die Russen behielten sich vor, die Militärzüge nach Berlin zu kontrollieren, und sie hätten Othmar ohne Zweifel kassiert. Die Papiere mußte er wieder abgeben. »Schade«, sagte Othmar. »So ein US-Ausweis würde sehr nützlich sein.«
Othmar hatte nicht im Sinn, zu arbeiten. Er betätigte sich bald auf dem schwarzen Markt, hatte Amerikaner zu Freunden und machte Geld wie Heu. Abends hockte er in Bars. Wir verloren ihn bald wieder aus den Augen. Denn nun waren wir ja wieder Laubenleute, und die Bewohner der Siedlung verkehrten wieder nicht mit den Tausendschönchen. Allerdings hörten wir nach einigen Monaten, daß Othmar sein Leben durch ein tollkühnes Abenteuer gewandelt hatte. Niemand aus der Zivilbevölkerung durfte damals die Stadt verlassen. Othmar gelang es trotzdem, auf demselben Weg, den er gekommen war. Nur reiste er diesmal nicht *im* alliierten Zug, sondern *unter* ihm! Othmar schnallte sich heimlich mit Gurten unter das Achsgestell eines Waggons und machte die Reise unentdeckt mit, bis der Zug in der amerikanischen Zone einlief. Dort schmuggelte er sich in ein Lager von Displaced Persons, erhielt falsche Papiere, und schrieb schließlich an seine Mutter eine Karte aus Paris: »Bin gut angekommen. O.«
»Wer hätte das gedacht«, war Minnamarthas Kommentar. Mehr sagte sie nicht dazu.

In den nächsten Monaten verfiel Minnamartha immer mehr. Tagelang blieb sie apathisch im Bett liegen. Sie magerte ab, wenigstens für ihre Verhältnisse. Unser Leben verlief im stumpfsinnigen Gleichmaß. Schließlich hatten die Laubenbewohner wieder etwas zu gaffen. Ein Rote-Kreuz-Wagen holte Minnamartha ab. Bald fand sie sich in einem Sanatorium in der Nähe wieder, wo sie dahindämmerte. Sie war nicht verrückt, auch nicht eigentlich krank. Aber der Wille zum Leben fehlte ihr. Ich besuchte sie jeden Sonntag. Sie sprach von Ede. Immer wieder, wie sie zu der Stelle gegangen war, wo er umgekommen sein sollte. »Nichts«, sagte Minnamartha. »Stell dir vor. Einfach nichts. Ich habe nichts mehr von ihm gefunden.«

Ich war alleine in der Laube.

Im Juni, der auf diese Ereignisse folgte, bekamen wir neues Geld. Währungsreform. Wenig Geld. Und als wir dachten, wir könnten etwas kaufen, fing die Blockade an. Kein Lastwagen, kein Güterzug, kein Schiff erreichte die Stadt mehr. Wieder begann der Hunger. Die Amerikaner organisierten eine Luftbrücke. Rosinenbomber flogen die notwendigsten Lebensmittel ein, dann, als der Winter kam, sogar säckeweise Kohlen. Strom gab es nur ein paar Stunden am Tag.

Ich begleitete Gigi jetzt oft auf das Feld. Unsere Spaziergänge hatten einen praktischen Zweck: Entlang den toten Gleisen der ehemaligen Lehrter Bahn wuchsen Wiesenchampignons. Aus ihnen ließ sich eine Soße bereiten, mit der wir den Brei aus Pom, amerikanischem Trockenkartoffelpulver, aufbesserten. Mehr zu essen hatten wir kaum. Und Gigi wurde sehr dünn.

Wir drei waren jetzt unzertrennlich. Gigi, Friedrich und ich. Viel mehr junge Leute gab es auch nicht mehr in der Kolonie Tausendschön. Die alten blieben unter sich, Buseberg, Puvogel. Manchmal tauchte Siegfried auf, gezähmt jetzt. Auch bei Fanselows – es war das einzige Haus, in das wir in der Siedlung gingen – sah es traurig aus. Gustavchen konnte keine Lebensmittel mehr bringen, denn mit dem Überfluß bei den Amis war es vorbei. Agathes Neger war in die Staaten zurückgegangen, einen Nachfolger gab es nicht. Auch die Geschwister Fanselow

nagten am Hungertuch, Gustavchen noch am wenigsten, weil er immerhin die Reste in seiner Küche aufessen konnte, wenn er von den normalen Portionen nicht satt wurde.
Mathilde kam manchmal. Ihre Brüste baumelten. Sie war immer noch gut mit Zigaretten versehen, aber auch dafür bekam man nichts mehr. Mathilde sprach *Neudeutsch*, wie Friedrich es nannte. Das heißt, die Hälfte von Mathildes Monologen bestand aus englischen Brocken. »Da habe ich beim Quartermaster gescheckt, ob ich vielleicht einen neuen Job bekommen kann, but they were complete. So bleibe ich lieber bei den Bossen von A1 A1, you understand?«
We understood, wir verstanden das.
Allmählich dehnten Gigi und ich unsere Pilzsammelspaziergänge immer weiter aus. Wir drangen auf dem alten Königsweg vor, durch den von Bomben verwundeten Wald, bis zu einem hohen Stacheldrahtzaun. Hier war die Stadt zu Ende. Begann, was die Leute dieser Stadt *russische Zone* nannten, offiziell *Sowjetische Besatzungszone*, von hier an war für die Stadtbewohner verbotenes Gelände.
Niemand verirrte sich dorthin, außer uns. Es war einsam, nicht einmal Militärstreifen waren zu sehen. Russische Posten saßen irgendwo auf Beobachtungstürmen, unsichtbar für uns.
Tief im Wald verborgen war ein amerikanisches Munitionslager, von Stacheldraht umgeben auch dies. Hier hatten wir einen Platz mit trockenem Gras entdeckt, und oft saßen wir da und sprachen miteinander.
Einmal redeten wir bis in die Nacht.
Gigi lehnte sich zurück, auf beide Ellbogen gestützt, den Kopf neben dem Stacheldraht. »Komm«, sagte sie einfach. »Liebe mich.«
Wir liebten einander auf diesem trockenen Grasflecken, in der Nacht, und es war für uns beide das erste Mal. Es

war ein bißchen Hoffnung auf die Zukunft und viel, so viel Vertrauen. Liebe am Stacheldrahtzaun. Diesmal war es amerikanischer Stacheldraht.
Über uns flogen in Dreiminutenabständen die Rosinenbomber in die Stadt.

Die beiden großen Romane von Barbara Noack mit zeitgeschichtlichem Hintergrund in einem Band

Langen Müller

Barbara NOACK

Eine Handvoll Glück **Ein Stück vom Leben**

Zwei Romane *Langen Müller*

Eine Handvoll Glück

»Der umfangreichste, der ernsteste, der humorvollste, der nachdenklichste und zugleich menschlichste Roman, den Barbara Noack je geschrieben hat.« *Welt am Sonntag*

Ein Stück vom Leben

»Dies ist kein seichter Unterhaltungsroman, sondern ein konzentriertes Stück Zeitgeschichte aus der Feder einer Frau, die in dunkelsten Zeiten das Licht am Ende des Tunnels sah. Ein Stück vom Leben, wie es jeder kennt, aber nicht jeder meistert.« *DIE WELT*